文学长白作品集

吉林省作家协会◎编

时代文艺出版社

图书在版编目（CIP）数据

文学长白作品集／吉林省作家协会主编. -- 长春：
时代文艺出版社, 2022.2
ISBN 978-7-5387-5256-4

Ⅰ. ①文… Ⅱ. ①吉… Ⅲ. ①诗集－中国－当代②散
文集－中国－当代 Ⅳ. ①I217.1

中国版本图书馆CIP数据核字(2016)第137687号

文学长白作品集
WENXUE CHANGBAI ZUOPINJI
吉林省作家协会　主编

出 品 人：陈　琛
责任编辑：杜伴钰
特约编辑：高　莹
　　　　　杜晓雅
封面摄影：宗玉柱
装帧设计：任　奕
排版制作：隋淑凤

出版发行：时代文艺出版社
地　　址：长春市福祉大路5788号　龙腾国际大厦A座15层　（130118）
电　　话：0431-81629751（总编办）　0431-81629758（发行部）
官方微博：weibo.com/tlapress
开　　本：880mm×1230mm　1/32
字　　数：440千字
印　　张：16.375
印　　刷：长春第二新华印刷有限责任公司
版　　次：2022年2月第1版
印　　次：2022年2月第1次印刷
定　　价：58.00元

目　录

散　文

小　说

诗　歌

散　文

天池幻想曲　　鄂华

没有一个美的女儿富于魅力，像你这样。对于我，你甜蜜的声音犹如音乐漂浮水上。仿佛那声音扣住了沉醉的浪花，波涛静止了，和煦的风也轻轻入梦。

——拜伦《乐章》

序曲

我承认，去年夏天去长白山的旅游，的确是一次十分美丽而诡异的经历。

此时此际，当我提起笔来，一支美妙的旋律立刻在我耳边响起，带着全部魅人的和弦，敲叩着我的心扉。这是一支瑰奇的幻想曲，带给我的，不是《田园交响乐》牧歌似的宁静，不是《荒山之夜》狂欢般的激情，而仿佛是《森林牧羊神的下午》序曲中，那倏忽变化的光与影造成的不可捉摸的意境。

缥缈的交响的音诗，扰人的困惑的精灵，那么难以捕捉，又那么动人心弦。

美丽的瑰奇的回忆，是幻想？是现实？是梦？是真？或者只不过是我们生活中一段幽默的离奇的插曲？

这次难忘的旅行，是由剧作家老郑发起的。同去的有文艺界的一些朋友们。汽车从明月沟出发，一直奔驰在曲折的山路上。从前面窗望出去，公路像一条白色的长蛇，蜿蜒爬行在群林丛中。有时公路穿入了茂密的林莽，时当盛夏，林木生长得特别蓊郁，汽车行走在前面，宛如走进了一座色彩斑驳的天篷。扑面而来的是一股沁人肺腑的潮湿的清新。道上铺着厚厚的一层针叶，车身柔和地摆动着，车上的人仿佛是摇荡在一个绿色的梦里。

"长白山！"谁的声音？那么轻，仿佛只是自言自语，而全车的人都被惊动了。原来汽车正穿出一座山口，从那空阔的方向望出去，在遥远遥远的西南天际，一座巍峨的雪峰，若隐若现在乳白色的云雾中。从第一分钟起，它就以它巨大的庄严的存在震慑了每个人的心。整座雪峰好像一朵闪闪发光的雪莲，不需要任何赞美的装饰，它本身就是大自然的一个最完美的奇迹。一旦我看见它，立刻就有一种奇异的感觉涤荡着我的心胸，使我想到了童话里的魔山，想到了那神秘的超自然的力量。

剧作家老郑坐在我的身边，从他的眼里，我也看到了同样的迷醉。我禁不住问他：

"你在想什么？"他眼睛没有离开那闪光的雪峰，沉思着回答我：

"我想到了亿万年时光的流逝，想到了伟大与永恒。对于我，他的白头是明睿与智慧的象征，他是时间的老人，是历史的活生生的存在，是过去、现在与未来的见证。几千年来人民的苦难，使他斑白了头发。每当我望着他，仿佛祖国整个河山在向我讲话：叫我为她光荣的过去骄傲，为她幸福的今天自豪。"

他的话的确具有雄辩的力量，然而却没有唤起我心头的共鸣。

"不，我想到的不是老人，老对于她永远是不相宜的。每当我看到她，我的心就向往着光明，渴望着青春。对于我，她更像是一位绝世容华的少女，雪峰是她头上的银冠，云雾是她身上的轻纱，她永远是那么害羞，不肯轻易将她的容颜显示给世人。冰清玉洁、亘古不变，正是她爱情的坚贞。她是四千万东北人民心头的骄傲，也是我们忠实性格的象征。在过去艰难的岁月里，抗联战士曾经用她来代表革命的忠诚坚定；在今天幸福的生活中，朝鲜族少女用她来代表爱情的始终不渝。"

正是我们谈话的时候，缠绕在峰顶的变幻莫测的云雾突然散开了，耀眼的雪峰，洁白中闪着清冷的光，轮廓清晰地落在蔚蓝的天空背景上，像一尊金刚石铸成的金字塔，愈加显得无限地纯洁、悠远、高贵。车里的笑语喧哗都静息了下来，在这崇高的完美面前，一切语言都成了亵渎，人们只能用沉默来领受，来礼赞。

这魅人的景象只存在了短短的一刹那。须臾，云雾重新合拢来，遮住了山头。

这瞬间的风云变幻，仿佛是自然为了偏袒我而故意安排的。看来在我与老郑的这场辩论中，自然本身是站在我这边的。于是我抓住了机会对老郑打趣道：

"忽阴忽晴，难道也是一个偌大年岁的白发老头的脾气？不，这完全是一个宜娇宜嗔的少女。"

"不，你不能否认照样也有性情乖僻的老人！"老郑立刻反驳说。看来，这是一场永远也不会有结果的辩论。

傍晚，汽车将我们送到了天池招待所的木屋里面。然而我们并没有住在招待所里，却在不远的苔地上自己扎下了营帐。一则因为我们来的人多一些；二则这样住也别有一番趣味。

"江山如此多娇，引无数英雄竞折腰。"天池果然是多娇之地，每年不知吸引了多少艺术家来此游历探胜。就在十几天以前，老国画家傅抱石、关云月刚刚离开这里，接踵而来的是摄影家吴寅伯、蒋齐生、黄翔。可惜我们来得晚了一些，没有能赶上诸君子的盛会，心头未免有些遗憾。

我和老郑住在一个帐篷里。当晚，大家都有一些旅途的疲倦，而且还打算第二天一清早爬上山顶，在日出时观看天池的奇景，因此都早早地安憩了。我们还是第一次领略这高山露营的滋味，身下铺着的是又轻又软的青苔；耳边传来松涛的吟啸和瀑布的轰鸣；从帐篷的缝隙望出去，三三两两的星光在眨眼，也分不清是天上的星星，还是其他帐篷里的灯火。此情此景，宛如置身天上的仙境，朦胧中，也分不清是梦是真，耳边传来了一阵悠扬的丝弦声。难道真是天上的仙乐，在静夜里显得分外柔美，分外幽远，一直将我们送入了甜蜜的睡乡？

第二天，向同行的人问起，才明白昨夜里乐声的来历。原来是歌舞剧院的演员们比我们先一天来到了山上，他们要在这里排演一个新的关于天池的神话歌舞剧。然而在这样幽清的隔绝尘寰的高山顶上，即使有人告诉我昨夜听到的真是天上的仙乐，我也不会感到丝毫的奇怪。

第一乐章：早晨

清晨起来，走出帐篷一看，眼前是一片白茫茫的雾气。近处的帐篷，远处的树木，都影影绰绰地沉浸在雾里，看来我们一直担心的事终于发生了：上山后的第一天就碰上了阴天。我们早就听说过：
长白山顶几乎终年都笼罩在云雾里，一年中只有夏季很少的几天能
够看到太阳。也只有在这几天里，天池才会显出她那人间罕见的绝
色。许多上山来的人常常都是乘兴而来，败兴而归。仿佛是忌妒的
大自然故意用云雾的面纱来遮盖住天池的荣光，不肯轻易让凡人窥
见。

正当浓雾让我们心灰意冷的时刻，带领我们上天池的老向导来
了，这是一位长年生活在长白山上的老猎人。看见我们郁闷不乐的
脸色，老向导笑了：

"山上的天气，说阴就阴，说晴就晴。咱们还是先上山去。虽然
眼前的雾这样重，说不定一会儿太阳就出来了。要是等太阳出来了
动身，上山就不赶趟了。"

老向导的话使我们重新振奋了起来。因为这是上山后的第一个
早晨，大家的兴致都特别高，听说还可能看到日出，都不约而同地
表示愿意上山去。尽管雾气那么重，也没有一个人留下来。老向导
在前面带路，大伙三三两两地跟在后边，一同向天池进发了。

攀上了二十里曲折的山路，穿越了低矮的岳桦和山茶林，踏过
了高山草原地带石花、杜香、马兰的五色织锦，我们终于来到了长
白山的绝顶。浓雾果然消散了许多，长白十六峰个个如鹰隼，高傲
的头颅举向苍穹，仿佛就要振翅飞去，右边是一片五彩的紫霞，似
动非动，若即若离，仿佛就要随着浮动的轻雾一同飘向远方。从这
栩栩欲动的孤隼、紫霞两峰中间望出去，明镜一般的天池静静地躺
在我们面前。这奇异的动态与静态，组成了宇宙最完美的谐和。刚
刚想要随着奇峰凌空飞去的心，刹那间又沉入了极度的宁静。

静，绝对的静，心灵的湖面泛不起半点儿涟漪。天池池水莹澈
见底，山峰，巉岩，各自留下了自己的倒影，清晰得如同它们是生

长在水底。湖畔四周也是那样的安静，白森森的火山浆沫石，盖住了一切生命的迹象，仿佛人世的纷扰从来就没有惊动过这永恒的梦境。恍然间，童话里的世界浮现在我的眼前，我仿佛是来到了一个受魔法禁制的地方，一个噩梦统治的王国。在这儿，生命停止了一切活动，连湖心里也找不到一根水草、一只小虫。被魔王禁制的应该是美丽的天池仙女，你看她云鬓半偏，星眼困倦，静息不动的胸膛已经使你察觉不出她的呼吸。如果不是那晶莹的明眸，说明智慧的光还不曾在她眼里熄灭；那炙热的温泉说明生命的火还燃烧在她心中，你几乎会疑心她已经成了死神的俘虏。守护在她身边的十六位武士，也和她一同走入了永恒的高山的境界。鹰隼在振翅欲飞的刹那，被魔法僵住了翅膀；紫云在飘离崖畔的瞬间，凝成了冰冷的石头。

　　然而魔法并不能夺去仙女的美丽，反而给她的美罩上了一重冰冷的神秘的光辉。即使在没有阳光的时刻里，她也是那样摄迷人心。

　　她不是南国热情奔放的女儿，她有着一颗炽热的心，却生成一副寒霜的面。七分娇美，三分傲慢，造就了她十分的魅力。我未曾见过她阳光中的姿容，然而眼前的天池，我已经叹为绝色。我很难想象出世上还能有凌驾于她的美。从同伴们的眼中，我也看到了相同的倾倒与迷醉。

　　不知不觉间，我们的心仿佛也跟随着仙女和武士走入了魔法的禁制里，沉浸在眼前浩漫无边的冰冷的寂静中。正在这时候，一阵奇妙的歌声突然从湖上升起，像一股生命的泉水，注入了我们每个人的心中。刹那间，只觉得整片的湖、整座的山、整个的宇宙，都应和着奇妙的乐音震颤起来。这是一支嘹亮婉转的歌曲，歌词还听不清楚，然而歌声里充满了幸福的激情，那么欢乐！那么畅美！是在热烈地礼赞着生命，礼赞着春天。我们从眼前的梦魇中惊醒，心灵张开了希望的银帆，迎着歌声狂喜地飞去，终于，歌词被我们听清楚了：

> 春风杨柳万千条，
> 六亿神州尽舜尧。

　　原来是歌舞剧院的女高音歌唱家在歌唱毛主席的《送瘟神》。果然是春风，吹开了湖上亿万年死亡的禁制，湖面舒展开来了，化成一个一个迷人的笑靥。不知是因为巧合，还是歌声的力量，萦绕在山顶的云雾完全散开了，瓦蓝的天空显露了出来，朝阳的万道金辉如瀑布一般倾泻在湖上。刹那间，歌声、阳光、蓝天、高山的风，一齐涌向了我们的心头。已经辨不清究竟是何者的魔力，只觉得心在狂喜，在跳动，整个地被欢乐的浪潮所湮没。这时再看湖面，竟魔幻般地呈现出了绚烂的七彩的颜色，孔雀蓝、琉璃碧、翡翠绿、玛瑙赤、葡萄紫……随着阳光的波动，色彩也愈来愈离奇，愈来愈绚烂，人的眼睛已经应接不暇。如果不是此情此景就在眼前，我怎么也不敢相信世界上竟会有着这样一座七彩的湖。

　　恍惚间，也许是眼花了，环湖站列的十六位勇士都活了起来。孤隼展开了翅膀，正在冲天飞起；紫云离开了崖畔，轻轻向湖心飘荡。仙女从亿万年的沉睡中苏醒，笑容好像桃花，在她凛若冰霜的脸上渐渐地绽开，说不尽的千种柔情、万般姿态。我第一次窥见了天池妩媚的一面，果然是人间的绝色。我们每个人都如痴如醉，沉浸在眼前奇妙的景象里。

> 歌声继续在飘荡，
> 红雨随心翻作浪，

青山着意化为桥。

……

是极大的欢乐，极大的自在，充满了人的骄傲。应和着歌声，湖在起舞，山在起舞，人的心也在欣欣跳动。在我们眼前，峰峦之上，果然出现了一道华彩的虹桥，一直通向瓦蓝瓦蓝的晴空。在那儿，高高的天极上，飞翔着一切动心的憧憬与梦幻。

同来的老向导也在这绚美的景象面前呆住了。他啧啧连声地惊叹道：我这一辈子上天池，少说也有千百次了，从来也没有见过天池像今天这么迷人。

我自己也和老向导有着深切的同感。在这以前，我也已经三次上过天池。唯有这一次，我才真正懂得了天池的美。这是一切瑰奇的色彩的汇总、一切动心的旋律的交响。在这儿，瞬息万变的风云会使你感到莫测与无常；而亘古屹立的雪峰，清澈明澄的湖水，又会使你感到宁静与坚贞。在这儿，你能同时领略到宇宙中最纤细的美和最宏大的美、最冰冷的美和最温柔的美、魔鬼的美和仙女的美。为了捕捉眼前瑰丽的湖光水影，同来的画家们各自找好了写生的位置，匆忙地用油彩涂抹着画布；摄影家们各自找好了取景的角度，一次又一次按掀动着快门。而我，拙于没有一支灵巧的画笔，无法将眼前难忘的一切记录下来，然而湖上的景色和幸福的歌声又是那样深深地激动了我的情思，我顺手抓到一张白纸，匆匆地写了起来。老郑站在我的身边，还没有等我写完最后一个字，就将纸一把抢了过去，也不征求我的同意，就向大家朗诵了起来：

湖问

你，群山中静谧的湖，如此明澈！如此清莹！

你可是天上的明镜，自然的眼睛？

是什么时候，你从天外飞来？

可是那蛮荒的年代，混沌初开？

你的家可是瑶池的宫殿？

因为什么缘故，被谪贬在人间？

永恒的宁静，可曾引起你寂寞的忧思？

四季的变化，可曾使你察觉时光的流逝？

在漂泊的生涯里，我来到你的身边已不止一次，

你聪明的心可还能记忆？还能相识？

尘埃永远不曾蒙蔽过你明亮的眼睛，

风雪永远不曾骚扰过你深邃的智慧。

你可能告诉我宇宙的奥秘，自然的法则？

在真理的园苑里，可容许我将你追随？

为什么你沉默不语？是你的心还留恋着瑶池的岁月？

还是这高山的清冷、高山的风已经使你懊恼？

告诉我，如果这不会引起你感伤，

人间天上，哪一处更瑰丽？哪一处更美？

于是天池向我回答，用她轻轻颤抖的涟漪，

那是比口舌更能传达心意的语言：

感谢你，诗人，

感谢你深情的心弦为我拨响的琴声。

但愿我静谧的胸怀，

能够成为你心灵安憩的所在。
不过还要请你原谅，如果我的回音，
只能给你沉思，不能给你安宁。
亿万年来，我静静地躺在山巅，
昼夜睁着双眼，从不知道疲倦，
为了体验与观察万物的演化、
日月的交替、星辰的运行、陵谷的变迁。
早晨我拥抱金色的骄阳；
静夜我默察银河的星光；
慧心人能由我眼里窥出整个的宇宙，
像一只金杯，盛满真理的琼浆。
在不同的季节里，我的水会减少或增加，
你的五官岂不是也在一年年地变化？
我们在变中仍能彼此相识。
对于人生，亿万年早已超过了时光的极限，
然而为了寻求真理，永恒也只是瞬间。
寂寞与孤独对于我并不可怕，
渴望知识的心并不依恋繁华。
何况我有时也能得到甜美的安慰。
幸福的人的歌声，能够使我的灵魂陶醉。
没有这长年不断的追求与探索，
愚昧的心灵又如何能领略这歌声的美？
天上的琼楼玉宇固然美丽，却只是清冷的宫殿，
而人间，到处有生命在活动，生命在繁衍，
对于我，哪儿有生命，哪儿就有创造；
哪儿有创造，哪儿就有乐园。

老郑朗诵完毕，在空寂中缭绕的歌神的余音也袅袅地消逝。

从环湖的峰顶吹下来一股峭急的山风，湖面轻轻地滚过了层层的波纹，在白沙上发出了一阵喁喁的低语，仿佛真的是在向我的诗句回应。

在高山明池之间，我们度过了一个难忘的欢乐的早晨。

第二乐章：黄昏

为了活跃旅途生活，我们和歌舞剧院的演员们决定在当天晚上举行一次小型的联欢。黄昏时候，我和老郑正躺在地毯上随意扯着闲话，等候着晚会开始，突然有两位不寻常的客人来到了我们的帐篷。山间的暮色降临得分外地早，室内这时只剩下了一层淡淡的微光。然而当这两位客人一出现在帐篷里，恰似从天上掉下了两颗最明亮的星星，顿时光彩四射，令人目眩神摇。我惊讶地发现站在我面前的是两位容貌十分美丽的少女。这样说还远远不够，在她们的美丽中更透出了无尽的智慧和优雅。两个人身上都披着洁白的云纱。

她们一见到我们，立刻就率直地自我介绍道：

"我们是瑶池的仙女。"

声调温柔悦耳，宛如音乐一般。

"从你们的美丽，我相信这一点。"我回答，说话的这一会儿工夫，我已经更仔细一些地观察了这两位"不速之客"。其中一个身材稍稍高一些，看样子大概是姐姐。两个人容貌十分相像，都是同样的妩媚娇艳，简直很难判断出她们中间哪一位更美。不过可以看出来：姐姐更骄矜一些，而妹妹更温柔一些。

听了我的回答，妹妹的脸上泛起了一个浅浅的笑靥，而姐姐却不动声色地严肃地问道："今天早晨在湖边朗诵诗的是你们中的哪一位？"

"是我！"老郑从地上跳起来，彬彬有礼地回答说。仙女向他点了点头，继续说了下去：

"我们是西王母的女儿，从来没有一个人能够判断出我们姐妹俩究竟谁更美丽。在三百年前的蟠桃盛会上，太白金星送给了我们一面神奇的玉镜。这面镜子说：我的妹妹比我更美。我一怒之下，将它扔下了瑶池，落到了人间。

"我为我的任性受到了惩罚，母亲要我到人间找回这面镜子。我的妹妹不愿意与我分离，情愿陪伴我一同来到人间，经受这次谪沦。

"多少年来，我们跑遍了人间的山川。东面到过沧海，问询过洪泽湖、太湖；南面去过高原，访求过洱海、滇池；西面上过昆仑，拜见过鄂陵湖、扎陵湖；北面进过草原，探询过呼伦池、贝尔湖。洞庭湖里我们濯过足；松花湖前我们梳过发；鄱阳湖畔我们赏过月；青海湖心我们荡过桨；风沙怀抱里的罗布泊也曾埋下了我们的足迹；从没有见过飞鸟的纳木错也曾照临过我们的影子；牡丹江头的镜泊，会稽山下的鉴湖，都因为它们的名字引起过我们虚幻的希望；而烟雨空蒙的昆明池，波光潋滟的西子湖，更险些使我们将它们误认作是那面失去的玉镜。

"最后我们终于绝望了。我们找不到我们失去的镜子，谁也不知道它落到了什么地方。

"然而今天早上你天池的诗篇传到了我们的耳中，诗中写到它的家是瑶池的宫殿，重新燃起了我们心头的希望。我们相信它一定就是我们失落的那面镜子，我们俩，就是它的主人。我们这次来，就是希望能找到它，将它重新带回天上去。"

哦，原来还是那诗篇引起的事端。老郑用手指着我说：

"如果你们是因为这来找我，那么你们就找错人了。那首诗是他写的。"

这位仙女在和老郑谈话的整个过程中，似乎根本就没有注意到我的存在，这时才矜持地对我微微点了点头。看来这问题现在是需要我来回答了，于是我对她们说：

"对于你们是瑶池的仙女这一点，我已经说过我没有任何的怀疑。然而你们能够用什么来证明这个湖的确就是你们失落的镜子呢？"那位年长一些的仙女立刻骄矜地回答我：

"正如同我们姐妹是天下一切女人中最美丽的一样，我们的镜子，也是天下一切湖泊中最美丽的。只凭这一点，我们就能找到它。"果然是个自负的女人！我正想反驳她，老郑却用眼神制止住了我，自己回答了她们：

"好，明天早晨我们可以一同上山去，如果你们能够判定这个湖的确是你们失落的镜子，你们当然可以将它带回天上去。"

我一听，这怎么行？他竟爽快地答应了她们？"不……"我刚刚开口想说"不行"，老郑又用手狠狠地扯了扯我的衣摆，不让我说下去。我急忙中途改口道：

"不过……今天晚上希望你们能留在我们这里做客，参加我们的晚会，看看我们的歌舞。"

妹妹脸上露出了欣然的神色，看来她十分愿意接受我们的这个邀请。然而骄傲的姐姐拒绝了，她冷冷地说：

"人间的歌舞怎么比得过天上？"

看来我们只有送客了。突然，姐妹俩看到了我们帐壁上挂着的那幅放大的天池的照片。这是前几天下山的摄影家吴寅伯留给我们的礼物，我十分喜爱它流畅、灵动的构图，从正面取景，却又一点儿不滞涩呆板。

"你看，形状一点儿不差，正是我们失落的那面镜子。"姐妹俩爱不释手地将照片捧在手里，"这下我们总算找到它了！"

看见她们非常喜爱这张照片，老郑竟也不征求我的同意，就慷慨地将照片送给了她们，看来这件礼物是那样合她们的心意，连骄傲的姐姐也向我们表示了感谢。然后两姐妹向我们行了一个人间的告别礼，说了一声"明早见！"身影宛如惊鸿一般，在我们眼前翩翩地消逝了。

两位仙女一离开帐篷，我的怒气立刻向老郑爆发了：

"刚才你为什么几次三番地不让我讲话？你怎么能够答应她们，如果这真是她们失去的镜子，她们怎么可以将它带回去呢？难道你没有注意到她们的狡狯吗？"

"什么狡狯？"

"根据你所同意的条件，她们可以不用任何证明，只要这个湖真的是人间最美丽的湖，她们就可以将它当作自己失落的镜子，带回天上去。"

"这又有什么值得大惊小怪的？我不懂。"

"你不懂，你不懂，难道你不知道，或者是你不相信，我们的天池是天下所有湖泊中最美丽的吗？"

"我不仅是相信，而且在我的作品中已不止一次地宣扬过这一点。"

"那么你岂不是要眼睁睁地看着她们这两个骗子将我们的天池带走？你有什么权力这样做？"我更加发起火来。

"第一，她们不是骗子，而是美丽的仙女；第二，她们绝不可能将这座湖带走。"老郑不慌不忙地回答。

"哦，原来是这样！不是骗子，是仙女。"我恍然大悟地说，"原来是仙女的美丽蒙住了你的眼睛，你想把天池当作礼物送给她们。

我看她们不但一定会把天池带走，而且还会把你的心也给带走。我决不允许，明天早晨我要和你一起上山去。"

"那太好了，在这场赌赛里，我正愁找不到一个证人哩！不过现在我不能和你闲扯了，为了明天早晨上山，我还有一些小事要安排哩！"看来我的话丝毫也没有被老郑放在心上。也许是他根本就没有真正相信这个神话，哪有这样的神奇的力量，能够将这座湖从人间移走？然而对于今天的事，我却一点儿没有发生怀疑。我觉得：在天池这样一个远离尘寰的瑰奇的环境里，如果没有这种事情发生，才真正值得奇怪哩。

在晚间的联欢会上，老郑一眼看见了女高音歌唱家林友君，就满面含笑地向她走了过去。我本来也想走上前去，感谢她早上的歌声给了我们那么愉快的享受。然而看样子这时候老郑有一些不愿意我在他的身边，于是我自个儿走开了。

第三乐章：早晨

第二天清晨，两位仙女又翩翩地来到了我们的帐篷。半透明的轻纱上还闪烁着一颗颗珍珠般的微笑，看来她已经十分有把握就在今天找回她丢失的镜子。而妹妹却温柔地体贴人心地对我说：如果她们今天果然找到了失去的镜子，那么首先应该感谢我的诗句。

我和老郑陪伴着这两位天上的姐妹，沿着昨天上山的道路，向天池顶峰进发。一路上大家很少交谈，心情都沉浸在一种奇怪的期待的激动中。要知道我们即将面临的，毕竟不是一次平常的经历啊！

当幽静的湖泊在晨曦中又一次呈现在我们眼前的时候，刹那间老郑自己也惊呆了。看来他也开始感到了他的这次打赌的鲁莽，懂得了他即将面临的是一场多么巨大的冒险。难道在我们面前躺着的，不正是一面神光离合的镜子吗？湖上没有一丝波纹，薄薄一层水雾，仿佛是镜中的烟云，梦一般的缥缈、轻灵。

这时，耳畔传来了姐妹俩品评的语声：

"对，这正是我们的镜子，你看它那粼粼的清冷的波光，当年正是它照临咱们晨晓的梳妆，在瑶池的水晶宫殿里。"姐姐说。

"对，这正是我们的镜子，你看它圆圆的镜身，好像团圆的十五的月亮。"妹妹说。

"不，这不像是我们的镜子。"妹妹突然发生了怀疑，"你看它的西南角上缺损了那么大一块。"

"不，它正是我们的镜子。你看，那缺损的一角正是它从天上跌落下来时，在玉柱峰岩石上碰坏的。"

看来一切都对我们不利。再过一会儿，她们就会将天池当作自己的镜子，携出人间去了。

耳边继续传来两姐妹惊喜的叫声：

"它是我们的镜子！鄂陵湖是蓝色的湖，扎陵湖是青色的湖，然而它却是七彩的湖，世界上没有一个湖比它更绚丽！"

"它是我们的镜子！太湖的波光固然清莹，洱海的湖心固然明澄，然而有水草杂生在它们的胸怀，有游鱼惊扰它们的平静，不像这湖的慧心如此明净，纤尘不染。它是人间最清亮的湖！"姐姐说。

"它是我们的镜子！鉴湖的倒影的确美如画图，镜泊的返照更是银光万顷，但是都不如这湖的空相玲珑，在它的湖心里，云随天转，斗转星换。鉴湖、镜泊只是人间的镜子，而它，是天上的镜子！"妹妹说。

"没有任何疑问，它是世界上最美丽的湖，它是我们丢失的镜子。"姐姐高兴地叫出来，仿佛已经得出了最后的结论。

正在这时候，那昨天曾经震颤过我们心弦的歌声，又重新飞了起来：

　　　　春风杨柳万千条，
　　　　六亿神州尽舜尧。

突然，眼前的一切都改变了模样，浓雾散开了，金黄的阳光照射到水波上，湖心顿时出现了倏忽变化的七彩的画面，天池冰冰的面容一下子变得那么柔和，那么妩媚，整座死寂的湖泊刹那间具有了无限奇妙的生命，仿佛一位绝色的美女从沉睡中苏醒，披着五彩的轻纱，在阳光下翩翩起舞。忽聚忽散的淡淡的烟云，正是她身上随风飘动的衣袂。

两姐妹开始感到了疑惑，迷惘的表情出现在她们的脸上。"慢一些，这不像我们的镜子，我记得它并没有这么妩媚。""的确，它的面庞没有这么温柔，我记得。""这不像是我们的镜子！我们的镜子能够纤毫毕现地反映出我们的明眸皓齿，然而却不能赋予它们以生机。这湖却不，我们的面容在它明媚的湖光里变得更加柔和，更加俊俏；我们的眼睛也焕发出了梦寐的光彩。天呀，我从来不知道我有这么美丽！"妹妹惊叹道。

"这不像是我们的镜子！当我们哭时我们的镜子也哭，我们笑时我们的镜子也笑，然而它却不能改变我们的心情。这湖却不，上山时我还觉得自己的心意十分烦躁，现在面对着它的澹澹碧波，我觉得我的心也变得和它一样明澄清静。"姐姐感动地说。

"这是爱人的湖！"

"这是生命的湖！"

"我们的镜子是天下最美的湖，然而这湖却比它更美！我们差一点儿就认错了，这不是我们的镜子。"

两位仙女终于走过来向我们表达了感谢和歉意，并且说她们马上就要离开这里。我注意到她们说话的时候，仍然恋恋不舍地偷偷地回望了几眼这梦幻一般美丽的湖面。

我们诚恳地向她们致意，为她们最终没有找到自己的镜子而惋惜，同时，也真心地挽留她们再在我们这儿玩上几天。

"不，我们必须回去了。"姐姐依然矜持地说。

"妈妈还在等着我们的消息哩！"妹妹温柔地补充。两姐妹都有一些失望和惆怅，我们目送着她们翩翩的背影。忽然，她们又停了下来。

"我们这样回去，妈妈怎么会相信呢？"

"尤其是我们带回两位这张照片，她一定会说这个湖正是瑶池的镜子。我看还是把它留在这儿吧。"姐姐说，一面拿出了我们送给她们的那张天池的照片，打算归还给我们。

"这一点好办！"我笑着说，"我和你们一起下山去，我将再送给你们一件礼物，你们的妈妈看见它以后，绝不会再责备你们。"我们一同回到了山下的帐篷，将我答应送给她们的礼物交给了她们。这是一轴国画图卷：傅抱石先生画的天池图。是老画家在离开吉林时留下来的。两姐妹将它轻轻展开，出现在我们面前的又是一幅绝妙的天池图画。乍看去，它与照片上的天池是那么相似，然而细细观赏，才觉得神光离合，别有一番美丽深远的韵致。它是天池，却又不完全是天池，只感到它比平常的天池更缥缈、更妩媚、更美。真令人不能不佩服画家奇妙的笔触，在那最美妙的一瞬间，将天池魅人的神韵捕捉了下来。

"有了这幅画，妈妈不会再说这个湖是她失落的镜子了。"两位仙女卷上了图画，开心地告辞了。

不过，我突然想起了一件事，又赶紧叮嘱了她们几句："还要麻烦你们中途将它送回来一次。不久以后傅抱石先生要在北京举行长白山写生画展，他很希望这幅画也能去参加展出。"

当仙女们走了以后，我用力地捅了老郑一下：

"鬼东西，歌声这一招是你事先就想出来的吗？我真服了你。"

"这又有什么？我不过是对于我们的天池是世上最美丽的湖没有信心罢了。何况我还打算把这个湖当作礼物送给她们。"他故意拿我的话来回敬我，我们两人都大笑了起来。

这时，老郑怀着对那美妙歌声的无限感激，诚挚地对我说："只是由于昨天早晨那奇妙的歌声给了我启发。在这次上山以前，我已经不止一次上过长白山，我一直以为天池的绝色早已留在我的心中了。不料昨天早上，当那奇妙的歌声升起来的时候，天池刹那间变得几乎使我认不出来了。这简直是不可思议的事！我才第一次懂得了自然的景物原来也并不是死的，幸福的人的歌声能够赋予它以生命，这种具有生命的美，是任何自然的美根本无法比拟的。所以当昨天晚上两位仙女提出这个湖可能是她们失落的镜子的时候，我毫不犹豫地答应了她们：只要她们能肯定这湖的确是她们的旧物，她们就可以将它带走。并不是我不相信这湖是人间最美的湖，而是我坚定地相信：如果它果真是瑶池的镜子，那么幸福的人的歌声也能使它变得更美，使它具有奇妙的生命的光辉。那时候即使是天上的仙女也不能辨识出它本来的面目来。因此我昨天又邀请了歌唱家林友君，请她今天早晨再为我们唱一次那支幸福的歌曲。结果你已经看到了：人的理想终于得到了胜利。"

听完他的话，我沉思了一会儿，说：

"其实细细一想，这也并不是不可思议的事。道理很简单，不过是主观与客观的契合罢了。只因为那歌声里幸福的旋律唱出的正是我们每个人心头的感情，它首先就在我们的心中激起了深深的共鸣，使我们自己的眼睛里带上了欢乐的虹彩。在这种虹彩里，自然界的景物当然也就是特殊的生命和光辉了。"

他点了点头，同意了我的话。忽然，我们都同时发觉到：自从出发旅行以来，这还是我们第一次在意见上取得了一致，没有产生矛盾。两个人不禁都笑了起来。

尾声

这就是去年夏天，在长白山顶发生的美丽而神奇的故事。当我回来和朋友们谈起这件事的时候，大家都不相信。在这现实的世界里，哪有什么瑶池？哪有什么仙女？然而这一切又的确是我亲身的经历，我绝没有说一个字的谎话。无论朋友们相信也好，不相信也好，这件事本身就在我心中留下了一个最美丽的回忆。唯一使我感到遗憾的是那两位仙女又重新回到了瑶池。难道说她们到过了天池以后，还舍得重新回到天上去？我实在有些难以相信。

今年春天，我有事到通化去，恰好赶上了歌舞剧院在那儿巡回演出。在节目中有一出舞剧，名字叫作《天池仙女》。由于天池在我心中留下了那么难忘的忆念，这出舞剧自然也就特别引起了我的兴趣。当舞剧进行了一小段，轮到双人舞出场的时候，我几乎不敢相信自己的眼睛了。你们猜我看到了什么？绝不会弄错，在舞台上翩翩起舞的正是我曾经在长白山顶遇见过的那两位绝色的"仙女"。看来果真是两位仙女自己舍不得离开美丽的人间，终于留了下来。她们的舞姿是那么轻灵、优美，绝不下于她们容颜的美丽。果然是天上的舞蹈不同于人间，一段短短的双人舞，就给了我从未见过的最大的艺术上的享受。那一天我在谢幕时听到了观众热烈的掌声，一遍又一遍像海涛起伏。无数由衷的赞美飞到了我的耳边。

"跳得真好，简直像真的仙女一样！"

我心里不禁暗暗有一些好笑，有谁会猜到她们真的是天上的仙女呢？

当时，我的思路完全被两位舞者带进了美妙的艺术境界里，竟一点儿也没有察觉到：舞台上表演的正是我和老郑在天池的那段神奇的经历。而且由于天池的情景依然留在我的眼前，我竟忘记了自己是在看戏。直到散戏以后回到招待所，躺在床上细细回味，我才感到事情有些不太对头：这一切怎么可能呢？我的亲身经历怎么会跑到舞台上去了呢？刹那间，我终于恍然明白了：原来这一切都是老郑搞的鬼，是他把我拖进了他的舞剧的排演里，天池上发生的一切都是他事先安排好的，我竟在不知不觉间受了他的摆弄。

明白了这一点以后，心里不禁又好笑、又好气。一从通化回来，我立刻找到了老郑，向他提出了抗议。老郑躲开了我激愤的攻击，笑着说：

"这件事你只猜对了一半。舞台上现在上演的舞剧的确是我写的。然而真正的编导却不是我，而是我们大家，总导演应该说是美丽的天池。故事的发生并没有丝毫事前的安排，一切都是由于你的诗句自然引起来的。听到了我朗诵的你的诗篇，两位扮演仙女的舞蹈演员突然自己找来的……你看，一切都这样自然地发生了。"

听完他的解释以后，我才知道事情原来竟是这么简单。几个月来一直笼罩在全部事件上的神秘而瑰奇的色彩，刹那间都恢复了本来的平常的面目，心里却未免因此感到了一些隐隐的遗憾。然而有时候我依然还是认为这是一个真实的美丽的神话。因为我确实相信：

在天池这样一个瑰奇的地方，什么神奇的事都是可能发生的。

1962 年 5 月于长春

原载《长春》1962 年 5 月

长白山色 （外五篇） 胡昭

在广袤的长白山区行走，一会儿向左，一会儿向右，朋友指给我长白山主峰——

长白山主峰不是高耸的尖顶，而是蜿蜒的、绵长的，如一条银龙，在茫茫雪野之上它几乎难以分辨，只有一抹阳光在银龙的脊背泛出片片金辉。

长白山如此冷静如此平和吗？自然不是历来如此，它年轻时是暴烈的，甚至是强悍的，它一次次发威，喷吐烈焰，烧毁千亩森林草原……如今平息几千年了，可并不是永远平息，它下一次发怒会是什么时候——还要几千年，或就在今夕、明晨？

雪峰沉思，笑而不答。

看山下，针叶林、阔叶林郁郁葱葱，灌木和藤蔓蓬勃盘绕，林间匆匆鹿影、枝头阵阵鸟鸣……

长白山似乎平静而幸福，它的笑容透着欣慰，是饱经忧患的旷世老人的快慰与温馨……

在树海波涛之上的长白山顶峰，你看出它的美了吧？这才叫鹤发童颜，这才叫老来天真！

激流与勇士

　　我沿奔腾的松花江上溯，一步步上溯，一天天上溯，松花江变成了乱石间湍急的细流。细流湍急，夺路而下，跳荡喘息，再扩展为宽阔的大江，我刚从那里来。

　　再上溯，细流倒挂成一条条，吊水楼子、梯子河……当地山民给你取了些多么形象生动的名字，长白瀑布啊！

　　长白瀑布奔泻腾跃，声震山谷，你携带多少力量多少声威！年年月月，鸣奏着不息的音乐，你可感到过寂寞和孤独？

　　岁月无尽，孤寂无垠……

　　劈山开路的人来了，搬石垒坝的人来了，竖塔架线的人来了，一座座水电站在山隘处建起。急流被纳入钢铁的循环，人心智慧的循环，化为力、化为热，向四面八方输送……

　　多少年多少代，我们的一辈辈祖先——长白山先民们，在传说与史诗中祈求和颂扬勇士，那手执雷电的勇士，把温暖与力量给予人间的勇士……这样的勇士已经诞生，已经矗立在长白山瀑布急流之前。

　　呵，勇士，力大无穷的勇士，紧紧握住急流，揉搓着急流，梳理着急流。在你的手中，狂野的风雨雷电驯服地下山，化作人间的温暖与光明！

白丁香

　　在伟岸的松柏身边，你似柔弱的灌木；在蓬乱的灌木和茅草旁，你如遒劲的古木，枝干舒张——啊，白丁香，这旷野间弥漫着你的浓香！

有人说你的芳香浸透骨髓，用你做的灵柩可使尸身久久不腐；有人说你的枝条通透孔细，做烟管可以滤毒强身。可是你多年难成大材，破板拼柩何易？做烟管的老人，又怎能跋涉寻觅你于深山老林？

慕你的芳名远道而来，寻你于修木秀林之中者大失所望了，寻你于良田沃野之上者大失所望了，你就生长在林道山坡，在贫瘠多石之处，你初看去那么不起眼，白丁香。

今日幸运，我们竟在平坦的大坝上寻到了你。我们是在晚风中循悠远的笛声找来的。一个小伙子在吹奏短笛，他说笛子是白丁香做的。迷住我们的，可是他对长白山美景的咏唱，可是他对远方亲人的思恋，一声声透出白丁香的缕缕幽香……

参泉

从燠热的密林里钻出来，清风扑面，哎，山脚下是一道晶亮的流泉。

捧水解渴，再把头浸入水中，噗噜噜一阵好洗。水是这么清，这么凉，又这么软！在阳光中抖开湿发，只觉得人像婴儿般快乐。

同伴又讲起一个古老的关于挖参人的故事了：有四个山东少年，结伴来闯关东，一年又一年一无所获，一年又一年眺望万里关山，家乡和亲人多么遥远……长白山顶峰终年积雪，四兄弟也须发皆白，"小山东"变成"老山东"了。可居然老来得福，挖到了几苗大山参。困厄多年无人过问，"四个老山东得了宝参"的消息顷刻间传遍山里，山把头和官吏像饿狼一样扑来，洪福变成灾祸了！交通要道处处设卡，画影描形要捉拿"盗宝的妖人"。

四兄弟急忙打点包裹，寻僻路下山。

就在他们钻出林子要上大路的时候，迎面碰上了这道山泉。四个老人捧起水来，喝了又洗，洗了又喝！有人说是这泉水里流着人参的汁液，有返老还童之效；有人说是人参姑娘轻柔的手指化为水波，染黑了他们的须发，抹平了他们满脸的皱纹……站起身来，又是四个光彩照人的少年了！没引起任何人的疑心，他们顺利地走上回家的路，带着对这清山秀水的怀恋。

听罢这意味深长的传说，更觉得这水又清又凉又甜！是美的水波，是美的思想，熨平我们的皮肤，也熨平我们心上的皱纹。拔脚上路，我们不也身心清爽、充满青春的活力了吗？

1980 年

致小白桦树

穿白裙子的小桦树，多少年梦魂牵系的小桦树，怎么只顾跟伙伴们玩耍，对我的招呼毫不理会呢？

想要近前又踌躇，我举手搔头，落下根根白发，这才猛然醒悟了：呵，你们已是新的一代，我的老朋友早已不在这里！

几十年四下奔波，我曾到处遇见它们：在列车上，它们被截成整齐的树段，即使有的残留着一枝半叶，我也认不出谁是我曾经爱过的那一棵。

在农家的草屋上，它们被锛平刨光，作椽、作檩，即使瞥见过几片树皮，我也辨不出那就是它旧日的衣衫了。

在深深的地下，在矿坑里，它们坚定地站立着，顶住沉重的煤层，身上涂得漆黑，即使我头上射出的光束，沿着它的身子上下扫过几回，我也不会联想到那林中的倩影。

在胶合板厂，它们被旋切成薄薄的木片，又和别种木片胶合，制成平滑美丽的成品，即使我闻到几缕桦树的芳香，也只能搅起一丝丝迷蒙的记忆……

它们不在这里了。它们各自在自己的岗位上。新的一代正在成长，你们有新的欢乐和烦忧。这身姿、这笑语勾起我扯断肝肠的思念，但对这些你们已全然无法领会。

该新一代的诗人为你们唱新的恋歌了。

1982 年夏

树

在原始林中行走，干燥的松针软软的，脚下无声。

林子这样直，这样高，这样密，这样肃静。

我们可是几条鱼儿，在大海深处默默前行？

仰头看天，枝叶间只有些散碎的蓝色斑点——那可是海面，海藻丛生的海面？

有风吹来，只见落叶飘散，阳光泻下；阳光是碧绿的，闪烁透明。风大起来，树冠在摇荡呼啸。

若是能从这静谧的海底一跃而出，定可以看见：这绿色的海洋波涛汹涌。

那最前端的浪头，舔着山峦，舔着道路，也舔着家乡那小小的山村。

波浪在延展、扩张，覆盖了所有的荒山秃岭……

让我变成一条飞鱼吧，带片片晶亮的水花，在浩瀚无边的绿海上，做一次痛快的飞行！

1955 年

滤

走进树林，走到树冠搭接起来的天幕之下，整座森林都成为我的大伞了。

是伞吗？有风吹来，枝叶摇摇，阳光筛了下来，已被滤成斑斑驳驳的光点，再不那么灼人。

忽然飘来一阵雨，打在树叶上急急切切，可滤下来的已更稀更细，在头上、肩上只落下轻微的几滴。

那吹散雨云的风呢，也被滤得更加清新。

走出树林，脚下的山泉这样纯净，捧起来喝一口清凉而甘美，这也是被树林滤过的——通过它那枝丫般在地下伸展的根须。

连我的思绪，也被滤过得如此清晰，我懂得了，树林就是这样每时每刻在辛勤地工作：遮蔽烈日，阻挡山洪，供给我们洁净的水和凉爽的风。

1982 年

岳桦

一路向上走，长白山中的树，一路在层出不穷地变化：柞树、榆树、白杨、枫树一层层活泼多姿的阔叶林。落叶松、黑松、云杉、长白美人松……一簇簇针叶树渐渐夹杂其间。在一千八百米的高处，如同山腰里的一抹白雪，绵延着一条长长的林带——这是你们，高山上的岳桦！

哎，岳桦，你必是白桦和赤桦嫡系的姐妹！同样洁白的肤色，同样纤细的手臂，同样蓬松的秀发。

可为什么你显得这么苍老：躯干上有斑驳的疤痕，叶片干硬而稀疏，异样地弯曲扭结——你那条条枝丫？

岳桦默默不语。可山下的姐妹齐声回答：就因为你站在最前端，首先承受长年的风雪，那稀薄的空气，那高山气压……一年又一年，你一步也不曾退却，保护着身后的姐妹们快乐地喧哗。

再上去，就是一道森严的针叶树了。你尊敬前面那些勇敢的兄弟，你艳羡后面那些活泼的姐妹。

可是你依然默默地挺立着，一年又一年。

你美丽的青春永在。在我们眼里，你洁白、高大而又挺拔……

1982 年

山风·山雨·山火

山风

多事的山风，一刻也不肯停歇，打着呼哨四下里游荡。你都干了些什么——

你揉碎那脆弱的花儿，又信手把它们抛散，你是为了什么？你掀掉枝头的鸟儿，不让它们尽情地唱歌，又是为了什么？那青青的松塔，静静地挂在松针里头，哪儿惹着了你！你把它们一颗颗扫落，到底是为了什么？

你不自量力，又去摇那些参天的大树了。那行列齐整的勇士们，对你毫不理睬，晃了晃肩膀，威严而沉默。

你还不肯罢休，你从上面，从下面，从前后左右，又推又揉，又拉又扯……松树齐声怒吼：干什么？你要干什么？

为什么你溜了，为什么刹那间就无影无踪了，调皮的山风呵，为什么？

山雨

风是雨的头。从树梢儿微微的振动，发现天空云儿的聚集。从树叶儿沙沙的响声，知道洒下了轻盈的细雨。那些叶儿、那些树根，急急忙忙地收集着、贮存着每一颗水珠儿。整座森林喊喊喳喳，一片激动的絮语声，互相转告着什么喜悦的消息。

山中的雨，来得快，去得也快——衣衫还不曾湿透，又是那风儿把云彩吹走。

新鲜的阳光从枝叶间洒下，带着些亮晶晶的绿色雨滴。

山火

是由于破坏者一束罪恶的火焰，是由于粗心人一点儿疏忽的火星？

火，疯狂般蔓延开来，火舌舔着干燥的枝叶，森林顶上浓烟滚滚。

火团在空中飞舞，落在哪里，哪里就溅起片片火星；火焰高高扬起夹杂着风声——作恶的风，又在这里逞狂了；风助火势，火借风威，气焰越来越凶。

火苗从地下冒出来——几尺厚的败叶沉闷地烧着烧着，突然喷出火来，好像倾吐着多年的恼怒。

林中的野兽，带着满身的火窜出林子，嗥叫着奔跑，又四处散播着火种……

二十多年前，在林中的夜车上，我远远地看见这可怖的情景——

火龙蜿蜒，烈焰烛天，火呵，日日夜夜吞噬着宝贵的森林……

今天的山上，比二十年前凶猛二十倍！林场的工人、小镇上的人们、附近的驻军……一齐冲上来：

砍树截断火道，

挖土拦住火头，

抓起树枝、草捆甚至衣衫，向着火焰扑打，人和火展开殊死搏斗！

一场鏖战，人们终于取胜。

也许一阵泼辣的山雨，在最紧张的时刻降下，给了人们有力的支援。

但那高低不齐的焦黑的树桩，那荒凉的空地，却长久长久地提醒着人们：

别忘了，就在这里，

有过一场可怕的灾难；

有过一场壮烈的斗争。

1962 年

高山雨燕

问候你，高山上的燕子！你从悬崖峭壁上陡然降下，从我们头上掠过，撒下一串串亲昵的歌。

黑亮亮的羽翼，急速地剪着剪着，剪着云，剪着风和雨，剪着无尽的岁月。

在风云变幻的漫长岁月中，你总是不停地上下飞旋，飞旋着，唱着一串串的歌。

就在那峭壁的顶端，你垒下小小的窝。这就是你的家了，你就在这里生活。

你跟那些勇敢的伙伴，年年从那花叶婆娑的南国，飞越无边的海洋，来到这北方的高山——

没有一点儿恐惧和孤独，没有一点儿寂寞……

真羡慕你，高山上的燕子，有这么坚强的性格！

孩子孵出巢，在这高山上成长，学飞，学觅食，学唱歌……从哪儿汲取了这么多快乐？

为什么你的歌声如此急促而激越？

哦，我明白了：

你是在歌唱这高山上的斗士们——地质勘探队员、高山气象员……这些高山的开发者、建设者。

你骄傲，迎着风雨雷电，你跟他们一道奋战！你自豪，你爱他们大家，他们个个爱你！我跟你一样热爱勇敢的灵魂——赞美你，高山上的燕子呵，你是他们中间的一个！

翅膀

人，为了驾驭水，制造了一双木桨，伸长了自己的双臂，驾驭轻舟劈波斩浪；人，为了驾驭风，制造了各种各样的翅膀，强化了自己的双臂，在天空中飞翔；

人，不断地使自己更强大有力，主宰大地、天空和海洋。

人，不断地冲破局限，扩大着远征的领域，时间和空间是他展示自己的美与力的舞台……

歌者呵，只有你胸中怀着这一星星勇敢与智慧的火花，你的歌才会长出翅膀高飞，你的歌声才会灼热而明亮！

1982 年

学飞

天池瀑布，声如沉雷，震动山谷，高高腾起的水珠，如一团团洁白的云雾……

就在那云雾升腾的地方，密匝匝地，穿越着多少只雨燕呵！忽上忽下，飞着叫着，叫着飞着。

鸟类学家老赵也在凝望着它们。好像听见了我心中的疑问，他轻轻地说："这是新一代的雏燕。亲鸟在教它们学飞。"

呵，专爱在雷雨前高飞的鸟儿，怪不得你们选择这里做训练子女的地方——让它们从小就不畏惧迅雷密雨。

天池群峰间突然有阳光射下，瀑布的雾气中升起一道彩虹，色彩多么清晰，多么美丽！

那些燕子，好像一个个小小的黑点，在彩虹上下飞掠，勇敢地从彩虹中穿过去又穿过来……真像是作曲家笔下跳动的音符，在谱写生命之歌。

1982 年

鸟语

　　在长白山天池旁边，巧遇著名鸟类学家老赵。他慨然答应我们的要求，讲起了鸟类的生活。

　　同行的小女孩儿悄悄问我："哎，你说，他懂得鸟语吗？"

　　我想，他是懂的。鸟儿该也懂得他。

　　一清早，老赵走进林子，站得高高的灰头鹀，立刻对着他唱了又唱，唱的是："你早呵，你早呵！"接着就在枝条上转动着身子，边跳边唱："你看我多漂亮，多漂亮！"老赵微笑点头，回答它的问候，并赞许它的美貌。

　　中午，他走近一块石崖，北红尾鸲突然高叫起来；他再走，红尾鸲竟俯冲向下，左右飞掠，想拦住他的去路，边飞边叫："别走近我的鸟巢！别走近我的鸟巢！"他识趣地停下脚步，靠在一棵树上，细细地欣赏这母亲的爱与操劳。

　　在偷偷搭起的草棚里，他从早到晚连续观察着鸟儿的生活。母鸟觅食归来，雏鸟张开大嘴叫着嚷着，母鸟一边喂食一边小声叮嘱："别吵别吵！猎人来了，猎人来了……"

　　鸟儿以为他是个偷猎者，这不是没有根据的，他一身有补丁的蓝布工装，挂着一副望远镜、一部照相机，只顾在林子里走着、看着。可天长日久，不见他伤害鸟儿，也就不再提防。有那眼尖的老鸟，早已看见他躲藏的地方，看见他那竖起来的粗硬的花白头发，大声嘲笑着他："我看见了，我看见了，还躲什么，不害臊！"于是他笑了，那老鸟也咯咯地笑了。

自然，他偶尔也会捡到一两只死鸟，查它的胃里有多少条虫子、多少颗果实……然后精心地把它制成标本，安置在书房的各个角落。于是，在伏案写作的日子，当他抬头，就会看见这些林子里的伙伴，一对对小眼睛盯着他，像是要继续被打断了的谈话。老赵靠在椅背上，长久地跟它们谈着，思索着。

1982 年夏

蜜蜂的路

蜜蜂的路，是崎岖不平的路，是色彩斑斓的路。在拥挤的蜂箱里，在颠簸的车上，走过多少洼地和山坡，多少泥泞和丛莽；车停了，蜂箱被摆开，箱盖被掀起——

小蜜蜂呵，还迟疑什么？张开一对对小翅膀，飞起来吧！继续你们的旅程吧。

可是那赶车的老人和车后的孩子，为什么不飞向花丛？他们在砍树枝、割茅草，呵，他们没有蜂房，他们要营巢。

蜜蜂的路，是崎岖不平的路，是色彩斑斓的路。

张开一对对小翅膀，飞呀飞呀，几里，几十里。那侦察的蜂儿回来了，在空中表演着奇异的舞蹈，报告着消息——

山下一片野花，山上一片椴树花，快快飞去，快快飞去，带回来一滴滴充满香气的百花蜜和雪花般纯净的椴树花蜜。

　　远远的山沟两旁，是密丛丛的苕条花，快快飞去，快快飞去，带回来紫红的玛瑙般的苕条花蜜……

　　老人为什么望着我们笑啊？那孩子在本本上画着些什么？难道他俩也懂得我们的话语？

　　老人和孩子在清理蜂箱，在更换蜂脾……他俩也不住在里面，为什么这样小心在意？

　　一颗颗汗珠滚下额头，滚下腮边，好像蜂脾上的蜜滴。

　　好奇的小蜜蜂，飞上去舔了舔，不是甜的，又咸又苦，好像泔水。

　　可是他俩脸上那笑容啊，却又亮又甜，甜过最鲜最美的蜜——

　　就是这滚着汗水的笑容，给那蜜添上了醉人芳香吧？哪里花多，蜜多，他们的笑容也最多。

　　对了，对了！小蜜蜂张开小小的翅膀，沿着那崎岖不平的路沿着那色彩斑斓的路，向伙伴们报告这个发现去了。

1982 年

大森林的声音　万忆萱

你坐过森林小火车吗？我坐过。

那是四年前的春天，我要到长白山的腹地去，唯一的交通工具就是森林小火车。我接受主人的建议时，曾对这一次旅行产生过美好的遐想。可是当我被塞进那密封式的小闷罐里时，不禁傻眼了。里面漆黑一片，早已堆满了人。我插着缝儿找到一块立足之地，忽听有人尖叫："瞎眼啦，咋往脚上踩！"笛声响过，小火车"轰隆轰隆"地开动，车体也随着摇晃起来。不知从哪个角落里突然冒出来一个身材高大的女列车员，她打着手电筒，推推搡搡地边走边喊："买票啦，买票啦！"尽管幽暗中看不清她的脸，但那严厉的声调却令人心惊胆战，也有例外的时候，一位中年妇女用一种讨好的口吻说："大妹子，你要的蘑菇拿来了。""是吗？哟，还挺干的呢！"声调是欢悦的。行至牡丹岭，小火车头"吭哧吭哧"地喘息着，车体像蜗牛似的缓缓蠕动，车厢里不知又由于什么事情骚动起来。女列车员却若无其事地躲在一个角落，"嘎嘣嘎嘣"地嗑着不知什么人馈赠的葵花籽。争吵的噪音，污浊的气息，充斥着这小小的黑色空间，使人透不过气来，好不容易挨到终点，我像逃出牢笼一般，夺门而出。一只有力的手猛然揪住我的衣领，随后是一声呵斥："别跑，票呢？"回头一看，是那位女列车员，眉毛飞动，凶神恶煞般盯着我。我乖乖地交了票，同时惊异地发现，这位姑娘留着长长的披肩发，穿着入时，想不到八十年代的那股时髦风，竟然也刮到这深山老林里来了。忽见女列车员甜甜地笑了，原来一位老大娘答应她下回给她带哈士蟆。姑娘嘴角上显眼地长着一颗黑痣，使她的笑容显得格外妩媚。

这段短短的旅程，给我留下极为深刻的印象。

今年初冬季节，我又来到长白山林区，想去看望远在三林场的一位老朋友。当有人又提议坐森林小火车时，我顿时觉得一股凉气从脊背钻了出来。可是一百二十公里的路，也不能用步量，不坐它又有什么办法呢？我按票号踏上第七节车厢，眼前顿时一亮，里面整洁漂亮得令人眩晕。赭红色的地板、乳黄色的拱顶和堵墙、银灰色的人造革座椅，每扇小小的车窗前，飘拂着洁白的纱布窗帘，每个小小的茶几上端放着鲜艳的塑料花，车厢两端的门楣上，还悬挂着用镜框镶起来的水墨画。这难道是我记忆中的那个森林小火车吗？

列车在乐曲声中徐徐启动了，扩音器传来了清朗的略带刚气的女播音员的声音："我们是四二四'三八'乘务组，将陪同大家一起到达旅行目的地。本次列车往返全程二百四十公里，途经……"这时，车门一响，一个梳着短辫、戴着无檐帽的小姑娘闪了进来，她行了个举手礼，便甜甜地说："我是七号列车员。一路将为大家服务，有什么事情可以随时找我。"说着便忙碌起来，穿梭一般在车厢里来回飞动。坐在我身边的一位农民模样的老人，怯生生地问："闺女，有针线吗？""有，怎么了大爷？""唉唉，新棉袄，就叫我给刮个口子。"小姑娘从上衣口袋里掏出针线，老人连忙去接，小姑娘却说："我来。"她半俯着身子，飞针走线，转眼工夫就给缝好了，老人的两眼笑成一条缝，连声称谢不迭。那边一位女旅客高声大嗓地喊："同志哎，孩子要喝水。""就来，就来。"小姑娘又像燕子似的飞走了。此情此景，使我又突然想起四年前这条线路上的那张气势汹汹的带黑痣的面庞。如今，她干什么去了呢？扩音器里播放着蒋大为的歌曲，气势奔放，同车窗外那群山巍巍、林海莽莽的雄浑氛围十分和谐。随后就响起了女播音员刚健的声音："旅客们，请往窗外看，这是牡丹岭，当年烈士陈翰章同志曾在这里浴血奋战过，有五名抗联战士在这里为祖国献出了宝贵的生命。那一片片枫叶，是由烈士的鲜血染红的……"整个车厢的旅客都在凝神地谛听着、注视着，特别是那位年轻的解放军战士，神色分外肃穆，也许这个没经过战火冶炼的军人，此时此刻，内心里正在经历着一场战斗的洗礼吧。稍稍间歇了一会儿，女播音员又用欢快的声调说："你们看到山脚下的那个小村庄了吗？那是复兴乡的三姓屯，过去是出了名的'三靠'队，不少人家吃不上饭，都搬走了。自从实行了农业生产责任制，这个屯先后出现了十几个万斤户、万元户，日子过得一天比一天富裕，谁能不从心眼儿里拥护党的路线、方针、政策呢？"远远望见山窝窝里的那个小小山村，竟连成片地矗立起一幢幢红墙灰瓦的砖房，几家的烟囱飘着袅袅的炊烟，为这寂静山林平添了几许亮色和暖意。我身边的那位农民模样的老人连连点头："这闺女说得在理，说得在理。"森林小火车在一个叫松岗的小站停了下来。我正凭窗远眺冬日山林的景色，忽见一个身材高大的女列车员背着一位行动不便的老大娘边走边喊地挤过来："哪位同志给让让座？"我身边的一个小伙子立即让出自己的座位。女列车员把老大娘安顿好，转身欲走，那位老大娘一把拽住了她，哆哆嗦嗦地从包里摸出几个鸡蛋："亏得你，要不大娘说啥也挤不上来，给，拿着。""谢谢，您的情我领了，不收旅客的东西是我们的纪律。"她扬起头，用手抹抹脑门的汗珠，我一下子看清了她的面孔：爱飞动的眉毛，甜甜的微笑，特别是嘴角的那颗黑痣，使这笑容显得更加妩媚。是她！

转眼，她又在人群中消失了。小火车继续在深山老林里蜿蜒行进，正在人们昏昏欲睡的时候，扩音器又响了："列车已进入长白山区的原始林带。现在正是采伐的黄金季节，林业工人每天都要向国家贡献大量木材，今年的采伐率比去年提高了百分之四十。长白山是美丽的、富饶的，长白山的人是勤劳的、英勇的……"我真佩服这位女播音员的本领。她所涉猎的范围，远远超出了这十节小小的车厢，而把人们的思想引领到一个更加辽阔更加崇高的天地。她那间小小的播音室，简直可以说是长白山的一个流动的广播电台！一种强烈的职业冲动，使我急于去见这次列车的车长，当然，还有那位女播音员。

经人指点，我找到一号车厢，车长席却空无一人。我问一号服务员，那个圆脸的姑娘说："车长正在播音。"果然，扩音器又响起了那已经熟悉了的声音："终点站就要到了，请旅客们收拾好东西准备下车，也希望大家把意见和要求留下来，让我们共同把列车建设成社会主义精神文明的阵地。"我既兴奋，又沮丧。原来车长和播音员竟是一个人，可惜旅程结束了，失去了一个很好的采访机会。但，人无论如何是要见见的，我静静地等候着。

"哐啷"一声，播音室的门打开了，走出来的人竟是她！整洁的蓝制服、端正的无檐帽、齐耳的短发、飞动的眉毛、甜甜的笑容、显眼的黑痣，形象是熟悉的，气质却是陌生的。我一时不由怔住了。

最后，我临时做了个决定，没出站台就买了回程票，又踏上往回返的列车，我想把失去的机会再找回来……

原载《作家》1984 年 3 月

长白山十七峰（外一篇）　陶怡

　　从长白山回来的第二天，一宿好睡，旅途的劳顿全然消失了。伸手打开收音机，正在播送天气预报："……第十三号台风趋势减弱，但在未来二十四小时内将影响到吉林地区，长春市今天白天和夜间有大风及阵雨。"听了，我暗自说道："果然来了！"分不清心里头是赞叹，是亲切，还是欢喜……抬头看看天，倒是又明净又高爽，只有最初的秋风顺着窗缝钻进来，吹刮得窗幔"扑啦啦"直飘，但我不敢怠慢，忙把窗子关紧，又把夜晚晾在外边的衣裳收进来，这才安心地去上班。

　　天气预报天天听，习以为常了，为什么今儿感觉格外不同？这须得从长白山说起。

　　登长白山，本是一桩夙愿。最早，我是从小学的课本上知道有这么一个好所在的。还记得，书上印了一幅挺工细的插图，画着三个仙女在天池里洗浴，她们远离天宫，初到人间，玩得兴致大发，竟把天池水也从群山之中泼溅出来，于是，就形成了松花江、图们江和鸭绿江。这虽然是多年前的旧事了，那印象却很深很深，直印到心坎深处。这次出发前，又有人找了本《抚松县志》给我看，这才知道，原来山上最美的不仅是天池，还有环绕着天池的十六个山峰。那一个个山峰的名字也起得好，既形象又别致，引得人未曾出门，一颗心却早早地飞了去。倒不知这十六峰中哪一个最峭拔、最雄伟？

未上路时，心里就十分急切，可谁曾想，一上了路，那急切又比在家时增了几分。有一天，汽车正行驶间，听见有人大声说："这地方叫'双白顶子'，看长白山最真切。"我连忙站起身张望。透过莽莽苍苍的碧茸茸的林海波涛，果然看见一个雪白的山峰如孤帆般地升了起来，我刚想说这就是那最高峰了，又觉得不大像，仔细一看，哪是什么山峰，"夏云多奇峰"，云也趁机作弄起人来了。

终于，几百里风尘，几百里颠簸，还有那难耐的思念，都成为过去，此刻，我已经站在长白山的极顶了！

这时再向四下里看，只觉眼底的景色蓦然不同起来。那来时经过的高山也好，密林也好，这工夫竟一色儿漫平，全都贴伏着组成一张大绿毯，本来高挂在头顶上的云彩，像游丝，像花朵，镶嵌在这块绿毯上，离这儿不知有多远。看来，云想要飘到这儿来也不易。素来被认为勇敢的山鹰，只在低低的山谷里盘旋，翅膀又沉又重，忽扇几下，打个转儿，又坠下去，在人眼里只有米粒大小；松树是最能傲雪迎风的了，但到长白山，也只敢在山脚下生长，反而不及岳桦和白山茶。现在，岳桦带和高山草原已被我们跨过，立脚的地方只有淡白色的砂石，残雪在近处的山坳里闪着寒光……

这氛围，这气氲，简直高阔极了，也清爽极了，真不知道世界上竟有这样高的去处。伸一伸手，就要碰着那瓦蓝瓦蓝的天空了吧？一刹那，心中有种半惊半喜、似信似疑的情绪涌了上来。定一定神，转过身来再看，眼前就是朝思暮想的长白十六峰了啊！

看，最近的这一个，峰峦有如振起了羽翼似的，应该就是有名的孤隼峰；和它并排耸立的是云霞缭绕的紫霞峰；再往前一点，顶惹眼的那个，好像擎天巨柱一般的一定是玉柱峰；左面，那峭崖壁立的不知是铁壁峰还是锦屏峰？再过来，最高的白云峰正和卧虎峰遥遥相对……看着看着，我忽然发现，在卧虎峰的最高处，分明竖立着一个木架子，在蓝天之下，就像是墨笔勾画的一样清楚。我脱口赞道："这样高的地方也有人上来过！"背后不知是谁接过去说："这还奇怪？不是有人常年在这儿工作吗？"

我听了一怔，回过头刚想问，猛然发现就在我背后，耸立着一所深褐色的大石头房子，房檐的高度和孤单的翅膀儿一齐，屋顶上的铁旗杆，像谁的粗壮手臂，高高地伸进青空里。在这光秃秃的白砂石之上，这房子显得分外醒目，分外雄伟。我在惊愕之余，这才想起来，路上曾有人说过，长白山有个高山气象站，站里住着一伙勇敢的年轻人。他们终年工作在山中，天池躺在他们脚下，高峰与他们比邻。大自然的风云变幻全都掌握在他们的手掌心里，这群人才真是英雄呢。当时听了，以为气象站顶多不过在半山腰，不想，竟攀到这紧顶尖儿上来。

这当儿，忽然有十几个人从门口蜂拥而出，过来和我们热情地打着招呼，又簇拥着我们去休息。不用说，这就是那勇敢的气象员们了。

坐在气象站站前的石阶上，我们热烈地攀谈起来。这群叱咤风云的年轻人，顶多也不过二十二三岁，身体棒棒的，面孔被高山紫外线晒得黧黑。这时节虽是夏末，因早晚冷，天又多变，一个个都穿着一式的黄色保护背心。听口音，可就四面八方杂得很了。有浙江人，有湖南人，也有四川人。气象站站长姓张，家就住在东北。他年纪略略大些，但也不过三十左右。比起别人来，脸上又多了几分刚毅和稳重。我们请他介绍情况，他也不推辞，站在众人面前说起来。

"长白山的景致，不用说初来，就是在我们这些住久了的人眼里，这山，这水，还是看不厌。"说到这，他略停了停，又接着说，"这座山海拔两千七百多米，比泰山还高。支脉延伸的可就远了。主峰上，气候变化很大，一年中只有两个月无雪，八月末山下正热，山上就飘雪花了，到第二年六月雪才停。冬天温度经常在零下四十五摄氏度左右。风更大，超过十二级是常事。到夏天云雾多，雨水多，平均每天都要下三五场雨。自有气象记录以来，只今年夏天达到过十六摄氏度，这是几年来的最高温度了。我们气象站就是根据长白山的这种特殊气象状况才建立的。"他爽朗地笑了笑又说，"干这一行，我们倒高兴有这样的狂风暴雨和浓云密雾送上门来供我们研究呢……"这会儿，竟真像应了他的话一般，一阵浓浓的云雾突然翻卷着，奔腾着，带着冷气漫过来。只一瞬，就包裹了所有人的影子。张站长的声音却还在近处响着。过了一会儿便云消雾散，放眼去追寻，云雾早已飞过重重峰峦。这时，我看着身边气象员们清朗的面容，听着他们不平凡的事迹，思潮也一下子变作了流荡的云海，翻卷着，奔腾着，随着讲述飞得很远很远……那还是刚建站的时候，房子没修完，山路没铺好，盖房子的石头得从二十五里以外的山下一块块背上来。气象员们为了早一点儿提交天气预报，便先开始了工作。他们初上高山，一时不能适应环境，一个个吃不下饭，嘴唇变得乌青。下雨房子漏水，他们就把雨衣给仪器披上，大风掀飞房顶，大家就爬上去用身子压住。有人被风刮下来摔伤，又挣扎着爬上去……"后来生活逐渐好起来，但自然条件还是一样，一年之中，两个月无雪期是最好的季节，也是最忙的季节。这期间，全年的吃食、燃料和一切生活必需品都要抢运上来。不然，风雪一起，不用说路，就连气象站的房子也整个儿给埋在大雪里，雪一直齐到房檐儿，屋子里黑洞洞的。几盏油灯照着亮，大家就在小小的光焰下面工作、学习、娱乐、做操、翻跟头、锻炼身体。当然，观测还是在室外进行的。雪囤了门不要紧，可以在门口打一个洞，在雪里开一条像战壕似的水晶甬道。如果风太大，把观测场地上的量雨筒刮倒了，百叶箱掀翻了，那也没关系，重新立起就好，漏测、误测却无论如何也不能被容忍。道路不通，他们的信件、书报也都在邮局里等待着，直到冰化雪消，第一次通邮，邮递员才冒险把沉甸甸的邮袋送上来。想想看，七八个月的时光，积攒下的书报看也看不完，同学的、朋友的，特别是亲人的信该会有多么大的一摞！等到白山茶抽出第一片叶子，山路便通了，于是他们又急忙抢运下一年的必需品，为新的一年做准备……这就是高山气象员的生活。"

张站长讲完了，我又抬眼去看气象员们的面容，刚好和一双双坚定的充满自豪和欢愉的目光碰在一起，我觉得那目光好像在说：我们的生活多美好、多丰富啊！

这一天，我们走近去看了天池，又去看了十六山峰，真是山美水也美。但心里总觉得有什么牵扯着，于是，我折回气象站，在房子转角的地方，遇上了三个正在挖水槽的气象员，一个是矮小精悍的陈启光，一个是个儿高高的罗玉财，他俩都是广东人，又都是成都气象学校的毕业生。另外那个矮墩墩、胖乎乎的崔长吉来自黑龙江，是朝鲜族人。

我问道："挖这做什么？"

崔长吉用流利的普通话回答我："原来山上天天吃雨水，现在三天没有下雨，就要挖井了。"

我走过去看，见已经挖了很深，浑黄的水一股劲地朝上涌，过了一会儿，水清了，他们几个换着班一担担往房子里挑水，谁歇下来，谁就和我闲聊。陈启光给我讲了罗玉财的一个故事。他说，罗玉财的高个儿本来是优点，看着高大漂亮，看热闹不用跷起脚，打篮球更是受欢迎。可是到了这高山上，风硬是和他作对。有天刮大风，赶上他值班，房子和观测场地距离一百五十米，坡度有五十多度，这大个儿刚一探出头，大风就把他吹得贴在房门上，动也不能动，用尽力气往前走了几步，风又把他吹了几个跟头，无奈，他只好屈尊，四只脚前进，才算爬到了场地。

这当儿，罗玉财本人挑着一副担子走回来，时值正午，他脱得只剩下一件红背心和一条跑裤，正是一副运动员的派头。他听见我们笑他，调皮地眨了眨眼睛说："大个子力气足，可攥得住记录本。"

陈启光连忙申辩说："那难道怪我？风太大嘛！"原来，有一次风竟把他手里的气象记录本给吹跑了。

我们接着又谈到了理想，我和他们开玩笑说："如果你们都准备永远在这高山上工作，爱人扯后腿可怎么办？"

罗玉财抢过去说："都还没找呢，哪个扯后腿？"我说："迟早要找的。"

"找个能爬山的就是了。"他伸手指指白云峰，"得能爬这样高！"这句话逗得大家一阵大笑。我朝白云峰望过去，忽然有了意外的发现：原来高山上，不仅有飞鸟，还有花儿，那是被叫作高山雨燕的鸟，翅膀儿一张一合地剪着蓝天，十分轻捷；花儿是粉红色的，好像单瓣的菊花，叶子却又像松针，花名也叫得响亮——松毛翠。人说，这花儿冰雪一化就抽芽，抽了芽赶快开花，茎子没有一寸高，花儿可比杯口还大。一丛丛，一片片，点缀在气象站的周围，显得十分美丽。我暗中把这花儿、这鸟和气象员们联系起来，这难道不正是他们生活里再好不过的装饰？

我们正谈得热闹，忽然有个人过来对我说："第十三号台风侵入朝鲜，下午有大风雨，我们得早点儿下山了。"

　　匆匆分手，难免恋恋不舍，但尽管脚步迟缓，长白山极顶还是一步步地远了。紫霞峰、孤隼峰都渐渐地远去，远去……回头看，气象员们并肩站在山头，不停地对我们挥舞着手臂，高山阳光从他们背后射来，显得那身影的轮廓益发鲜明，一下子形成了我们视线中所能看到的最高的山峰，比另外十六个都更峭拔，更雄伟，十六峰反而变成了不可缺少的衬景。

　　回来才知道在山上关于十三号台风的传闻是不准确的，那人错把"三天以后"听成"今天午后"了，这场传错了的风雨最后终于如期而至。在家里听了天气预报的那天中午，刮了一场不大不小的风，到夜里才下了一阵雨。早晨（这已是回来的第三天了）推开窗，看见马路和台阶只湿了薄薄的一层，树叶愈发青葱葱、水灵灵，比洒水车喷洒得还周到、还均匀。心里不禁思忖道：长白山上的狂风暴雨怎么到这儿就化作了雨丝风片？莫非山上的十六个——不，该说十七个山峰才对，在为我们屏遮着风雨？正想着，收音机又传来新的气象预报，今天是大晴天！

1961 年

月光下的呼唤

　　这是人参鸟！它飞遍了关东的崇山峻岭，莽莽林海，从白天到黑夜，从日出到月升，它飞着，叫着，寻找自己的伙伴王干哥。今晚，它就寻到这里来了！不知道昨天它飞过了多少路程？想必是它找得累了，它的翅膀感到沉重，所以才来到这明亮的山环里歇息，久久地不忍离去吧……

我站着，听着，直到夜露打湿了腿，这才走回屋子里，可是睡意已无影无踪。看着那明眸似的含笑的月亮，我无论如何也睡不着了。

人参鸟在耳畔一声声地叫着："王干哥哦——"

我想起一个传说，一个充满关东色彩的传说——

从前，有一句流传很广的话："关东城，三桩宝，人参貂皮乌拉草。"既能说明东北的富庶，也能说明东北的蛮荒。人参，这是富人所希求的延年益寿的妙药。挖参却是穷人百无出路之下的最后一条路。如果有谁说上一句："没法子了，挖棒槌去！"家人听了，心要碎的。挖棒槌去，比沙里淘金更难，比海底取贝更难，有多少人，在家乡连年荒歉之后，怀着一线渺茫的希望，抛家舍业，别妻离子，走上这条闯关东的路啊！

说是很早很早以前，有两个山东人，哪府哪县已经不清楚，一个叫王刚，一个叫李五。两个人一起跑关东，结成了干兄弟。王刚大，李五小，他叫他王干哥，他叫他李五。这哥儿俩睡觉同盖一条麻袋片，吃饭同啃一块窝窝头。在深山老林挖参，碰上断了粮，剩下最后几粒米，哥会说："兄弟你吃！"兄弟会说："哥，你吃。"

一晃儿在关东过了三年，被把头层层盘剥，别说攒钱捎给爹娘老婆孩儿，哥儿俩自个儿吃苞米面，还欠下把头五十两银子。三年头上，王刚和李五急了眼，死活这一回，不跟帮儿，自个儿上山去赶红头子市。往常是两个人形影相随，这回也不得不分手，在老白山根底下约好见面日子和地点，最后回头瞅一眼，一狠心，各奔前程去了。

日子一天天过去，先向西走的王刚好不容易挖了一苗五品叶，他算了又算，卖了这一苗参，将够还自己的饥荒，李五的债还是还不上。只要再多挖上一苗，只一苗，两兄弟过了这个难关，心里才能安生。想一想，他就又继续朝前走，不料，他越走越远，最后竟错过了和李五相约的日子。

那李五回到山下，一直等了他三天三夜，不见王刚的影子，只当哥哥遇了难，就含着泪顺着西边的小道去寻找，一边走一边呼唤着：

"王干哥哦，王干哥哦！"

王刚回来，也照样等了三天三夜，等不来李五，他又到东边去找寻，口里不断地叫着：

"李——五！李——五！"

哥儿俩越寻越远，最后双双死在山里，死后不甘心，又变成两只小鸟。这鸟儿不会唱，只会叫，一个叫着王干哥，一个叫着李五，永远在森林里互相找寻。这两只还专爱往人参多的地方飞，给后来的穷苦兄弟指引方向。挖参人说，这是两只好心的鸟儿，就给它们起了名字，叫棒槌鸟，也就是人参鸟……

现在在我窗外叫的该是那年轻的李五了。

"王干哥哦——"

谁知道呢，也许，多少年前，真的有这么一对好兄弟惨死在山里吧？不过，这故事倒叫我想起今天遇到的一个人来。

我虽是今天才第一次来参场，关于人参的事我倒知道得不少。

凡是生在东北的人，都听老人们讲过红兜肚小胖小的故事，还有人参成了精，变成大闺女和白胡堆雪的老大爷。大约就是这些千奇百怪然而美丽诱人的传说在起作用吧，我一路坐在汽车上，竟然控制不住自己的神思。那山，那水，那草，那树，在我眼前交织成一幅幅瑰丽传说的布景，我把一朵花当成参籽，把一个到河边担水的年轻妇女当成参媳妇，我还从心眼儿里巴望着快跑出一个欢蹦乱跳的红兜肚小胖小来让我瞧一瞧……我想啊想的，一个急转弯，车笛一响，才把我从冥想中唤回来。自己也不由得好笑，我搭乘着现代化交通工具，居然还生出这些荒诞的想法，也真够有意思！

午后来到参场，车子停在松林旁。我信步走到林子边上，用心打量一棵虬枝盘卷的老松树，猜测它活了多大岁数。是一百年，两百年，还是三百年？这工夫，树枝一分，忽然从树后走出一个白眉毛、白胡子、年纪也许和那松树差不多的老头儿来。他身穿青布裤子白小褂，两眼极有神采。我没提防，倒吃了一惊。来路上那富有浪漫意味的想法又在心头上一闪，我想，这该不是参爷爷吧？！

老头儿见我只顾瞪大眼睛盯着他，两道长寿眉一扬，问我：

"姑娘是俺们公社介绍来参场参观的吧？"

我脸一红，忙说："是的。老大爷，往参场怎么走？"

老人把手一招，笑着说："我等你半天了，跟我来吧！"

我也就信任地跟着他，仿佛他的拐棍是一支仙杖，自会把我引到神山仙境。

我跟着他来到一个山坳里，乍一见，这个村子显得好大。盆地正中坐落着几十栋漂亮的青瓦小房，不用说，这是参农的住宅。住宅外围，还遍布着另外一种建筑。既不像回廊，也不像凉棚，重重叠叠，从山坡一直延伸到山脚。原来，人参性喜阴，见不得火辣辣的太阳，这就是给人参盖的房子——参棚子。

我来得刚好合时，正赶上人参结籽，一畦畦人参伸出苍绿苍绿手掌似的叶子，高托起一簇簇参籽儿。那叶子倒不稀罕，参籽儿却一颗颗玛瑙珠子般殷殷红透亮，好像上了釉，显出一副不同寻常的娇贵样子。

老人一面讲着，领我在窄溜溜的锄草道上左转右转，从刚拱出土皮的参苗到七八年生的六品叶，细致地看了一遍。他说，现在这个场出产的人参，近在东北，远到江浙，都有订货。更有一部分还远销到国外去。他怕我不懂，特意去办公室拿了一个样品匣子来，告诉我什么叫红参，什么叫生晒，什么叫糖棒。还说这里的红参质量最好，行家一搭眼就看得出来，掰开是亮茬儿的，没有空心。

我伸出手，仔细数了数那样品，加上参糖、参膏，总有二十几种之多。原来，他们不仅自己养参，还自己加工，说是到秋天"做货"的时候，才有一番热闹景象呢。

说着，老人蹲在参棚下，小心地拨开细土，挑出根须，让我看一支今年准备起货的六品叶，主根约有拇指粗细，上面还手足似的伸展出二三十条小须子。

我忽然想起在城市的药店里看到的，像珠宝似的盛在锦缎盒子里的人参，从橱窗外看，只觉得它贵重，又听说那是山参，却不知这里有没有人去挖。

老人说："那也是咱长白山的一宝啊，从前光挖不保护，现在划出了自然保护区，山参、园参一起发展。头几天场子里几个人跟保护局的工作人员一起上了山，说是要挖回几苗养着，研究研究，想法叫这园参和山参一样有劲儿。说起来，人参也是个怪物件，人是越年轻力气越大，人参可不是，若是活上百八十年，到了俺这岁数，就成了宝了。"说完自己爽朗地大笑起来。

这句话倒提醒了我，一起走了聊了这么久，我还不知道老人家的姓氏和年纪。

老人告诉我，他姓孙，叫孙义，至于年纪，他却不肯说，只含笑让我猜。我再一次仔细打量他，白发白须表明他已年过花甲，脸上红扑扑的气色和眼睛里那股锐气却还年轻得很。我便把这想法告诉了他。他说："这倒是句真话，老了的是一把骨头，从心眼儿里说，俺觉得自个儿还年轻呢！"

其实，他的身体又何尝老了，山坡下转了半天，我已经大汗淋漓，他却不停脚，看罢这一片，又从一条无路的路上把我引到另一个山顶，去看新开辟的园参场地，说是明年就发展到这儿来了。

在我眼前，展现出一片巨大的林中空地。这长方形的空地恰好开在两山之间，中间一道浅浅的沟壑，使它很像一本打开的大书，割得干干净净的褐色草地上，零零落落地蹲伏着几个粗大的树桩，焚烧枯枝的火堆喷发出淡蓝色的烟雾，叮咚的斧锯声在山间发出清脆的回响，连火堆的毕剥声也听得那么清楚。

忽然一片浓云掠过山谷，山越发显得深，林越发显得绿，通红的火苗儿一闪一闪，照出投在树林上高大的劳作者的影子，使这山谷更添了一种壮丽的气氛。在远古，当地球还是莽莽苍苍，一片荒凉的时候，人类世界该就是这么一点一点创造出来的。我又想到刚才走过的无路的路，不知是谁的脚步第一次踏进这长白山里来，想必也是采参人吧？

孙义老人的身世证实了我的猜测。他说，他只有二十岁的时候，他的家乡山东闹了大灾荒，八十岁的老娘生生饿死了。他挑了一副担子，前头挑着不满周岁的儿子，后头挑着破烂家当，领着妻子千里迢迢跑到关东来。这一家人像没根的飘萍流落到大海里，在广袤的东北闯荡，为了活命，他什么营生都干过，最后到长白山下，当了挖参人……

听着他讲，我眼前幻化出一幅图景：一个赤膊的山东汉子，挑一副担子在无际无涯的老山林里走，脚下没有路，他的脚唰啦唰啦地蹚倒茂草，留下一道痕迹，这也就是路了。妻子跌跌撞撞跟在后头，她已经没有力气抬起手掠一掠脸上的乱发，那摇摇颤颤的挑筐里的孩子饿得吸吮着手指……他们遇到过毛色斑斓的猛虎，老虎嫌他们瘦，摇一摇尾巴走了；也遇到过打家劫舍的土匪，土匪只打了一声呼哨，嫌他们太穷。可是在前面路上等待这一家的仍然是未可知的更险恶的命运。

　　老人长长地叹息了一声，接着说："旧社会哪能有穷人的活路！俺跟把头的帮儿挖参，讲的是二八分，把头八成，俺们二成。但是为了进山挖参借了他的粮和钱，欠下了驴打滚儿的饥荒。偏偏三年头儿上孩子娘又害瘟疫死了，俺本想背上孩子一走了之，离开这吃人的地方，把头却堵住门不放行，要俺还上欠债，还不上就得去他的棒槌营白干三年抵债。可怜俺那儿子十五岁就顶个大人干，帮着还债。当时有这么个歌儿：

　　　　棒槌营，百样苦，
　　　　抬楞扛板刨大土。
　　　　有心想不干，没处去找三顿饭，
　　　　若想吃碗饭，就得拿命换！

唉，过去的事不能提，俺爷俩当年也差一点儿去寻了孩子他娘……"

　　老人站起来，拍了拍手上的土，"现在一切都不一样了。原来俺嫌这山沟，恨这山沟，如今是棒打不走，俺这一家老小在这落地生根，开花结籽了。"

　　我忽然想起问他："你家里现在还有什么人？"

　　老人把眼睛笑成了一条线儿，"两个孙子和孙女，媳妇，儿子，还有俺，整整七口。你看到的那个参场的场长，就是俺儿。在家俺是老子，在参场都得听他管哩！"

听到他的话，我忍不住笑了，"就是用担子挑来的那个吗？"

"是了，就是他。"说着他跟我一起笑了起来。

可惜天色已晚，不然我一定要到老人家里坐一坐，感受一下他如今的幸福生活。

山区的夜来得快，太阳刚从树梢边落下去，四周马上就是一片沉沉的暮色。等我们走回村子，满眼是炫目的灯火，经过一栋房子时，孙义老人伸手一指：

"这，就是俺们家。"虽然没有进去，但心里却深深记住了那三面被灯光照得雪亮的大窗子，和窗外光影里一片灿烂的大丽花。这花经常开在生活稳定的人家里，给人一种闲适的感觉。我把这当成一个容易记住的特点，明天我要来做客。不料，向四周一看，我却看到许多院子里都有盛开着的大丽花。原来，这儿家家户户都有一个花圃！

此刻我睡觉的屋子前面，也盛开着大丽花。有一朵是深红色的，被月光照得清清楚楚，正探询似的向我窥望，仿佛奇怪我为什么到了这样的好地方还不肯睡。

我把飞远了的思绪收回来，啊，若王刚和李五今天还活着……

人参鸟还在一声接一声地叫，看来它今夜是不想飞走了。

我忽然心里一动，怀疑自己方才这想法不对头。为什么我当它是来歇息？它们不是专爱往人参多的地方飞吗！说不定哥儿俩早已见了面，就住在这儿。也许，那棵盘根错节的老松树上筑有它们永久的巢穴。它所以彻夜地叫着，是因为心里容纳不下太多幸福的缘故。

我再仔细听了听：

"王干哥哦——"

不，这声音绝不是孤凄的、绝望的。谁说人参鸟不会唱，这就是它的歌儿呀!

　　月亮还在笑着,把眼睛都笑弯了。月亮月亮,你笑什么? 古往今来,你看到过多少痛苦? 当年不就是你,曾把泪水似的惨淡光辉滴洒在李五和王刚身上,冲洗过他们的尸骨;你也曾为孙义老人一家照耀过那荒草萋萋的道路! 所以今天你才会笑,你笑吧,值得笑的事多得是,明天,你要笑得满面生辉呢。此刻,我倒要睡个香甜的觉,蓄足了精力,好赶到参乡深处去探寻更多、更美的传奇。

1961 年秋

天池赋（外四篇）　马犁

　　长白山里，刚懂事的孩子都知道：老白山顶上有座天池，没边没底，是个锁龙的地场，因此也把它叫龙潭。

　　传说，早些年，长白山顶上没有天池，只有一座孤零零的山峰。每年清明节，山下安乐屯的老百姓，就跟着一位长辈去拜山。老人洒上三杯水酒，举起金钥匙，念道："天神地神五谷神，众人来拜金山门，清明赐给咱神种，粮参满山救万民。"念罢，金山就"咔嚓"一声裂开缝，里面现出了金黄的好庄稼，一片片顶着红艳艳参籽的人参，还有一堆堆闪光发亮的金银宝石。人们欢天喜地地走进去，各自掐七个谷穗，挖一苗"六品叶"，再拜合金山，把钥匙供在大庙里。过了谷雨，开犁下种，栽上人参，就年年丰收，安居乐业。

　　后来这事让一个外号叫"钱红眼"的地主知道了。他就扮成要饭的，黑夜里偷走了金钥匙，拜开了金山。他一见满场都是金银宝石，伸手就去拿。不想那红光耀眼的宝石猛地变成了一条红鳞大蟒，一下就把他吞进肚里。大山"咔嚓"一声又合上了。从此，这山再也不放金光了，树木枯倒，花草凋零；神谷不打粮，神参也不长"棒槌"了。

　　安乐屯的老百姓恨死了"钱红眼"，可谁也想不出办法。这时候，村里有两个小伙子，是亲哥儿俩，大的叫盛天，小的叫盛池，要去挖开大山，找金钥匙，就领着几个小伙子上了山。他们刨一镐，山就往上长一尺，往旁长一丈；再刨一镐，山又高一尺，宽一丈。不知刨了多少日，大山就顶破了苍天，伸进了大海。可是盛天、盛池和小伙子们的心，比铁石还坚，一年，两年，整整刨了三年！这下子可刨到底了，一看，那"钱红眼"已经变成了一头凶龙！他张牙舞爪地向盛天、盛池和小伙子们扑来。盛天一镐砸烂了龙眼，盛池一锹砍掉了龙须！九天仙女们带着一条大铁链子赶来，锁住了凶龙又引来了白花花的银河水，把大坑涨满，治服了它。大坑周围有三条大沟，天水顺着流了出去，就是现在的松花江、鸭绿江和图们江。后人为了纪念盛天、盛池，就把这个没底没沿的大水坑叫作天池。

　　听过这美丽的神话，我心里早就对天池产生了无限的情思和遐想。不知我这次上长白山，能不能真的在天池边看见降龙英雄盛天、盛池，和那些善良勇敢的仙女？

　　我们登长白山主峰的那天，是个难得的好天气。放眼一望，巍然挺拔的山峰上，好像搭了一条披肩似的，从半山腰铺下来毛茸茸的"绿毯"。高大的针阔叶林木早已绝迹，矮曲丛生、枝丫变形的山地岳桦也难以找到了。向导告诉我们，这里海拔已在两千米以上，属于高山苔原带，气候寒冷，几乎无日不降雨（雪），常年刮大风，所以植被稀疏，种类减少，植株矮小，多呈匍匐状到垫状生长，但这也带来了它们都是多年生、花序大、颜色鲜的特点，每年七、八月间。正是苔原带上万紫千红、百花争艳的好节令。各种花草的名字也好听，什么八瓣莲啦、牛皮杜鹃啦、月菊啦、长白地榆啦，好不奇巧！走着走着，绿毯上闪出了一片片小紫花，茎儿刚有半拃高，花朵像稻粒大小，向导又说："这叫雪中花，冬天在大风大雪里还照样开呢！"正说着，又听头上响起一阵急促热闹的尖叫，大家仰脸看去，只见高山空谷之间，一群群的燕子钻天入云，上下翻飞，奇怪的是它们不像常见的小燕那样，带着黄白的下颌和剪尾，而是满身漆黑发亮，尾巴溜尖。向导看我们认不出它，就又解释说："这叫针尾雨燕，夏候鸟，专在海拔一千八百米以上的悬崖壁石壁缝里栖息，喜欢群巢，一飞就是一百二三十里路呢！"

一路走，一路听，虽然累得腿软腰酸，热汗淋漓，呼吸也越来越急促，可心里倒充满了激动和钦佩。是啊，在这九霄之上的白山极顶，"雪中花"在冰天雪地里竞相开放，长白燕在长空怒风中展翅翱翔，它们那英雄的形象和顽强的斗志，不就是盛天、盛池和仙女们的化身吗？！

登上了海拔两千七八百米的白崖，朝下一望，呀！好一片美景：在脚下四百多米远的火山口里，汪着一片湛蓝湛蓝的水，一尘不染，微波荡漾。池边，重峦叠嶂，群峰环抱。迎着阳光的白云峰、玉柱峰、天豁峰、龙门峰……怪石嶙峋，嵯峨秀拔，色彩各异，蔚为壮观。在蓝瓦瓦的池水中呈现出粉红色、古铜色、淡灰色、橘黄色和洁如白雪的各种峰峦的倒影；背着阳光的锦屏峰、冠冕峰、紫霞峰、孤隼峰，峰峰陡壁绝岩，错落生动，山光戴翠，云霞缭绕，倒影在水里变成了浓绿色。一朵朵白云，在五光十色的池水深处飘动，在奇峰的倒影间浮游，一时间，这方圆七十几里的椭圆形水面，红、绿、青、蓝、紫、白、黄，各种颜色争奇斗艳，变成了一个七彩缤纷的五彩镜，织成了一幅无比绚丽的刺绣和锦缎。……看着这平生头遭看见的天池美景，不由让人觉得如同飘进了仙境。只是，看了这半晌，怎么却不见那降龙英雄和九天仙女呢？

有个同伴猛然叫道：

"盛天、盛池他们在那儿挖山呢!"

真的!原来在我们背后不远处,有几个精壮的小伙子正在挖山!他们不是在那里找金钥匙,而是在找水源!

他们是长白山气象站的观测员。那高个子的,叫罗玉财;粗粗胖胖的,叫梁华新;矮瘦精干的,是陈启光。年纪都在二十四五岁。有趣的是,他们三个又都是广东人!南国的木棉,在北国的极顶扎根、开花、结果,要经受一场怎样严峻的考验啊!

"这长白山上有三大特点:风大、雪猛、雾浓!"罗玉财操着走了样的广东话,笑着说。

风大,大得把压在房顶的铁板都掀掉了!从气象站办公室到观测场,本来只有一百五十米。若在平时,五分钟都用不了就能走到。可是在起大风时,十分、二十分、半小时也走不到!罗玉财个子大,更爱"招风",往观测台走时,被风刮倒了,就爬起来;又刮倒了,再爬起来!实在站不住脚了,就干脆爬着上去!好歹爬到了观测场,刚一蹬上百叶箱的小梯子,大风猛吼一声,人又像纸片一样给刮下来!可是,风啊,你再猖狂,还能挡住观测员们裁判你?!

雪大,大到埋住了房子!埋住了人!……漫长的冬夜,我们的光荣!

这时,与我们同行的一位女同志在感慨之余,问道:"这么艰苦的环境,没有女同志来工作吧?"

"怎么没有?你看那不是?!"他们朝旁边指去。我们一看,可不,正是位姑娘!梳着两条大辫子,圆圆的红脸,中等个子,身体结实得像个小伙子!

我们同行的那女同志抢前几步,热情地握住了姑娘的手,自我介绍后,那姑娘笑着说:"我叫杨淑芳,是吉林大学物理系的。"

"身体顶得住吗?"

"挺好！脉搏很正常。"

她是北京大学的毕业生，现在在吉林大学物理系任教。这次是到长白山来搞科学研究的。如果不把传说中的仙女算在内，恐怕她，就是有史以来第一个登上长白山并在这里工作时间最长的姑娘了吧！

辞别了罗玉财和杨淑芳他们，我们又往天池边上走。这时，我情思满怀，思绪云涌。低头看见满山的雪中花，花丛里分明地现出杨淑芳的笑脸；抬头望望山巅矫健的白山燕，燕群中罗玉财、陈启光在展翅翱翔！

可是，当我们又回到天池边上时，出乎意料地，天池里的那一片美景已经不见了。太阳升到了头顶，群峰的倒影消融在绿水之中。我也并不惋惜，天池美景虽然短暂，可我却已看见了比天池更美丽更深沉更火热的心。他们抵住狂风，穿过暴雪，拨开浓雾，永远朝着太阳。

选自《水击三千里》

长白山漫笔

在祖国的土地上，巍巍耸立着多少挺拔、险峻的高山，滚滚奔流着多少气势磅礴的江河啊！哪一座高山，没有它们英雄的故事？哪一条江河，没有它们不朽的诗篇？值得我们骄傲和自豪的是在这千万个名山大川之中，巍巍的长白山赋予了我们祖祖辈辈坚实的骨骼；滔滔的松花江和鸭绿江，像母亲的流不尽的乳汁一样哺育着我们一代代人！啊！美丽的长白山——我们可爱的家乡！

长白山是绵亘在吉林省、辽宁省、黑龙江省东部和中朝边境东北部山地的总称。据地质学家考察，远古时候，这里原是一片博如大海的苔原地带，到了第三纪末第四纪初，在一片惊天动地的火山爆发中，它才应运而生，距今已有一百万年了。它的主峰，就是由火山爆发喷出的大量物质层堆积而成，岩石裸露，高触天际，多呈白、灰、黄三色，远远望去，一年四季里总是银光闪闪，峭立如剑，因而得名为长白山。

其实，当你有幸果真登上长白山一看，才知道那主峰之上并非是一峰独立的，而是又分为白云峰、玉柱峰、铁壁峰、观日峰、华盖峰、冠冕峰、白头峰、三奇峰、天豁峰、芝盘峰、梯云峰、卧虎峰、孤隼峰、紫霞峰、龙门峰、锦屏峰。这十六座高峰像十六位顶天立地的勇士，身披金铠银甲，挽起粗大的臂膀，精心地团团护卫着它们中间的那面九天仙女的宝镜——天池！

天池是三江（松花江、鸭绿江、图们江）之源。原先是一个巨大的喷火口，火山熄灭以后，她便积水成湖，水面海拔两千一百五十五米，周长十三千米左右，湖面方圆近十平方千米，最深处足有三百七十多米。每当风和日丽的时候，湖水清澈碧蓝，微波粼粼；群峰倒影蹁跹，五彩缤纷。使人看了似乎能尝到一丝飘入仙境的滋味。等风袭云漫，她便顷刻间脸色大变，团团白雾，阵阵急雨，搅得你顿时竟不知是天公作对，还是它在有意捉弄。民间相传，每当这时，就是它的深宫里锁着的那条凶龙又在发威。因此也有人把天池叫作龙潭。

长白山从上到下呈现着明显的垂直地带性，当你伫立峰岚，俯视群山，真如同站在一个最丰富多彩的自然博物馆的陈列窗前：主峰以下的两千米以上，是高山苔原带，由于强风的吹袭、气候的寒冷，形成了植株低矮、多呈匍匐和垫状生长的特点。又因为夏日短暂，植物完不成生活史，所以它们枝叶虽小，年龄却不止一岁，而且多数花序极大，色彩又极鲜艳，每到七八月之交，就把这里装扮成一个万紫千红的高山花园。除了常青的小灌木越橘、牛皮杜鹃、松毛翠、园叶柳、仙女木，还有草本的高山棘豆、高梯牧草、大白花地榆、倒根蓼、珠芽参、毛蒿菊、高山罂粟、长白米努草、长白景天……徜徉在这五颜六色的地毯上，随手掐得一枝两朵，闻着它们散发的幽香，看着它们可爱的形象，你不禁会由衷地赞美起它们那顽强的生命力！"莫道浮云终蔽日，严冬过尽春蓓蕾"，这不正是它们坚强性格的写照吗！当你这样边思索边来到海拔两千米至一千八百米之间时，眼前又展现出一片七扭八弯的过渡带，这是一个高山苔原和针叶林之间的过渡带，林木稀疏，矮曲如病，表皮爆裂，生长艰难。看见这似乎不能给人以美感的景象，你也许不愿意更多地停留。但是有什么办法呢，正如在法西斯专制下出现的许多畸形儿一样，它们也是严酷的自然与自身的求生相搏斗的结果啊，多看上几眼，或许能对你有所启发呢！再往下去寻找更美的地方，在海拔一千八百米到一千米之间，便是亚高山针叶林带，而后又是茂密的针阔混交林带。这里，到处都生长着常青的红松、笔直的黄花落叶松、亭亭玉立的臭松、杉松和世界稀有、枝干赤黄的长白赤松，还有水曲柳、黄波椤、胡桃楸、青柞、白桦、山杨。再由这里向下，就是茫茫无际的林海了，松涛起伏，白云悠悠，天林相接，青蓝相融。望着望着，你不由得会暗暗猜度起那丛莽深处究竟藏着多少秘密。

探索秘密的人倒有，就是长白山自然保护区的科研工作者们。他们整年奔波在大森林里，风餐露宿，尽心尽力，观察、研究着那成千上万种花草树木、鸟兽鱼虫的生态规律，默默地为祖国的科研事业做着贡献。你若向他们问问这里都有哪些珍禽异兽，他们准会兴奋地告诉你，由于长白山植被结构复杂，食源丰富，动物的种类也多，仅脊椎动物就有三百多种，大至成群的马鹿、梅花鹿、黑熊、野猪、东北虎、金钱豹，小到狍子、狐狸、水獭、紫貂、松鼠，甚至只有一拃长的银鼠和飞鼠，真是虎跃龙腾，气象万千。至于鸟类，更是种类繁多，光叫得上名字的就有一二百种。置身在它们中间，即使最好的歌手也会羞于自己嗓音的喑哑，即使最美的少女也要为自己衣着色彩的单调而脸红！

"关东山，三件宝：人参、貂皮、鹿茸角。"这朴素的民谣是对长白山区丰富资源的进一步概括。说到其他的药材，几乎遍地皆是，除了贵重的天麻、党参、黄芪、木灵芝、五味子、穿龙骨、长白瑞香和俗称不老草的草苁蓉等三四百种外，还有那不论春夏秋冬，总是热气腾腾的从一处处石缝里涌流出的温泉和药水泉，也都会为人类驱散风寒，医治难以抹平的创伤！

好山好水好地方，靠的是不屈不挠的劳动开发，和甘洒热血的精诚保卫。几千年来，我国北方的各个少数民族和汉族兄弟一起，突破了封建统治的重重枷锁，共同创造了这里与中原血脉相连的灿烂文化。近百年来，沙皇俄国和日本帝国主义侵略者为了掠夺这里宝贵的资源，奴役这里的人民，都野心勃勃地伸来了魔爪。但是，正如那群峰巍巍的长白山不可摇撼一样，世世代代生息在白山黑水间的各族人民，也从没有卷起他们反抗侵略的义旗，从没有放下他们驱逐强虏的大刀、长矛、鱼叉、土炮和钢枪！大柳河畔，曾经消灭了多少张牙舞爪的哥萨克骑兵；松花江上，曾经撞毁了多少侵略者的炮艇；龙岗南北，党派来的靖宇将军率领军民进行了多少艰苦卓绝的斗争；密林内外，飘荡过多少"火烤胸前暖，风吹背后寒""热血沸腾，杀声震天，民族齐觉醒"的壮歌；长白山中，按着毛主席的指示建立的巩固根据地为解放全东北做出了多少贡献；鸭绿江畔，刚刚站起来的边疆人民为抗美援朝、保家卫国洒下了多少汗水和鲜血……

在这一场场殊死的搏斗中，长白山，从没有低下她那高昂的头颅；山里的人民，也从没有怜惜过他们的财富、力量、儿女和生命；也正因为这样，他们才更加珍惜那来之不易的春光，才更加热爱把阳光照遍长白山的伟大的党！你看啊！在长白山的千峰万岭上，又出现了一支支多么威武雄壮的队伍！他们背负着民族的希望、阶级的理想、先辈的遗言，向着四个现代化的高峰，迈开了坚实的脚步，开始了奋勇的攀登！

啊！美丽的长白山！张开你绿色的翅膀，永远留住这明媚的春光！啊！长白山的兄弟姐妹！伸出你们描春的双手，用那锹、镐、锤、钳，用那犁、锄、斧、锯，用那显微镜、电子计算机，用那算盘和浓重的笔墨，用智慧、汗水、心血和勇敢的献身精神，装点此关山，今朝更好看！

选自《水击三千里》

海眼

七八月之间，正是游长白山的黄金季节。偏巧，一九六一年我初访长白山时是在这个节令，十七年后的今天重访这里，又赶在这个最美的时候。

时令虽美，这重访和初访时的心情却不一样。记得那年夏天，刚一接到邀请，心里立时就充满了激动、向往和猜测。长白山和它的天池，像一个带着无比神秘意味的大问号，长久地悬在我的心上。直到那一天真的登上了主峰，才把心上的那个闪着银光的大问号给消融了。而今，十七年的岁月过去了，那次初访时的感受还深深地刻在我的记忆里，能有什么新的东西值得又去走一趟？所以这次当我受到报社的一位朋友相邀时，虽然也答应着去了，可那种初访时的神往和急切却根本没有了。

尽管怀着这些担心，可还是看见了一些新的变化。别的不说，单说这一动身就离不开的路线吧，就已经与十七年前大不相同了，那时我们一行人先是访问了长白山麓的边疆小镇临江，然后坐上森林小火车进山，谁知到了山里再往前走，根本没有路！要上天池，需要走小路，爬天梯，跨悬崖。我们这些人身体和胆量又都不济，没法，只得由原路返回，改道通化、吉林和安图的明月镇，再由这里坐汽车上二道白河，才到了长白山主峰脚下。这一绕，整整在长白山外围兜了大半圈！现在呢，不用兜圈子了，坐上火车，早晨由通化出发，沿着长白山麓一直向东跑，刚好一天就到了长白山脚下的白河！这岂不就是一个大变化！

情绪一变，话也就多了，天擦黑临近终点白河镇的时候，望着车窗外一片片大森林，我情不自禁地跟同伴谈起上次登长白山的事情来，不想，这倒引起了坐在我们对面的一位老林业工人的兴趣，他听着听着，伸出大手把又短又密的胡子一抹，忽然插进来问我："你上过长白山？"

我说："上过，是六一年。"

他把被山风吹成紫红色的脸往前凑了凑，神秘地问："那你该看见过天池涨潮落潮了？"

这一问倒使我愣了半晌没答上话来，天池也会涨潮落潮？这是从哪里说起？我只得摇了摇头。

"咳！"他像朋友似的数落起我来，"既上了天池，怎么没看见涨潮落潮呢？天池底下有条道，通着大海！"说完，又连连咂着嘴表示惋惜。

我更纳闷了。据上次访问得知，长白山是个休眠火山，过去曾经有过三次大的喷发，那喷出的岩浆堆积在火山周围，便成了高大的火山口，千万年来积水成湖，就成了天池，水量十分丰富，时时刻刻向外涌流，是松花江、鸭绿江和图们江的源头。天池四周，由五颜六色的巨石组成的陡峭的悬崖绝壁，构成十六座高峰，有白云峰、冠冕峰、白头峰、三奇峰、天豁峰、芝盘峰、玉柱峰、梯云峰、卧虎峰、孤隼峰、紫霞峰、华盖峰、铁壁峰、龙门峰、锦屏峰、观日峰，真是群峰巍巍，环抱明镜，岚影波光，瑰丽如画。但若说它与大海相通，岂不荒唐？

老工人师傅看出了我的疑惑，双手一拍，庄重地告诉我："天池是个海眼啊！要不它哪来那么多水？多少辈子也流不完？"说着，看看火车已经减速，他便抬腿走向车门。

他人虽走了，那关于"海眼"的话却还久久地盘桓在我的心上！我忽然想到：真的！这次上长白山若能找到海眼，看看它怎样连着大海，不也是一大收获？这样一想，倒更着急起来，恨不得一步就能飞到天池边上去！

其实这是异想天开。且不说我们能下榻的白河镇离主峰有百里之遥，就是来到主峰之下，要爬上那巨大的火山锥口、耸入云端的峰岚极顶，少说也还需要两个小时呢！

上山的小路，是从瀑布旁的天豁峰上开辟的。也怪，乍进山口时远远望见的瀑布，明明像一座熔炉倾倒出的闪光的白银，文静而隽秀，可等你来到这飞瀑百米之内，却突然发现它有着比千军万马更磅礴的气势和力量，那滚滚滔滔的天池水顺着梯子河一冲到闸口，便抛银泼玉般地跌下六十多米高的断层，砸向乱石丛，掀起雷鸣般的声浪，腾起如烟的雨雾，太阳光斜射过来，正好形成了一道美丽的七彩长虹！彩虹之下，头道白河——松花江的最上游，翻涌着滚滚浪花，冲破巨石的阻挡，义无反顾地奔出了长白山，流向了富饶的东北大平原！这时，一个想法突然在我急速跳动的心上闪出：看这不疾不徐的瀑布，经年累月地流淌，它哪来的这么多水啊？也许那天池果真就是一口海眼吧？！及至气喘吁吁地登上了天豁峰口，再回头向北一望，又只见高空上、山口外展现出一片茫茫林海，蓝天上游动着一朵朵轻柔的白云，云下似有一层蓝蒙蒙的轻纱萦绕在林海之上，天地间好像早已不存在什么界限，浑然交融成了一个整体，这不正是传说中的九天仙女绣的一幅天然明丽的图画吗？正当我贪婪地欣赏着这无限风光的时候，瞬息间那浩瀚的林海又渐渐化成了一个无边无际、生机勃勃的大苗圃！是啊，你看那片片树苗，多么柔嫩青翠！苗畦之间，一条曲曲弯弯的小溪——正是我身旁这滔滔流下的天池之水，像乳汁一样把它灌溉和哺育！这时，我才猛然醒悟：对啊！天池一定是座永不枯竭的海眼！

我和同伴又转身向着高处攀去。这段路，已经不那么陡峭了，但难的是到处堆满了巨大的石块，乱堆在一起，叫你没处下脚。正感到爬不好爬、走不得走的当儿，忽听前边歌声萦绕，身后又笑声朗朗。同陈子昂所悲叹的"前不见古人，后不见来者"相反，此时，前前后后游人不绝，男女老少纷纷而至，寂寥了多年的白山极顶，如今仿佛变成了一处闹市！这些不远千里而来的人们，仅仅是为了游山玩水吗？不，仔细一看就能分辨出，那戴着风帽、敲着小锤的，是一些地质工作者，要从这长白山找出火山喷发和地震的资料；那架着标杆和测绘仪的，是一些测绘工作者，要用他们的线条把山河大地细细描绘；那背着沉重的旅行袋，一边不停地攀登，一边采集着高山昆虫和苔原植物标本的，是一队生物学家和他们的学生，要在长白山这典型垂直分布的动植物带里，考察出高山生物的特点和规律……看到这里，我怎能不联想起十七年前初访长白山时的情景！那时，这山上还只有一个小小的气象站，几位年轻的气象工作者，孤孤单单地长年坚守在这里。历史终于翻过了一页，如今从白发苍苍的老科学家，到英姿飒爽的青年学生，早已把这白山之巅变成了一座无比博大、丰富的科研基地了！

顺着梯子河逆水而上，美丽的天池便展现在眼前了。此时山有斜阳，霞光万道，微波粼粼，群峰倒映，妩媚而又娇羞的天池，像个秀气的姑娘揭开了面纱，用她透人肺腑的明眸望着你微笑。是啊！她怎能不感到幸福和欢欣呢？千百年来，她远离人世，寂寞清冷。有谁问津过她青春几何？她做梦也不曾想到，时至今日，她竟成了祖国人民向社会主义现代化进军的一个战场！

天池边沿，铺满了高山杜鹃的斜坡上，坐着一位画家。他把画板支在面前，蘸着天池水，调着各种颜色，正聚精会神地细描细画，挥洒自如。我好奇地走过去看看，画儿虽还没有全部完成，倒能看出来一个轮廓，名字倒先题上了，叫作"天池潮汐"。我稍一愣怔，问他："你看见天池的潮汐了吗？"

他拿画笔朝四外得意地一指："那不是！"

我转眼一看，才知道他指的是那些正在辛勤工作着的不同专业的科学工作者。我心里真佩服他抓住了一个美妙的构思。可不是嘛，就连这远离城市、海拔两千六百多米的白山极顶、天池之畔，也成了一个科研阵地，它不正是一个透视祖国新貌的海眼吗？

选自《与寂寞为伴》

采参漫话

　　不知从什么年代起，长白山里就流传着这样一首民谣："关东山，有三宝：人参、貂皮、乌拉草。"这既是对长白山区特产的简明概括和赞美，也是对一些人闯关东的有力召唤和鼓舞。

　　旧社会，山东、河北和河南北部的一些生活无着的农民，走投无路之际，往往挑着担、推着车，或者独自一人，或者拉家带口地奔出山海关，来到长白山里做"山利落"。"山利落"是句土语，指的就是干山林里的各种营生，其中除了挖药、打珠、狩猎，主要就是采山参了。山参在长白山林海里虽然不是到处都有，可也真的不少，树棵下、草丛中、人迹罕至的绝壁上、百年老树的枝丫间，甚至人们常常走过而不大在意的小道旁，都可能生长着这种宝物。为了把它们与后来由人工栽培的园参区别开来，所以叫作山参、大山货或棒槌。这宝物十分长寿，十年八年的不算稀奇，有的甚至达到了百年。听老辈人说，也曾有过上千年的大货，不过我从未见过，不知真假。

　　采山参是件又艰苦又危险的活儿，不光要穿丛莽、跨山涧、越悬崖，还要防备山牲口的袭击，或者"麻搭山"（在老林子中迷失），所以必须结伴而行。早年间，采参人总是五个、十个搭成一帮，选出最内行也最有威信的人当"把头"；乍进山没经验的人统称为"初把"。每人背上简单的炊事用具和一点儿粮食，手里提上一根三尺长的"索拨棍"。走到"把头"认为有参的地方，不许说话，只看"把头"把"索拨棍"往地当间一插，那就是下了开始搜参的命令，大家便悄悄地散开来拉成一横排，互相间保持一"索拨棍"的距离，然后便用棍子拨拉着草丛搜索前进。为了不使那些"初把"们在不知不觉间走散，最边上的那人必定是"把头"。往前寻找时，如果谁首先发现了山参，都要立即喊道："棒槌！"只有"把头"有资格搭话，忙问："什么货？"那人根据观察的结果报告道："六品叶！"

"把头"又立刻命令道："快当！"于是采参人当即围拢过来，先给被发现的山参拴上红线，防备它"跑掉"。"边棍"递上鹿角针，"把头"接在手里，蹲下身去，一点儿一点儿地挑开地皮，不能碰断一条根须。"初把"在旁边一面默默地学着"把头"的动作和技巧，一面给他擦汗、扇风，驱赶飞来凑趣的蚊虫小咬。经过一阵紧张的忙碌，终于把山参完好无缺地挖出来了，大家才算松口气。

采参在长白山区里也叫作"放山"。每年从农历四月到老秋都能进行。四月间青草刚拱锥锥，山参也长出了红嫩的梗和叶，人们就把这时挖参叫作"放芽草市"；五月遍地新绿，叫"放青草市"；六月里山参开罢小白花，顶盘上结出一片宝石般的参籽，通红通红的，最容易被发现，叫作"路红榔头"；七月籽落，茎顶上剩下一把子细细的小梃，像打过籽的韭菜花的尖顶，因此就叫"放韭菜市"，也有叫"入刷帚市"的。这一市放过，就来到了白露前的卖参时节。

山参由于生长的环境不同，年龄大小不等，长出的形状也差别极大，俗名分为：龙爪、跨海、牛尾、菱角、金蟾、市虾、雀头、单跨、双胎等。把它们采到手后，不能风干，要立即用树皮包上，四面培好原地的泥土，然后再放进一个秘密的树皮小房里。等来到白露前的二十天，采参人就把一春一夏积攒起来的人参包子带到城里集市上出卖，这才算完成了最后的流程。

山参价格的贵贱也不全取决于个头的大小、分量的轻重，还要看形状长得好赖，是不是"紧皮细纹""马牙露""疙瘩须"，说道很多，挑选极严。不过在旧社会这些讲究倒都变成了地主豪绅、达官贵人、富商巨贾们欺诈采参人的手段。开秤的那天，他们上下串联，或者压等压价，或者重利盘剥，或者开设赌场、烟馆，三下五除二，就把采参人风餐露宿、忍饥挨饿，历尽千辛万苦所得的一点儿血汗钱，都搜刮进了自己的腰包。多少采参人含悲饮恨地创造了自己的歌谣，凄苦地唱道：

> 四月芽草市，
> 六月椰头红。
> 白露一扣秤，
> 喂了大财东。

那时节许多采参人的理想也并不高，只是想辛苦一年，挣下几个钱能够平平安安地回到自己的家乡，去解一解父母、妻儿的燃眉之急。但是事实与他们向往的完全相反，不但没能攒下什么，反倒养不活自己！怎么办？无路可走，只好趁着大雪封山之前再赶回到老林子里，靠着大树或者土坎，搭上一个小窝棚，一心一意地做"地窖子"，也叫"趟子窝棚"，夜里钻进去胡乱睡一觉，天亮就跑出去下套子、窖鹿、熏獾子、打野牲口。熬过那最难熬的冬天，盼到转年开春，就又提起了他们的"索拨棍"。

"索拨棍"虽然提起来了，可不知今年的命运又会如何？对于那不平的世道，那可诅咒的遭遇，他们当时还无法解释，于是就把希望寄托在了自己创造的神灵上。说是早先也有个闯关东的老头，一辈子没回去家，在深山莽林里变成了山神，庇护着一切做"山利落"的穷苦人，因此被人们尊为"山神爷老把头"。森林里，石崖下，到处都可以为他立个小庙，有香烧香，没香插上几根草棍也能略表虔诚。每年农历三月十六是他的生日，山里人豁上自己不吃不喝，也要给他送上点儿供品。祭过了这位老把头，采参人便又一帮一帮地进山去了。

然而传说中的山神，怎能使采参人在现实生活中寻找到半点幸福呢？他们便把自己的心愿、理想编织到千千万万个优美的人参故事里，用来安慰自己，又去宽慰别人。什么美丽善良的参姑娘啦，戴着红兜肚的参娃娃啦，鹤发童颜、百岁以上的老参爷爷、参奶奶啦，他们总会在采参人遇到凶险、陷于绝境之时突然出现，或把你引进没有剥削、没有压迫的参国里去娶妻生子、安居乐业，或赠给你无价之宝，使采参人合家团聚，乐享天年。这些人参精灵们，慷慨、正义、一身豪气；上天入地，无所不能！听着这些美妙的故事，你会发现，采参人虽然多数一字不识，却都有着最美丽最纯洁的灵魂、极其丰富的想象力，和对于幸福的不息追求与渴望！当然，说来说去，这些故事歌颂的还都是他们自己！

虚无缥缈的故事实现不了他们美好的愿望。多少采参人年复一年地劳碌奔波，最后也只能默默地死在深山老林里。有生命力特强的幸存者，纵然免于一死，也终生回不去老家，见不到亲人，就一辈子蹲在山林中，吃野果，穿兽皮，铺松枝，如同野人一样打发着岁月。他们知道在森林中离开火就意味着死亡，于是想方设法让灶坑里的火终年不灭。他们也知道人离不开咸盐，在无法弄到盐的困境中，就寻找各种带咸味的山菜、蘑菇和浆果。他们被旧社会逼成了穴居野人，而当时温饱不愁的人却轻蔑地称他们为"老冬狗子"！

事实是最能教育人的。多年闯关东的苦难使他们认识到：企图靠挖得几棵大山货改变悲惨命运的想法是幼稚的。那么，出路到底在哪里？

他们在莽林深处，终于看见了写在石壁上、刻在树干上的一幅幅标语：

"要想得解放，跟上共产党！"

"参加抗联军，保卫好江山！"

这些字，他们许多人不认识，但是，那些穿着用核桃楸树皮染黄的粗布军服、戴着用茶枝染红五角星的帽子、挥刀舞枪、用生命保卫着关东的人们，他们却逐渐熟悉起来，交上了朋友！从此，多少采参人成了抗联的英雄侦察员，多少"老冬狗子"变成了抗联的交通员，他们重新开始了另一场战斗！在民族和阶级的斗争史上，写下了自己的光辉篇章！

终于赢来了红日高照长白山的伟大时刻！群山起舞，众水欢歌！世世代代受尽欺凌的采参人，从此直起了腰杆，露出了笑颜，成了长白山的主人！这时，他们不管是在紧张的农事劳动中，还是在幸福地安度晚年时，只要一回首平生，总是感慨万千，总是从心底发出一个崇高的誓愿：一定要采上一棵最大最好的山参，送给党中央，献给毛主席！可是，一次次的精心运送，一次次的精心邮递，都被中央领导部门婉言谢绝了，信上总是说，党中央、毛主席感谢你们的深情厚谊，但山参不能收，应卖给国家支援社会主义建设！……巨大的关怀和鼓舞，激起了采参人的更大热情和力量，他们在各个社、队的统一安排下，又从长白山林海之中挖出了多少无价之宝，为祖国灿烂的花冠上镶添了多少璀璨的明珠！

随着各项政策的落实，多少采参人为了给四个现代化的列车添煤加水，又纷纷提起了他们的"索拨棍"！然而他们已经不再祈求神灵的保护，也不需要编织那种虚无缥缈的故事来安慰自己和别人，他们正用手中的"索拨棍"当彩笔，为祖国、为后代描绘出更新更美的图画！你听，他们唱道：

> 茫茫林海放红光，
> 参籽片片迎太阳。
> 棒槌鸟儿声声唤，
> 引我爬山又下梁。
> 为了四化早实现，
> 我为革命采参忙。
> 采得山参千万棵，
> 建设祖国更富强！

选自《水击三千里》

白山红翠莲

长白山真美。

起初，我们乘坐的森林小火车，在山沟里奔驰。过了会儿，这条能够穿云跨海的"黑蛟龙"就不知不觉地爬上了山梁。

放眼一望，车窗外是一片绿茫茫的林海，浪涛旋转，好不辽阔！远方，灰蒙蒙的林海与蓝天交融在一起；近处，绿波推涌，扑面而来。看到这景致，心里一时间敞亮得不得了，要不是坐在车厢里，真想放开嗓子大喊三声。

森林越来越茂密，树木越来越高大。这工夫，起初常常闪过眼前的各种野花，不管是黄色的、蓝色的，还是粉色的、紫色的，都渐渐少了。越来越多的，是一种叫不上名字的小红花。枝茎有一尺高，娇绿娇绿的叶子，鲜红鲜红的花瓣，圆满满的一盘盘，被金灿灿的阳光一照，格外娇艳夺目。同伴们都欣喜地叫起来，争着趴在车窗上看。可这花到底叫什么名，谁也说不上来。叫它杜鹃花，眼下已是盛夏七月；说是野百合，花色又是鲜红的，瓣儿也不是长长地向后卷着。到底是什么花呢？真憋闷人。

我们来到白山林场的第二天，到采运工段去参观。林场的朱主任，领我们沿着小铁道往森林里走去。穿过了一片密荫荫的大林子，眼前豁然开朗起来。一棵棵高大的红松、油松、椴树、白桦、水曲柳，都在油伐手们的锯下，向着一个方向倒去。集材场那边，拖拉机像个能够力拔千斤的金刚大汉，倒背着两手，把五六根十几丈长、一搂多粗的圆条（刚打去枝丫的大木头），扛在自个儿的铁膀子上，一鼓力气，就又稳又快地拉着走起来。远远看去，这台拖拉机的车门上，好像飘动着一面小红旗，又像一团火。近了，才看清，原来是插着一大把那种谁也叫不上名的小红花。

我们走到集材场，正好那辆拖拉机也赶到了那里。只见它把身子站稳，使劲一耸铁膀子，就把圆条"哐啷啷"推了下来，震得山摇地颤。

司机戴着保护眼镜和油污的布帽，把头探在窗外，脸被插在窗旁的红花一映衬，更显得红光满面了。我想，这小伙子真有意思，这么喜爱花！

见朱主任跟我们站在远处看着，小伙子便摘下眼镜笑着问："朱主任，哪里来的客人？"

朱主任回答了，又转过脸来说："她叫耿爱兰，是我们全局的第一个女拖拉机手！"

"女司机？"我刚要问出声来，见她摘下帽子擦汗，露出了盘在头顶的黑辫子，心里不觉好笑。

我走过去。怕影响她工作，只找了个就近的地方站住。耿爱兰却大声笑着说："怕什么的，请到车上坐坐！"说着，就打开车门，拉我坐了进去。她重又戴好帽子和眼镜，向朱主任他们摆了摆手，便"咔"的一声开动了拖拉机。

"轰隆隆"的马达声震得心发颤。驾驶室里闷热得像个火罐，坐了不大工夫，身上就见了汗。我正擦着，车头猛地仰了起来，我急忙两手攀住把手，车头又骤然栽了下去，只觉得心像叫谁捏了一把，"悠儿"一下，眼前一阵发黑，金花乱迸！接着，又"哐"的一声跌到地上，震得我险些咬破舌头。再眨眼看时，耿爱兰已经把拖拉机开上原道。她转过脸来看看我，笑了笑说："怎么了？"我说："迷糊了。".

她又笑了，说："不要紧，刚才是碰着倒木了。咱这拖拉机像坦克一样，大山大河都不怕，小木头疙瘩更挡不住咱！"

听她说得多自豪！仿佛她真的是个英武的铁马骑手。

拖拉机开回集材场时，朱主任已经领着同伴们参观育林区去了。我本想再跟耿爱兰唠唠，顺便打听一下那种小红花的名字，却听得同伴们在远处喊我，只得约定午休时再谈，便急急忙忙地追赶朱主任他们去了。

走出了采伐区，来到了育林带。我不觉大声喊道："哎呀，真带劲！真美！真……"

看到这一片好景，怎么能不让人振奋！你看，眼前，是一条几十丈宽的幼林带，黄花松苗，针叶嫩绿；前边，又是一条半人高的林带，枝干刚有大拇指粗；再往前，一人高的、丈把高的、两三丈高的、电柱高的、脚手架杆那么高的，一级一级升上去，一直接到蓝蒙蒙的天边。我一时间觉得，好像自己正站在海边，眺望那一层高似一层的狂涛巨浪，又好像站在绿绒毯蒙盖的天梯最末一节，抬腿就能顺着阶梯走上云天！……

望着这人造的林海，我心里充满了无限的激情。我想到劳动，想到理想，更想到缔造这天梯的人——战斗在风霜雨雪里的育林人。

这时，朱主任带着我们走到几个女工面前。她们头戴柳罐斗帽，扎着裹腿，正在小心翼翼地栽植着小黄花松。

朱主任指着一条缺空问："杨春枝，这怎么了？"

女工中走出一个三十多岁的人。乍看，粗壮得像个车轴汉子。满脸汗涔涔的，短发贴在脸颊上。她抬起胳膊擦了擦脸，说："该死的风倒树，又给压坏了一百五十七棵树苗！"听她那心焦的话音，仿佛风倒树压的不是小树苗，倒是她的亲生骨肉！

我们都急了，忙问："那可怎么办？"杨春枝一撸衣袖说："重栽呗！把倒树往外一搬，能扶的扶起来，压坏的重栽上，反正不能叫绿天梯有半个缺口！"

我们都琢磨起她这句意味深长的话来。

杨春枝又栽下一棵松苗，瞅着我们笑道："有了缺口就没法交代啊！百八十年后，咱们的儿孙来伐树，一看，哎呀，这林子怎么囫囵半片的，一点儿不齐整！那还不批评咱们？"

说着，又大笑了起来，我们也都跟着笑了。

同行的一个朋友感慨地说："你们的责任真不轻啊，给国家栽培栋梁呢！"

　　杨春枝望着眼前那一浪高过一浪的绿海，望着她们亲手侍弄起来的林带，说：

　　"一个理：前人给咱打江山，咱也给后人打家底嘛！"一句话，像闪电一般照亮了我的心。好爽快的言语，好深意的情感，好远大的眼光！

　　也许是她的"前人给咱打江山"那句话，提醒了我们，引着大家都想到了一个问题上。我刚要问，不想倒叫一个同伴抢了先："春枝同志，你知道一些抗联的斗争故事吧？"

　　杨春枝先说知道的也不多，后来冷不丁指着眼前说："你们知道这种花的故事吗？"

　　这工夫我们才注意到，在绿油油的黄花松林里，衬着一层红艳艳的地儿，好不新鲜。仔细一看，有个同伴嚷起来："哎呀，这不就是咱们在小火车上看见的那种花吗？"

　　我也插了一句："耿爱兰那拖拉机上插的也是这种花！不知叫什么名？"

　　杨春枝微微蹙起眉头，两眼定定地看了半晌，才说："咱们长白山里的人，都把这花叫红翠莲。"接着，就一字一句地讲起了红翠莲的来历：

　　"我八岁那年，听说在杨司令的抗联队伍里，有一个姑娘叫洪翠莲。她在杨司令手下当通讯排的副排长。这姑娘啊，长得比仙女还美，身子骨比小伙子都结实，心也比铁打的还坚！有一回，她带着几个战士去执行任务，回秘营时，冷不丁被一百多鬼子兵给包围了。洪翠莲一见光景不好，马上命令那几个战士突围，她来掩护。

　　"她这里一打，那几个战士就都从另一个方向突围出去了。等到她自个儿要往外突围时，不想腿上中了一颗子弹，一群鬼子兵，哇啦哇啦地从四面围了上来。她飞快地拔出短刀，咬牙支起身子，趴在身边那棵一搂粗的红松树上，刷刷地刻出了两行大字：

> 抗联军和白山同在，
> 共产党与世同存！

"洪翠莲被捕以后，鬼子想从她嘴里逼问出抗联的情报，又是过电，又是灌辣椒水，可都没从洪翠莲嘴里逼问出半个字。穷凶极恶的鬼子，就把洪翠莲绑在树桩子上，四面架起劈柴，倒上汽油，要活活把洪翠莲烧死！乡亲们都说，那一天只听得忽的一声巨响，就见洪翠莲微微笑着，化成一团火，向天上升去。接着，耀眼的火星子飞散开来，落在林子里，全长白山随后就长出了这种娇艳的小红花，花瓣比血还红。乡亲们都说这花是洪翠莲变的，就把这花叫成了红翠莲。从那时候起，红翠莲就在长白山里越长越多，越开越旺！春夏秋冬，多咱也开不败！"

杨春枝讲到这里，我们都不由得沉思起来。这时，一群来林场实习的女学生，扛着标尺和仪器，嘻嘻哈哈地笑着，从我们身旁走过，游进了绿茫茫的林海。那天真、爽朗的笑声，像一串银铃。这笑声把洪翠莲、耿爱兰、杨春枝和女学生们的笑脸，都在我眼前连接了起来。接着，又都渐渐化作了漫山遍野的红翠莲。

选自《水击三千里》

长白山天池西麓跋涉初记

（外一篇）　杨子忱

　　这就是神奇的长白山天池吗？——我真是有些不相信自己的眼睛。

　　这是在 1986 年 8 月 14 日。这天，我们由抚松县境内的林区小站乘汽车出发，步步西行，直向长白山天池所在地奔去。当车驶过松江河镇后不久，又爬上了一片高山台地，便隐约地看见了出现在前面原野与云天相接处的一座大山。人说，那就是。于是，我的眼睛便有些离不开了。看去，见它是一座元宝形的山峰，南北两端高耸，中间微微平缓。再看那中间平缓处，像有石流滑下，也像是车道，光光的，灰灰的。由于那山太高巍，望去似矗立在彩云间。

　　汽车在曲折、高低起伏的路上行驶。

　　不时地，那座我久已渴望的山影，又匆匆隐去了。于是，我便利用这个时机，眺望一下沿途的景观。我们完全是穿行在林子间。一会儿是阔叶林带，一会儿是针叶林带，转眼又是针阔混交林带。走着走着，似乎看得那些寻常见的针、阔叶林木，逐渐地少了，而那些显而易见的白桦树，渐渐地取而代之，有的竟成片成片地生长着。我看那些白桦与众不同，有些怪异。它长得并不高，但树干却很粗壮，丫杈多弯曲，树的表皮也不是那样细腻、白亮，而是变得粗糙、斑驳，似有道道裂痕绽出，片片老皮脱落。看那样子，好像是承受着一种无形的巨大的压力。也许正因为这样，它才显得那样刚劲、坚韧，一种咄咄逼人的气势，这时亦油然而出。这时，同游兼作医护的温泉疗养院宋德才医生，见我望得出神，便主动与我攀谈起来。他告诉我说，这就是平时人们所说的，有名的长白山岳桦林。

呵，它就是！

蓦地，那片巨大的岳桦林，竟变得东倒西歪、南倾北斜、前仰后合、互相攀缘、彼此支撑，其状莫一，不可尽言。其距道边近的桦树，有的竟是陡然地被连根拔起。由于高山植被薄，土壤浅，那树倒下时，竟连土带出，形成了一面直立的"墙壁"。更有的树木倒置过来，树冠在下，根系在上，娉娉婷婷，宛如一把伞。这时，陪同前来的高文毅同志告诉我说，这是上几年一场突如其来的龙卷风，将那好端端的岳桦林带，几乎全给破坏了，当时急得和心疼得那附近的林业工人，以及边境哨所官兵，都纷纷地落下泪来。难怪如此。他说，像这样的岳桦林，能长到这个规模，得需要五十年的工夫，有的则需要上百年！原来如此。

汽车沿着一处名叫"老虎背"的冈地，爬了一会儿，便在一个较平缓的貌似天然停车场的坡头停下了。我们相随地跳下车去，因为大家知道目的地快要到了。待我举目四望时，又发现一奇异景观——不知何人所画，坡地上竟然出现了很似圆弧状的圈圈，只是没有痕迹。那圆弧以里，也就是接近山顶处，不见一株桦树，连其他树木也无，所能见到的只是涌荡的荒草和低矮的野卉。人说，这是高山苔原地貌。又说，现在这是来得稍晚些，若是在六、七月间到来，将会看到成片成片的植被鲜花，其中有红色的百合、黄色的金莲、白色的铃兰、蓝色的龙胆、紫色的桔梗，以及那珍贵的高山杜鹃、东北梅花、朝鲜崖柏、红景天等，当真是百怪千奇、万紫千红、五颜六色，人称其为"高山花园"，实为准当。

　　饱览了"高山花园"后，再向上，在一个号称"喘气坡"的冈地，喘了几口粗气，又跋涉几步，便来到心中久已仰望的长白山天池。我们是站在天池西岸向下观望的。岸边离天池水面尚约二百余米的距离，其间陡峭如壁，极难行走，不费上些工夫和力气，一时半会儿是下不到谷底的。又由于行程匆匆，游侣甚众，也仅作此临崖观览了。看去，天池水面并不太大，但极平静，倒映蓝天白云，如同玻璃一样湛碧。我们站立的地方，其南面是一道自南向北的坦坡，其北面不远处，挺立着一座呈鸭蛋青色的岩峰，很高很陡，需仰视才能望到顶端。那峰上，不时地有苍鹰盘旋、起落，因而显得其益加峻拔、雄峙了。峰底有许多峰岩脱落，看来是年久风化所致。这时，我听有人介绍说，在天地周围似这样的山峰，共有十六座，其名曰：白云峰、冠冕峰、白头峰、三奇峰、天豁峰、芝盘峰、玉柱峰、梯云峰、卧虎峰、孤隼峰、紫霞峰、华盖峰、铁壁峰、龙门峰、观日峰、锦屏峰。然而，我所临近的这座鸭蛋青色的岩峰，尚不知名。同来的友人、吉林作家陈景河告诉我，他登临长白山天池，已达三十余次了，东、西、北三面都登临过。东乃图们江上源，南为鸭绿江源头，北是松花江源头，一池源三江，实为壮观。其中，以北面的松花江源头乘槎河，及其跌落下来形成的瀑布最为壮丽。可惜此行不能得见。陈景河是《红楼梦》研究专家，据他考据，长白山即曹雪芹笔下的"大荒山"，女娲"补天石"，即在天池北口处。我听此，忽想起临来时，张福有同志在这次"长白山文化研讨会"

上讲话中所介绍的。他说，长白山天池有三：大天池，即为三江之源的主池，其三江一直外泄，池水不减；二天池，即天女浴躬池，也叫圆池，其水无出无入，但池水常存；三天池，即小天池，由长白、银环二湖组成，其水只进无出，而池水不见增多。更有人说，天池底下有海眼，与大海相通，每当朔望，海有潮汐，天池水也同样升落。如此云云。

我是满族人。我们满族人历来将长白山视作本民族的发祥地。我们满族同胞是从长白山走下来的。这会儿，面对着这宏阔湛碧的天池水，脚踏这座纯净的长白山，我心中陡然有一种炽烈的情流生出，遂情不自禁地呼唤道；

"长白山啊，我心中的圣山，我一直思念着你。我都五十多岁了，至今才来到你的身边。"

随着这呼唤出口，我全身伏地，进行了虔诚的谒拜。同行的满族著名学者、作家、中国少数民族文学研究所《民族文学研究》副主编、中央民族大学满族研究所副所长关纪新看到我的举动，也深受感动，急忙为我拍照。现在我手中保存的长白山天池和这次出游长白山的几幅照片，就是他给拍下的，我永远珍存和纪慰着。这次登临长白山的事，已经过去很久了。但每当我思怀时，都觉得浸沉在神奇中。

神奇在妙思中，这是我登临所得。

选自《子忱初记》

长白山枣

这次到长白山来，最好的一顿美餐，就是食山枣。

山枣，也叫圆枣，又名野枣。粒圆，微长，呈枕头状，绿色，皮薄，肉厚，小籽，散在果核内。其实，尚够不上核，很似瓤，不硬，软质，完全可食，不必挑剔，也不必吐弃。这枣，多汁，甜甚，经霜打后，益甜，若经三两场霜，尤甜，且腻，更加无可比拟了。其实，这种枣，不用吃，放在口里就化了，真好。

我们是在辉南金川小龙湾吃到的。

初见，不认得。只见它盛于一个白条子筐内，绿得透明，净得鲜活，闪着光，耀着彩。此际正值九月底，已下过几次霜，那山上的枫叶全红了。由于枫叶的红，显得那青松叶尤青，黄杨叶尤黄，白桦树尤白，只斑斑驳驳的。然而，更斑驳者，是那山光树色，全映衬到这枣上了，竟也闪动着五颜六色的光。样子，真格像玉。那上面挂着露珠，挂着灰，正在早晨，嫩极了。我们有些不敢吃。与其说不敢吃，倒不如说不忍心吃、不舍得吃，它太美了，太完好无损了，太引人了。还是那个卖山枣的穿红衫的小女孩儿，看出了我们的心意，用手点了一下，让我们尝。随即，她自己拈起一颗，填在嘴里。直到这时，我才发现，那山枣，是连枝带嘟噜采下来的，粒儿还在枝上。我们见小女孩儿在示意，便也拣起一颗，放在嘴里。

喔，这下子，可得到天鹅肉了，也可以说成是：宁吃鲜桃一口，不食烂杏一筐了。它，太甜了。不，还不仅是甜，还爽，还腻，还软，还绵，其味甚是悠长，吃完后，久久不绝，大有"绕梁"之感，这是比喻得不甚恰当的话吧，但我愿意这样说，觉得，反其道而用之，更能表达心意。

这是初次尝试。

到了大龙湾，我们得到的就更多了。那是在一个老帚条编的长腰子筐里。也许，由于那筐的老，那颜色的黑，只使得那装在里面的本来是青绿的果，都成了紫红，看去竟像玛瑙，紫殷殷，红彤彤，莹莹亮。我们吃时，有一个小女孩儿，也是为着洁净，讲究卫生，竟用带来的矿泉水净洗起来。我们看了，都大笑起来。不是笑别的，是笑她这样做未免显得有些笨拙了。这长白山地，有水皆清，有水皆净，有水皆爽，皆甜，皆凉，哪里用得上那瓶中的水！莫说洗用，就是喝和饮都行，不用过滤，保准不坏肚子。终于，经我们提示，她改用天然泉水了。只引得她啊地叫一声，好个一串晴朗、清脆、炸裂的笑，若铃。

大概，这也是山枣摇出来的吧。

不过，食完后，我们还觉得有些不尽意，像尚少点啥，但大家又都没说，汽车便向前进发了。

那是向长白山最高处行进。

行了一段路，我们便来到了一个叫吊水湖的地方。那里有瀑布、有清流、有水声、有林木、还有山岩，好一方清幽、自然、奇幻若仙之地。那里，还有旅游开发的度假村，那房舍，多是山上的原木搭成的，如同蝈蝈笼，外面有树皮。那树皮，有青杨的，有云杉的，有白桦的，也有色树和核桃的、小叶樟的、老山榆的、花曲柳的。总之，都是自然树木，本皮本色，好看得很。

　　于是，我们便住了下来。

　　也许，是由于我们的谈话声过高，过大，惊动了度假村管理人员。那是一个中年人。他走了来，说道：

　　"你们要吃山枣？"

　　"啊。"

　　"那还用买？"

　　"那——"

　　"要不嫌弃，跟我来。"

　　"咋？"

　　"走吧。"

　　说着，我们便随他去了。

　　那是攀山。那山，就在小木房后。山很陡，对我们来说简直是峭壁。开初时，还有条蚰蜓小道，渐渐地，那道细了，到后来，干脆没有了，隐入蒿草。不全是蒿草，莽林、倒木，荒荒漫漫，纷纷乱乱，苍苍茫茫，竟有些不知所措。

　　我们知道，已进入原始林。

　　蓦地，正在我们迟疑时，猛听得一声：

　　"接着。"

　　闻声望去，只见立在眼前的，是一株古松，高高耸耸，巍巍赫赫，笔笔挺挺，直向青天，指向云顶。那古松，还有一盘古藤，直直地，弯弯地，长长地，向上爬去，攀去，缠去，直向树冠，直到望不尽。那藤是褐黄的，隐于绿叶中，时露时无。看那样子，我心头一震，啊，这不正是我爬过的山路吗！真像。那藤，就是山间小道；那绿叶，就是蒿草；那古松，就是山岩，陡峰，峭壁。山道，竟变成了古藤。这发现，使我这登山之人，真个近乎似仙了。是呀，这"山人"二字合起来，不正组成了一个"仙"字吗！我感激古人造字的巧妙和神奇。

说话间，那壮年汉子，从树上将那山枣沿藤子顺下来。那人真有招。他怕摔碎摔烂山枣，只将那山枣嘟噜，用上衣包了，再系上扣子，顺着藤蔓，任其滑下来。

我们看着那山枣，圆滚滚，翠碧碧，确绿绿，闪着光，若露珠，若翠玉，若水滴。这新摘下的，刚下树的，更不同那筐装的，篮裹的、篓放的，不同那陈的，那卖的，好鲜啊。看着，那堆放的，是那样多，那样引人，让人嘴馋。看着，这垂手可得的，就在眼前的……但是，我们却谁也没吃，也不想吃，只是望着，连手摸都没有。

开初，那人有些不解，还以为我们有想法呢。于是，他当先拿起一枚，填在口里。自然，他吃得大胆，开心，惬意，随便，无所虑。

然而我们还是没吃。

那人用手点点，又将一枚填进口，意思是让我们快点，那是下着动员令。

然而我们还是没动。

这时，那人发话了，不解地问：

"咋？"

"我们是舍不得啊。"

"咋？"

"这是我们自己搞的啊。"

"咋？"

"不同于用钱买的啊。"

"咋？"

"这是我们的劳动所得。"

"咋？"

"这里有我们的辛苦。"

那人，仿佛知道了我们的心思，沉吟了一下，说了起来。他说，乍进山时，他也有这种感觉，宁可吃花钱买的，那些不花钱的、自己摘的、经过劳动换来的，反倒不想吃了。他又说，我们长白山人，往往都是这样，这是性格。

好！

有着这性格，就有望山久远，就有长青不老，花也长开不谢。

我们背着，抬着，抱着，往回走，带着那山枣，带着收获，下山了。然而，我们心里，却更甜，更腻，更爽。我们用无声，心里在想：这长白山，给了我们多少甜蜜，多少圣洁，多少不老。这甘甜就出在那圣洁中，这圣洁就出在那不老中，也长存在不老中。也汪在那山枣里，具体地。

长白山还高着呢。

啊，长白山枣，圆枣，原野的枣，好原始……

选自《老长春·续·上中下三部》

长白山之颠的哨兵　　黄淮　刘伯英

——记长白山天池气象站

　　在美丽富饶的长白山之巅，坐落着中外闻名的"长白山天池气象站"。站址的海拔高度为 2623.5 米，是我国少有的高山气象站之一。它和新疆阿拉山口气象站一起，共同享有"高空气象研究室"的美称。

　　气象科学工作者站在这里，可以用肉眼直接观测到雨、雪、雹、雾、风、闪电、冰粒、雾凇、雨凇、米雪、雨夹雪等四十六种天气现象，还能观测到密卷云、毛卷云、高积云、高层云、浓积云、积雨云等二十九种云的变化，比气象观测的准确性高。由于它的地势高耸，濒临太平洋，是这一带的低压中心，因此，它所提供的气象资料，不仅对东北地区，而且对全国以及东北亚一些国家的天气预报，都很有参考价值。

　　长白山的气候冬季漫长高寒，夏季短暂温凉，春季风大干燥，秋季凉爽多雾。每年盛夏来临之际，碧如宝镜的天池，四面耸立的十六座奇峰，隐藏在云雾之中，八方游客及科学考察人员难得见其真面目，往往抱憾而返。因而，也就更增添了对此佳境的思念神往之情。

这座气象站创建于 1958 年，当年，高入云天的长白山顶人迹罕至，第一批来到这里的气象科学工作者，自力更生，建房用的一石一木，乃至吃的、烧的和各种仪器，全靠一副肩膀、两条腿运上山来。

今天，当你收到从这里发出的气象观测记录的时候，当你坐着吉普车沿迂回曲折的公路，一直来到天文峰旅游的时候，你是否会想到，工作在长白山之巅的气象科学工作者，终年同高空多变的恶劣天气进行艰苦奋战的动人情景呢！

青石峰

青石峰，像条鱼脊似的斜卧在天池气象站通往山下的路上，好似给下山的人们故意设置的一条屏障。站在峰脊那块巨形大青石上，可以俯视龙门峰下白如镶练的长白飞瀑，纵观狭长的二道白河河谷，和在林莽间闪闪发光的小天池。青石峰既是欣赏长白山风光的"观景台"，又是天池气象站迎送战友的"迎亲峰""友谊峰"。建站以来，在这里工作过的一百五十多位观测员、服务员、医生、厨师等，无不对青石峰怀有浓情厚谊。

1978 年 4 月 17 日，是一个风雪交加的日子。为了保证大家的身体健康，站里派出拖拉机手佟盛仁和观测员赵宽珠下山到转运站取鸡蛋。大雪封山，盘山公路全部埋在冰雪之下，连履带式拖拉机也望着满山冰雪无可奈何，运输物品只有靠人们的铁脚板和百折不挠的精神。赵宽珠本是身强力壮的小伙子，当时正患肠炎。但是，他隐瞒了病情，争着下山背鸡蛋。从山下运到天池气象站，不过十余里的路程，然而在寒风呼啸的四月天，这十里山路是寸步难行的。过岳桦林，要在齐腰深的雪里用身子蹚开一条路，又是步步登山。佟盛仁和赵宽珠背着鸡蛋筒，蹚开雪路，用两个小时的时间，终于穿出了岳桦林，来到一处山坡，向最险要的青石峰进发。这段路是四十度的冰雪坡，原来的盘山路被冰雪封住，他们只好沿着山坡边缘的雪窠爬着往前走。每走一步，都要用靴子狠狠地砸出个小窝来，为后边的同志留下脚印。真是一步一身汗，稍不留神便有滚坡的危险。赵宽珠肠炎未愈，更加体虚气短。走在前边的佟盛仁，几次要把鸡蛋筒抢过去，赵宽珠都没有松手。他想，才走到一半的路，还有两个关口挡在前边，怎么能够向冰雪服输呢！他咬咬牙，又前进了。接近青石峰的时候，风力骤增，刮得天昏地暗，赵宽珠倒在雪坡上，累得喘不过气。佟盛仁不由分说夺过鸡蛋筒嘱咐赵宽珠几句，便拼命爬上了青石峰的东坡，直奔远方那个渐渐隐没在夜色中的圆形雪丘。气象站就埋在雪丘里。大约半个小时以后，从雪丘的洞口里射出三道手电的光柱，那是闻讯赶来接应赵宽珠的厨师高继亮、观测员曹树臣和矫力军。手电的光柱在夜雾笼罩的山坡上搜索着，光柱像被狂风切断了一样，只能照出几米远。于是他们冒险登上青石峰顶，放声呼唤赵宽珠的名字，喊声也被风声夺走了。只有山风的呼啸，哪里有赵宽珠的回音呢！他们三人仗着熟悉这里的地势，兵分三路，满山搜寻着。结果，在青石峰北侧的一块大青石下边，曹树臣被绊了一跤，才发现赵宽珠躺在脚下。三个人急忙围上前去，一看赵宽珠几乎被雪盖严，直挺挺的一动不动了。高继亮急忙俯下身去，敞开大衣，趴在赵宽珠的身上，把赵宽珠冻僵的手搂在胸膛上，当他感到赵宽珠细微的呼吸和轻轻的心跳时，才略略松了一口气。急忙叫矫力军回站找人，他和曹树臣架起赵宽珠往回走。一步，两步，三步……赵宽珠的腿终于会活动了。矫力军拼命跑回站里，说了一句话就大口呕吐起来。为了抢救战友，身单体弱的矫力军太累了。站里的同志听到矫力军的报告，跑到青石峰，把赵宽珠抬回气象站，立刻进行抢救，做人工呼吸，灌糖水，总算把赵宽珠抢救过来了。事后，每当想起这件事情。赵宽珠总是说："生活在长白山，不仅有风雪严寒的考验，而且随时有生与死的考验。同志们舍生忘死救了我的命，我今后一定要把一切献给革命事业，好好地干哪！"从此赵宽珠更加积极地为党的气象事业而工作，他主动多承担工作，一个人担负起两个人的工作。他刻苦钻研，不断提高测报质量。终于创造了连续值班八十六个日夜的好成绩，年终被评为"先进工作者"。

长白雨燕

天池气象站西侧一百五十米处，有一块海拔 2653.5 米的高山高台。平台上立着高高的测风仪，竖着雪白的百叶箱，摆着白色的量雨筒和圆形的日照计，四周围着白色的篱笆。篱笆下面，一根十余米高的电报天线杆，直插云天。这里是气象站的观测场。这些观测天气的仪器，好像手持步枪的哨兵，站在高耸云端的长白山之巅，监视着三千米高空的风云变幻。

站里的气象观测员，按照全国气象系统规定的统一时间，每隔四小时到观测场去观测一次。

距气象站观测场一百五十米的距离，不算远；四十度的坡度，不算陡。风和日丽的日子，观测员用一分钟就可以轻松地跑到观测场，可是，从 9 月大雪封山以后，四米多高的气象平台，埋没在白雪之中。门窗积雪堵塞，室内一片漆黑，就算在山坡挖出一条地道，昼夜用蜡烛照明，通往观测场的山坡路，也是一人多厚的积雪。这时，观测员们需要顶风冒雪，拉开面对观测场的一扇窗户，挖一条通往观测场的雪洞，在雪洞一侧拴上一条八号铁线。观测员身穿皮袄、皮裤、皮靴，手扶铁线，一步一步向观测场爬去。一百五十米的路程，需要同狂风搏斗三十多分钟，才能到观测场。

1977年10月31日的夜晚。这一年也和往年一样，从8月下旬开始落雪，10月中旬，陆续下了几场大雪，到了10月29日，天气突然发生异常变化。气压骤然下降，气温骤然上升，从空中浓黑浓黑的云层里，降下来一场大雨。高高的长白山，好像从严寒的冬季，来了一百八十度的大转弯，回到少有的温暖的夏季。

大雨足足降了两天两夜。到了10月31日傍晚，竟然暴雨倾盆，狂风大作。雨借风势，好像长白瀑布的激流一样，哗哗地倾泻下来。11级大风，从白岩峰与龙门峰之间，从幽深的峡谷里，凶猛地席卷而来。狂风携带的火山沙和石块，砸在迎面门、窗的玻璃上，发出"乒乓"的碎裂声，玻璃一块一块地被打碎了。观测场北侧的一座小木房，被狂风掀起一米多高，扔到三百多米远的一条小山沟里。火山口四周，那些狼牙交错的大石块，被狂风捅下去，纷纷向天池边滚落。一石落下，万石滚动，发出"轰隆隆、轰隆隆"的响声，叫人毛骨悚然。

长白山是一座刚刚休眠二百余年的火山，历史上它已喷发过三次。每次喷发都像一头怒吼的雄狮，猛烈地喷吐火焰，将滚烫的岩浆喷出百里之外，震得山摇地动。人们在心中猜测：这种异常的天气，是不是火山喷发的预兆？站长隋金堂想，眼下，我们正守在火山口上，应当通过我们的仔细观测，找出火山活动的迹象，找出天气异常的原因，把这一切报告给省气象局、省地震局，报告给全省人民，做出我们应该做出的贡献。因此，他动员站里全体科学工作者，坚守工作岗位，把各种异常天气现象如实地记录下来，填补长白山气象记录的一项空白。深夜，时针指在 1 点 30 分，1977 年 11 月 1 日，第一次观测的时间到了。值小夜班的宋荣同志，毅然地拉开房门，钻进雨幕里，爬上通往观测场的山坡。狂风立刻向他扑来，在他脚下猛地一扫，他倒下去了。观测要求他必须在 1 点 43 分之前赶到观测场，一分钟也不许迟到。为了得到科学研究需要的精确数据，他爬起来，迎着 11 级大风，拼命往前走。走几步又跌倒了，再爬起来，继续往前走。就这样，他连走带爬，冲过了狂风封锁的一百五十米封锁线，准时赶到观测场，把此刻长白山天气变化的几项数字拿到手里，高高兴兴地回来了。

宋荣回到值班室，正在编制的时候，电报天线被大风刮断了。此刻，全站的同志心中只有一个坚定的信念：发报的时间一分钟也不能耽误！同志们都穿上雨衣争先恐后地冲出去。报务员曹树臣走在最前面，毫不畏惧地爬到十米高的高杆上，维修天线。狂风又在他的四周肆虐，想把曹树臣从高杆上掀下去。不管风雨多猛烈，曹树臣没有丝毫的动摇。经过一个多小时的抢修，把天线接上了。电报准时发出。

天池气象站的观测员发扬不怕困难、不怕牺牲的精神，使观测质量大大提高。1978 年各月测报质量达到优秀，成为全省测报质量较高的气象站之一。

牛皮杜鹃

六月，天池气象站门前的高山苔原上，百花盛开，万紫千红，灿烂夺目，宛如美丽的天然花园。一片片的牛皮杜鹃，用它最早开放的淡黄的鲜花，向气象科学工作者报告春天到来的喜讯。

这个时节，也是天池气象站新老气象科学工作者交接班的日子。高山上的严寒，对人的身体有许多不利的影响。为了科学工作者的身体健康，这个气象站实行两年轮换一次的制度。每逢六月，从四面八方来的新同志，登上长白山，接替在山上已经工作了两年的老同志。这些老同志，在离开这里的时候，对鲜艳的牛皮杜鹃，尤其对用血和汗浇灌过的高山气象站，十分地留恋。

观测员丛惠林在山上一连工作了三年，1978 年 6 月下山，已经是超期服役了。但是，时间过了刚刚一年，去年 6 月，他又背着行李回到山上来工作了。同时，他还把爱人领到山上参观，叫他爱人知道高山气象工作的重要意义，在新长征的路上多给些支持。在山上工作了一年出头的玄秀吉同志，每次回家休假，都向他爱人介绍天池气象站优美的工作环境、宝贵的气象情报，使他爱人感觉到，自己的亲人能到高山气象站工作，是光荣的、高尚的。今年 8 月，玄秀吉的爱人带着白酒、鸡蛋和西红柿，来到气象站慰问气象科学工作者，鼓励他们努力工作，多做贡献。站长隋金堂同志是在松辽平原上成长起来的气象科学工作者，没有在山区生活的习惯。1977年来到这座高山气象站以后，看到这里的气象资料在"四化"建设中的珍贵价值，便对高山上的工作愈加投入，想方法提高测报质量。他和同志们发觉，通往观测场的一百五十米山路，冬季积雪两米左右，需要掏雪洞通过，势必耽误观测时间。经过研究，他们在房顶上打开了一个天窗，在天窗和观测场之间，架设一座木板栈桥，保证冬夏准时观测。去年 6 月，他已经圆满完成两年工作任务，可以下山了。可是，他感到这里还有许许多多的工作要做，新来的同志需要帮助熟悉业务；二层楼的新站舍需要设计、施工；现有的观测设备需要更新，逐步达到气象观测遥测化；气象与长白山动植物的关系，需要进行深入的研究，拿出成果来……这些没有做完的工作，天池气象站未来的愿景，都在向他招手，叫他留下来像牛皮杜鹃那样，扎根在长白山上。因此，他又留下来继续工作了。

令人警佩的牛皮杜鹃，是长白山上四季常绿的植物。但是，它比起这里同风雪搏斗的气象科学工作者来，还差得很远很远呢！

拍溅 (外二篇)　　胡冬林

> 在远古时候，
> 人高兴变成动物就能变成，
> 动物要高兴也能变成人。
> 那时候我们曾共用同样的话语，
> 只因为
> 那时人和动物讲同样的话。
>
> ——因纽特人歌谣

2001 年 12 月 23 日晨 8 时

雪地上出现了一行足迹，窸窸窣窣在枯草中穿行。这足迹细碎工整，像一条落在白雪上的浅灰色毛线，渐渐远去。我闭上眼，恍惚间耳畔传来秋虫奏出的怯怯颤音，沿着这颤音上出现了一个碟形小浅坑，雪屑和枯草零零落落溅落在四周，仿佛发生过一次微型爆炸。浅坑两边半米处的白雪上，各留下几条刮擦抹削的潦草印痕，其中隐隐现出翎羽的纹印，在浅坑后面半尺处，与上述痕迹成倒品字结构的，是个像扫帚抹过的扇形浅印。

从长白山回来，我给在深圳读初一的女儿打电话，讲述了这个雪地上的谜语。

是鹰吗？从小就爱猜谜的女儿答道。

是鹰，是长白林鸮。同行的老卜当时证实了这一点。老卜是县环保站森林调查员，长年在野外考察野生动植物。他说，浅坑两边的印迹是林鸮初级飞羽的扑打痕迹。翼展约一米，后面的浅印是它接近猎物时收拢尾扇，做低空急刹车动作留下的。

这处雪地留痕，是林鸮致命一击后的袅袅余音。

这杀戮发生在凌晨，当时林鸮蹲守在路边高高的大山杨上。它的听力奇佳，能听见百米之外啮齿类动物触碰枯草和落叶时发出的细微声响，它立即悄没声地俯冲下来，抓走了这份小小的早点。

离开这处雪地之谜后，我俩又跋涉了好一会，才在一条叫作响水溪的冰河上发现了水獭的足迹，我俩是特意来看它的。

足迹很新鲜。头一眼看上去，它与雪地上常见的青鼬足迹相似，但因为水獭长有蹼足，所以足趾间蹼掌隐约可辨，它还有一个明显的特点：青鼬的足迹大多笔直顺畅，像急着要赶往目的地，而它的足迹却不规矩，总是围绕冰罅和冰窟打转，不停地画出大大小小的圆圈、弯弧、曲线，就像一串串跳荡多变的音符，蜿蜿蜒蜒散布在冰河上，假如我会演奏，依照这变幻无定的乐谱奏上一曲，那该是一首俏皮的小步舞曲吧。

老卜打量着足迹后面白砂糖般的拖迹说，雪屑还未融解变形，这家伙刚过去三四个小时。水獭在夏季迁徙时，在陆地上一次最远走六七公里，冬季营半游荡式生活，有时就在巢穴周围几公里的半径内活动，今天若是走运，应该能见到它。

老卜在这片原始森林中有一块秘密领地，这是他七年前在响水溪上游的动物观测站工作时发现的。当时他在那里结识了一窝水獭。

动物调查员要年复一年地长期分析和研究一种动物，才会得到第一手观察资料，所以在下山后的几年里，他年年都回来偷偷看望它们。野生水獭的寿命约二至五年，现在那里的水獭已是当年他那只獭友的第三四代子女了。这次上山，他破例带上了我。也许，是我远道而来的诚意打动了他。

冬天的山鲶鱼肠肚干净，大的有两三斤重，黄澄澄黏乎乎的身上遍布暗淡虎斑条纹。这季节它动作迟缓，咬钩狠，钓一条炖汤，锅里飘一层油，香极了。从前我一个人在观测站的时候，天天在河里下一种叫撅头钩的卧钩。这种钩的钓竿必须用暴马丁香的枝条，它木质坚韧、有弹性，古代时军队专门用它做矛杆和箭杆。下钩后把半截竿插入土中，半截弯成弓形，再在旁边立根带横叉的小木杆，用横叉压住弓形竿头。鱼饵用小块鱼肉、小鱼和蜗牛肉都行，但钓线一定得结实。山鲶鱼咬钩会向两边挣，扯着钓线和钓竿随它移动，钓竿一动，便从横叉下脱出，嘣的一下猛然弹起，这股劲头能使鱼钩穿透鱼的唇颚。鱼挣扎累了，会服服帖帖卧在水底。你头天晚上下好钩，只管回家睡大觉，早上起来到河边一拎竿，沉甸甸的，钩上准有鱼。

那年刚入冬，我这么连着钓了二十多天，三天总有两天能钓上鱼来。嘿，有一天出怪事了！咬钩的鱼让小偷给吃去一半。这家伙不仅敢偷鱼，嘴还挺刁，专挑鱼脊梁肉厚的地方下口。看来，这是一个吃鱼的行家。

响水溪发源于长白山支脉小青岭深处，起初是条小山溪，它在流淌途中不停汇集众多山泉和苔藓层下的雨水潜流，逐渐形成有一些模样的山溪，再与数不清的小山溪和地下暗河交叉聚合，在低地上形成一条二十多米宽的江流，最终汇入鸭绿江。我的秘密领地在它的中上游，水流在那里的山凹处汇成了一个不大的湖泊。我给这湖泊起了个名，叫暖湖。大概湖底离地下仍在活动的火山熔岩热流不远，这口湖从未封冻过，在最冷季节，湖的四周才冻结两尺厚的冰层。当年我的高山木屋就建在暖湖岸边。那房子的三面被针阔混交林包围，一面对着湖水，一年中无论哪个季节，那儿都很宁静，有一种原始的朴素之美。

那天夜里，下了头一场大雪，早上推开门一看，满眼茫茫雪幕，天地间那么寂静，静得几乎听得见雪花落入湖中绵密的沙沙声。雪中的湖面幽暗，没一丝波纹，像一块巨大的墨绿色的大理石，愈往深处看愈显深沉凝重。

这无边的寂静让我不由得害怕起来，到观测站才一个多月，我有生以来头一次尝到了孤独的滋味，极想跟人说说话，哪怕跟动物也行。可是，这场大雪盖下来，是真正的大雪封山，至少两个月见不到一个人影，以后的日子将十分难熬。当时，正是这个念头逼得我仔细倾听。这种时候，哪怕有一丁点儿轻微的响动，对我的孤独感都是一剂解药。

我静静等待着、聆听着，盼望在水下过冬的小河鳟游到水面来找食吃，它们常常发出轻轻的溅水声，声音轻极了，扑棱扑棱，宛如水波的颤动。平时我不很注意这类声响，森林中各种自然音响实在太多了，但现在不一样，我渴望听到任何声音，最好是动物……突然，湖面上传来唰啦一声水响。这声音不太响，却实实在在、清清楚楚贯入耳鼓。我一惊，在那一瞬间竟产生出一种错觉，静静的湖水活了，它忽然从一片沉寂中醒来，发出一声清亮的啼鸣。

它是真的，是一头大动物跃出水面时发出的溅水声！

从小就爱打鱼摸虾，我的耳朵绝不会听错，那不是鱼跳出水面的响动。当大鱼跳起时，发出的是脆脆的啪啦声，当鱼群一块跃起时，发出的声音连成一片，像一阵骤降的冰雹，噼里啪啦敲打水面。

而这个家伙却是个老手，出水干净利落，身上像装了弹簧，唰唰两下便从水中蹿上岸来。

抬头一看，哈，水边果然有个动物在雪地上蠕蠕爬行。粗看上去，它形体像个扁扁的长圆筒，脸扁圆，长一副典型的顽童般的脸孔，它的耳朵好似两朵圆花瓣，白色的上唇两边长着几根粗硬可笑的长胡须，四条短短的罗圈腿，行走不很方便，尾长扁，如同拖着条半米长的山鲶鱼，不停地在雪地上左右甩动。最醒目的便是它那身水滑滑黑浸浸的毛皮，表面像涂了一层釉质，晶莹的水珠宛如串串水银，在亮汪汪的毛皮表面溜来溜去，不断滚落。

过去，我曾远远瞥见过水獭匆匆的身影，也听到过它们那鸟鸣般的吱吱叫声，今天是第一次这么近距离观察长白山的土著居民——北方水獭。

我屏住呼吸，按捺下惊喜的心情，缓慢地跪在雪地上，生怕因动作过大被它觉察。它也许相当饥饿，一边贴着雪地游走，一边伸长脖颈，左右晃动观望水面，那副姿态，好似一条准备应战的响尾蛇。忽然，它头稍稍上昂，似乎发现了什么，接着身子一弓一抻，紧贴着雪坡悄无声息蹚入水中，转眼没了踪影。这串动作一气呵成，没发出丝毫声响。我刚松了口气，又听哗啦一声水响，只见它冒出头来，嘴上叼着一条银闪闪的细鳞鱼游回岸边。那鱼足有一斤多重，摇头摆尾，泼刺刺挣扎，水獭前爪一按，随即尖齿乍现，一口咬在鱼的后脑上，然后，它抖抖身上的水珠，咔嚓咔嚓大吃起来。

响水溪的上游是细鳞鲑、哲罗鲑等长白山原生鲑鳟鱼类的产卵地。这些鱼类在入冬前会进行距离长短不一的秋季洄游，成群结队迁徙到溪流的深水潭、小湖泊或下游大湖的水面下层，它们在冬季仍十分活跃，在水面封冻后还四处觅食。每个河湖池塘都有自己特有的潮气，这就是所谓的"水塘味"。所以，有鱼和没鱼生活的水塘所散发的气味是不一样的。为寻找食物，水獭一生中经常要进行短迁徙，把家搬到新的水生生物丰富的河塘。它的嗅觉极其灵敏，生来就能寻到散布在空气中的水汽，所以，它们在这种短途搬家时常常走一条直线，径直奔向下一个充满生机的地方，绝不会光顾一潭死水。估计这只水獭远远地嗅到了暖湖水汽中隐含的淡淡鱼腥味，尾随鱼群来到这里。

嘿，这回我可有新伙伴了！

2001 年 12 月 23 日上午 10 时

今天的气温是零下十八度至零下八度，冬天的原始森林远没有我想象的那么寒冷，此刻在林中漫步，仿佛置身人间仙境。空气冷冽清鲜得令人惊叹，只要饱吸一口，它会充溢你的五脏六腑，甚至深入你全身每一条最细的血管和每个毛孔，整个人都仿佛被这空气浸透了，身心被彻底洗涮一番，干净得如同一片嫩绿的新叶。

我少年时常在山林中玩耍，青年时又在农村插队，自以为认得树。可到了这里，许多平日常见的树，树龄都有百岁至三百岁左右，长得异常高大粗壮，尤其是阔叶树，因为没有树叶供参照，所以连普通的黄菠萝、紫椴、水曲柳、山杨等树种都变得难以辨认。它们实在太高大了，太美了，特别是红松、白松、鱼鳞松、云杉和冷杉等针叶树，那伟岸苍翠的身姿简直令我找不出一个恰当的词来赞叹。不，还是有一个词的，那就是"壮丽"，惊人地壮丽。

冬季的森林里视野十分开阔，下层灌木的叶子凋落，到处疏疏朗朗。地面上厚厚的落叶层虽然褪尽秋色，却依然散发着干透后的熠熠光泽。细细端详各色各样的干树叶，张张片片都如同用极薄极薄的红铜、黄铜或青铜片精雕细镂的工艺品，让人不忍心踩上去。还有各类乔木，如白桦、枫桦、千金榆、暴马丁香等等，由于受到笼罩头顶的巨树排挤，被自然之手捏塑得千姿百态，风姿绰约，打一个不恰当的比方，我好似一下子掉到了女儿国，举目遍地皆是做出各种迷人造型的模特般的美女，那才叫彻底的目不暇接。

　　林中的雪不多，只铺在阴坡上，全没有昔日白雪皑皑的壮观。老卜忧心忡忡地说，这几年，沙尘暴已到达整个长白山区，暖冬更是常见。这种情况对森林生态健康影响如何，需要当成课题来研究。据外国环境专家监测，北极圈冰层比二十五年前减少40%，现在正以每十年9%的速度融解，预计将在本世纪内完全消失。南极一块叫拉森B的巨大冰架（面积250万平方米）已脱离极地冰盖，正在大洋上漂移。在它身后，还有十个冰架将紧随其后。第二个叫威尔森冰架，它厚200米，重50亿吨……突然，扑律律律律，一阵扑翼声打断他的话。老卜眼快，说那是一小群花尾棒鸡。前几天他还看到一个二十多只的大群。它们的出现，使我想起昨天散步时见到的几只大雁，它们被我们从未封冻的小河边惊起，疾飞中，它们的拨风羽发出嗖嗖哨音，大胆地从我们头顶掠过。

　　当时，我暗吃一惊，大雁是典型的迁徙性鸟类，去年秋季却没飞走，它们留下的唯一理由，也许就是当地的温度适宜。

　　自从水獭搬来以后，我改变了钓鱼地点，每天要多走五里路，到上游的一个小河湾下钩，我还把大门关死，用外屋的后窗当门，还在屋后的树林中新辟出一条出去的路，我不想做出任何一点儿惊扰它的举动。水獭的领地意识极强，我可不能因为我的不慎惊跑了它。但是，无论我怎么小心，既然是邻居，难免有偶尔碰面的时候。渐渐的，它开始有点习惯我的存在了。常常远远地望着我，有时还吱呦——吱呦——叫上几声，像是在警告我不许越界，又像在和我打招呼。

　　我早就听说水獭是可以自幼驯养的。它像狗和猫一样跟人有很亲的近缘关系，而不像狼和狐狸，养大后总有一天会遵从野性的呼唤离你而去。在中世纪的欧洲、亚洲的一些国家，人们常常训练水獭们捕鱼。现在的日本、菲律宾、印度和我国南方的偏僻水乡仍保留着这种习俗。只不过我国的渔民更实际一些，他们多半会选择驯养鸬鹚，因为鸬鹚能给人服务二十年。波兰的史料中记载过一只叫涅普顿的水獭，它能执行主人发出的几十个命令，超过了最聪明的狗，甚至可以与今天人类驯养的大猩猩媲美。因此，那个驯养涅普顿的元帅把它献给了国王，这也使它青史留名。

我特别想学珍妮·古多尔，去接近我的新邻居。可是，由于经费原因，一年后，观测站将被撤销，在当时的情况下，我没有任何理由和条件继续留下。所以我只想与它保持相当的距离，尊重它的天性、领地等权利和一些忌讳，让它永远对人类感到陌生和惧怕。不然的话，我离开之后，它遇到的下一个人可能是狩猎者。但是我却没想到，我和它的第一次亲密接触会来得这么快。

一天黄昏，我听见湖里水响的声音不对，听上去像有条大鱼搁浅，正在拼命扑腾。赶过去一看，原来是水獭。它在水中反复扭曲身体，好像被什么东西牢牢套住，白肚皮忽而翻上忽而翻下，正在苦苦挣扎，见到人影，它不但没有躲开，反而艰难地半浮半仰着向我这边漂浮过来。我赶忙捡起一根干树枝，跳进早春冰冷的水中，勾住它的身体拉向岸边。水獭感到树枝的触碰，立刻本能地张口牢牢咬住它。顷刻间我感到一股强劲的咬力从树干那端电流一般传来，咯咯震颤我的手臂。它那对黑珠子般的小眼睛里放出一线针尖似的光芒。那是一种在绝望中迸发的狂怒目光。同时，它抬起浸在水里的口鼻，冲我发出嘶嘶怒叫，滴水的犬齿在昏沉的暮色中亮若白刃。原来，它落入了一张破网中，全身都被紧紧缠住，几乎动弹不得。

水獭属鼬科，这一科的同宗兄弟们个个性烈如火，都是不好惹的主，除青鼬外，还有伶鼬、紫貂、扫雪、艾虎、黄鼠狼等，就连又胖又笨的狗獾，真要是下决心打一场生死大战，连金钱豹也得甘拜下风。遭遇对手的挑衅时，动物是不会谈判的，它们只有两种选择，战斗或逃跑。面对我这个庞然大物，这个天生勇猛的小家伙即使全身受困，出于自卫本性，仍选择了应战。

我小时候爱招猫逗狗，很早就懂得如何使一只暴跳如雷的猛犬平静下来。办法就是用最和缓温柔的语气对它说话，尽量哄它、安抚它。于是，我开始对它说悄悄话，像妈妈哄孩子似的，甚至从喉咙里挤出女人腔。果然，它一点点安静下来，面目间虽然野气未褪，但惊怒交加的神色已渐渐淡去。其实现在讲起来容易，当时我可是硬充了两小时的妈妈（过后嗓子发紧，难受了两天）。还有，它经过长时间竭力挣扎，已经累坏了。我一边轻声细语，一边试着去抚摸它。野生动物绝不会接受陌生者的触摸，即使被俘，接受爱抚亦非常勉强，但当时我必须那样做。第一下摸后颈，它立即全身颤抖，仰头冲我喷气低吼。我没停手，轻轻地依次移向它的耳后、颔下和腹侧，这些都是哺乳动物亲友之间互相蹭痒和表示亲昵时喜欢触碰的部位，这会使它们放松或感到欣慰。等它开始松弛下来，我掏出小刀，慢慢一根根割断网线。当我把网线挑断一多半时，这敏感的小家伙似乎知道即将脱困，猛地来了个鲤鱼打挺，趁我向后躲闪的当口，自个连蹦带跳挣脱羁绊，一头扎进水里。它那黑亮的身体在夜色下幽灵似的闪了两闪，转眼消失在忽明忽暗的波光水影之中。

水獭的跳水声过后，水纹缓缓平复，夜色中的湖水重归宁静。我久久地站在湖边，瞪着眼向湖心看。夜色更浓，明知看不到什么，我却不愿离去。过后我才明白，我当时不是在看，而是在聆听，聆听那只被我救助的小生命，是不是还会发出那样清亮的溅水声……渐渐的，隐隐的，我似乎听到了一点点声音。那声音极其微弱，若有若无，时远时近，在茫茫黑暗中游丝般颤动。

那是种唰唰声与嗖嗖声的混音。我觉得，它是湖水在水獭那缎子般柔滑的毛皮上疾掠而过时发出的音波。

2001 年 12 月 23 日约 11 时

走在前面的老卜忽然收住脚步，短短地"啊"了一声，同时指着一行足迹让我看，那足迹鲜明清楚，似一朵朵铜钱大的五瓣绒花，它们列成一条整整齐齐的直线，留在一根大倒木表面的积雪上。可以想见，它当时正愉快地信步走过这宽敞笔直的独木桥。

"紫貂。"老卜俯身仔细观察，笑着说，"昨天过去的。"

我心头一喜，我认为这儿的紫貂早就被猎手打绝了，现在亲眼看到它的足迹，无疑是个喜讯。还有，我们沿途看到了许多松鼠在雪地上留下的痕迹。它们到处搜寻秋天储藏在地下的松子，遗下不少浅坑和吃剩下的松子壳。好哇，貂不愁没猎物可捕了。紫貂和水獭一样，身上不积蓄过冬的脂肪，为了维持必需的热量，它得经常捕食松鼠等小型啮齿动物。老卜告诉我，这是他在今年冬天看到的第一只貂的足迹。

自从被我解救之后，灰妞（我给水獭起了名字）明显表现出对我的宽容。当我爬上它视为领土边缘的湖畔石崖时，它不再怒冲冲地嘶声警告。于是，我得以居高临下观察整个湖面，也幸运地观赏到它在水中的所有活动。

冬季的湖水碧透见底，不但水下的大小鱼群历历在目，就连半朽的落叶，混在沙砾中的蜗牛壳都清晰可辨。冷水鱼平时喜欢聚集在湖底的凹坑里，等日上三竿、天气转暖时，才懒洋洋游出来觅食。灰妞的到来，打破了它们的安逸生活，暖湖从此天天都发生水下追杀的死亡悲剧。

　　头一次在大白天目睹捕猎的全过程，真有点惊心动魄。我想，所有的渔夫都会羡慕它的捕鱼本领。严格地说，水獭皮毛是纯正的深咖啡色，可是在水下，它就像一缕黑灰色的流烟，活泼轻灵地兜着圆圈，一环一环将目标套牢，随后抓住鱼群刚刚觉醒的那一刻，骤然加速，犹如一颗小型鱼雷，拖着白色泡沫笔直突入鱼群。这时，原来平静的水下世界如同发生一次小型爆炸，鱼群轰然迸射，无数道银光从大团尘雾中闪电般惊掠，看得人眼花缭乱。这时，灰妞早已找到目标，鬼影似的死死盯住。鱼慌了，上下左右乱窜乱钻，使出浑身解数闪躲腾挪。水獭却更胜一筹，几乎衔着鱼尾巴梢紧随其后。从高处看去，鱼和水獭之间仿佛拴着一根看不见的线（我因此怀疑水獭具有海豚那样的声呐系统），一个在前面银箭似的飞蹿，一个在后面流星一样疾追，它们急转、上升、钻石缝、跳水面，眨眼之间能做出几种机动灵活的逃避和追击动作。然而，这过程往往只有短短的十几秒钟，一切都会戛然而止。

　　还没有看清（你根本也看不清）水獭发出的那一击，它已经叼着猎物，悠悠然浮上水面。

　　要想在水里追上鱼，就要游得比鱼还像鱼。水獭的身体结构在漫长的进化过程中已臻完美。它颀长窄扁，形似游梭，适于分水破浪；脖颈修长灵活，转弯有鳗鱼的机巧，攻击有鲨鱼的突发性；两对蹼足游动时收在腹下，加速时后足齐齐发力，似双桨打水，动如脱兔。值得一提的是它那条宽大扁平、弹性十足的长尾巴和刚硬却又敏感的胡须。它的长尾巴具有船尾橹与转向舵的双重功能，是它游行的驱动器；水獭的胡须和海象的胡须功能相似，可在浑浊的水底探寻躲在石缝中的鱼、蛤、螯虾等猎物。它生来为潜水而生，肺活量大得惊人，血液中的血红蛋白是人类的两倍，还能在肌肉和血液里携带大量氧气，能支持它潜水长达十五分钟左右。它全身有两层不同的披毛，如同穿上双层潜水衣，国外有专家测算，它身上的每一平方英寸的毛发数目超过一只狗全身的毛量，永远不会透水。它的耳、鼻内均长有挡水的瓣膜，可自动开关，眼睛表面还有一层平滑透明的罩膜，是它的水下潜望镜。除强大有力的利齿群和四柄利锥般的犬齿之外，它的一对前爪与猫科动物的利爪一样，可在需要时挠击猎物，抠入和撕裂对手的肌肉组织，造成重创，当遇到七八斤重的大狗鱼，双方展开生死大战时，这样的利爪会发挥关键作用。

　　鱼天生畏獭，但一旦被对手咬住颈背，大鱼会本能地拼死挣命，这黑白双煞会展开一场恶斗，猛鱼还会找机会狂噬对手。这时候，水獭会骑上鱼背，尽张利爪，抠入鱼眼或鱼腹，使对手丧失反抗能力。我曾亲眼看见过它与一条十余斤重的细鳞鱼缠斗，那鱼肌肉紧实，爆发力强，常年在石丛间的湍流中逆流击水，性子剽悍坚韧，富于战斗力。灰妞那天可能饿坏了，不管不顾地冲上去，狠狠咬在鱼的后颈上。鱼剧烈抖动身体，甩头振尾，击打摇撼背上的敌手，同时大力撞向湖底石砾，想把对手从身上甩下去。水獭在贴身追袭中始终压在大鱼上方，并用钩爪攀住光滑的鱼脊，用锐利的犬齿凿向鱼的后脑。痛彻骨髓的鱼发了疯，小火箭般哗啦啦蹿出水面，连连横滚打挺，棕黑色的水獭像条小乌龙，死死抠住它那银灿灿的身体，犹如一个优秀的骑手，不管胯下烈马如何撒野，仍不停猛击鱼头，直至凿穿对手的天灵盖。一缕血水摇曳升起，大鱼用最后的力气拍拍尾巴，翻起白肚皮，斜斜滑动十几米，缓缓沉落湖底……得胜的水獭从不知休息，总是叼着战利品急急游至岸边，匆匆忙忙将它拖至附近的隐蔽处大吃一顿。

　　与海獭相比，我总觉得水獭这一物种的进化过程还远未终结。我的依据是：人类的所谓文明，最终会占领地球上每一处最偏僻的角落，尤其是适合它们居住的清澈水域。对水的需求，总有一天将驱使人类去开发所有的陆地水源，其中当然包括地球上所有水獭们居住的家园，它们将向何处去？也许，它们会重走海獭的进化足迹。但海獭的漫长演变故事是它们祖先的一部完整的自然进化史，估计至少长达几十万年。而水獭则极可能在短短的数百年间，被人类挤压强逼到海边。在这么短的时间内，一个哺乳动物物种的适应性再强，也不可能发生太多改变，除非它们被强制驯养成为家畜。唉，水獭将来的命运会是什么样呢？

2001 年 12 月 23 日 11 时 30 分

我们路过响水溪的一条小支脉，它在这个浅河谷拐角处冻得很结实，估计冰厚约十五米，但冰壳下的溪水仍在汩汩流淌，只要我们的踏雪声一停，它那微弱而持久的水声便隐约传来。我拨开积雪，把耳朵贴在冰面上，强忍着寒冰带来的刺痛听了十几秒。下面的水声很响，宛如持续不断的鼓声，这鼓不是牛皮蒙面的那种，而有点儿像一种金属制成的鼓，大概是铁铸成的鼓吧，而且，这种铁鼓还必须在水下敲打。

飞快从冰面仰起头，我心头涌起一片发现的惊喜：在对岸松林边，静静矗立着一个小窝棚的精巧的木头支架。第一眼看去，它仿佛是林中矮仙精心搭建了一半的小帐篷，现在已被他们遗弃。

我想，这可能是森林警察在长途巡逻时的宿营地。可它太小了，估计只能住两个人，大约是猎人或采药人的宿营地。我兴奋地打量着这个小地方，想象着当时的居住者是如何居住的。这里有不大的灶台、当小凳用的木墩、一件旧衣服和一条宽宽的长木凳，它可能被当作木床用。我弯腰从昔日门框下走进小窝棚，坐在长凳上，想象着自己在这里居住的情景。是啊，如果有那么一天，我摆脱掉所有俗务，来到这里，给窝棚重新披上草屋顶，再整理一番，和老卜在这里小住几天，远离尘世，像梭罗那样自食其力，每天与森林、溪水、动物为伴，抽空写点儿观察动植物的心得，该是多么美妙的经历呀。真的，也许明年夏秋季节，我会真的做这件事。

我在长凳上做深思状，请老卜给我拍照，回去把照片拿给城里的伙伴们看，他们肯定会羡慕不已。

没想到，老卜兜头给我浇了一盆冷水，"别在这儿照了，这是采松塔那帮人搭的窝棚，放哨用的。"他早已从我的表现中猜出了我的心思。

我一步从窝棚架子里蹿出来，心情突然变得十分败坏。几年前就听说山里开始大规模采松子，而且还有许多倒爷发了财，这行当还有个名称，叫"抓果仁"。这种事从长远看，对森林生态的负面影响巨大，它破坏自然中最基本的食物链，会造成以松子为食或与松子相关的动植物的数量骤减，自然萌发的松苗因数量太少失去竞争力，数百年或千年之后，东北林区最令人夸耀和自豪的红松林可能将不复存在。

当灰妞不捕鱼时，常常在水中玩耍。每当夕阳西下，落霞满天，暖湖会呈现出它最美丽的时刻。湖水倒映绚丽的晚霞，湖中如同贮满微微浮动的金灿灿、红彤彤的火山熔岩，水獭宛如一袭飘飘悠悠的青绸，在水中翻花鼓浪，它每一次上升与下潜，都发出一声轻溅，在水面留下一个个圆圆的水涡，这水涡似绽放的金红色水莲，缓缓舒开一轮轮圆瓣，渐渐扩展到整个湖面。有时候它起了兴致，在水面忽浮忽潜，连续跳跃式蹿游。这时的湖面，仿佛被顽童用石片打出的水漂，啵——啵——啵——啵——接连开放一长串金莲。玩到兴起时，它喜欢唰啦啦满湖乱蹿，折跟头，打转转，花样翻新地嬉耍翻腾，搅得满湖金辉闪闪、火花摇颤。每逢此时，水獭会无意间展现出它的全部泳姿，它远比号称水中舞王的海豹要来得活泼灵巧，令人联想到树上伶鼬、草间滑蛇、云上飞鸟、水中快鱼，在天生优雅中透出稚气未脱的顽皮和野气，总是洋溢着无比的快乐与欢喜。

在水边住过的人都知道，当夜晚微风吹拂，轻波溅岸时，那水声有催眠作用，因为不同强度的涛声。都蕴含着自己内在的节拍。在观测站住久了，我渐渐养成一个习惯，晚间头一挨上枕头，便闭目静听窗外的水声。细浪一波接一波款款而来，轮番舔舐岸边的沙石，发出沙沙的低吟浅唱。我觉得，这是上苍赐给我的摇篮曲，每逢听到这种水声，我都会睡上一个好觉。日子一久，我还能听出这种节拍在不同天气、不同风力、不同季节和在丰水期、枯水期发生的不同变化。我最愿意听的水声是在乍暖还寒的早春时节，岸边的冰层渐渐融化，滴水成凌。清晨，春风拂过，那一排排错落有致的冰凌变成了细长莹彻的脆玻璃音柱，随风摇曳，叮叮咚咚碰撞，发出风铃般悦耳的响声，在这一片风铃声中，有时会响起哗棱一声响，好像打破了薄薄的高脚杯，那是冰凌碎裂溅起的水声。在风平浪静阳光明媚的上午，最细最长的冰凌先开始融化，嘀嘀嗒嗒轻敲水面，宛若山涧石缝里落下的一线流泉水滴石臼时发出的幽邃音响，随着阳光转暖，这滴水声很快会由小转大，汇成一片细密的房檐滴雨的那种滴水声。到了晚上，凉冽的晚风泛起涟漪，冰凌结成水晶簧片，层层碎浪来轻轻抚弄，仿佛无数个轻软的手指，拨弹出一阵阵哗棱棱、哗棱棱的清脆乐音，这声音颇像有人在轻轻演奏一架用最纯净的冰制成的冰琴，静静聆听时，耳边似有条初融的小溪，挟着碎密的冰凌在冰壳间汩汩流淌。

可是，自从灰妞来到之后，每当黄昏降临，暖湖便响起喧闹的水声。有时，它会把一半鼻孔露出水面，犹如吹奏竹箫，用浸水的鼻腔咻溜溜、咻溜溜发声，似在模仿灰林鸮的夜半歌声；有时，它会在浅水处用爪子拍打翻搅水面，哗啦啦、啪嚓嚓响个不停，远远听去，像有个小孩儿在用光脚丫踢踏湖水，驱赶胆小的鱼虾；有时，它还会钻入水下，边游边咕噜噜、咕噜噜吐出一串串气泡，露脊鲸有用气泡围猎鱼群的本领，难道这也是它的行猎方法？也许是这个天性好玩的小家伙发明的新把戏。玩儿得兴奋时，它还会发出吱——呦、吱——呦的欢叫，叫声又尖又细，冷丁听见，还以为是沼泽山雀或白脸山雀在鸣唱，可山雀的鸣唱怎么会有泼剌剌的水声相伴？而且，这两种鸣叫在频率上有高有低，人们常常感觉山雀的鸣叫是钻入耳鼓的，而它叫声是听入耳中的。准确地说，它的叫声很像小女孩快活的尖叫（听到这儿，我不由得想起了妈妈，她总爱回忆起妹妹小时候吃茄梨的情形：那是种绵软多汁清甜香的水果，妹妹每咬一口，都发出一种类似狂喜般的尖叫……讲到这里，妈妈会模仿妹妹的尖叫声，但不像；妹妹也会再叫几声，但也不像；在我的记忆里，那种两三岁女孩儿的尖叫是世上最纯粹最天真的声音，年龄稍大或稍小都没法发出那样快活的尖叫）。

　　三月以来，灰妞的尖叫次数明显增加。我猜想，它是不是跟狼有相同习性，在招呼远处的同类呢？狼的长叫总让人感到孤独凄凉，水獭的叫声里透出的却是乐陶陶的情绪。有一次，在听它的叫声时，我无意中瞥一眼镜子，看见自己正在微笑。

　　四月初，顶冰花拱出雪层，在光线暗淡的密林深处，在落叶残雪中悄悄开放。乍一看见它，还以为是谁在雪地上丢下的几朵小金星。这花学名叫侧金盏花，色泽金黄，明亮醒目，花冠上时常沾着冰屑雪粒，娇俏中透出大胆，早早报告春的消息。

　　看到这无所畏惧的小花，我知道，灰妞快要出嫁了。

　　食肉动物大都用排泄物来标明疆界，水獭也这么做，它喜欢把黑褐色的粪便留在显眼的石头或树桩上，它在发情期的尿液有特殊的激素气味，这是它的身份证，传达出它的性别、年龄、健康程度和是否准备好交配等信息，或许其中还蕴含着更多人类不了解的隐秘。这种气味很浓，数日不散并且会随风传播，让那些准新郎们知晓。

在暖湖南岸，我原先的院子边上，有几个小沙窝。灰妞刚搬来几天，便大模大样地把那里改造成它的日光浴场。每逢阳光充足的日子，它都会躺在沙窝里心满意足地滚来滚去晒太阳。这些天，它却把那里当成了公告栏，遗留下几处掺过排泄物的沙土，还扒起几团陈年的枯草，依次在上面留下了尿渍。

一天下午，我在岸边的细沙滩发现了雄水獭的星形足迹，这家伙的足印很新鲜，是当天早晨留下的，它们又大又深，比灰妞的足印大三分之一。生活在非洲及南美热带雨林水域的雄水獭重三十公斤，欧洲中部的雄水獭重十二公斤；长白山属北温带气候，四季分明，且冬季漫长寒冷，严酷的环境把当地的动物锻造得更为结实精干。从它的足迹上看，步距长、足印深，说明它个头很大，体重约七八公斤；爪子健全，脚趾、足垫及足蹼组成的足底印在细软的沙地上，鲜明得如同印在纸上的图章，毫不拖泥带水；它拖在地上的尾巴甩动的幅度很大，痕迹也很清楚，可能正处在兴奋状态。这些都表明，它是个步子迅速有力、年轻壮实的雄性。

当天夜里，一阵阵异乎寻常的喧闹水声从暖湖深处传来。

2001 年 12 月 23 日 12 时许

在我眼里，这处河段就是响水溪最奔放无羁的地段，它位于一个宽宽的河谷中，从一公里之外就能听见吊水壶（瀑布）发出的轰轰水声。它的上段被窄峡逼成一束喷射状急流，从悬崖上飞落，跌入深潭，猛然舒展身体，在下面宽敞的河床上由着性子撒欢。这儿的河床由清一色足球大小的岩砾铺底，湍流冲击石头，激溅起一片连一片雪花似的浪头。远远望去，在正午阳光下，银光四射的白浪好似一群蹿跃疾奔的雪兔。我暗自在心里给这种浪起了个名字：雪兔浪。

我不无得意地把这个想法跟老卜讲了，老卜笑道，这个名儿早就有了，响水溪九十八弯，每一段差不多都有名字，什么冷滩、漂鱼岛子、镰刀汊、葫芦潭等等，名字可多了，七八十岁的老山里通才能叫得全。

走近白浪岸边，水声反倒不那么响，流水声和远处瀑布的跌水声混合，发出清楚而有规律的声浪。在水边站久了，会感觉这声浪根本就是这河谷的一部分，溪流、河谷、水声，三者浑然一体。当然，还有水边的异常透明的空气与明亮的阳光。

价——价——价——，一串脆脆的啼鸣从下游传来，它频频鸣叫，逆着水流越来越近。我向天空瞭望，急切地想看到那只飞鸟，但扫视一圈后，才在水面上方约两尺处瞥见黑油油的鸟影。它很像一颗熟铁铸造的小炮弹，闪烁着亮闪闪的光泽，急急扇动翅膀，迎着阳光，从我们面前一掠而过，向上游吊水壶方向飞去。

是褐河乌，一种跟水獭一样不畏严寒冰水的小型潜水鸟。小时候我曾在比安基的《森林报》上读到过它，它在严冬里能钻到水底捉虫，印象非常深刻。它全身羽毛细密紧绷，表面涂着一层薄薄的油脂，入水后周身被一团银气泡包裹，仿佛披着珍珠缀成的透明小斗篷。它以翅膀划水，在水底连游带走，用钩爪飞快翻开小石块，搜寻下面的水虫和小蜗牛。没想到它的叫声这么明快响亮，完全压过了水声，透出一种单纯的快乐。没听说任何一位鸟类学家说它是歌手，但在我听来，那确实称得上一曲冬日短歌。那响彻河谷的声声鸣叫，宛如树冠层透下的一块块太阳的光斑，在空中跳动发光，即使鸣声消失，那透明悦目的余光仍停留在空中，久久不会散去。当然，它也会留在我的记忆里，陪伴终生。

流水永无休止，鸟叫却很短暂，但是只要鸟儿在飞翔歌唱，这歌声就会长久萦绕河谷。但愿这只河谷的永久居民能一代代欢快鸣唱，让每一个来到这的人都感受它歌声中的快乐，感受它歌声中的阳光。在那一刻，我觉得这歌声是那样宝贵，它没有华丽讲究的鸣啭，没有高低起伏的花腔，与树林荒野中的所有鸟类的春歌夏咏相比，它也许是最朴实无华的一个，但是在冬日里，在溪流边，它是唯一一种人类能听到的鸟鸣……在这一刻，我决定将来把录音收集鸟歌、鸟鸣当成一个爱好，经常来山里，经常聆听鸟叫，让这些歌唱代替香烟，伴随我度过孤独的读书时光。

价——价——价——，它又飞回来了，依旧快乐地叫着，飞行姿态忽高忽低，呈短波浪线轨迹，每一次拍翼都向前向上用力一冲，姿态充满朝气。

它落在下游浅滩上，尾巴东翘西翘，伸颈扭头，四处忙碌，一会跳上石滩，动作麻利地翻开一块块小石片，探头探脑向石隙间张望；一会蹦入水中，像个半浮半沉的巨型黑甲虫，四处走动，不断用双足踩踏溪底的碎石，搜寻水下昆虫。我大喜，蹑手蹑脚向它靠近。这小家伙的体形像只大大的胖鹪鹩，性情活泼好动，它的胆量与别的鸟类比较，可以用"胆大包天"来形容。它竟允许我走到距它两三米的范围，然后挑衅般瞪着我，圆眼珠里透出一副好奇无邪的神气儿，又歪头想了想，才极不情愿地跳入水中，踩着小碎步摇摇摆摆向下游跑去。

老卜见我对它非常好奇，便告诉我，这条溪从源头到河口，原本被各种动物分段占据，像翠鸟、绿头鸭、大狗鱼、水獭、熊、狼（狼穴一般都靠近水源）等等，过去还曾有过稀有珍禽黑鹳和鸳鸯的领地。我们现在闯入了这只褐河乌的地盘，它的领地大约一两公里。这种鸟会沿河段营造几个窝巢，它的夏巢就在吊水壶的壶口旁边。

那是个有着深杯状巢胆的用苔藓造成的巢，紧紧粘贴在瀑布上方的石壁上，巢的外层沾满了干透的苔草，远看近看都像一摊随手摔在石壁上的干泥巴。这种保护色与岩石的颜色相似，十分隐蔽。

我在笔记本上匆匆勾出这小巢附近的地形草图，怕以后找不着。夏季我会再来，偷偷瞧瞧它的度夏生活和夏巢中它的子女。

薄暮中，我远远看见对岸有两头弓腰曲背的小黑影在互相追逐，它们时而滚动，时而撕咬，时而扭绞在一起，后来双双跳入水中，不停地打闹嘶叫。大的是雄水獭，它不断像小狗那样发出短促的怒叫，能听出那叫声中传达出的急躁野蛮情绪，很像一个坏脾气男人，一心要制服不听话的女伴。灰妞的叫声嗔怨味十足，还夹杂着受伤般的哀鸣，听了让人担忧。从它的行动上看，是在一心一意地逃避纠缠，但是尽管它动作灵活迅速，却逃不脱那头大雄水獭的跟随。对方太大太强了，还有那种从行动和叫声中显示出来的不屈不挠的决心，灰妞逃不脱，根本无法逃脱……

天黑了，远处的湖水中传来咕噜咕噜的水响，仿佛有什么东西在一个劲地搅动水面。黑暗中，我能感觉出整个湖面都在微微动荡，脚下涌来一环环镶着黑边的波纹，轻轻抚拍沙岸，沙啦沙啦微微作响。晚风依旧拂动，但以往那种和谐安宁的韵律已被彻底打破，那种搅水声成为整个暖湖的主宰，它忽强忽弱，忽疾忽缓，杂乱无序，却又洋溢着躁动欢畅的调子。还有，还有一种东西在水的溅起溅落中回荡盘旋，贯穿始终，即使水声消失，它仍然在夜空中微颤。我能强烈地感觉到它，却说不出它是什么。少顷，当水声平静下来，我开始寻找答案，我觉得它在脑海中储存着，已经很久了，只等一个启示便会跳出来。我苦思着那个词……它是什么？忽然，湖心传出扑通一声大响，接着又传来一阵紧似一阵咕噜噜的水声……在那声大响中我猛然醒悟，那是"活力"，水声中蕴藏的是它们在狂欢中释放的惊人活力。有人观察过水獭的交配行为，说雄水獭会牢牢叼住雌水獭的后颈，双方在水中漂游滚动，时间长达数小时……黑暗中，我闭上眼睛，想象着这场狂野奔放的水下艳舞，它们柔韧的躯体弹簧般扭绞在一起，在水下舒张伸缩、翻腾旋转，幻化出无数曼妙姿影，它们在激情中一次次颤抖，一次次癫狂，把整个湖面变成了鼓荡不息、喧喧噪噪的水上婚床。

水响声移向我这边，仔细听，搅动声中还夹杂着啪啪的打水、泼剌剌的蹿游、扑噜扑噜的旋转和或大或小无法辨认的水响，它们乱乱的、撒野似的混搅在一起，沸沸扬扬，宛如一口四处游走的活力无限的喷泉。

自从那一夜以后，我的前院变成了它们寻欢作乐的蜜月后宫，它们整天整夜厮守在一块儿。灰妞常常发出孩童吹奏柳笛那样尖细的欢叫，那叫声简直就是歌唱，一种声如鸣笛的歌唱，它远没有鸟歌的千百啭、长吟短哨的美妙旋律，但它是快活欢乐的，快活得近乎发疯，吵得我经常彻夜难眠。自我们相识，这是它叫得次数最多、也是最高兴的一段日子。据我观察，那些天我没见过它们捕食，而是长时间地互相追来撵去。雄水獭的迷狂已到极致，灰妞则如同一个初涉情场却又不由自主展现万种风情的女子，完全沉迷在爱情的旋涡中。它常常用胡须去搔痒对方的面颊，仰躺在地上滚来滚去，媚态横生，引逗得异性伴侣时刻不离左右。在我眼中，它们极像一对热恋中的男女，爱得天昏地暗，不分昼夜。

当看见一只浅黄色的猞猁在湖对岸跳舞时，我非常惊讶，这个丛林杀手虽然十分凶悍，却是出了名的谨慎，平日里总爱埋伏在浓密的树冠中，偷袭从下面经过的草食动物。山里人很少看见这种隐士般的动物，现在它竟然大模大样地在湖边招摇，肯定是盯上了湖里的鱼。因为距离稍远，我举起望远镜。果然，湖岸上有个银点跳跳烁烁，应该是条很大的鱼。

那大猫围着鱼轻盈打转，一会儿高抬前腿踏小碎步，一会儿连连蹿跳躲闪，仿佛四肢踩在了滚烫的铁板上。它徒劳地做出各种抓取的动作，却怎么也够不到鱼。在它与鱼之间，似乎隔着一道看不见的墙。我注意到在它面前的湖中，水开了锅似的咕嘟嘟翻涌白花，两条黑影轮番从湖中跃起，发狂般攻击岸上的强大对手。是它们，那对水獭。这一对的战法很特殊：它俩径直攻击敌手的前脚掌和小腿，逼得猞猁只好不停蹿跳躲闪。我将镜头下移，牢牢套住它俩。透过镜头，它们湿淋淋的毛皮泛出铁青色光亮，圆睁的怒眼、乍起的胡须、雪白的犬齿都历历在目。水面上远远传来它们的嘶吼，其中犹以雄水獭的愤愤怒叫具威吓力，它短促嘶哑，夹杂有喷射声。处在发情期中的雄水獭异常暴躁好斗，老于世故的大型食肉类动物都不敢招惹它。唉，这只猞猁大概太年轻，缺少经验，竟惹上了这头小煞星。估计刚才两只水獭在合力兜捕一条大鱼，将它逼入绝境，大鱼竭力一跳，跳到了岸上，猞猁恰巧在附近觅食，见到鱼想换换口味，从而引发了这场战斗。从体形上看，猞猁至少比水獭大上四倍，但它们毫无惧色，像小疯子似的猛冲猛咬，干脆从水里攻打到岸上。猞猁显然不适应这种专攻下三路的打法，有些惊慌失措，但又舍不得美食，仍在兜圈子伺机反攻。水獭夫妇似乎商量出了取胜之道，雄水獭突然挺起上身，吼叫着向前冲杀，强逼对手后退，雌水獭乘机跟进，按住大鱼，在它后脑狠咬一口，然后迅速把鱼拖进水中。见肥鱼已被夺走，又面对气势上凶悍如虎的对手的阻击，猞猁露出怯意，匆匆逃离战场，头也不回地消失在浓密的树荫里。

我忍不住笑起来，须知猞猁猎杀的草食动物都比它自身体形大身体重，常见的有狍、獐、鹿等，有时它还敢攻击更大型的马鹿，今天它却吃了个哑巴亏。

我把水獭度蜜月的日期和表现做了观察记录，总共是十三天。从人类的角度看，这称不上是蜜月，但与水獭的短短一生相比，这十三天比得上人一生中度过的十几个欢聚的蜜月时光。发情期过后，它们悄悄退出了我的视野，在暖湖下游的一个隐秘处建起一个新家。生儿育女是它们一生中的大事，必须小心谨慎地选择秘密产房，安度生育和哺乳期。雌水獭的妊娠期为五十五天左右，一年可生育两次，灰妞第一次当妈妈，有那头勇敢的雄水獭相伴，我很放心。还有就是它的哺乳期约四十五天，我得耐心等待它和它的儿女出巢玩耍的那一天，我真想远远地看看灰妞的儿女们长什么样儿，这一家子是怎么开始新生活的！

唉，没想到，这三多月的等待是那么漫长。

2001 年 12 月 23 日 13 时许

"松鼠，松鼠！"一眼瞥见头顶的高树杈上，有个灰色的小动物正在攀缘，顾不得仔细辨认，我欣喜地大叫。

这小松鼠快爬到梢头了，它根本不理会我的叫喊，在枝干上转了个圈，似在搜寻什么。高处的风很大，吹得它浑身皮毛乱蓬蓬的，泛出发白的石板灰色，被太阳照耀得明晃晃，像个银灰色小毛球。

从早晨到现在，一只哺乳类动物都没有看到，我很不甘心，一直在四下搜寻。所以，看到这小松鼠，我格外兴奋，紧紧盯住它，生怕它消失掉。当地人把本地松鼠叫灰鼠子，原因是它长了一身色泽雅致的灰皮毛……且慢，它的毛怎么有点长？尾巴又在哪里？

"是啄木鸟，小星头啄木鸟。"老卜一开口，羞得我满脸发热。细细端详，真的是啄木鸟。我太心急了，愣把它看成了松鼠。

　　仿佛在证明我犯的错，它马上露出啄木鸟的本色，灵巧地在树枝上旋转身体，几乎倒悬在枝干上，头顶上那片猩红色的小红缨活跳跳的，在阳光的照射下宛如抖动的小火苗。它找准了一个地方，笃笃笃——在树干上连续敲击，声音快似冲锋枪短促连射。

　　老卜提醒我看它的尾巴。我听懂了，这是辨别啄木鸟最简单的方法：它在树干上活动时，尾巴永远贴压在树干上，就像它的第三只脚掌支撑它的身体，并与一对足爪形成三角支撑，使它在树上活动自如，还承担起它大力啄击树木时带来的反作用力。老卜说，啄木鸟喜欢生活在历史悠久的大森林，这里的枯木多，枯木上的虫子也多，是啄木鸟等食虫鸟类的天堂，供鸟儿们觅食筑巢。这使我想起刚才在路边看到的一棵枯木，整棵木头上被挖出许多橡实大小圆圆的小凹洞，有的排列整齐，有的错落有致，总有上百个吧，让人觉得那是一位林中隐士闲暇时镂刻的神秘图案。它很吸引人，无论怎么看，这株枯树都具有一种浮雕般的美感。其实这是啄木鸟干的活，它和松鼠一样，有储存食物的习惯，没有虫子可吃时也吃松子、榛子、橡实等果仁类食物。不过松鼠在地面埋藏食物，啄木鸟是在枯树上凿出小圆洞，再把橡实嵌入小圆洞内，一个圆洞放一颗，把整棵枯树变成了一个大大的立体贮藏室，等到冬季大雪封山后的饥荒季节，它会来到这里守着这个大粮仓吃个够。单从这一点来看，原始森林才是各种林栖鸟真正的家园。

　　有人形容啄木鸟是快活的小鼓手，但我觉得这种敲击更像敲梆子。长白山的硬杂木品种多，枯干后变成了啄木鸟敲敲打打的"响木"，梆子不也是用响木做成的吗……正思想间，木梆声忽停，它似乎被什么东西打扰，噗噜噜抖动翅膀，半飞半跳绕树奔走。我仔细搜寻，噢，原来又飞来一只啄木鸟。它像个木瘤似的伏在树干上一动不动，但身上那黑白相间的花斑十分醒目，偶尔一动，爪根和侧翼间亮出一抹橘红，根本藏不住，那是只大斑啄木鸟。啄木鸟是有领地的，看来，这个外来者搅得主人心神不宁。

啾啾啾啾——小星头啄木鸟发出一串又脆又快的清丽鸣叫，这鸣叫声酷似吹笛，不同的是它不是曲子，而是一组颤音，就像吹笛人的手指在音孔上快速抖动奏出欢快急促的音符。我心里一动，这定是一支好歌的首句，且听第二句是怎样的曲调？谁知这鸣叫竟是战斗的号角。小主人随即全身绷紧，犹如一颗旋转的弹头向入侵者疾射而去。大斑啄木鸟怯了，小贼样向树后疾闪，然后跃入空中，闪动着花翅膀飞窜。主人马上乘胜追击，两只鸟一前一后，忽高忽低，在空中划出一花一灰两条色彩不同的波浪线，投入远处苍郁的针叶林中。

一天傍晚，我正在后院收拾刚钓到的两条鱼，忽然听见前边的草丛中传来一片唧唧哝哝的细语。那声音嫩生生的，很像小鸟初始学唱的咿啾，却又比鸟声稍显厚实。抬头看去，草梢摇晃，草丛一行行缓缓分开。这不是蛇行的路数，也不是鼠走的规矩，倒像一群小野鸭崽在草丛中东闯西荡，可野鸭崽总该叮叮叮鸣叫啊。

正诧异间，咕嘟——草丛中冒出一朵小灰烟。还没等我看清楚，咕嘟——又冒出一朵，随后咕嘟、咕嘟、咕嘟——总共冒出五朵小灰烟团。起初我以为是小石兔（高山鼠兔），可仔细一瞧，哎呀，原来是五只胖乎乎的小水獭，是灰妞的儿女！

小家伙们可爱极了，娃娃脸上一副好奇相，浑身长着烟灰色的柔毛，小额头圆鼓鼓的，小嘴巴两边已长出硬硬的小胡须，一双双亮晶晶的黑眼珠单纯无邪，有一股婴儿般的率真劲儿。它们好奇地望望我，随后便齐齐向我脚边凑来，馋猫似的直扒菜墩上的鱼肉，胆大点的开始撕扯鱼肉，嚼得咂咂作响。

当动物幼崽出现在你身边时，你一定要及早躲避，因为它们的母亲肯定就在附近。它看见你的第一反应，就是认定你要伤害它的子女，因而会对你表示出极大的敌意，经常不发出任何警告便直接发动进攻，这是发生野生动物伤人事件的首要原因。当偶尔发生这类事件时，我认为人类的责任更大，你可能过于接近它们，也太不了解动物行为了，它们的行为单纯且目的性极强，与人类一样，保护后代是它们的第一天性。

灰妞在哪儿呢？我悄悄向后退去，我可不想惹这个老邻居发火。这时，旁边传来低低的咆哮，灰妞来了。它从一丛矮绢柳中探出身来，口中叼着大半只红肚皮的林蛙，估计它为了捕捉和贪吃这只林蛙，才跟孩子们分开了一会。

它的低吼我听见过，那是开战的信号。它挺颈昂头，嘶嘶吼叫，食物从口中落下，嘴里两排尖牙齿锋毕露，黑眼珠里跳跃着两点凌厉的寒光。面对这陌生可怕的神态，我的后脑海唰地一阵发麻，仿佛被谁拍了一掌，禁不住连退几步。还好，它在陆地上追不上我。这时它身形前高后低，略略下蹲，攻击姿态犹如一门缩小了几十倍的野战炮。它的突然攻击是全身向前猛地一耸，攻城槌般直撞过来，咬空的齿尖在空气中发出嗒的一声脆响，紧接着它俯低头颈，头部左右摆动，如同拳击手在寻找对手空当，伺机再发一击。

"灰妞，好闺女，是我……"我心惊胆战开口道，同时觉得腿有点儿发软。当时我不知道为什么要对它说话，那是我身处险境时唯一的也是发自本能的反应。奇怪的是，我压根没想到逃跑。

后来我想过，也许我在潜意识里把它当成了朋友或熟人，而朋友或熟人之间发生误会时不能动武，只能耐心解释。

听到我的语音，它好像触到一股弱电流，身体微微一震，随即僵在原地。少顷，它翕动鼻翼，深深嗅嗅空气，瞪圆眼珠注视我。

我避开它的目光，马上调整语气，像上次救它时那样用哄女儿的口气喃喃道："灰妞好灰妞，听话懂事的小乖乖……咱们不打架，噢……"我边说边退，同时用余光找寻那群小水獭。咦？它们不见了。这些机灵的小家伙听到妈妈的警告，马上全都躲了起来。

"好妞妞，咱们不是老朋友、老邻居吗？有事好商量，对吧……君子动口不动手嘛。"当时胡言乱语些什么，我没记住多少，它也听不懂我的话。那时，我只想用温和知心的语气感化它、抚慰它。灰妞歪歪脑袋，瞟了我一眼，全身放松下来，眼睛里凶光消失了，变得十分平和。显然，它认出了我这个老邻居。

两三个月不见，它模样大变。从前油亮亮的毛色暗淡了许多，曾经圆滚滚的肚皮干瘪瘪的，一根根肋骨的轮廓显现出来。我心里有些难受，水獭一胎一般产一至四仔，它却是个"超生妈妈"，身边又没有雄水獭帮助（这个浪荡子失踪了）。断奶后的小水獭正是长身体的时候，食量很大，全靠妈妈单独捕鱼喂养，它快要累垮了。

"来，灰妞，我这儿有鱼吃……"我依旧喃喃道，"把孩子们也叫过来，叫大家来吃鱼，刚出水的鳌花，香极了。"我刚开口，它已经扭呀扭地走到放鱼的菜墩旁，回头冲草丛方向吱——吱——叫了两声。咕嘟嘟一下子，小水獭们从草丛里比赛似的冲了出来，把食物团团围住，马上响起一片哑哑大嚼声，看它们那贪婪的样子，活像一群小狼崽。

"灰妞，你也吃啊，这些天你可累瘦了……"见它趴在旁边不动口，我忍不住又说了一句。我深知自己已打破了互不干涉的规则，但我无法控制自己，我们都是动物，只是不同类，但我们都有同样的舐犊之情。就在那一刻，我决定当一回水獭爸爸，和灰妞一块把孩子养大。

听到我的声音，灰妞侧转头，斜睨我一眼，嘴角上翘（我觉得那是会意的浅笑），哽哽哽，它口里发出哼声。我听不懂，但我猜它或是催促子女们快点吃，或是怕我去争食发出的一点小警告。

我静静地转身离去。

这次是我一生中第二次与野生动物说话，今后我再也不想这么做，聪灵的灰妞早已熟悉我的气味和声音，它今天的表现更令我吃惊。现在它有了子女，它们是这一带自然生态中最宝贵的财富，是美丽多姿的响水溪的象征。这里应该建立保护区，让它们不受任何打扰地生活，更多地繁衍后代。同时，我应当远离这一家子，绝不能再让灰妞的后代跟人有任何接触。然而，我却没有想到，后来在一个极其特殊的情况下，灰妞做出了一个罕见的行为——它以它的方式主动来找我，使我破例第三次跟它说话。

2001 年 12 月 23 日 15 时 15 分

透过稀疏的林木，前方隐隐现出一块很大的林中空地。老卜停下脚步，提醒我不要发出任何声响。原来，空地上静静地矗立着一个大型营帐的屋顶框架，这是我们今天遇到的第五座也是最大的一座采松子人废弃的营帐，估计可居住三十至五十人。我跟着老卜蹑手蹑脚向营地旁边堆积如山的松子皮壳堆摸过去。按一般经验，这种皮壳堆会招引野猪、松鼠和几种留鸟来翻寻食物。此行的目的是看水獭，但我俩还想看看野猪。入冬后，老卜曾在林子里看到过十几头野猪组成的族群，这也勾起了我的好奇心。但是在前面的几个营帐边，我们都扑空了，只在上午看到过一头孤猪的脚印，后边还跟着一个人的脚印。野猪和人的足印都很新鲜，是今天早晨留下的。又过了一个小时左右，远远传来一声清脆的枪响。老卜叹口气，唉，那只孤猪没命了。

尽管我俩十分小心，空地上还是响起一阵扑噜噜的振翅声，十几只暗棕色的鸟影在空地上方一哄而散，看不清是哪种鸟，估计是凤头山雀、褐头山雀、旋木雀那类机警的雀类。再靠近些，眼前忽然跳出两条蓝莹莹的光线，同时伴随着细微的扑——飞、扑——飞的扑翼声，两只灰蓝色小鸟忽闪忽闪地落在不远处的树干上。这是林区人都熟悉的胆子最大的一种小型攀禽——俗名叫蓝大胆儿。这两只蓝色羽衣的小鸟落在暗红棕色的树干上，被从针叶林冠筛下的一道道夕阳照耀着，像两颗晶莹的蓝宝石，或者说是两个活泼好动的蓝精灵。它们丝毫不理睬我们，一会贴着树皮嗖嗖飞跑，一会绕着树干滴溜溜打转……我向前凑了两步，想仔细瞧瞧小鸟身上的花纹。两只鸟允许我靠近到三米左右距离，然后用米粒大黑亮亮的小眼珠盯住我看看，扑噜一声飞开去。

唉，连这么胆大妄为的小鸟都惊飞了，还能看见什么哺乳动物呢？在这片猎人经常出没的荒野中，它们已经变得无比灵敏机警。我心头掠过一阵失望的情绪，转头打量空荡荡的营地。这里一片狼藉，到处丢弃着旧衣物和破损的盆盆罐罐……我随老卜来到小山似的松子皮壳堆旁边，即使是从未进过山的人也看得出来，一群野猪曾来过这里。老卜说，它们约十二头，是一大家子。这一家子把松子堆通通翻拱了一遍，像用那种专用的深耕犁铧翻过的一样。我当过知青，曾经干过一年猪倌，见过太多太多猪们在收获后的庄稼地里翻拱食物的场面，那股子专注卖力的劲头，那种近乎半疯的吃相，着实让它们的主人心里乐开花。所以，我完全能想象得出，这群野猪寻找松子碎屑时是何等模样。

可悲的是，我在两处十几平方米的松子壳堆上竟没见到一摊野猪粪，连它们便溺的痕迹也没找到。

野猪群有固定的领地，但在冬季会四处游荡寻食，活动范围相当大，在它们的食谱中，松子占 50% 的分量，但愿它们能找到木贼属植物、干蘑菇、榛实、过冬的昆虫、虫蛹等其他食物充饥。对它们及其后代们来说，想再品尝到美味的松子，恐怕是再也无法实现的奢望。

小水獭们初次下水有点儿像小鸟学飞，笨笨的毫无主见，它们浮在水面漂漂荡荡，像五只小毛毡袜。但不久便显出天生好手的本领，学会了潜水、滑浪。它们把暖湖的东南角当成了游乐场，那里有临水的礁石当它们跳水的跳台，还有湿滑的泥岸供它们打滑梯。这回暖湖可热闹啦，每当黄昏时分，这一家子都出来游玩，扑通啪嚓搅得水声四起，敲鼓击镲一样响个不停。小水獭与大水獭的溅水声不同，就像大鱼和小鱼的溅水声不同一样，水声轻且脆，密且急，欢腾悦耳，任性妄为，精力旺盛得像泉水，咕咚咚不停冒水翻花。

这群小家伙可爱极了。我每天都躲在湖对岸的大树桩后面，举着望远镜，长时间兴趣盎然地观看它们玩耍。才两三个月，这些小家伙的脾气秉性已显露出来。我给小水獭们起了名儿，一只颈项第一个长出白花斑块，浮在水面像棕壳白底小船的叫白肚皮；一只毛皮总是乱蓬蓬的叫狗尾巴草；一只最淘气总喜欢从礁石上跳水的叫咕咚；还有贪吃的吃不够和爱梳理打扮的小美丽。

为了让这群孩子吃饱，我每天把钓来的鱼放在固定地点，然后赶快离开，让灰妞大大方方带它们来取食，但我又不能喂饱它们，提前学习捕猎会使它们早点儿长大，尤其是狗尾巴草、咕咚和吃不够，这三兄弟爱冒险、贪玩，还总打架，常干出胆大妄为的事来。雄水獭长大后迟早要离开家庭，寻找一处新水域自立门户。人类已越来越逼近原始森林，鱼荒年开始增多，挖参人、采药人和猎人的身影经常在附近出现，伐木的斧锯声很可能数年后就在这里出现，它们越早走，走得越远越好。

水獭与陆地动物不同，它们生存的环境更特殊也更脆弱，相关的食物链并不复杂，因此特别容易被破坏。

灰妞比我更聪明，它经常带孩子们到下游去追寻鱼群和螯虾，带它们去各种窄溪、急流、险滩、水潭磨炼本领，每天很晚才回来，到我开办的"水獭食堂"吃晚饭。我每次投放鱼肉时，都想尽一切办法消除我的气味，不让小家伙们熟悉人类的气味。然而。自然界中什么奇特的事情都可能发生，有些是你根本无法想象的。

夏季的一天，我午睡刚醒，忽听窗外传来一种不寻常的叫声：吱沙——吱沙——这叫声又哑又急，中间还夹杂着哽咽，一声高似一声。这叫声很奇怪，有点像哀鸣，又像在报警，听上去令人不安。

是灰妞在叫，难道它出什么意外了？

刚开门，腿肚子就被什么东西撞了一下。我低头一看，不由得大吃一惊，原来灰妞守在门口。它一反常态，像个讨食吃的小狗在我脚边打转，连拱带撞，嘴里不停嘶叫呜咽。

野生水獭的天性是见人就躲，它这次竟找上门来，不到万不得已，它是不会打破规矩，做出这种令人惊异的举动的。

"咦？你的孩子们呢？"我脱口而出，向它发问。

我蹲下去，盯住它的眼睛。嘀嗒，一秒钟。我旋即移开目光。不是怕它发难，而是看懂了它的眼神和表情传递出的信号：十万火急！

这时候，它行动了，头颈蛇一样倏忽弹出。我只觉得眼前一暗，根本来不及躲闪，手上拎的鞋已被它叼走一只。它叼着鞋转身跑出几步，又把它丢在地上，直勾勾看我一眼，转身往下游方向跑去。我立即穿上鞋跟了上去，还顺手从门边抄起一把开山斧。

它的意思再明白不过：孩子们有难，要我去帮助营救。

看得出来，灰妞在拼命奔跑。它喷出鼻息，身体大幅度摇摆，四条腿脱了臼似的晃动，在地面上留下两行深深的足印。平时水獭的奔走速度绝不会这么快，我气喘吁吁地跟随它跑到下游的一处缓流边。它停下脚步，直盯着前方的水面，却不下水，而是伸长脖子，吱喳——吱喳——啼号不已。

这声音与刚才的求救声不同，紧张急迫，又响又尖，似乎流露出一股怒气，又显得无可奈何。我心头一动，它在试图告诉我什么？对，它是在报警，在告诉我一个大恐惧！

动物界的报警声是一种再清楚不过的语言，含有某种世界语的性质，一种动物发出警报或绝叫，附近的各种动物都听得懂，会立即纷纷躲藏或逃跑。我听过许多鸟类、啮齿类动物和草食动物发出的警报，它们大多处在食物链的下层，在生态位上又处在相关位置，相互间必须有一种默契：即利用各自拥有的不同的灵敏器官，提前觉察异动，发现天敌，然后以彼此都能听懂的语言、声音、调式交换情报或马上报警。

我这是头一次听到肉食动物的报警声，而且是出了名的凶悍好战的水中霸主。这一回，灰妞肯定是遇上了强敌。

我把手罩在眼睛上方，迎着阳光向水面望去。前方地势开阔，溪流在这里形成一个河湾，水流缓慢，水面大，周围长满各种茂盛的植物，水草也很丰美，是鱼群喜欢聚集的地方。水面很平静，没有异常情况，那灰妞为什么这样呢？

我看看灰妞，它目不斜视，仍冲着河中心长叫。

忽然，水面上陡地闪过一道刺眼的亮光。我仔细观看，发现水中隐隐浮现出一条长长的黑黝黝的石梁。流水一波波漫过石梁，经阳光折射，不时发出一道道亮光。咦？不对啊，那是一片浅水滩，从哪冒出那么大一条石梁啊？我对这一带水域了如指掌，那儿绝对没有石梁。

我死死盯住那奇怪的"石梁"，发觉它正在微微晃动。晃着晃着，它忽地扭动一下，背部折射出一道银箭般耀眼的光亮，它竟是活的！再细看它浸在水下的部分，在光线变幻不定的水影中，隐约浮现出一片鱼鳍样的东西，正在缓缓扇动。

啊呀，那分明是条大鱼，一条罕见的大哲罗鲑。

这是种肉食性冷水鱼，性情凶猛，攻击性极强且非常贪食。它以捕食幼鱼为主，经常从深水区扑到浅水中横冲直撞，追击其他鱼群，常撵得小鱼成群跃出水面。它还有个绝技，能像鳄鱼一样在近岸的水中逡巡，窥探在岸上觅食或饮水的小型鸟类和哺乳类动物，一有机会就突然从水中猛扑上去，将猎物拖入水中吞食。我曾见过一条六七斤重的哲罗鲑猛地从水中跃出，将岸边一只毫无戒备的大田鼠一口吞进嘴里，那田鼠只惨叫了一声便被它咬死吃下。它们在春末夏初会成群结队溯流而上，到河溪上游产卵，产卵后再返回江中。它们在产卵期间仍不停捕食，而不是像大马哈鱼那样数十天不进食，产卵后力竭而死。据说，哲罗鲑最大的体长两米，重百余斤，但从来没有人亲眼看过。俗话说，多大的水养多大的鱼。现在的江河溪流水越来越少，那样的大鱼只能存在于传说里。

我揉揉眼睛再看，真的，这回真遇上条大鱼。单看它露出的脊梁，就比一头狗獾还大，这么大的鱼，能活活吞下一头小猪羔子。它肯定是发现了正在玩耍的小水獭，穷追不舍，从深水中追到浅滩上，因冲势过猛，搁浅了。

聪明的灰妞知道自己斗不过它，但这个大患直接威胁孩子们的生命，不能不除，便找到我这个老邻居来帮忙消灭它。灰妞肯定多次偷看我叉鱼、钓鱼、撒网捕鱼，知道我是个行家，还拥有称手的工具，这一切在它的脑海留下了深刻的印象。过去有些专家认为，动物行为多来自遗传。然而，有些动物物种尤其是哺乳动物，生命个体在成长中获得的生存经验常常大大超过遗传本能，使它们更好地适应严酷的自然环境。它们中的首领和母亲（母亲往往也是首领）

表现最为突出，特别在危难时刻，脑海中会闪现灵感的火花，做出惊人的意外之举。灰姐的这种行为，就是在强烈母爱激发下的灵光一现，这已经与人没有多大的区别。

当时，我被水獭妈妈的行为深深震撼，立即挽起裤脚，拎着开山斧走进水里，悄悄向大鱼尾部靠近。嚯，它真是个大家伙，若是立起来，怕有一人高，厚脊梁泛出花青色，圆滚滚的似一根原木；蒲扇大小的鱼鳍微微摆动，随时都会发力拍水；墨绿色的鱼头隐没在绿微微的水中，依稀可辨，让人觉得高深莫测；鱼类身体两边各有一条侧线，能感知侧面的物体、水流及水中各种细微的变化，它肯定知道我正在逼近，也会感觉到致命的危险。小心点，我警告自己，它极可能正蓄势待发，潜伏得越平静，爆发得越强烈。

七八斤重的鱼力气都大得很，一个人在水里很难摁住，这么大的哲罗鲑估计有五六十斤，力量大得赛毛驴。过去我曾听说过有这么大的鱼，现在，独自一人真正面对它，心头不由得生出一团寒意，全身都微微战栗。但是，它也有致命弱点，渔夫都知道鱼头怕敲，只要重击天灵盖，就能破去它的全身蛮力。

水已过膝，我双手持斧，小心翼翼接近鱼头侧面，缓缓进入最佳打击角度。忽然，在潋潋水声中，隐隐约约传来一种声音：怦、怦、怦……声不大，若隐若现的。我侧耳细听，声音又来了，这次清楚一些，像有人用小槌轻敲鼓面。哪来的声音？竟有点儿像心跳声，绝对不是我的心跳啊。大敌当前，不管它。我又往前蹚了两步，距离角度正合适……咦？它又来了，并且声音明显扩大：轰、轰、轰……像有人用拳头缓缓敲大鼓，力度控制得很均匀。不过，这声音要比鼓声沉郁闷钝，仿佛声波在传导过程中被一层厚实的物质阻隔，音质发生改变。这到底是什么声音，从哪来的？我静静地站着，一动不动。啊，听出来了，这声音是从水下传来的！

我突然明白：这是惊心，是从水下大鱼胸膛中发出的惊心之音。奇怪的是，这冰冷陌生的心音竟然跟我的心跳节律重叠在一起，所以越来越响，而且越来越急。

我迟疑不定，难道这是浸在水中的那头沉默无声、充满敌意、力大无比的大鱼发出的警告吗……突然间，呼隆一声水响，它骤然发难。猛地扭头甩尾向上跃起，激起一人多高的水墙。刹那间，我全身被水浇透，惊得呆立在原地，来不及做出任何反应。只听到耳边响起哗哗水声和鱼腹刮擦河底石砾发出的咯咯怪响。一轮巨大的旋涡在眼前绽开，硕大的鱼头轰然冒出水面。我一眼就看清了对手的真面目：它那暗绿色的头壳上布满斑斑驳驳的铁锈色，在阳光水影中宛若遍布锈迹的青铜头盔，大如铜盘的腮盖青中透紫，挂满了一层层墨痕般的水渍，鱼眼深陷在瘢痕似的褶缝里，被银白色泡沫覆盖，仍能瞥见乌溜溜迸出凶光的瞳仁，最可怕的是它那小盆般的大嘴，上颌如钩，口中两列雪亮尖牙寒光凛凛，犹如咆哮的虎口。

然而，它毕竟被困在浅滩上，发狂之后只能重重跌回原地。

"嘿——！"等它像大石头似的砸向河底，落势甫定，我双膀较劲，呜的一声，开山斧带着劲风悠至半空。下放当过几年木把，还常年砍柴劈柈子，我自信，劈砍的准头和力道应该丝毫不差。

动荡的水面倒映出悬在空中的镜面大斧，一晃一晃烁烁生光。

我吸足一口气，稳稳瞄准鱼头。它的头盖中部有两条交叉的粗纹理，呈人字形，一撇一捺间的空当是靶心，须一击必中。

但是，我的大斧却在空中突然僵住，双臂像被打上石膏，根本动弹不得。

在那一瞬间，我忽觉眼前一花，满目碧绿的秋水变成了红色，水面像着了火一样闪动着一层晚霞般的光焰，它红得浓烈耀眼，从水底到水面都被映透。

奇怪，哪来的红颜色？

我定定神，放眼望去。啊，水中浮现出一条巨大的红色鱼影。那大鱼仿佛施出一道魔法，转眼间遍体生辉，全身红彻。原来，它已筋疲力尽，再也支持不住，在我下手之前翻转身体，横卧水中。那是一幅异常美丽的景象：阳光照透清湛湛的溪水，将它身上大片大片玫瑰紫反射到水面，变幻成浓浓的胭脂红。在这片深重的红色上，撒满了密密麻麻的棕黑色圆斑，这圆斑有的大似铜钱，有的小如粟粒，在水流中微微跳动，像极了随风摇摆的花蕊。乍看上去，水中仿佛遍开灼灼怒放的桃花，一片瑰丽灿烂。

我恍然大悟，它身上的艳丽色彩叫婚姻色。每逢产卵季节，冷水鱼类身上会泛出这种漂亮的颜色。眼下，这鱼肚腹已明显隆起，里面肯定孕育着成千上万颗珍珠般光润的鱼子，正等待母亲把它们播撒到河床上。可是，这条母鱼的状况很糟糕，必须马上帮它脱离困境。

我回到岸上，砍来一根倒木上的粗枝丫，用斧子加工成简易木叉，又回到大鱼身边。我把木叉悄悄插进鱼的胸鳍下方，猛地往上一撬，它突然受惊，顺势向上跃起，蹿出两米多远。我紧跟上去撬起鱼尾部，大力往前推送。大鱼连惊带吓，竟然抖擞精神，尾巴拍得啪啪山响，同时身子左右急冲，呼啊一声，它一头扎入绿得发黑的深水汀，尾梢摇了两摇，转眼不见踪影。

回到岸边，小水獭们一个个从柳树洞里冒了出来，聚集到妈妈身旁。我一只一只地数：白肚皮、咕咚、吃不够、小美丽……咦，淘气的狗尾巴草呢？

嗵，我身后传来一声干净利落的入水声。哈，这淘小子偷偷爬到斜伸向河中的柳树叉上，又玩起跳水游戏。听到水声，岸上小水獭们你推我挤，扑通通，全部蹿进水里。

　　河岸上，只剩下灰妞一动不动，它昂着头，眼巴巴望着我。它肯定看见了刚才的一切，如果以它的天性衡量这件事，我绝对不该放掉到手的大鱼，那是一条多么肥多么大的鱼啊。无论它还是我——两个从未失手的捕鱼高手，今生今世恐怕再也见不到这样的大鱼了。

　　"灰妞，小机灵，别生我的气……"我觉得有必要再一次对它说话，"那条鱼和你三个月前一样，也快当妈妈啦，不能伤它。再说，咱们都得为子孙后代想想啊。水里要是没有鱼，就没有了活气，小水獭吃什么啊？你放心吧，那大鱼受了这场惊吓，再不会到这儿来了。"说这话时我眼睛盯着地下，不想过多和它对视。但是我感觉得到，它一直在听。

　　我曾在桦树皮上抄下过一首因纽特人的歌谣：

> 在远古时候，
> 人高兴变成动物就能变成，
> 动物要高兴也能变成人。
> 那时候我们曾共用同样的话语，
> 只因为那时人和动物讲同样的话。

2001 年 12 月 23 日 18 时至 24 日凌晨

　　"那天是我与灰妞分开的日子，我们绝不能再交往下去，它太聪明，已经懂得依赖我的诸多好处……"老卜拨动着篝火，声调低沉。尽管已过去七年，他还是忘不了那清亮亮的溅水声和水獭那尖细快乐的欢叫……我们决定今晚在山中宿营，住处是几个采松塔的人用草帘子搭的窝棚。那几个人是老山里人，把窝棚搭得既结实又实用，再燃起一堆篝火，度过一个零下十八度左右的冬夜不成问题。

　　窝棚后面就是响水溪的支流，这一段没有封冻，整夜都能听见音乐般的流水声。

老卜说，这段溪流附近有一个水獭的洞穴，秋天时他曾远远看过，当时他非常高兴，它肯定是灰妞的后代之一……为了让我亲眼见识一下野生水獭（我一路上曾多次恳求），他决定在此地宿营，估计明天凌晨三四点钟，那只水獭会出来觅食。

正在睡梦中，老卜捅醒了我，"水獭出来了。"一句话打消了我浓浓的睡意。从一扇小窗向外望，天还没亮，他怎么知道水獭出来了？

"你听听。"老卜推开小窗，"仔细听水声。"

窗外的夜是一个淙淙水声的世界，山上的一切都笼罩在黑暗中，因为视野太窄，连残雪的微弱反光都看不到。寒冽新鲜的空气扑在脸上，仿佛被冷水兜头浇下，全身顿时凉透。听过老卜讲述的细致感受，我知道了一点儿听水声的要领：心要静，要用心听，要细细品味……正在归纳心得，老卜捅我一下，"它出来了。"

哗棱棱——哗棱棱——哗棱棱——

在流水的固定韵律中，出现几缕微小的弹拨音，声不大，却清纯悦耳，感觉像有一只轻软的猫掌正在探摸琴弦。不，不对。这是一头水獭在弄水，才会发出这种水灵灵的响声。

我回头看老卜，他点头。我顿时有一种满足感，这故事使我整天着迷，现在我终于听到了故事里的真实音响。同时我又有一丝遗憾，天太黑，无法看到那只水獭。我们有强光手电筒，也可以等到曙光初现时去找它，但还是不打扰它为好。故事中的灵獭灰妞，在我心里已成为一个无法替代的形象，现在耳畔又不停传来它的后代搅水捕食的真实声音，这已经足够。

我摸到老卜的手，紧紧握了握，他也攥住我的手。一片静默中，窗外的拍溅声消失片刻，随即又响起来，听着比刚才清晰很多，它正向我们这边移动……

原载《作家》2003 年第 6 期

鸟天堂

在这个世界上，还有没有鸟天堂？还有没有寻找鸟天堂的人？在某个疲惫或寂寥的时刻，偶尔忆及幼时玩伴，春日森林，鸟语啁啾……环顾四周，早已没有一株野生树，没有一只野生动物，没有一处天然景观。

终于有一天，我们被一种莫名其妙的兴奋催动上路，登山入林，聆听啄木鸟晨曦击鼓，褐河乌溅水翻花，榛鸡嗞嗞长鸣，黄鹂傍晚歌吟。从日出到天黑，阵阵早春鸟鸣缭绕耳畔。在云杉树下静坐片刻，那些歌唱的精灵开始在林中闪现，火红的朱雀、小巧的柳莺、斑斓的松鸦、翠绿的三宝鸟、华丽的八色鸫……鸟类的婚羽呈现世界上最艳丽的色彩，像黎明的云晕、飞翔的花朵、彩虹的片段、太阳的光轮。

有一位老人说，小鸟在林间飞翔，沿途会遗下星星点点的白色粪便，无意中标记下它们的飞行路线，这叫雀路。当无数雀路像条条小溪穿越崇山峻岭，自四面八方聚到一个圆心，那里就是鸟天堂。在那里，人与鸟相处一家，不洁的灵魂变得一尘不染。

很久以前，深山中下了一场四月雪。许多早来的候鸟刨不开厚雪，吃不到草籽，冻饿难支。一个独居山里的老人扫出一块净地，把自己的口粮撒在地上，吹响柳笛召唤鸟儿来吃食。从此，被救活的鸟雀与老人亲如一家，年年来这里造窝建巢，养育后代。闲暇时，老人吹柳笛与众鸟对歌，鸟儿聚集在他的草屋周围，鸟歌嘹亮，传遍山林。十几年后的一天，老人一病不起，自知将要告别人世，想在弥留之际最后听听小鸟唱歌。他慢慢爬出草屋，倚坐在红松树下，哆嗦着取出柳笛，刚吹了一声便阖上双眼。被柳笛声唤来的鸟儿围拢在凝坐不动的老人身边，声声悲鸣哀啼回荡在林间。然后鸟儿纷纷叼来各种造巢材料，覆盖在老人身上，用枯枝、细草、苔藓和羽毛，为老人搭建了一座坟墓。

当丹顶鹤在面前翩翩起舞，当金腰燕在耳边婉转呢喃，当黑头鸣栖落肩头，当身处欢叫的小鸟群里，人往往沉浸在大自然给予的一次次惊奇和感动之中，忘忧脱俗，心灵仿佛经受了一次纯净的洗礼。于是，我们开始一次又一次寻觅那个天堂，这才知道，我们找到的，只是鸟天堂大大小小的碎片，曾经的鸟天堂已经被人类粉碎。

有位先知说：一切来自于卵，这是世界的摇篮。比我们早诞生六千五百万年的鸟类，曾经帮助人类成长，如今，它们的每一次飞翔、每一次啼鸣、每一次破壳、每一次迁徙都在告诉人类，地球上所有的生物都在互相依存，共生共荣。在现存物种中，只有人类拥有改变其他物种命运的力量，人类更要尊重生命，守护自然，弥补我们过去造成的破坏，为鸟类保留一块唱歌的地方。

静静地走进森林，让自己化为森林的一部分，眼前便出现一幅幅美景：山崖间金雕翅翼上橙色的夕照，大树上灰林鸮身上斑驳的叶影，溪流中翠鸟后背耀眼的辉光，树荫下黑琴鸟忽明忽暗的红眉毛……为了它们，活着真好。

荒野地

"旷野有眼，森林有耳。我将保持缄默，只看，只听。"这是艺术家进入荒野的态度，我们普通人呢？

我们生命的脚步太匆忙太凌乱，大部分人已远离荒野，忘记森林，丧失了天人合一的至高感受。

荒野最有力最壮丽的一笔是创造出形形色色的野生动物，它们是荒野的生灵，也是荒野的主人。

带着好奇、探究、尊崇之心进入荒野，雁群飞过头顶，蘑菇拱起落叶，野兔倏忽而过，秋花灿烂开放。田野宁静，空气明澈，荒野立刻以它的野性之美包裹了你。再深入进去，会得到与马鹿遥遥对视的惊喜，领教松鼠搬松塔砸人的手段，遭受黑熊打响鼻恫吓的恐惧，找到学鸟叫与鸟应答的快乐，聆听山溪流过石滩的娓娓述说。更深入进去，你将尽量抹去人的习性，安静地融入岩石草木之中，让自己成为荒野的一部分，让野生动物把你当成和平的同类，你会目睹野生世界发生的奇迹，那才是你真正难忘的经历。

经历过这样的三部曲，你的命运会产生转折，从此站在荒野一边，视野生动物为兄弟姐妹。从此了解我们自身的起源、呼吸的空气、饮用的水源、种粮的土地、采挖的石油矿产皆从荒野中来，荒野是地球生态系统的根基。

有这样一段荒野往事：一个老到的捕貂人在冰河上巧妙地凿出一个捕貂陷阱。那是一个一米多深、上细下粗的纺锤形狭长冰洞，里面放进一把干草和一只活老鼠。紫貂夜间踏冰觅食，嗅到老鼠气味，钻进冰洞捕食，却再也无法从又高又细又滑的洞里爬出来。第二天早上猎人把戴着手套的手硬生生挤进冰里，伸长胳膊要揪出紫貂。凶猛的紫貂钻进猎人掌中，龇出利齿狠狠咬住虎口，死不松口。猎人忍痛掐住紫貂，发力往外猛拔胳膊。但是由于手中握貂，洞颈过于狭窄，手臂被死死卡在冰洞里。中午阳光大盛，河冰表面化冻，他半边身体泡在水里。下午开始上冻，他被牢牢冻在冰河上，慢慢死去……

这是往昔的荒野，一片奖惩分明法力无边的神奇土地。

如今的荒野变成什么样子了？

再讲一个荒野的故事：二十年前，在长白山海拔千米的针叶林深处，一个老猎手在距地面一点五米处砍倒一棵落叶松。他事先算准树倒的方向，使倒树准确地架在十多米开外的另一个大树桩上，让整棵树离地五米横架在空中。他这么干有个缘由：等三十年后，这棵倒木上将长出一种寄生植物叫松萝，獐子（原麝）最喜欢吃松萝。那时自己的小孙子长大了，可以在这棵倒木上下套子套獐子。然而，由于过度猎杀，三十年不到，长白山的獐子已经绝迹。同时由于气候变暖，森林过度干燥，松萝正在大面积消失……

这是如今的荒野，一片十分脆弱危机不断正在消失的土地。地球上的荒野遭遇了空前的危机，地球早已不是原来那个自然资源取之不尽的地球。极地冰盖和陆地冰川融化，干旱和沙漠化加剧。森林砍伐和破坏植被面积扩大，河流与空气污染严重。石油资源枯竭和生物燃料激增，海平面迅速上升，海洋吸收大气中的碳元素出现更高的酸性。暴雨和洪水等各种极端天气频繁出现，濒危动植物物种灭绝速度加快，二氧化碳排放加速剧，气候变暖成为地球生态的最大威胁……

多看看荒野，多谈谈荒野，多去去荒野，为荒野的存在做一些我们力所能及的事，哪怕是一件小事；为荒野的存在改变我们的某些浪费的不良习惯，哪怕是一个小习惯；为荒野的存在跟孩子们讲讲荒野的故事，哪怕花费时间找故事……

荒野是我们的财富和家园，也是我们留给子孙后代最好的礼物。

原载《天下书香》2014年第4期

密林独行　周宝文

　　走过岳桦、温泉，看过瀑布、天池，下午两点，马力强劲的丰田越野载着我们一行七人奔向此次行程最后的一个景点——谷底森林。

　　谷底森林，俗称"地下森林"，是长白山的重要景观之一，也是从北线入山后的第一个景点。

　　距离最近的景点却要放在最后看，真不知道那位司机兼导游的老兄怎么想出这么一个"倒行逆施"的主意来。

　　景点的入口就在离山门不远的路上，说入口，其实不过是一条蛇行在密林之中的若有若无的羊肠小道而已。路旁有石碑、导游碑各一块。据碑上的文字介绍，谷底森林为长白山海拔最低的景区，从洞天瀑布向北有一条林间小路伸向密林深处一千米。谷底古树参天，巨石错落有致，东壁有天然石阶可下谷底，沿岸有草苁蓉（不老草）等长白山名贵植物，偶尔也能看见梅花鹿、野猪、黑熊到溪边饮水……

　　诱惑是显而易见的。尽管司机在我们出发前一再强调要快去快回，但我们没有谁不在心里暗暗地嘀咕：什么叫快去快回？将在外君命有所不受，还是大饱了眼福再说吧！

七个人三对情侣，其中还有一对是外国人，只有我自己是一个快乐的单身汉。情侣间的亲昵几乎是全人类的共同语言，与之距离太近自然显得有些不妥，特别是我还要年长他们几岁，更何况我还有个边旅行边记录的老毛病，所以进入森林后没多久就被他们远远地甩在了后面。开始时还能不见其人但闻其声，很快连声音也淹没在滔滔的林海里。

孑然独行在如此广袤的原始森林中，突然感到自己是那样的孤独与渺小。远望，不知名的针叶树密密麻麻无边无际；身边，几搂粗的大树干健壮挺拔直插云霄。在苍然古木的四周不乏枝干纤纤的幼树，但无论长幼一律是针冠刚髯络腮胡须，呈现出一派不修边幅的自然美和血脉偾张的野性美。

越往前走，树林就越茂密。先前仰头可见的蓝天，此时已经变得更加支离破碎。大朵大朵的阳光经过茂树繁枝的过滤照在巨人般比肩而立的密林里，仿佛一幅没有保存完好的陈年古画，看上去是那样的斑斑驳驳，那样的幽幽暗暗。

冰雪消融的沙地凸凹而泥泞。青筋暴起的树根交错拔起，或拦腰折断，或扑倒林间，或斜阻路上，虽生机殆尽，朽烂不堪，但无一不保持着倒下时的姿态。

行前，从有关资料上得知，长白山土质多为火山灰，营养丰富，但过于疏松，树木根基相对较浅，偶有暴风，常被连根拔起，二十世纪八十年代的一场风暴就使这里的成千上万株树木惨遭洗劫。

由于自然保护区内的一草一木不得人为改变现状，否则视为违法，所以即使倒下的树木躯干再粗壮、材质再优良，也没有一个人企图运往山外，有些树木因此在那里一躺就是上百年。

旅游的旺季还没有到来，游客稀落自然在情理之中。但重点景区、一线游路，竟然前不见旅人后不见来者，着实出乎我的意料。没有了游人自然也就没有了声音，偌大的林海中只有我一个人在踽踽独行。那是一份外人无法体验的孤独，比寂静还静，比深夜还深，仿佛在海底之底、方外之外。这寂静使我深深感悟到：原来夸张的心跳和脚步声竟然也是一种让人不堪承受的重量啊！

此时此刻，我最想见到又最怕见到的就是陌生的行人。想见到，是因为我想借同类的气息消除我正在承受的孤独；怕见到，是因为无处不在的歹意可能在顷刻间加剧我正在面对的恐惧。

忽然，我听到前面某个看不见的地方仿佛有了交谈的声音。那声音若有若无，断断续续，我一下子绷紧了神经以便保持最高度的戒备和警惕。声音越来越近，越来越清晰，我看到那是一对中年夫妇在边赶路边交谈。我的心终于一块石头落了地。同时，在我们擦肩而过的瞬间，我拿出相机向那位中年男子提出了给我拍张照片的请求。还好，男子没有拒绝，于是一脸轻松、双手自然交叉于腹部的我，便有机会永远地站在了那片万木争荣的密林里。

树木越发茂密与幽暗。高大的枝干、散落的石头、潮湿的地面，到处都是童话般的景色，空气中则弥漫着腐质土特有的清香。飘落的松针、干枯的地衣、繁盛的苔藓层层交叠，织成了一张松软的地毯，行走在上面就像是行走在捆扎结实的棉包上，陷落又浮起，浮起又陷落……

在层层苔藓的包裹下，隆起的沙堆浑圆成青色的古冢，坚硬的石块打坐成柔软的蒲团，就连连根倒下的树桩也蜕变成腕足众多的魔怪，于张牙舞爪之间透露出常态下少有的狰狞与猛厉……一切都生机盎然，一切又都锈迹斑斑；一切都在现实之中，一切又仿佛都在尘世之外。空间被闭锁，时间被幽藏，多少人来了又去了，可又有多少人去了再能来？

　　被苔藓覆盖的小路更加难以辨认，没有导游，没有路标，只能在游人偶尔抛弃的杂物和若有若无的脚印的指引下艰难地向前跋涉。

　　渐渐地，我的意志开始动摇，并在暗暗地盘算：是迎难而上还是知难而退？知难而退会不会功败垂成？迎难而上又敢问路在何方？就在我进退维谷犹豫不决的关键时刻，我的因长久而巨大的宁静变得有些麻木不仁的耳鼓忽然迎来了一脉潺潺的水声！

　　水声越来越清晰，越来越响亮。凭感觉，我断定这应该是一条水深流急落差较大的小溪才对，可抬头张望，眼前除了密林还是密林，根本看不到任何水流的影子。难道是我的感觉出了问题？

　　谜底终于揭开了，原来这是一条地下河。只见坚硬的玄武岩台地被愤怒的激流一分为二，生生切割出一条地缝般的沟槽来。沟槽两岸崖壁如削，深达丈余，崖上，老树苍台静若太古；峡下，则黑石白浪虎啸龙吟。峡谷虽深但两岸极近，最窄处只需一步即可跨越，但为了安全起见，旅游部门还是在上面建起坚固的木桥。桥边的红字提示我，原来这里就是长白山最著名的景点之一——洞天飞瀑。

　　过了洞天飞瀑，前面的森林更加幽僻而高古。满地松针，满地苔藓，满地枯枝，松针和苔藓下面不时隐藏着交错纵横的岩缝，一不小心就会陷足其中难以自拔。横七竖八的枯树愈发变得随处可见，有的倒挂山巅枝秃如瓜，有的扎根悬崖站立如初，有的年深日久朽烂不堪，有的则欲倒未倒斜倚他树……然而，就在这枯枝朽木的周围，千树竞发，万木争荣，无边的绿色竟挡都挡不住。此情此景，我不由得由衷地发出一声感叹：长白山原始森林——你这树木的坟墓，你这树木的天堂！

　　大约半个小时以后，眼前终于豁然开朗。河谷开阔，溪流湍急，溪水清澈见底，河边卵石历历。河上无桥，只有一根粗大的圆木巨人般头西脚东横跨于两岸。是天然？是人为？是巧合？是匠心？局外人恐怕没法说得清楚，因为一切都是那样顺理成章，一切又都是那样天衣无缝。

仁立岸边，浓密的树冠筛下迷离的日影，凉爽的清风不时送来树木特有的香气。那一刻，我真的有些沉醉了，沉醉在原汁原味的自然里，沉醉在如同隔世的幻觉中。恍惚之间，我感觉我与外面的世界原来竟相隔得如此遥远，遥远得仿佛从来就没发生过任何联系。我不过是一个贪玩的孩子而已，我的真身一定来自于某个地老天荒的年代，来自于某个早晨关于砍柴的那个细节，后来，仅仅为了追逐一只好看的蝴蝶或捕捉一只调皮的小鱼就迷失在幽暗的密林里，迷失在随风而逝的岁月中。再后来，我累了，我困了，谁知一觉醒来，已是另一个阳光迷离的午后，我砍伐的树木还在，只是突然间全都变得如此衰朽；摸摸自己的身体还在，只是头脑中早已斑驳了曾经的记忆……

我的美梦最终被一串串飞扬的笑声所终结，那笑声来自于河流下游的不远处。"循声而至，我的六个同行的伙伴正一个不少地站在河岸上兴奋地"指点江山"呢！

沿着路标所指示的方向继续向北。这一次，为了安全起见，我发誓要与"大部队"不离左右。

很快，我们在密林的边缘找到了一个突出断裂的峡谷。峡谷深不见底，谷底林海茫茫。尽管这里的树木同地面上一样你追我赶挺拔直上，但俯身下望只能看到一种没有层次感的浓绿和一片密密麻麻的树梢。

据资料记载，长白山谷底森林为火山口森林，是主火山锥喷发时伴生的寄生火山口经后期断裂、切割及地壳外动力的雕塑、塌陷所形成的森林景观。它南北长约三公里，崖壁高约五十至六十米，陡峭险峻，谷底常有野兽出没，深入其中极易迷路。因此，旅游机构为了安全起见，在没有当地人带路的情况下，严禁外人进入。

别说目前找不到当地的导游，依我看，此时此刻就是把整个森林的游客都加起来，恐怕也只有我们区区的七个人。看来，畅游地下森林的计划只好告一段落了。

也好，守住一份神秘，就是留下一个悬念，留下一个向往，留下一个故地重游的期待与梦想。

那么，

再见，

奇异的溪、瀑、树、石！

再见，

神秘的原始森林！

八十里山路风和雪 杨若木

写北国之冬，大约总要写写晶莹的雪花、白珊瑚般的树挂、瑰丽的冰灯，还有滑雪爬犁、抽冰猴、吃冻梨等景致和乐趣。因为此乃北国之独有，可算为北国之"粹"。因而慕冰、慕雪、慕严寒而来的南方客是不少的。

然而，我是知道它的厉害，见过它的"颜色"的。要尝尝冷的滋味，你到长白山区桦甸老山沟去，那里才算是典型的北国之冬，腊月常有零下三十八九摄氏度的天气，天、地都冻得"嘎巴嘎巴"响。我们全家是十几年前的一个冬天插队落户到著名的肇大鸡岭下的。七百五十克棉花的新棉袄、棉裤、狗皮帽、水乌拉、狍子皮，六十六厘米厚的干打垒墙壁，茅草苫的房顶，这时都不过如一层纸，纵然把炕席烤得焦煳，也只是觉得屁股底下巴掌大的一块热乎，头上的皮帽是摘不下来的。

那年腊月里，父亲病重，医药费开销大，从来不好意思向人借钱的母亲竟想起来回城去向朋友们借些钱来。这自然得我去，我是老大，那年又不小了——二十岁。

我执意搭队里送小杆的马车到取柴河坐火车，心里算计这样可以省下六元钱的汽车费。我懂事了。父母拗我不过，同意了。他们也不大清楚，这要夜行四十公里山路。

傍晚，我填饱了肚子，能穿戴的全穿上戴上，步履蹒跚地找到老板子老邵头，他正等我。

他那狗皮帽子大约是用了整整一张狗皮，两个毛茸茸的帽耳参参着煞是威风，一件老羊皮袄油渍麻花，盔甲似的架在身上，脚蹬一双巨大的牛皮乌拉。瘦骨伶仃、齁喽气喘的老邵头套上这么一身"行头"，也着实不易呀。

"能行？"他一口山东腔。

"行！我禁冻！"

"嗯——禁冻。"他学我说，但话是用鼻子哼出来的。出了屯，上了山路我便冻透了，一冷就觉得饿得慌，不多时把带来的干煎饼全填进了肚子，耐不一会儿又空落落的。越冷越饿，越饿越冷，我才明白什么叫"饥寒交迫"。

马蹄踏着冰道像敲梆子的"哒哒哒"声，冰道两旁的老林子里北风如怒鬼般哭号奔跑。老邵头的吆喝声在山谷里怪声怪气地回荡，时或一声鞭响，有如开江的冰排"嘎巴"一声炸裂。

"冷""冷"，我无法排遣掉这个字。我下车跟车跑，我搓手，我跺脚，再下车跑……开始还能跑出些汗来，后来汗没有了，劲也没有了。我团在车上，被汗浸透的棉衣铁皮般又硬又冷，冬天的夜能这么长……午夜，我突然恐惧起来，望着周围我觉得仿佛世界上只有我、老邵头和马还是个活物，其他全属于僵死的冰雪王国。

我的四肢冻麻木了，大脑也麻木了。"不要睡！睡不得！"我听老邵头喊，喊声像从遥远的天边传来。

我不敢睡，但我开始做梦，瞪大了眼睛却在做梦。先是一个热闹的集市，人声鼎沸；后有一口沸腾的大锅，有人挑起酸菜、粉条……再后来，连梦也连不成个儿，像断了片子的电影。我绽开僵硬的脸颊笑了，一直微笑着躺在车上，像是想起一件十分得意的事。后来听人说，冻死的人全是微笑着的。安徒生也这样写一个卖火柴的小女孩。

"起来，下车去，不能躺着！"我听见有人喊，但又似乎与己无关。"不起？我用鞭子抽你！"我被人拽起又沉重地落到雪地下，但仍然觉得是在梦里。

突然，"咔吧"一声，当头一个霹雳，浑身一紧，一个骨碌我便站了起来。这时才看见对面站着的老邵头和在我头上飞旋的长鞭……僵死的大脑开始慢慢地思索，僵硬的关节开始慢慢地活动。我突然亢奋起来，是一种置于死地而求生的强烈欲望，我一直跟在马车后跑，再也不敢爬上车去，一直迷迷糊糊跑到东方发白……

"你为什么那么禁冻？"后来我问老邵头，他那时便常常得意地向人们讲怎样抽我那一马鞭子救了我一命。

我想了想，觉得不无道理。

"一朝被蛇咬，十年怕井绳。"直到现在，我仍然惧怕冬天的严寒，看天气预报也总是关注最冷的地域而不是长春的气温。如果回忆起冰雪中死亡前那美妙的梦幻和僵硬的笑靥，我简直是不寒而栗了。当然，更多的则是不无感激地回忆起那位只有骨头没有肉的老邵头，他现在还赶着他那四匹马，每天顶着严寒去送小杆吗？

1987 年 3 月 23 日

盛夏如春长白山（外一篇）　尚书华

按季节算，长白山没有春天。

长白山的春天被冬天占据着，迟迟不能到来。

临近谷雨，连绵的浩瀚林海依然是雪野茫茫，洁白一片。

长白山春天的脚步是沿着南延的八百里余脉一步步走来的。

春分过后，南来的暖风越过渤海，从辽东半岛登陆，向东北方向徐徐吹进。所经之处，草木萌芽，大地返青，伴之场场春雨的浸润，田野山川渐渐有了勃然生机。

直到立夏，春的脚步才姗姗迈进长白山的门槛。

此时，海拔千米以下的针阔叶林带冰雪已经完全消融，所有的植物都从长达半年之久的冬眠中悄然醒来，林间散发着万木吐翠的馨香，河流、溪谷流淌着醉人的清澈。

赴南方越冬的候鸟陆续如期归来，它们比人类更知晓时令。不知是什么样的特殊记忆功能，让它们在飞过千山万岭之后，能够准确无误地寻找到往年的栖居地，找到那个垒筑在树杈上的老巢。灰鹊鸲、黑水鸡、中华秋沙鸭、黑鹤、北红尾鸲……上百种候鸟集聚在这里，开始一年一度短暂的北方客居生活。其实，它们世世代代南来北往，没有人说得清楚究竟南方还是北方才是它们的老家。

行踪隐秘的东北虎、棕熊、紫貂、梅花鹿……过去是这里的常驻"居民"。虽说如今很难觅见它们的踪影，可日益恢复的生态环境足以表明这里仍是它们赖以生存的家园。一片珍贵稀有的原始森林构成了长白山国家自然保护区的核心地带，是野生动植物繁衍生息的天堂。野猪、狍子、黑狐、水獭……在人迹罕至的密林深处时有闪现。

春的脚步并没有到此停歇，而是顺着山势继续攀登。

待到小满，春来到了海拔一千至两千米之间的针叶、岳桦林带。

这里的沟壑或背阴处虽然尚有残雪积存，可阵阵悦耳鸟鸣已把云杉和岳桦的枝头唱出了点点翠绿和鹅黄。尽管不及山下那般树绿花红春光灿烂，却也是处处可见万物复苏的春光乍现。

芒种一过，春的脚步终于抵达海拔两千米以上的苔原地带。日渐灼热的阳光把厚厚的冰雪面纱一点一点撕扯下来，长白山最终露出了真实容颜。虽说此时远眺山巅仍旧还是银色苍茫，可那如云的洁白已不再是厚积的冰雪，而是火山喷发后遗留覆盖的白色岩浆石。

俯瞰天池，如镜碎裂，偌大的冰块被劲风鼓起的波浪切割成无数碎片，相互触碰着缓缓飘向岸边。数日后，一切恢复平静，天池魔幻般换上新装，变得湛蓝深邃。

直到此时此刻，长白山由下及上才算真正迎来了春天。

高山笃斯越橘、松毛翠、牛皮杜鹃……紧贴地面倔强地昂起头颅，摇曳着一面面洒满春光的旗帜。

白腰雨燕、领岩鹨在山峰的崖壁间忙碌穿飞，垒窝筑巢，生儿育女。它们十分清楚，这样的好时光不会太久，须得珍惜。不知是高山缺氧的缘故，还是什么别的原因，它们的鸣叫不像别处鸟儿那般妙声宛转，而是颇显单调苍凉，可这并不让它们失其高傲。这里一年有三分之二的时间被冰雪覆盖，能在如此高寒环境生存的鸟儿必是强者勇者，是对鸟类生命的极限挑战。

站在苔原地带，极目远望，阵阵山风把万顷林海掀起层层碧涛，长白山宛如一座洁白的玉岛，被这滚滚绿浪簇拥着，巍然而圣洁。

长白山所有的生物都是有灵性的。

夏至前后，正是山花烂漫时，一朵朵、一簇簇、一片片，竞相开放。

这里的山花开得肆意、放纵、自由。它们抑或是因为被冰雪掩盖得太久，需要一种表露和展现；抑或是因为被融化的雪水润泽得过于健壮，需要一种痛快的释放；抑或是晓得春光如金，时不我待，故撒野般地尽情盛开，不管不顾，洒脱不羁，把自己那份独具野性的美尽兴挥霍。百姿摇曳，弥漫芬芳。

游人所能观赏到的只是山花庞大家族的凤毛麟角，那只是在道边路旁走马观花所及之处，而更多不为人知的精彩和不善招摇的美，在这片万古洪荒的野地里，陪着岁月和季节，默默生，默默艳，默默凋，无人知晓，无人怜惜，只有日月星辰、风雨云雾领略过它们那份自然美丽的风采。

它们大多没有名字，或有名字却只有植物学家能叫得出来。它们被统称为长白山野花，艳而不俗，微而不卑，任性倔强，风雨无畏。

然而，正是这大片大片绵延不绝、悄然开放如草芥般的野花，伴着凉爽宜人的气温，点缀装饰了长白山如春的盛夏，让这方大荒野地平添了几分更加诱人的神韵。

原载《中国民族报》2020 年 6 月 30 日

赶山

长白山是有灵性的。

每年春秋时节都会对养护它的人们给予倾情馈赠。

这里的春天来得特别迟，临近五月，逶迤的群山峻岭才刚刚从融化的冰雪中生出朦胧的绿意，连绵起伏的八百里余脉才渐次有了盎然春色。

从冬眠中醒来的长白山，还没待梳妆打扮好自己的容颜，便急不可耐地把孕育了一冬天的鲜活呈现在赶山人的面前。

打开山门，坡岭沟壑满眼是点点片片披着春光的油绿；听到的是鸟儿的啁啾，闻到的是花草拱出泥土的芬芳。

纯朴勤劳的赶山人是经不住季节诱惑的，此时的山林只属于他们。

大路、小路、山路，

小货车、三轮车、摩托车，

一起涌向大山深处，开进一条条山的脉络。

长白山区的沉寂被他们充满希冀的脚步打破了。

他们个个都是赶山的高手，对方圆百里的山场谙熟在胸。哪里生长刺嫩芽、刺五加、山芹菜、蕨菜、薇菜……他们都了如指掌。

车行至无法挺进的山前，熄火停放。遂身背筐篓、手拎布袋匆匆钻进山林，轻灵的身影瞬间消逝在榛莽之中。那置放在沟门儿路口的车辆，恰似一种信号，让后来者望之明了：此地已有先入者为主，不必再与其分采争薅。其实，赶山人都是恪守行规的，对他人最早发现的采集地，都会避之而去，宁肯多走上三里五里，亦不会与其争抢。另辟蹊径，既是彰显独自闯山的能力，也是对同行的一种尊重。

赶山是有层次的。

浅层的是那些以消遣游玩为目的的人们。他们衣食无忧，利用星期天或节假日，开上私家车，扶老携幼来到郊区。在陌上寻觅着一棵棵芨芨菜、苦菜、蒲公英……他们挖这些野菜并不是为了食用，而是为了让老人找回往昔岁月的记忆，帮孩子增加一些生物常识而已。

中层的是那些喜欢食野菜的人。这些人大多出生在二十世纪五六十年代，童年里有过以野菜代食的难忘经历。如今从林区矿区退了休且身体尚好，每年春季赶山是他们期待已久的事情。他们几乎都不使用交通工具，一律步行。吃过早饭，带上午餐的干粮，三个一帮，五个一伙儿，兴致勃勃春游一般向山里奔去。他们走得不会离家太远，顶多十里八里，一个多小时路程，采到的野菜品质自然亦算不上高端。猫爪子、猴子腿、四叶菜、山生菜……偶尔会喜出望外地采到一点刺五加、蕨菜什么的。回到家，舍不得自己享用，趁新鲜送给了亲戚朋友。他们很少把采来的野菜拿到市场上去卖，不以此物换钱，享受的是一种赶山的乐趣以及亲友们的赞美和夸耀。

深层的该是前面说过那些开着各种车辆进山的赶山人。赶山对他们而言，既不是消遣游玩，亦不是兴趣使然，而是实实在在的生活，是赚钱的机会和指望。他们年龄大都在四五十岁，正处在上有老下有小的人生爬坡阶段。他们抑或是近郊农民；抑或是因为所在单位工作岗位让他们过于束缚或不能释放更多能量而主动辞职者。他们毅然选择了自主谋业，勇敢肩负起社会和家庭的双重担子。赶山，意味着在这野菜可采的短短二十多天时间里，他们要不失时机地挣到一笔钱，用以填补并不宽绰的开销。他们都是要强要脸面的人，供子女上大学、赡养老人、购买新房……用钱的地方实在太多。可他们对生活充满信心，对每一天的日子都有盼头。他们乐观坚强地担当着多重角色，忙碌的身影总是行色匆匆。

他们才是长白山区真正的赶山人。

一年春秋两季是他们收获的时节。春季的山野菜，秋季的蘑菇、榛子、松子、圆枣子……他们用艰辛和汗水把这些蕴藏在大山深处的珍品奉献给了人们。

他们或夫妻为伴儿，或兄弟姊妹结帮儿，或好友搭伙儿，身穿迷彩服，足蹬农田鞋，手脚麻利，行动敏捷。入山时筐篓空空，一身轻便；出山时手拎背驮，汗水淋淋。他们爬坡翻岭、跨沟越涧，披荆斩棘，躲虫蛇叮咬，避方向迷失，一个比一个更具探索勇气。他们晓得长势最好的野菜往往都在无人抵达的险境，只有勇敢地在林中走得愈深愈远，才会有更大的惊喜发现，有更多的意外收获。

他们是掐着指头算计这段日子的。每天该去哪座山，蹚哪条沟，穿哪片林，心里是早有谱的。甚至哪块地儿能出多少货，该有多少收成，多少进项，都是不止一次用心思谋过的。他们珍视这黄金季节的每一天，哪怕逢上风雨天气，赶山的脚步也不会停歇。

他们的脸颊，被山风和阳光吹灼成了难以还原的褐红色。

他们的手指，被菜汁和泥土涂染成了不易洗掉的酱紫色。

太阳西斜的时候，他们背着沉甸甸的收获艰难地走出山林。粗气尚未喘匀，咕咚咚灌下半瓶凉水，撩起衣襟擦把脸上的汗水，赶紧把车打着火，突突突，直奔城里农贸市场。

他们的陆续到来，让农贸市场顿时变得异常活跃。赶山人带来的似乎不仅仅是一溜两行鲜嫩可口的野菜，更是一堆堆裹挟着山野气息的诱人春色。买的、卖的，吆喝声、讨价还价声，交织成一片，热闹非凡。

赶山人朴实憨厚，却并不保守木讷。他们很快掌握了最先进的交易方法——通过微信，把采来的野菜分门别类，按其品质卖到了全国各地，卖出了物有所值的好价钱。有时，人还没下山，菜就被外地人在网上订购一空。

长白山，这座被冰雪覆盖半年之久的大荒野地，其滋润生长的优质野菜愈来愈被更多人认同青睐。

长白山似乎没有春天，春天被冰雪占据了。

初夏如春的大好时节，牢牢系在了赶山人的心上。

原载《中国民族报》2019 年 6 月 25 日

杓兰　东珠

一

我站在长白山上，唱昆曲。

唱给杓兰听。

我唱《牡丹亭·寻梦》。戏词儿是这样说的："最撩人春色是今年。少什么低就高来粉画垣，原来春心无处不飞悬。是睡荼蘼抓住裙衩线，恰便是花似人心向好处牵。"

我的嗓儿，一下子开了。开得恰到好处。

那种美妙，怎么说呢?

就像刚刚开放的十字兰。一朵一朵，沿着花茎。左一转开一朵，右一转又开一朵。一音一花，一韵一叶，徐徐绽放。我第一次闻到昆曲的幽香了! 十字兰是隐居在长白山上的一种野生兰花。一个小美人。它的花是白色的，白得像蒜。花不大，但招人怜爱。侧萼片，像两个呈拥抱状的小手。那样子像是在说: 抱抱我吧。

最好玩的，风一吹，这个小美人就显出了急不可耐的样子。抱抱，抱抱，它会说话。

杓兰，从来不会这样撒娇。

第一句，八个字，我咿咿呀呀唱下来，需要一分钟。我学会，需要三年。这就是昆曲。

这是 2013 年夏天的一个早晨。

风，一丝儿也没有。晨，干干净净——昨夜刚刚洗过。昨夜，那雨，顺着窗子，差点儿爬到了我的床上。我的床，离窗足有两丈远。我是开着灯、开着窗睡觉的。单单在窗口开了灯。我爱听雨声，它是云朵精心设计的乐器。它一来，万物齐鸣。

杓兰，就怕倾盆暴雨。它喜欢温婉的雨乐。

昨夜，梦见自己被一个男人抱着。早上一睁眼，我就笑了——昨夜雨丝织锦梦，长白山厚待我，让雨丝，化天针，居然织出一个男人，送到我的梦里。同床而眠。他的胳膊，很长很健美。我像十字兰一样对着他说：抱抱我吧。我已经很享受那样的梦境——在冬天，我会梦见雪君。某一个抚琴的夜晚，我会梦见古琴君。

都是人形。心无杂念，自有清梦常相伴。

我把昆曲《牡丹亭》带到长白山。这是我一直以来的愿望。长白山有兰，昆曲在那里，不会孤单。我一直固执地认为，只有兰才配得上昆曲！昆曲，是可以听的苏州园林。长白山，不是比苏州园林更大吗？每次唱到"原来春心无处不飞悬"时，我都想流泪。那句太美了！我的嗓儿，结结实实地长在旋律上，再也不跑调了。

面对人，我从来唱不出那么有味儿的昆曲。面对长白山，我却可以被自己打动。那音儿，长袖善舞，从我的唇里走出。被叶子托着，被野花含着——绿野芳踪，实在是太美了！

念白，我也一下子会了：不到园林，怎知春色如许。当我捏着兰花指把这句长长的念白演绎完毕，我看见喜鹊来了。它张开清朝宫廷羽扇一样的翅膀，为我伴舞，松鼠也来了。

　　我的灵感，更是奇妙——长白瀑布，不就是昆曲的念白吗？那天池的水，从山顶呼啦一下子泼下来，就等着分流，就等着群山浅吟低唱。清江溪流，曲曲折折，深深浅浅，走走停停，那不就是昆曲吗？

　　自然之师！妙啊——

　　这里，太适合唱昆曲了。前面没有人，后面也没有人。脚下，一条山路一直伸向晨雾。抬眼，还有一条天路在等着我——那棵鱼鳞松，直插云霄。一座生长的天桥！真厉害！没有什么可以挡住它。大多数来自大地的东西，总是这么理直气壮。仿佛在说，我有根我怕谁？

　　杓兰，从来不会这样说话。

　　这里有楼，名叫北重楼。北重楼、徐长卿、相思子……多好听的名字！北重楼也是一种植物。它是天坛一样的造型，叶子上下两层，下层七叶或八叶，上层四叶。这漂亮的小楼房，只等着自己的种子居住。到了秋天，住够了，就跟着风一起跑了。

　　杓兰，从不想跑。一个地方，一守就是几千年。

　　偌大的长白山，我为何单单唱给杓兰听？那是因为母亲啊！母亲，总是要离我远去的！我留也留不住的啊！

二

　　那个冬天，太美了。

　　太惨了。

　　炊烟慢悠悠地起床了。村庄，要是没有炊烟，就一点儿也不好看了。炊烟是村庄的脂粉，搽上一小层，就是仙境。冬天的村庄，要是没有雪，村庄就没有衣服了。光是骨头，树骨，石骨，房骨，桥骨……多难看。我最喜欢下雪了，下雪才叫长白。

这样的早晨，母亲很早就出发了。

她背着黄小米、黄烟叶、黄豆、黄玉米面……

这些东西都是很美的，金子似的，沉甸甸的。冬天刚出生的阳光，也是金子似的。也是沉甸甸的。

它们，一起装在背篓里，母亲背着太阳走了……

回来的时候，母亲的手指就流出了血，差一点儿就折了。

是无名指!

贴着指根的地方，在正面，生生把肉划开。骨肉尽露，外翻着。那惨白的肉花——侧金盏花一样，瑟瑟发抖。侧金盏花，是长白山上的一种野花。每年，它顶着冰雪开放，身子稍倾，淡黄淡香。它的命，就是那样寒，那样凉。它的春天来得太早。

昆曲《牡丹亭》里，有一个非常抒情的唱段，名叫"倾杯序"。有一句非常抒情的戏词："宜笑，淡东风立细腰，又似被春愁搅。"我学唱昆曲时，就是从这句开始的。只有品尝过苦寒的东北人，才会从这里开始。我每一开嗓儿，就会看见侧金盏花。

那是母亲的手指啊!

侧金盏花，又叫金盅花，它是会"倾杯"的……

母亲说，她的手指是被一块冰划破的。

我问母亲，疼不疼?

母亲扯着一块布条，用牙齿撕开，准备包扎。她说不疼。她说，去的时候，下坡时不小心滑倒了。她还笑了笑。

我的心，真疼。

晚上，母亲还要为我做鞋。

母亲，从来不会撒娇。如杓兰一样。痛了，伤了，都是自己咬牙挺过。

那是什么鞋呢?

我相信,这鞋,只有母亲会做。

只有我享用过——

把包裹在玉米穗上的叶子,挑中间柔软的,一片一片剪下来。再把上面的玉米须一根一根摘净。像摘头发丝一样细心。然后,把叶子放在筐箩里。烧上些温水,细细地淋在叶子上。

把喝了水的玉米叶,放在大炕上睡一觉。睡醒后,那叶子就软了,像棉布一样。玉米叶的香味,渐渐散发出来。这时候,母亲似乎忘记她的手还伤着。她让我打下手,我是会针线的。拿来针线,开始做鞋了。那实在是太美了,我馋得不行,头忍不住跟着母亲的针线,一起一落。

那鞋,好像好吃似的。会让我有食欲。我在夜晚肚子咕咕叫!

母亲差点儿把我的眼皮儿也缝在鞋上了!

真的很好玩。

先做一个鞋底,厚厚的。压平,剪样,密缝。再做鞋帮。鞋帮是用小十字花编织而成的。编完了,再缝上些叶子,这样更暖。一小夜下来,鞋就可以收口了!收口很重要,母亲找来彩布条,旧的,也美。包上鞋口,把余下的布条,系成一个蝴蝶结。

风一吹,蝶就舞。

夜晚,我是用嘴吹的。一边吹,一边笑。

再做上一双鞋垫。同样也是玉米叶的。这个,要我自己动手。至于编什么花样?母亲大大放权,让我自己说了算。

天快亮的时候,我的鞋垫也就做完了。母亲一直坐在我身边,她欣赏我的针线。工整的针脚,出自十多岁——我的手,我是她的骄傲。她可以到处炫耀!我的针脚走遍了乡村。为什么一夜不睡呢？因为我没有鞋穿。要是有，我就会跟着母亲去卖那些金子一样的东西了。

我为什么那么喜欢玉米叶鞋呢？

因为，它像杓兰！

是的，杓兰在我的心中，在那时候，它就是一双鞋。

杓兰，它把花开成鞋的样子，憨态可掬，就是让我淡忘贫富，安享自然。植物，是很有意思的。花心儿，一定是各有所属。有一种鹭草，开出的花，就跟鹭鸟一样，洁白有仙风，还在飞。很多人以为那是人工修剪的，殊不知，它就是那个样子！兰科的植物就更有意思了——猴面小龙兰，花朵真跟小猴脸一样，滑稽可笑。此外，还有兔耳兰、牛舌兰、飞鸭兰、花蜘蛛兰、羊头兰、米老鼠兰、章鱼兰……海陆空，无所不包。

兰，把宇宙万物的创意都模仿了。

杓兰，它的花，一直是鞋的样子。长白山上的大花杓兰，它的花，就是母亲给我做的玉米叶鞋。

谁不喜欢穿花鞋呢？

虽是冬天，杓兰却开放了——长白山上的大花杓兰，叶子像玉米苗。只是略胖，长相很亲民。花呢，是粉色，是荷粉。唇瓣，就是那鞋体，兜状，圆头很可爱。捧心——这是兰花的术语，就是兰的另外两片花瓣，或是三片萼片。这就是那只蝶……

我就穿着这样的杓兰花鞋，去上学。

穿了很多年。

我轻盈的脚印，印在雪上，像母亲滴在雪地的指血。十指连心。杓兰连着大地，连着地心。

我是后来，才更加心疼，心疼母亲。

心疼杓兰，甘愿平庸，做我的花鞋。

同是母爱……

三

究竟，还有什么办法，可以将这份母爱，长久留住？

我早就知道，我这份执念，只有植物可以给我答案。

四

我一直认为母亲，不是花。

她不漂亮啊！

今天，我站在长白山上，我唱起昆曲，我突然悟到，母亲是花，母亲是珍贵的野生杓兰。她很晚才嫁人，然后生了我，然后生出很多孩子。她不漂亮，但很会持家。她相信土地。

母亲，也教会了我，不要以色示人。

在所有的植物当中，兰花是最聪明的一种。兰花，从不以色示人。它用的是智慧。兰花，外形构造很简单。但是，花心，却如宫殿一样精致。这个，只有昆虫飞进去的时候，才会知道。孙子兵法，兰花一定懂。绘画，兰花也一定懂。木匠活儿，兰花也会。昆虫的心理学，它更是懂。它的花心儿，所有的进化，都是与昆虫的进化是同步的。因为它需要昆虫为它传粉！兰花很务实，有正事，它毕生的精力就是繁殖，不让物种灭绝。昆虫飞进花心儿，落在哪里？停留多久？能够探究多深？从哪个出口飞出？意外情况怎么办？这些，都在兰花的意料之中。无论什么昆虫，一经飞进兰花，都会带着花粉出来。而且是背着！

兰花多聪明！它是真正长心的花。它把花开出昆虫的样子，就是为了拉近它与昆虫的距离。

有人说，兰花是骗子，太有心计。

我不喜欢这样的话——它那么用心，为昆虫建造舒适的花台，让昆虫有回家的感觉。它从不吆喝着兜售自己的花粉，而是善良地提供着怡情的芳香仙居，这又何尝不是爱？

兰花的这个秘密，尽管中国比英国发现了早将近二百年，但还是没有超越达尔文。中国人，养兰花的历史长达两千年之久。一朵兰花，一个中国，一点儿也不为过。中国人用感性解读。达尔文用理性解读。

理性，是科学。

中国人是这样说的，大意是：蜜蜂采百花，都是把花粉放在大腿上。独独在采兰花的花粉时，蜜蜂是背着它献给蜂王的。读这段最有意思的是最后一句——"物亦知兰之贵如此"。

这段记录，出现在明代王象晋所写的植物著作《群芳谱》里。作者以为是蜜蜂聪明，殊不知，那是兰花的智慧。兰花，因为它太聪明，曾有人怀疑它不是植物，而是动物。

达尔文的进化论，要是没有兰花，断然是不会那么璀璨的。他对兰花的持久研究，写成了《兰花的传粉》，他称赞兰花的传粉——"技巧多种多样，而且几近完美。"他的兰花，颠覆了基督教，颠覆了上帝造物。这让他那信仰基督教的妻子，在纠结中度过了一生。

我把母亲、杓兰、昆曲三者放在一起，是因为她们有共性——都需要"自然"这个大背景，都有着极强的母性。

都是兰心蕙质！

此刻，她们都在长白山。

都很珍贵!

这样的母亲,已经濒临灭绝。是稀有植物。

我留也留不住,母亲早晚都会离我而去的!

我不得不痛心地说,大花杓兰,也不多了。

就算是灭绝,则更能体现兰花的聪明之处——光靠一个品种,是不可以长久立世的。兰花,敏锐地感知着环境的变化,不断地生出新品种。这样,才能在未来保留住那个叫"兰"的族群。

大花杓兰,是中国二十多种野生杓兰中极其珍贵的一种。

虽然,植物名片上,在介绍它时,总是这样说——大花杓兰在我国产自黑吉辽、内蒙古、青海西部、河北、山东、台湾等地;日本、朝鲜、俄罗斯等国家也有分布……从中国开到国外,看似地广花多。可是我最懂! 一朵花也可占有一地。一时,也可以谎称是一世。有的也许已经绝迹! 实际上,人们见到野生的大花杓兰,已经很难。长白山上还有。

长白山上的大花杓兰以粉色居多。这,让我骄傲!

我第一次见到它,是在我家的东山上——胡枝子山上。它太低调了。它长在林下,一小块松软的土地上,一棵只开出一朵花。苞叶,花茎在顶端,很儒雅地打一个弯,就把"花鞋"平平整整地开出来了。那太好玩了,天手摆放,一排可爱的小花鞋,一共七只……

我想把这小鞋拿回家。

年年长出鞋,多好玩。

但是,我移植得很不成功。虽然,我选在一个下雨天请它下山。它还是渐渐死去了。

昆曲,如野生的兰花一样,难以养活。

昆曲,如野生的兰花一样,是气生,是地生,是腐生——这些都是植物界常用的术语。

真像兰花——

兰花在植物当中，有七百多个属，两万多个种类。好大的兰宫，尽是香草美人。昆曲，不也是吗？昆曲是世界文化遗产，是中国的百戏之母，京剧从它那里走来，越剧也从它那里走来，很多剧种都吸着它的乳汁。昆曲，我一迷上，注定就是一生。天天唱也唱不够。我的早餐，第一餐，定是昆曲，然后才是其他。只有五谷，是养不活我的。

气生，靠空气活着。

地生，靠土壤活着。

腐生，靠真菌活着。

气生兰多在热带。地生兰，是典型的中国兰。腐生兰，很少很少。长白山上有一种水晶兰，长相跟白娘子一样，周身洁白，透明的白衣从夜里冒出来，可以直接取材写武侠小说了！它周身没有叶绿素，不能进行光合作用，是靠着腐烂的植物来获得养料。

腐生兰就是这样活的。

但，水晶兰不是兰花。

可能从达尔文开始，它的归属就很难。后来，植物学家们干脆从鹿蹄草科植物中单立门户——水晶兰属。这样，它总算有户口了。要不然，它兰不兰菌不菌的，身份很尴尬。

我第一次见到水晶兰——披麻戴孝，低着头，似在哭泣，俨然一个悲戚的妇人。我，心有不忍凄凄然。它有两个别名：死亡之花、梦兰花。这两个别名，殊途同归，一个是死，一个是梦，到头来都是一场空。梦兰花，此名一定是心怀悲悯的人所赐。

兰心蕙质，梦一场。

五蕴皆空，是众生。

杓兰，从来不用这般费解。它很烟火。它并不直抵人生苍凉的彼岸，而是参与浮生，创造美。浮生也是生，杓兰也是兰。这境界，正像昆曲《牡丹亭》里唱到的那样："似这等花花草草由人恋，生生死死随人愿，便酸酸楚楚无人怨，待打并香魂一片……"

母亲，终是香魂一片啊！

五

如果，我没有猜错的话，我应是第一个站在长白山上唱昆曲的人。有史以来第一个。

我的昆曲，是野生的。

昆曲，像神草一样飘摇在我并不宽广的音域里。从小到大，我一音不发。直到三十岁，我听到了昆曲，我的嗓儿才算有寄托！并以此长相依。我从不会唱流行歌曲。好几次，大家聚唱流行，独我不会。我野性的迷恋、草根的情怀，只是想让昆曲这棵神草在东北扎根。我走到哪里，就唱到哪里，我的听众是山是水是野花。

今天，我唱给杓兰听！

命里，有这份兰约，我定不负兰意！

我也是长心的人……

如兰。

如果，我没有猜错的话，我也应是第一个用纯文学的形式书写杓兰的人。有史以来第一个。

中国人，爱兰，爱到心魔。可是，对于杓兰呢？多数只是记个名号。杓兰一定不是最美的。在两万多种兰花中，它朴素得像鞋——冬天的玉米叶鞋。这样的鞋，只与大地有缘。中国的《兰谱》，像一座山一样壮大。几种名贵的兰花，像皇后一样稳坐兰山几千年。

看看中国人是怎么养兰的——

要给兰盖房子，用名贵的檀木。窗子要用绡。绡是一种生丝，恐怕是取"生生不息、欣欣向荣"之意吧！要给兰赶苍蝇，就怕把兰的"鼻子"吃去，那样兰就不好看了。要给兰捉虱子，有偏方。还要给兰洗澡。给兰喂有营养的蚌汤。另外，还要让兰不冷不热，屋宇寂然。当然，为兰赋诗填词，那是每个文人的必修课……

这样的待遇，杓兰——特别是长白山的大花杓兰，肯定没有享受过。

长白山，先是野着，后是被清朝封禁。

就算不封禁，谁会在意那遗落在大山里的"鞋"呢？它太普通了啊！

母亲，终是要走的。杓兰，大花杓兰，终是要走的。昆曲，终是要走的。如果，一切都走了——我也不能太悲伤！让我守望夜空吧，那"杓"一样的北斗七星，也许就是杓兰啊……

原载《作家》2013 年版

随风飘来榛蘑香　王齐君

　　随我蹲下身后，大婶迅速从一堆新鲜的榛蘑中，拣起一棵又粗又壮的，举到我面前说，你看这蘑菇多干，一点儿也不压秤。我不知道这时蹲到大婶身边的大嫂，是看客，还是也想买蘑菇。

　　我接过大婶手上的榛蘑，举到鼻子下，大自然的清香气，扑鼻而来。

　　野生蘑菇和山野菜总能吸引我。每天傍晚，我之所以喜欢下班后顺路逛下小菜市场，不仅仅是为解决吃饭问题。小菜市场可是弥漫着人间的烟火气息。春天里，小市场上一片"绿色"，大叶荠荠菜、叶片红绿相间的婆婆丁、白绿相间的小根蒜、绿莹莹的柳蒿，各种野菜装在颜色不同的方便袋里，或者手工编制的小筐里，还有的干脆摊放在塑料布上，春风拂动，每一棵来自山间的野菜，都带着春天的气息。等到来自长白山里的山芹菜、刺嫩芽、龙须菜等，鲜鲜嫩嫩摆到小市场上，会让人的内心更加丰盈和欢喜。

　　黄澄澄、菌盖上带着松针叶的粘团子蘑，以及深红色的松树伞蘑，在小菜市场上一露面，就预示着秋天来了。浅黄色的头茬榛蘑，宛如窈窕淑女。菌盖比一元硬币大一些的小灰蘑和小黄蘑，娇嫩得让人舍不得用手碰触。用小黄蘑包饺子，更是鲜得叫人放不下筷子。等到硕大肥厚的冻蘑出场，秋风日渐硬朗，野生蘑菇转眼就从小市场上退场了。

面前摊在编织袋上的二茬榛蘑，不适合炒小白菜，晾晒干，等到冬天炖笨鸡才好。

我喜欢买老人家的东西。比如摆在老大娘面前的山野菜或蘑菇，往往不多，但是尤为讨人喜欢。

此刻，天色向晚，大婶肯定急着想把蘑菇卖出去。我理应尊重她的劳动成果。要知道，采榛蘑可不是件轻松的事儿。

榛蘑很少长在山脚下，往往隐藏在浩荡无边的柞树林里。能生出榛蘑的柞树林，大多分布在陡峭的山冈上。有一次，我一路寻找蘑菇，登上山冈已经累得站不稳时，带我进山采蘑菇的同伴在旁边喊，踩着了踩着了。我打起精神，小心挪开脚，寻找半天，蘑菇在哪呢？深褐色、带着清香气息的二茬榛蘑，比头茬榛蘑粗壮，它们与自然环境和谐一处，对像我这样的采蘑菇生手来说，近在眼前也往往看不到。我在地面上寻找半天，才看到，一棵娇嫩的小蘑菇芽儿，跟孩子藏猫猫一样，躲在我刚才落脚处的一片金黄色的柞树叶下。

爬上高山，如愿收获到高蛋白且富含人体必需的氨基酸、矿物质、维生素等营养成分的蘑菇，自然叫人喜不自禁。哪怕收获再少，能心旷神怡地亲近一下大自然，也是件让人高兴的事儿。

秋天采蘑菇时节，长白山里不再是夏天时的葱葱郁郁，树林里不再密不透风，而是已经通透起来。脚下坚实的大地上，生长着新鲜的榛蘑。抬头望向攀爬在树上的藤蔓，有的藤蔓上结着一串串绿色的圆枣子，有的挂着黑紫色的山葡萄，而五味子往往在斑驳的光线里闪着红艳艳的光，总是那么炫目。一树树的山里红、枷棕子，以及不知名的浆果，也在努力装扮着丰收时节的长白山。

秋天的森林，鸟鸣过后，安静中，一片金黄色的树叶，从树尖上跌落下来，所发出的声响，能惊动整片森林，清晰拨动着跑山人心灵深处的琴弦。

我从大婶手里接过方便袋，挑拣起品相好的榛蘑。大婶着急地催促蹲在她身边的大嫂说，你倒是上手啊。身材小巧的大嫂，慌忙和大婶一起帮我挑拣起蘑菇。卖家通常希望快点儿把不太好的东西卖掉，剩下好的，自然不愁出手。衣着质朴的大婶大嫂，却极其认真给我挑拣好蘑菇，看上去，她们倒像挑剔的买家。

突然间，我好像看到一个奔波在大森林里，额头上渗着汗珠，在劳累中体味着收获喜悦的身影，不禁停下手来。看着大婶大嫂手指灵活，在挑拣鲜嫩的榛蘑，我有点儿唐突地说，不用挑了。她们手上拿着蘑菇，一起抬眼看我。面对她们带着疑问、有点儿紧张的目光，我却无法说出自己的真实感受和想法：好蘑菇被我挑走了，剩下的，还能卖出去吗？

大小和成色不尽相同的榛蘑，都装进了方便袋。大婶喜笑颜开，跑去向别人借秤，把蘑菇称了称。

我向来羞于和跑山采山野菜和蘑菇的人，尤其是上了年纪的老人，讨价还价。我深深知道，上山采野菜和捡蘑菇绝非易事。当我把钱递给大婶时，才知道，榛蘑并非热情有加的大婶的。大嫂上山采回榛蘑，第一次来小市场上出售，秤都没有，正为难时，大婶主动上前帮忙。

她们站在渐暗的光线下，约谈一起上山采蘑菇。我拎着飘散着山野气息的榛蘑，走出一段距离，听到好心的大婶在向大嫂夸我，说我心肠好。冬天或赶上天气不好，赶在公交站点打出租车，我往往会主动带上顺路的陌生人。像帮忙卖蘑菇的大婶一样，以微薄之力来热爱这个世界，有什么不好呢？

从大山里辛苦采回的榛蘑全卖了，看起来不再那么紧张和手足无措的大嫂，回家的路上，会信心满满盘算明天起大早进山采蘑菇的事吧，她那不再年轻的脸上，应该是洋溢着略带羞涩的笑容吧？

原名《买榛蘑》，原载《人民铁道》汽笛副刊 2017 年 10 月 26 日

长白山的呼吸　丁利

一

长白山是有生命的，他脉搏的律动、呼吸的声音，我们都听得见。

长白山经历了几千万年的山体孕育而诞生于关东大地，他有一亿多年的成长史，从火山怀抱嗷嗷待哺，长成了如今顶天立地的巨人。长白山，也是有名有姓、有祖有宗的，他是满族的发祥地。千百年来，他几易其名，《山海经》称"不咸山"，北魏称"徒太山"，唐称"太白山"，金始称"长白山"，清朝时视之为"神山"，皇帝康熙、乾隆、嘉庆都亲自来东北祭礼其祖先的发祥地——长白山。

在山中行走，所到之处，都能感受到长白山的心跳和呼吸。椭圆形的天池，张弛有度，那是长白山的血脉心脏；绵延流淌的鸭绿江，那是长白山轻歌曼舞舒展的玉带；苍茫林海那是为长白山量身定做的翡翠罗裙；皑皑白雪那是为长白山御寒取暖扎裹的围巾；山腰一丛丛岳桦树那是长白山戴在手臂上的套袖；一块块斑斓多姿的松花石，那是长白山行走大地踏下的历史印痕。

二

长白山，中华十大名山之一，中朝两国的界山。在关东，他的呼吸是最高的，高达两千余米；他的呼吸是最长的，跨国连疆，直达朝鲜境内的将军峰。

行走白山地区，鸭绿江再长也得绕过，青山再绿也得跨过，林海再深也得穿过，唯清鲜淡雅的空气，和我们形影不离。长白山的呼吸，在我们面前挥之不去。嗅他，心是净的；望他，眼是亮的；抚他，手是湿的。

长白山的呼吸，藏在一道道沟里；卧在一座座山上；流在一条条河里；游在一朵朵云上；散在一丛丛草里；结在一棵棵树上。

长白山的呼吸，在长白山地区名贵的动植物中都有微妙的生命体征：用手轻轻拨开阔叶林下的植被土，你就会听到"百草之王"野山参，伸腰展臂，沉睡醒来的哈欠声；在紫貂敏捷爬树，机警跳跃时，绒毛与日光反射的水光里；在梅花鹿脊背上斑白花点，清香浮动的张望里；在针叶林下绛珠草多愁善感、娇小可人，一滴滴紫红的泪珠上；在森林医生啄木鸟一场场杀虫护林战役凯旋时，咚咚的锣鼓声里；在丰姿绰约的"美人松"舒展玉臂、暗恋白云的舞姿里；在林深处的柞树、栎树和核桃楸树干上，"猴头蘑"裂开的憨憨笑靥里；在名贵特产"哈士蟆"冬春两季卧水安眠的梦乡里；在"牛皮杜鹃"爬满岳桦林带，身披淡黄外衣，与一郏郏残雪耳鬓厮磨的缠绵里；在珍稀濒危植物"高山红景天"抗寒补氧，被康熙皇帝钦封宫廷供品"仙赐草"的口碑里；在"中华秋沙鸭"从小溪边的树洞出飞，三五成群在江河湖沼中戏水的欢腾里……

长白山的呼吸，他奔腾在鸭绿江的浪花上，翻滚在苍茫的林海雪原中，曼舞在蜂鸣蝉噪的杜鹃花丛里。

三

长白山的呼吸，在腹地、在山脚、在余脉，与每个小城、每个村庄、每个人，心相连、血相融、气相通。你怀抱里的一座座小城，有你的呵护，有你的恩惠，有你的遗传，他们精神饱满、气脉和畅、身心爽健，为人间营造了舒适和幸福的仙境！

在临江，你带露水的呼吸在紫杉、朝鲜崖柏、天女木兰上生根、发芽、绽放；在珲春，你流水的呼吸，跨江连山，恩典中、俄、朝三国；在长白朝鲜族自治县，你浓墨重彩的呼吸，让这里的金达莱更红，阿里郎更美；在池南区你绿浪翻滚的呼吸，打个旋涡，形成了松花江和鸭绿江的发源地。

行走白山的临江、抚松等地，处处都是满眼的绿，呼吸的爽。一座座"中国最美深呼吸小城"就生长在长白山的脚下，长白山让他们景色宜人，声名远播。"2014中国百佳深呼吸小城"，长白山腹地有六地入选，有"鸡鸣三国，湖映东亚"的延吉市、"泉浴天女，花醉远客"的和龙市、"绿海参都，长白药源"的通化县，其中白山市就有三处获此殊荣："人参老家，立体宝库"的抚松县、"金银之峡，珍宝之岸"的临江市，"松花藏源，鸭绿涵春"的池南区。这里的空气成了无价之宝。

"2015 中国深呼吸小城百佳榜"在北京发布。临江市进入榜单第九，荣登"中国百佳深呼吸小城"前十的行列。"2016 中国深呼吸小城百佳榜"在武汉发布，临江市入围三甲，位居第三名，同时入选"中国最美县城""中国长寿之乡"。今年五月，"2017 全国百佳深呼吸小城"榜单正式揭晓，临江市、抚松县、池南区等再度榜上有名，其中"金达莱红，阿里郎美"的长白朝鲜族自治县，"天池锦麓，地学奇书"的长白山管委会池南区并列榜首，成为全国百佳深呼吸"状元城"。

这一座座闻名全国的深呼吸小城，是长白山的心腹之地，再次让我们感受到了长白山空水迷蒙的神奇和活力。

四

长白山的呼吸是有色彩的。漫步在天宇上，是蓝的；匍匐在长白山上，是白的；长在苍松古柏上，是绿的；根植东北大地上，是黑的；流淌在鸭绿江上，是清的；散落漫山遍野，是艳的。

长白山的呼吸，滴在一枚枫叶上，漫漫变红；含在一棵珍草上，渐渐变亮；游弋在冰河里，缓缓变清；衔在山鹰嘴里，响彻云霄；印在松花石上，色彩斑斓；挂在雾凇上，冰清玉洁；攀上崖壁，翠鸟啼鸣；跑在江上，木排放歌……在白山行走，为山水停留。长白山区域，是一个天然氧吧。他有时在微雨中，有时在清风里，有时在果香里，有时在暖阳里，有时在人体里。好的空气，树长得茂盛，河流得晶莹，鸟叫得清脆，虫爬得欢实，花开得芬芳，人活得舒坦……不仅人，长白山同万物一样，都在呼吸。每一片树叶都是张开的嘴巴，每一节冰凌都是河流鼻音，天空的呼吸是朵朵白云，大山的呼吸是一棵棵松柏。

在城市的钢筋水泥、灯红酒绿中生活久了，我们的大脑难免疲惫不堪。如果有那么一个地方，能给大脑洗个纯氧澡，帮它休闲放松，地处长白山北坡的二道白河小镇是不二之选。这里被森林环绕，是华北地区最具人气的天然氧吧，森林覆盖率达到了95.4%，我国仅存、亚洲最大的1.2万公顷原始红松母树林就荟萃在这里。

这里是长白山的一座天然"负氧离子加工厂"，若想净化身心，二道白河小镇应该是首选。

长白山森林覆盖率高达85.9%，年平均气温零下一度至十二度，夏季平均气温最高为十五至二十五度，空气清新，负氧离子含量达每立方米九万个，是城市空气的五百多倍，曾获联合国教科文组织颁发的"亚洲人居环境奖"，是名副其实的天然氧吧、避暑胜地。

长白山最新鲜的空气来自哪里？储藏在那片连绵起伏的红松母树林里，精炼于神秘莫测的天池圣水里，淤积在一粼粼白皑皑雪峰里。长白山的空气，挺立在梅花鹿趾高气扬的犄角上，绽放在雪窝下野兔张合的三瓣嘴上，喷出自下山虎张开的血盆大口里，在羚羊跳跃咩咩的叫声里，在野鸡窝温热的草香里，在棕熊笨拙的脚步声里，在野狼尾巴拖出的露水河里，在苍鹰翅膀与白云的摩肩接踵的诗情画意里。

五

长白山的呼吸，雨后的甜润，雪后的清爽，风后的通透，霜后的洁净，雾后的朗润，一年四季，让你心旷神怡。

种在人参地里，丝丝根系都是你的呼吸；长在白桦林带里，节节痕迹都是你的脉律；伏在陡峭的崖壁上，松柏是你振臂的喘息；长在山脚的蓝莓，结下一颗颗黑亮圆果，是你吐出的一串串气泡；冰川融化之后的杜鹃花，是你喷洒的娇艳。

长白山的呼吸是看得见、摸得着的：他是固体的，巍峨的长白山脉，有他银白色的装束，苍茫的原始森林，有他绿色的外衣；他是液体的，在山脚下草叶上、花瓣间滚动，在绵绵流淌的鸭绿江上跳跃，在细雨霏霏中润泽；他是气体的，在鸭绿江上空蒙蒙涌动，在森林大雾里淡淡穿行，在长白山余脉处袅袅升腾。

山上呼吸酣畅淋漓，山下则屏息养心。湿漉漉的空气，黏在蜻蜓薄如轻纱的连衣裙上；裹在扁担钩顾长清秀的小腿上；画在树狗狗斑斓蠕动的脊背上；和在蝈蝈此起彼伏的草琴上；混在群蝉合奏的树枝上；舞在蝴蝶戏花的菜地上。

六

长白山天池，你怀抱三江，倾泻而下的长白飞瀑，大口地深呼吸，轰鸣如雷，水花四溅，雾气遮天。澄澈的湖水、沸腾的温泉和轰鸣的瀑布都是你不稳的情绪和急促的呼吸。

千百万年来，长白山一次又一次经受自然和战火的淬炼，你的呼吸也曾火山一样爆发：在外敌入侵、山河被占时，你的呼吸是枪口喷出的烈火；你的呼吸是中国人民保家卫国、寸土不让的呐喊；你的呼吸是冲锋陷阵、勇往直前的号角；你的呼吸是水深火热中，民众家破人亡、妻离子散的痛苦呻吟；你的呼吸是爱我中华、还我河山的震天怒吼；你的呼吸是战胜敌人、驱除外寇、排山倒海的欢腾。

　　久远的岁月，长白山的呼吸，悬崖冰凌如箭，射向入侵的倭寇，那是薛礼征东时，白马银枪，沿途破城，令敌人闻风丧胆，平定高句丽王朝留下的英名；长白山的呼吸，像黑风口，飞沙走石，抗日英雄杨靖宇将军率领抗联战士，在莽莽林海雪原里，转战南北，与日寇展开一场场保家卫国的殊死决战；长白山的呼吸，如长白瀑布一样雷声隆隆，那里回响着陈云、萧劲光、萧华等领导的"四保临江"战役，将士们浴血奋战，先后四次击退了国民党十万军队的大举进犯，取得伟大胜利的欢呼声。长白山的呼吸，连疆越界，与朝鲜山水相连，息息相通，中国人民志愿军，雄赳赳气昂昂跨过鸭绿江……

　　一道道沟一段段神秘的传说，走进长白朝鲜族自治县十五道沟景区，清风蘸雨，拜托"望天鹅"打开"天书展册"，一页页，清晰地记载长白山的历史、沧桑和巨变。

　　白山为证，黑水留芳；呼吸之间，人间万象。正如余秋雨先生赏长白山诗言：

　　中国起步时，你是历史走廊；中国辉煌时，你是半个大唐；中国蒙难时，你是冰雪战场。完成了这一切，突然发现，你还是全世界最稀缺的生态天堂。

原载《吉林日报·东北风》2017 年 7 月 20 日

蜂人蜂事　李谦

　　那个初秋的傍晚，养蜂人打微信电话跟我说，"姐，蜂蜜被人偷走了好多，蜂子也被烧死了四箱。去年被意蜂盗走一百五十多斤蜜，饿死我五十箱蜂；前年被意蜂盗走五十多斤蜜，饿死了三十箱蜂；大年前、大大前年……我的两百多箱中蜂，就剩下三十几箱了。"

　　"姐，养中蜂实在太难了。"

　　顿了一顿，养蜂人又说，"姐，如果能有文章证明我那些蜂子的价值，可能会对破案有帮助。"

　　我打开他发来的一段视频，几堆黑黢黢的蜂箱残骸附近，一些侥幸逃生的蜜蜂绕"骸"飞舞，有的落在养蜂人的身上，似乎在催促主人赶快给它们一块容身的巢脾，让它们卸下蜜囊里沉嘟嘟的蜜液，再启征程。

　　它们不知道，它们的主人已经快坚持不下去了。

　　"姐，我可能是长白山上最后一个大规模养中蜂的蜂农了。"他又说。

　　所谓的大规模，也不过才三十多箱（群），散放在大山深处的密林间，仅相当于鼎盛时期周贵民养蜂数量的七分之一。

　　资料显示，长白山等地区的中华蜜蜂（简称中蜂），数量减少了95%。对，周贵民的三十多箱中蜂，就在这幸存的 5% 之中，或许，这三十多箱是 5% 的全部。

一

　　安图是一个好地方。

　　盛夏，在长白山腹地穿行，时刻拥那一片好山好水好风入怀，也投身在那山那水那风的怀抱里放飞自己，心头时时漾起的是简单却并不肤浅的感受——真是个好地方啊。

　　好地方钟灵毓秀，独得造物主恩宠，独特的自然地理构造孕育出长白山丰富的物种资源，众多生物在这一区域气候环境的滋养中生生不息，中蜂就是其中之一。这是中华大地独有的蜜蜂种类，全称是"中华蜜蜂"。

　　据科学家考证，有四十六亿岁的地球业已经历了五届生物大灭绝。我们是第六届。

　　据科学家说，如果蜜蜂灭绝了，人类顶多坚持四年。

　　前五届中会不会有哪一届的消失就是起自小小的昆虫比如蜜蜂？它毕竟在一亿二千五百万年前就生活在地球上了。

　　这是无解的也无须解的难题，常识告诉我们，这绝非危言耸听。我不介意被某诗人恶评为"生态强迫症患者"（他的原话没这么温和），我忧虑我们独有的中华蜜蜂会灭绝。

　　在路上，我总能准确地捕捉到它，黑黑小小的身躯。路边，田埂，只要你屏息凝神，就能在随便一株细小植物的零星花朵上捕捉到它的劳动号子，那是和虎啸一样美丽的天籁。

我搜集它们的故事，我拍摄它们的倩影，我沉醉在它们酿制出的芬芳里。不小心被它们蜇一下时，我忍痛，不叫疼。

那一天，我在安图县养蜂所张建忠所长和县政协安学斌老师的陪同下，穿林度壑，一路风尘，踏进了永庆乡的大山，邂逅了中华蜜蜂养殖者周贵民。之所以一头扎进安图，是因为早在 2007 年，这里就被中国养蜂学会命名为"中国蜜蜂之乡"，是当时在全国范围内获此殊荣的两个县市之一。

延边州人的普通话足以媲美省城长春，周贵民的语言组织能力尤其出色，而且吐属文雅到时不时会让拜访者"出戏"，怀疑面前这个驭蜂十几年的彪形大汉，到底是不是真如他所说，自土里生，在土里长。

下午的阳光穿过乔木的树冠，筛落在周贵民身后的三十几只老旧的蜂箱上，粗细不均的光柱加深了大森林里的色差，形成了浓淡层次各不相同的绿，像一幅西洋油画。

而那盘旋飞舞的蜂子大军正在合奏一曲天籁，让这幅画立体生动起来不算，还兼带嗅觉之美。

小个儿，黄黑肚子，长得跟大苍蝇似的。周贵民这样评价中蜂的形貌。

别说，还真像。在追踪了几个月蜜蜂之后，我已经从"蜂盲"晋升为"小学毕业"，根据外形厘清中蜂和意蜂的区别，是初级课程。

意蜂，原产于意大利的亚平宁半岛，1913 年中国由日本引入第一批意蜂到福建，发展壮大至今。意蜂个头大，颜色发黄、鲜亮。因为它性情温顺，产蜜多，繁殖快，易管理，是目前国内绝大多数养蜂人的选择。

中华蜜蜂，又称中华蜂、中蜂、土蜂，是东方蜜蜂的亚种之一，属中国独有的蜜蜂品种。个头小，群小，繁殖力弱，抗病性强，耐寒。

而中蜂和意蜂更大的区别，是习性上的。

意蜂喜采大宗花蜜，在长白山，以六月下旬至七月初追采椴树花为主，所得即为白蜜之王——椴树蜜。意蜂的嗅觉灵敏度较低，不易发现分散、零星开花的低灌木和草本植物，与中国的很多树种不相配，因此不能为这些植物授粉。

而中华蜂对大宗蜜源要求不严格，尤其善于利用零星蜜源，哪怕是路边田埂的一朵直径以毫米计的小花，它也会快乐地扑上去饱餐一番，这就具有生态上的价值和意义了。

由于毁林造田、滥施农药、环境污染等原因，中蜂早就面临生存危机。它们一旦灭绝，会影响整个与之有关的植物共生生态系统的变化，造成一些植物的永久性消失。

在这个星球之上，造物大神缔造孕育的每一个孩子都有价值，共荣共生，一个都不能少。

故此，2003 年，北京市在房山区建立"中华蜜蜂自然保护区"。2006 年，中华蜜蜂被列入农业部国家级畜禽遗传资源保护品种。

二

中蜂的另一重危机来自于入侵物种——意蜂。在一定距离内，中华蜂和意蜂"势不两立"。中蜂养殖人周贵民深知其苦。为了守护自己的蜂，不断和意蜂斗智斗勇，成就了周贵民半部泪汗交加的"养蜂史"。

蜜蜂勤劳，人所共知。小蜜蜂出生几天后开始喂养弟弟妹妹，打扫家庭卫生，十来天后，长成为"壮劳力"，多数蜜蜂的生命终结在采蜜途中，寿命最短的不过一个来月。

"在采蜜盛期，每早，蜂箱下都黑乎乎的一层，都是累死的蜂。"这让人心疼的小生灵，担心影响蜂箱内的正常工作，它们选择死在家门之外。

可绝大多数世人不知道的是，蜜蜂还是个"飞贼"，热衷盗窃。而中蜂的蜜酿制时间长（一般三季只割一次蜜），波美度远超几天割取一次的普通蜜，在艳阳下，浓郁的蜜香能传播方圆五公里，如果在这个幅员内有意蜂驻扎，就会循香而来，展开疯狂的盗窃活动——不仅仅是人中懒汉才喜欢不劳而获。

研究者发现，意蜂翅膀振动的频率，与中蜂的雄蜂翅膀振动的频率相似，因此，守护在家门口的中蜂卫士会把入侵的盗贼当成是自家人，轻易放行。于是，一场杀戮在所难免，意蜂个头大，进入蜂箱后第一件事是咬死蜂王，盗蜜回家，再把它家里的数万个兄弟姐妹全都叫来搞搬运工作。

中蜂个子小，打不过意蜂，只能眼睁睁看着自己辛勤酿制数月之久的粮食被强盗抢走。而意蜂盗蜜一般是在长白山上的大宗蜜源植物花谢的时候，失去粮食的中蜂短期内找不到蜜源，倘若不能被主人及时发现，只能活活饿死。

因为遭遇盗蜜，周贵民一年最多损失过五十箱蜂。他买来防盗器拦在蜂箱入口，防盗器上分出一个个小横格子，中华蜂能钻进去，意蜂个头大，后背有毛，进不去。可消停没多久，盗贼变换了打法，只派幼蜂和老蜂来偷——幼蜂个儿小，老蜂的后背虽然也有毛，可采蜜久了，毛被磨得滑溜，能挤进防盗器。防盗器失效。

除了盗蜜，意蜂还会干扰中蜂蜂王的"婚礼大典"，让蜂王婚配失败，无法生儿育女。

养蜂人多了一项工作。每隔几天，周贵民就要在蜂场周边五公里范围内巡视一遍，发现有外来蜂农在放养意蜂，就上前说明情况，恳请对方"搬家"。好言相劝，讲清道理，对方都来自外地，面对本地人，姿态放得极低，一般情况下，周贵民都能如愿。何况，甭管意蜂还是中蜂，大家都是驭蜂人，都在靠这小小的生灵搬运来自己的甜蜜生活，蜂人又何苦难为蜂人。

也遇到过不配合的，态度强硬地抖出一张和林场签的采蜜协议，证实其合法性，狐假虎威——他们跋山涉水，拉着全部家当来到长白山腹地安营扎寨，是真不容易。再另觅一处适合的蜂场，也是真难（前提还必须距离周家蜂场方圆五公里之外）。

好吧，先礼后兵，咱拿损失来说说事。

倘若发生盗蜜，损失怎么赔偿？我这是中蜂酿制的土蜂蜜，售价，你懂的。

周贵民转换打法。一般到这一步，对方也就松口了。

"不容易，大家都不容易，我也是没办法。"周贵民一而再再而三地说。

"如果咱县里那个废弃的中蜂基地能再度启用就好了。政府就会出台规定，不允许意蜂在中蜂基地五公里之内安家，就不用我自个儿操劳这些事儿，多省心。"

这是周贵民最大的祈盼。他怀念从前从属于基地的日子。鼎盛时期，他拥有两百多箱中蜂，辛苦一年下来，养蜂纯收入就有近二十万。后来，因为环境污染严重和养殖技术陈旧等原因，中蜂养殖逐渐没落，同行纷纷弃养，基地只剩下一块招牌，也只有坚守最后一块阵地的周贵民还能读出招牌上曾经镌刻过的辉煌。

一人，一牌，沉默对望，招牌也是寂寞的。

他成了守候在安图县中蜂基地的最后一个驭蜂人。

人微言轻，人孤势单，他的呼吁就像他驭下的中蜂，处境也像。小，生存艰难，却顽强地挣扎，不甘心落幕。

黑龙江饶河有一块黑蜂基地，发展很好；山东青岛也有中蜂基地，面积更大；听说有些地方，脱贫项目就是建立中蜂基地，脱了贫还保护了物种……周贵民如数家珍。

安图的中华蜂保护基地要是能恢复就好了。

每次联系，他几乎都在重复这句话，机械地。

三

恢复或重建中蜂基地，更多的考量在中蜂的生态价值。毋庸置疑，长白山的生态环境在日趋向好，却形成了周贵民又一个不幸之源。去年冬天，他的四箱蜜蜂生生葬送在蜜狗子的手里。

蜜狗子，学名黄喉貂、青鼬，群居动物，机灵凶悍，爱吃蜂蜜，才得了这么一个外号。它们对蜜有多执着多渴望，偷窃时就有多贪婪多疯狂。马蜂厉害吧？人都不敢招惹它们，蜜狗子敢。一大家子分工合作，其利断金，分分钟端掉一个马蜂窝，那就不叫事儿。

被这馋痨家伙盯上了，哪儿还有跑！月黑风高夜，瞅着周贵民不在蜂场，它们挈妇将雏，倾巢而至，扳倒蜂箱，掀翻盖子，吃光蜂蜜，扬长而去。

那是长白山地区的冬天啊，蜜蜂没饿死的也冻死了。

安图县域野猪多，黑熊也不少，周贵民在蜂场作业时，经常邂逅这些高邻。还好，野生动物有灵性，你不招惹它，它也不搭理你，运足了力气吼上几嗓子，它们也就大摇大摆地走开了。

人、蜂、蜜狗子、野猪、熊……共生在这一大块热土之上，讨着各自的生活，你中有我，我中有你，发生过的故事挂满了山谷中每一棵大树的枝枝杈杈，指向的故事结局各自不同，有你死我活，势不两立；也有相安无事，化险为夷。

而中蜂最险恶的敌人却不是意蜂，也不是蜜狗子，是人，是熟人。

周贵民的蜂蜜被人偷过 n 次——在老蜜即将收割时，搬走装满老蜜的巢脾，留下蜂箱和蜂子。自然都是熟人干的，认倒霉算。

而 2020 年初秋的这一次，周贵民的愤怒升格到了天花板级，当即打电话报案——在他一眼看见那四只被烧得黑黢黢的蜂箱时。

蜜蜂被烧死了大半，有的还在垂死挣扎，幸存的一小撮蜜蜂围着周贵民惊惶飞舞。

半生驭蜂，周贵民也没能听懂蜂言蜂语，而那一刻，他似乎听见了蜜蜂王国在大祸临头时的声声呼救。

土蜂蜜一斤几百块，你拿回家或吃或卖，我也认了，为啥还不放过我的蜂？蜂命也是命！

蜂啊蜂！人啊人！

他欲哭无泪，流畅的表达能力派不上用场，在警方询问他心目中的嫌疑对象时，那些熟悉的名字在心头历历而过，滚到舌尖，又吞咽回去。他老老实实养蜂、种地、烧酒，凭本事赚最干净的钱，靠力气吃最踏实的饭，啥时辰有人敲门都不怕的主儿，能惹着谁呢？

周贵民是善良的，两个月后，案子告破，他仅仅按蜂蜜损失的抄底价索赔，全然忘了他还曾寄希望于我向警方证实中蜂价值的初心。

得饶人处且饶人，大山里的人大多持有这样朴素的人生观。

一而再，再而三，再四连着再五，周贵民的中蜂大军几乎萎缩至鼎盛时期的十分之一，下一步会怎么样，没人知道，不敢去想，也不忍去想。

他无数次想过放弃，像他从前那些同行那样。他不是没事业做，现有的营运项目，足以支撑他一家人的风光体面。而养蜂的收入，已经惨淡到无可提及。

"那为什么没有放弃呢？"我问。

"舍不得，实在是舍不得。养这么多年了，有感情了。"

我松了口气。这答案实在，靠谱，透着接地气的土腥味儿。

"咱这儿的中蜂保护基地要能恢复就好了，我保证还能做大。大了，管理就能跟上去，盗蜜、蜜狗子、小偷，都不算事儿。"

他再一次重复道，眼神透露出表态似的决绝。

他把沉甸甸的希望寄托在我——这个翻山越岭去他的蜂场调查，持续关注他和他的中蜂故事的写作者身上，我却惶然到不忍看他的眼睛了。

我能不负他的期待吗？

我能用一支轻飘飘的笔，讲好沉甸甸的养蜂人和中华蜜蜂的故事吗？

坠着沉甸甸的托付，我的心也沉甸甸的了。而大山深处那七零八落的几十个旧蜂箱和那些勤劳快乐的小生灵，却从沉暗中飞扬而上，从心头升到我的眉间了。

守护大山的人　陈凤华

　　我似乎总在行走，却一直没有太多长途的跋涉，也没有翻越几重的远山。然而我知道，我的心底有一处梦境，等待着我的抵达，那便是大美长白山。我爱上了这座山，不仅仅是因为这座山神圣神奇，还因为这座大山的深处，有一群可爱的人。

　　利用国庆假期，我再一次行走在长白山无人区。

　　几年间，为了采写大山深处的好儿男，我一遍遍地行走在长白林海中，登过瞭望塔，穿过苔原带，翻过山坡，越过峻岭，蹚过河流……为了致敬这些可爱的长白守山人，我让自己体会了守山人所经历过的酸甜苦辣。这些年，付出的艰辛仿佛蕴藏着一股魔力，牢牢地牵系着我。那些感人的画面，时常在眼前翻飞，随之，我便泪流满面——为这些守山人的负重，为他们的付出，为他们的担当。

　　此行本意故地重游，温故走过的路，登过的塔。然而，却又一次经历了一场心灵的洗礼。曾经，这些守山人有过迷茫，有过无奈，毕竟巡护在山林里，寂寞相伴，孤单相随。而如今，他们的眼中，更多的则是闪烁着光芒，他们足下，也生出了更多的力量……在长白山，在每一座保护管理站正门墙壁上，我见到了各具特色的"八字站训"，十分醒目，字字珠玑，句句精深，其中蕴含着守山人坚定的信念，还有他们不懈的追求。

锦江保护管理站刚刚成立不久，在新站房还没有建成之前，守护在这里的人就暂且以宿营点为驻地。当下十一座保护站中，它的条件最艰苦："站房"设备简陋，东西两个房间是卧房，生活区也是工作区。每个房间约六平方米，每个卧房只能放下三张上下铺的床，饮水需要到三公里外的山岩接取流淌的溪流。没有网络信号，拨打电话只能捕捉飘忽不定的移动信号。

新站就是一个家，简单的生活备品都需要添置。国庆假期，管护员人人都在忙碌，一部分人员在林海巡护，一部分人员在建设新家。站里大多都是年轻人，却拿起了尺子、斧子、锯子……干起了木工活。

我很好奇地问站长刘桂福："管护员中还有木匠啊？"

他说："哪有呀？他们大多都是'90后'。这些技术活都是现学现用，在山里工作，一切都得自力更生。"

人的潜力最易在艰难中激发出来。这些守山人在不可预见的艰难中，学会适应，逐渐挖掘出自身的潜能。他们的这股士气和干劲正如那里的站训：团结紧张、百炼成钢。

离开锦江保护管理站，穿过迂回的山路，来到了王池保护管理站。

王池保护管理站成立五个月了，这个保护站年轻人多，生机活力早已在视频号中彰显。我曾在短视频中见到"王池站钱俊宇"的视频号，视频中，有好人好事，有工作动态，还有守山人的精神面貌，尤其听到他们合唱的《长白山保护者礼赞》，洪亮的歌声，高昂的气势，让我记住了王池保护站，也记住了这首激昂的赞歌。歌的音调一节高过一节，激励着每一位"铁脚板"和"千里眼"的工作热情，整首歌曲酷似进行曲的风格，激荡的旋律，豪迈的气势，真实而又精准地表现了守山人的雄风。这首歌曲也见证了守山人的艰辛和这群好儿男的激情。

"……巡山似猛虎，过江赛蛟龙，穿林像飞燕，踏石留足印……"我听着歌曲，踩着旋律，行走两个小时的山路，翻过一坡又一坡，穿过长满小叶樟的风灾区，奔往王池的靠山宿营点。宿营点在海拔两千米的苔原带上，这里有六名年轻的守山人，他们住在帐篷里已经一月有余。然而，他们的目光中没有倦怠，相反，却有一股精气神在眼眸中闪烁。周围的林海和山峰，似乎都在诉说着关于自然、青春和生命的故事。

我很好奇地问："是什么力量支撑着你们这份坚守？"

组长崔红赫说："永不言败、争当王牌。这是我们的站魂，也是我们坚守的信念。"

连绵的山峦，孕育了多姿多彩的生命。绵延生息的长白山是人地和谐的见证，还是自然共生的缩影。这里，每一座保护站的站训不同，然其核心相同，其目标相同，其使命相同，都是为了保护好这座大山。因为感动，我的脚步继续前行，这是我生命里注定的风景。

不知不觉，抵达双目峰保护管理站。推开站房正门，"双目雪亮，守护边疆"定格眼前，八个字的冲击力震撼双眸，震撼心灵，一幅生态画卷在眼前徐徐拉开。为了采访瞭望员，乘坐保护站的车辆奔往瞭望台。车子在林海中奔驰着，金黄色的落叶松在眼前层层铺开，若隐若现的山峰在蓝天下散发出美丽的光泽。前夜，这里刮过一场八级大风，落叶松的松针铺满林海小径，原始森林中一些高耸的树木也被大风刮倒，横七竖八地躺在奔往瞭望塔的路上。车子无法前行，原路返回我心有不甘。踟蹰间，陪同的管护员说："我们回去取来油锯处理这些风倒木吧！"

我没有跟随返回，而是顺着狭长的山路独行。这一路，五处树木倒下，成为前行的障碍。油锯取来后，大家才清出一条可以供车辆前行的路。我有些无奈地说："真不巧，在这样的天气登塔。"

管护员说："我们都习以为常了，不管刮风还是下雨，我们天天都在巡护。巡护的途中遇见的倒木比这粗比这多，不走车的时候，我们直接可以翻过去，时间久了，我们每一个人的弹跳力都很好。"

奔往瞭望塔的路有些曲折，但有《礼赞》的歌声相伴。登塔的道路狭长，我却没有感觉丝毫的倦怠，因为歌声就是一种力量，传递着奋进的鼓舞。这样的《礼赞》，是春雨，润物无声，直抵每一位守山人的内心深处。而我，和这座大山的守山人一起，在行走中经历一次又一次的洗礼。今天，我再一次和他们一起，在稳健的脚步中对大山进行这一日的献礼。

国庆假期，守山人都没有休息，而是全员坚守在工作岗位。每一位守山人背后，都有一个温暖的家，他们也想团圆，他们也思念亲人。可是，内心的使命和责任感敦促他们必须守护好这座神圣的大山。

人类的健康与福祉，离不开大自然，更依赖大自然的生物多样性。多年来，长白山守山人无私无畏、默默坚守，承担起大自然交给的庄严神圣的使命。时光流过自然的长廊，一代代守山人都在这座大山里守望。明月装饰湖泊，守山人点缀大山，他们的脚步串起连绵山峰，他们的人生积淀成长白山的山魂水韵。

原载《吉林日报·东北风》2021 年 10 月 23 日

远去的狐狸　赵连伟

天池拉幕

数临天池，我发现神秘的天池，有时神秘在它上面那层时有时无、时浓时淡的雾。

当天晴日朗，天池如一面巨大明镜呈现眼前时，你的心绪不自觉被感染，一如天池通透明澈，你便忘了雾的存在。而当你再访天池，遭遇大雾，此时的你，与天池水面虽近在咫尺，却无缘相见，你陷入大雾的重围，跌入失望的冰谷。你重新认识了雾的存在，你也开始重新考量天池的神秘。

几次来长白山，我都如愿以偿与天池相见，心下窃喜，飘飘然觉得自己是个有福泽的人。此次与好友们同登天池，来的路上我自告奋勇当起导游，介绍长白山从低到高景致变化的特点，北坡、西坡、南坡的迥异风华，岳桦树和松桦恋的奇绝风姿，一路信心满满，相信好人定有好运。待到顶峰，才发现大雾弥漫，十多米外只闻人声不见人影。同游的藏族小伙儿白玛邓周似乎颇有经验，他鼓励大伙说："没事没事，风这么大，雾气一会儿就吹开了！"他用藏族人特有的虔诚，面朝天池，不停地吹口哨，他和大风一起吹，吹了很久，也没能吹开一丝雾的心扉。

冷风费力地搅动着浓雾，浓雾就变得很有质感，像杯子里榨过后渐渐变灰的果汁。又或者，抛些颜色进去，雾气会不会就能发出暗沉的霓虹之光呢？我的思绪万千终于没能抵过冷风呼啸，在浓雾中苦撑了半个多小时后，我妥协了。我把好友们带到停车场附近的哨所里休息。

在哨所里我们相互鼓劲，坚定信心。再回到顶峰时，却发现风更大，雾更稠。我尽地主之谊的豪情在这一刻几乎丧失殆尽，来长白山如看不到天池，就像看一部剧没看到女主角，读一首诗没读到诗眼，遗憾一时袭上我心头。令我欣慰的是，好友们对此不但没有半句怨言，还一直情绪昂扬地在观景带来回走动，偶尔见到风吹大雾露出半壁峭崖，就迸发出一连串孩童般的欢呼声。

在大雾浓锁中等待见天池，该是每个游人所经历的最敬畏、最期待、最不安、最无助的等待。

"吹开了，吹开了……"忽然有人高喊。

果真，天池终于露面了，虽然只是半张脸庞，却也美得摄人心魄。游人的兴致瞬间被点燃，之前的等待原来不过是朝圣必经的心路啊！大家赶紧拍照，与天池合影留念。过一会儿，天池好似不胜游客的热情，娇羞地躲进了雾帘后面。大家就怅怅然了。可是不一会儿，天池竟然又露面了，还是犹抱琵琶半遮面的那种。我相信天池的灵性，它必定是被我们强烈的信念感召，才冲破重重迷雾与我们相见。

如此反复几次，想来天池也已尽力，我们也就心满意足地下山了。

路上，我对好友说："你今天看到的景象，是最难得一见的、最著名的——天池拉幕。"

是的，天池拉幕，反复拉开的幕布，冥冥中，是否意味着有戏在后头？

我见青山

带着刚刚看到天池的兴奋，我们游览北坡下面几处风景区。

天池之水在北侧溢出后，经乘槎河豁口喷泻而下，形成落差六十多米的瀑布，这就是著名的长白瀑布，松花江之源，我国东北最大的瀑布。瀑布口有一巨石，将河水切为两股，远远望去，恰似两条玉龙从悬崖上一跃而起，纵身而下，以雷霆万钧之势扎向深深的谷底，落地溅起几丈高的飞花，水汽弥漫开来，如烟、如雾、如尘。我选了一处最佳的位置，静静地眺望那奔流不息、纯洁如玉的瀑布良久，瀑布的滔天气势激荡着我的心潮。待转头，有一条素溪竟映入眼帘。溪流淙淙，欢跳不止，这又是水温柔可人的一面了。想无论是瀑布奔流的水，还是溪流灵动的水，最初的它们是如此纯净，纯净到让人不忍触摸，连揽水自照都怕玷污了它。那一刻，我的感受是：我见到了水的初心。

上善若水。水善利万物而不争，处众人之所恶，故几于道。其实每一股溪流，都如天池水一样，它们从源头一直流向大海，初心不改，改变的只是岁月的匆匆过客们。

不知从何时起，每当我见到美景时，总是心存敬畏地拍几张留念，人却是坚决不纳入镜头的。在至美绝伦的自然风景面前，人的加入，实在是多余的点缀，是对鬼斧神工的亵渎，甚或还是一场侵入呢！其实，无须太多想象就能想见：当一个人站在那里，自以为是地摆出种种造型，要与仙境同框，还要想当然地让美景做衬托。与其这样多情，倒不如安安静静坐下来，用心与自然相对，境界就出来了，那个境界就是：我见青山多妩媚，料青山见我应如是。可是这样的人，千古就出了一个。

　　看过了绿渊潭和小天池，我们来到地下森林景区入口。一条木栈道负责把游客送进森林深处，往返有三千多米。但凡游客一进入长白山，总会先感叹一番空气清新。但与这里相比，又稍逊一筹，地下森林可是名不虚传的天然大氧吧啊！只见林海里繁多的针叶树阔叶树，密密麻麻无边际；粗壮的大树直插云霄，四周又不乏纤小的幼树，大小粗细相互衬托陪伴，张扬出一派看似不修边幅，却又极其和谐的自然美。阳光经枝叶细细筛过照在密林里，恍若一幅斑驳迷离的画。森林旷古幽深，满地松针、苔藓、枯枝。横七竖八的枯树也随处可见。它们有的年深日久早已朽烂，有的将倒未倒斜倚旁树，有的固守原地依然峭拔挺立。它们虽生机殆尽，但是那份历经繁华后的沧桑风骨，却依然透出傲视时空的壮美。

　　已倒下的，或枯干未倒的，在诉说着历史；挺立蓬勃生长的，在续写着新的年轮。

　　一切都生机盎然，一切又都锈迹斑斑；一切在现实之中，一切又仿佛在尘世之外。空间的隔离，时间的幽藏，让每一个来这里的人都觉得浑身被濯洗，心灵被净化。

　　借助于人类自己修筑的栈道，我们得以进入原始森林——植物和动物们的领地，而我们的介入到底是一种什么角色呢？我们是重新回归还是在试着融入？这些植物和动物们（能遇见的或藏在森林深处的）真的欢迎我们吗？我们的到来，是友好的拜访，还是对它们宁静生活的打扰？抑或我们于它，只是多余的陪衬……

小狐之死

　　正午时分，我们来到北坡之旅的最后一站——长白山红松王景区。景区一位年轻的工作人员，主动当起我们一行人的导游。这是一位热情健谈的小伙子，一边带路一边向我们介绍：这个景区因一棵被誉为"红松王"的千年红松树而得名，红松王高近四十米，树直径一点八五米，是目前发现的距天池最近的一棵千年古树。长白山火山有过多次喷发，从十六世纪开始，分别在 1597 年 8 月、1688 年 4 月与 1702 年 4 月，五百多年中，就有过三次喷发，最后一次距今三百多年。这棵红松经历了三次火山喷发的劫难依旧独活，堪称生命的奇迹，由此被誉为"长白山第一圣树——红松王"。

　　小伙子还说，这个景区因游客相对较少，地僻林深，狍子、野鹿、狐狸等野生动物经常出没，如果我们今天运气好，说不定还能见到狐狸呢。

　　话说完没一会儿，他忽然呀了一声："你们看，狐狸！"我们顺着他指的方向看去，只见前方一百多米远的栈道上，果真站着一只小赤狐。我们按捺着内心的好奇与狂喜，慢慢向它走近，抓紧拍照。这是一只漂亮到令人惊讶的小狐狸，它背部和身体两侧的毛色是棕黄色的，腹部白色，四肢黑色，蓬松的黑色大尾巴，尾梢缀以白色。看似不搭的几种颜色，在它身上，却有着浑然天成的美。它两耳竖立，弯着一双乌溜溜的眼睛，盯着我们看。

　　我们正暗自猜想它怎么不怕人的时候，它忽然扭身跑开，跑不几步停下来，侧着身子，整个地把一张脸朝向我们，还是那样的凝眸看。等我们走近几步，它又开跑，等距离拉开，再停下来。如此反复几回，我们懂了它的意思：它是要带我们去一个地方。

我虽然第一次见到狐狸，但关于狐狸的种种传说，却也耳熟能详。都说狐狸聪明，通人性，现在看来，似乎确实如此。那么，这只狐狸的等待和引领，到底意欲何为呢？

它一直将我们引到了千年红松王近旁。

红松王高大挺拔，气场强大。一树称王，万树称臣；一朝发现，世人朝拜。如今，它已红绸加身，围栏相护，香火不断了。我们向红松王深深低下头去，表达内心的崇敬之情，然后按导游的建议，沿护栏外顺时针绕松王一周，刚行至一半，就见前方栈道上坡处趴着一只大狐狸，看见我们也不慌张，直到我们走到距离它二十多米的时候，它才慢慢起身，它明显比那小狐狸胆大沉稳得多。它走几步，转头回视我们，再走远几步，再回视，与刚才小狐狸的行径如出一辙。身边一个友人说，狐狸越老，它的脸长得就越像人脸。我于是仔细看它，真的呢，这只大狐狸的脸真的很像人脸。当我们绕松王一周回到原位时，这只大狐狸与之前的小狐狸会合。两只狐狸在前方不远处站定，转头，还是目光幽幽地看着我们，似有什么心事。

小伙儿解释："它俩是母子。这只母狐狸在春天生了七只小狐狸，我们很喜爱它们，就每天给它们投食，所以它们不怎么怕人了。哎，你们看，它们把投食的塑料桶都啃坏了。"

我们就去看那个被狐狸啃坏的塑料桶，觉得狐狸的牙齿也真是够锋利的。这时，一位友人大声呼喊我们前去，原来，他在栈道下边发现了一只死狐狸。

这只死狐狸和引路的小狐狸差不多大，毛色也相差无几，显然它也是母狐的幼崽。它蜷在那里，像是安静地睡着了。阳光照在它身上，它的皮毛闪闪发光，恍惚间，我感觉它要跳起来了，跳起来跑开去，留下一地哗啦啦的笑声，像一个调皮孩子的恶作剧。或者，哪怕它是受伤的也可以呀，我们还有施以援手的机会。但是最后，我不得不接受它确实死掉的事实。一路欢喜的心境，瞬间被无可名状的伤感侵袭。

我问小伙子："你看它究竟是什么原因死的呢？"他也说不清楚。我们仔细察看了小狐狸的身体，没有外伤，也没有被机关勒夹过的痕迹。那么，它到底是怎么死的呢？是被人下药毒死的？还是吃服务人员投的食物撑死的？可是，看它腹部并不胀。那它是误吃了导游、游客投食用的塑料袋？塑料袋堵在肠胃里，活活被憋死的？后来，我针对此事专门请教了医生，不排除这种可能……

我不是个轻易情绪外露的人，此刻，我却对着小狐狸的尸体黯然神伤。

想来我们大半天的旅行，仿若一场剧，天池为我们拉开序幕，我们从兴奋的喜剧开头，长白瀑布和溪流又为我们奏响欢歌，在地下森林里，我们有幸与林中万物做心灵的交互。而前往红松王的路上，狐狸的惊艳登场，把剧情带入高潮。然而在即将作别红松王的时刻，剧情发生了逆转，忽然以这样一种悲剧收尾……

此刻，高寿壮硕的松王与短命将腐的小狐，形成了巨大的反差。也许，小狐狸不知道松王，也不了解松王的神通，更没有在生命的最后，向松王乞求庇护。松王自然也就没多事地乱撒慈悲。可人类呢？人类不是号称保护区的保护神吗？是的，人类曾经做了很多努力，现在也在不断努力着，努力扮演好动植物保护神的角色，可有时难免事与愿违，好心办了坏事。方法是比目的还要紧的。科学实验证明，人类过多关心野生动物，特别是幼小动物，会产生印随行为，将导致它们逐渐丧失生存的本能。是的，狐狸的世界我不懂，

　　可是我懂的是，与其一厢情愿，倒不如相安无事，不要去干扰它们（狐和其他动物植物）的生活，还它们一片宁静的森林。

　　剧至尾声，狐狸母子也完成了它们的演出使命。那只小狐狸先退场，飞一般地跑掉了。母狐断后，它走出几步就回望一次，那样意味深长的回望啊，似有无限衷肠却欲语还休。及至与我们的距离拉得足够长了，它才小跑起来，然后加快速度，越跑越快。它跑到山冈上忽然又停下来，侧身扭头。我能感觉到它目光里的温柔与哀伤，莫非它在与我们做最后的告别？良久，它转身，似乎是决然般地再次飞奔起来。它敏捷的身形掠过山冈，梦一般消失在我的视线中，却永远，永远，铭刻在我脑海里……

　　我呆呆地站在那里，无限感伤，心中默念：狐狸啊狐狸，你跑吧，跑得越远越好，越远对你们越安全。千万不要再回来了，广袤的大森林，才是真正属于你们的家园。

原载《草地》2021 年第 1 期

仰望长白山 　溪汪

长白山之美，美在其大——山不但巍峨、雄浑，而且别具生态和人文情怀。初一见，便伟岸而丰满地耸立在心头。于是，所有的注视和遥想，便上升为虔诚的仰望。在一个喧嚣的世界里，对于遥远而神秘的向往，谁都无法拒绝。

山山水水看惯了，该以怎样的心灵尺度去衡量长白山，计算山上铺陈的阳光，推测山间沉淀的积雪？自山脚而上直至主峰，层次分明的森林垂直分布景观被旅游者赞叹过了、被专业学者论述过了，从温带到寒带的植物集于一山，纷繁、丰富的表象中，谁能看得清长白山真正的灵魂？

自古至今，不知有多少人在痴情地寻找，寻找长白山对这片土地真正的意义。

两万六千年前劳作在吉林大地上的安图人，第一次射杀了穿梭于长白山林间的披毛犀和东北虎，并且用锋利的牙齿将它们变成自己的食物，却无心揣摩眼前这座神秘而庞大的火山。他们更不会知道他们之中某个人的一枚牙齿，在20世纪60年代被一名年轻的考古学者握在手里。那个年轻学者看着先民的牙齿化石，望着莽莽苍苍的长白山，默默地思考了很多，他似乎已经窥见了揭开大山秘密的一丝线索……

是肃慎人最早让长白山走进了史籍，走进了文字。《山海经·大荒北经》中这样记载："东北海之外，……大荒之中，有山，名曰不咸。有肃慎之国。"这里所说的不咸山，就是长白山最早出现的名字，山下则生活着东北古老的先民肃慎人。

汉代，它叫"单单大岭"；北魏时，它叫"徒太山""太皇山"；唐代，又称为"太白山"；"长白山"之名是从辽金时代开始的，一直沿用至今。

步肃慎人之后，一个又一个古老的民族从山下陆续崛起，崛起的姿态一次比一次壮观，一次比一次激情喷溅。夫余人接过肃慎人的楛矢石砮活跃在松江流域，高句丽渐渐强大后屡屡进逼中原，渤海人的版图不断向整个东北扩张。耶律阿保机的队伍汹涌东征，完颜阿骨打誓师的吼声从这里传向远方。努尔哈赤的铁骑在东北大地上诗意般地纵横驰骋，最终问鼎中原，使长白山成为大清王朝的"龙兴重地"，存瑞凝祥，享有无上的荣光。

但是，一代又一代人千百年来围绕并仰望这座巍峨无比的大山，一次次望而生畏，千年来竟没有人真正攀登过长白山的主峰，走进长白山的深处。平静的天池水像一场酣睡的梦境，山上缭绕着亘古寂寞的轻云。

从敬畏大山，到读懂大山，是一个缓慢而抒情的过程。最早的"不咸"，是"神巫"的意思，长白山，就是一座神灵之山。于是从一千年前开始，长白山便与五岳一样被封王封圣：唐天宝十二年（公元 753 年），渤海文王大钦茂封长白山为"神应公"，建庙致祭；金大定十二年（1172 年），世宗完颜雍晋封长白山为"兴国灵应王"，在山的北地重建庙宇；明昌四年（1193 年），章宗完颜璟又册封其为

"开天宏圣帝"。从唐代封公，到金代封王、封帝，由视为神灵到承载圣意，由原始崇拜到佑国兴邦，封祭长白山已经达到了登峰造极的地步。到元明两代，也一直因袭前朝的习俗，维持着长白山的尊贵地位。

与金王朝皇帝隔着纵横阡陌向长白山遥遥拜祀相比，清王朝对长白山的尊崇更加炽热。在满族的传说中，清朝皇室始祖爱新觉罗·布库里雍顺就是天女佛库伦吞朱果所生，诞生地就是长白山东坡下的"布勒瑚里池"，如今池畔立有"天女浴躬池"石碑。神山孕育了神话，神话中生长了一个神奇而神勇的民族。是长白山的神秘力量，把爱新觉罗氏送进了山海关，并长驱直入，问鼎中原。康熙十六年，清朝内大臣觉罗武默纳奉旨昭祭长白山，回到东北来寻找龙兴之地。他们在连绵起伏的崇山峻岭间艰难地跋涉，终于到达山顶天池，留下了一篇《封长白山记》。然而，此后长白山被长长的柳条边封禁起来。朝廷要保护他们的祖宗发祥之地和心目中永恒的家园，也在情理之中。只不过，柳条边象征性地挡住了关内的流人，也实实在在地挡住了人们对山的亲近和关内外文化的交流。

康熙皇帝敕封"长白山之神"，使长白山荣升"六岳"之首，这是史无前例的创举。在吉林市西郊温德赫恩山（小白山），康熙东巡时曾设坛下拜，望祭长白山；雍正皇帝则钦命修建小白山望祭殿，"望祭"之礼渐成清廷定例；乾隆皇帝率臣子亲临圣殿，面对长白山的方向，庄严肃穆地行三拜九叩之礼，对祖宗发祥圣地遥祭拜谒。

江南才子吴兆骞没有登过长白山主峰，但他的足迹却在整个东北大地上流光溢彩。他本是吴江松陵镇（今属江苏苏州）人，从少年时代就颇有才名，以九岁所作《胆赋》、十岁所写《京都赋》而声震文坛，与华亭彭师度、宜兴陈维崧并称"江左三凤凰"。后因顺治十四年科场案无辜遭累，被遣戍宁古塔二十三年。武默纳奉旨昭祭长白山时，吴兆骞写下数千言"词极瑰丽"的《长白山赋》，委托使臣归京时献给康熙皇帝。宣传效果还是比较理想的，史料中记载，"天子亦动容咨询"。这件事，应该是吴兆骞在京的好友共同谋划的，对当今圣上投其所好而又不存心曲意逢迎。

以吴兆骞之才华，写一篇好赋自然不在话下。有一次朝鲜节度使李云龙，因兵事路过宁古塔，求吴兆骞代写一篇《高丽王京赋》。吴兆骞不假思索，欣然命笔，洋洋数千言立挥而就。李云龙被吴兆骞的绝代才华与敏捷的诗思所震惊，回国后四处传扬。吴兆骞久居关外，写下大量描写白山黑水的诗歌，如《长白山》《混同江》等，连同《长白山赋》一并流传。

康熙皇帝视长白山为满族发祥之地，对敕封长白山之神的祀典活动极为重视。《长白山赋》能迎合圣祖的旨意，铺张扬厉，极尽渲染，写出了长白山的悠久历史和丰富物产，将当时很少有人在文字中涉及的清朝发祥之地描绘得空前绝后、迥绝尘响。一个身处荒漠绝塞的流人，竟然向皇上呈献一件歌功颂圣的精神礼物，康熙的圣颜"动容"也在情理之中。

康熙皇帝读罢封山使臣呈上来的《长白山赋》，大加赞赏。他不可能不关心一下作者的情况，得知出自一个流放的江南才子之手后，当即就有赦免之意。然而毕竟牵涉到影响深远的前朝大案，所以难免有人从中阻挠，结果没有召还。在京好友纳兰性德又联络徐乾学、徐元文以及文华殿大学士宋德宜等人，筹集二千金，为吴兆骞认修内务府工程，才赎得其归。

如果不是这次赎归，吴兆骞很可能追随宁古塔将军巴海来到吉林船厂。巴海将军驻宁古塔期间，就曾聘吴兆骞为家庭老师。率属移驻船厂以后，又于康熙二十年（1681 年）决定聘请吴兆骞，"将以为书记，兼管笔帖式及驿站事务"。本来定于九月份举家迁居乌拉（今吉林市），吴兆骞本人也非常高兴从牡丹江边来到松花江畔。但毕竟解除流人的身份更为重要，他还是捧着还乡之诏，回到京师。一往一返，他都途经吉林，但最终与吉林擦肩而过。

还是康熙年间，吉林打牲乌拉总管穆克登奉旨溯鸭绿江而上，登临长白山，"至极尽处"，并在山上立碑为记，他是又一位登上长白山的清朝官员。近二百年后，钦差大臣、东三省总督徐世昌派奉天候补知县、奉吉勘界副委员刘建封勘查长白山。这两次登山，比武默纳的考查更接近长白山的真实面目。康熙五十一年（1712年），奉旨与朝方联合勘察中朝边界线的打牲乌拉总管穆克登，与朝鲜官员一起登上长白山顶，找到了松花江源头和鸭绿江源头，并在图们江地面水源处竖立石碑刻字为记，碑文横书"大清"，竖书为"乌喇总管穆克登奉旨查边至此审视，西为鸭绿，东为土门，故于分水岭上勒石为记"。其后，朝鲜国王向康熙皇帝致《谢定界表》，内称："指水为限，表一山之南北，立石以镂，……用作永图。"但长白山界岭碑的碑址，在今长白山东麓靠近朝鲜一侧，并非今天长白山峰顶的天池所在。

保疆守土，功绩卓卓，历来有碑为证。多年以来，我的目光聚焦在那些与吉林名人维护主权有关的碑石上，从中读出了一段一段荡气回肠的往事。那些碑石上，遗有先人的热血、精神与荣光，每一通都是一座不朽的丰碑。穆克登勘界时曾做出让步，他的审视碑也曾被误读过，但不失为丰碑之一。

穆克登碑被私移到胭脂峰后，边界之争再起。中朝官员于1885年和1887年重勘图们江源头，清廷造石碑"华、夏、金、汤、固、河、山、带、砺、长"十座，分别替换原立在图们江沿岸所设木制界牌，以垂久远。此后历经"间岛之争"，中国与日本于1909年在北京签订《图们江中韩界务条款》，确定延边地区为中国领土。

其间，刘建封奉命勘查奉天吉林两省界线兼查长白山三江之源时，就曾来到延边地区。同穆克登相比，候补知县刘建封更是一位传奇人物。光绪三十四年（1908 年），他与随从历经百难，登上长白山后，为天池周围的诸座山峰命名，并写下了"辽东第一佳山水，留到于今我命名"的诗句。让历史记住刘建封吧，他的登山行动，是近代东北史上的一大盛事，而且他在很短的时间内写出了《长白山江岗志略》、诗集《长白山纪咏》，拍摄了《长白灵迹全影》，绘制了《长白山江岗全图》，首次揭开了"神山圣地"的秘密。

百年之后，中国碑石文化工程院院务委员、长白山文化研究会会长张福有先生，带领学者曹保明、周长庆、梁琴等人，缅怀先贤，遵循前迹，沿着刘建封当年的路线，行程两千多公里，重新踏查了长白山的西坡、南坡、北坡。踏查伊始，张福有先生特作祭辞，在临江举行启程仪式时宣读：踏查长白，发自临江。胸怀宏愿，就道束装。征存汇录，志略江岗。寄情山水，百年沧桑。肇兴之地，奥壤边疆。守土有责，吃苦无妨。奇峰十六，一一在望。防患进取，壮哉大荒！

二十年来，我一共登过三次长白山，分别是北坡、西坡和南坡，无意中将百年前和百年后的全部"苦旅"给分解为不同的时空。但无论是穆石还是天女浴躬池，我都没有机会亲见，倒是"奇峰十六"，也"一一在望"。

宣统元年（1909 年），安图设治，刘建封为第一任知县。1911年辛亥革命爆发，刘建封举义旗在安图宣布独立，成立"大同共和国"，并将自己的名字改为"大同"，但起义终因势单力薄而失败。昙花一现的"大同"，将与夫余、高句丽、渤海等地方政权一样，刻进长白山的历史丰碑。

够多了，长白山的荣光与往事。但长白山仍然是沉默的，它始终不像泰山、黄山、庐山那样招摇，关内实在是太热闹了。长白山一直固守在关东，它把一切盛名都翻过去了，它在宠辱不惊地等待，等待着一次璀璨的、代表整个关东的文化爆发。

其实我也一直在等待，终于等到了长白山袒露胸怀的那一刻，毕竟长白文化代表着吉林文化，白山黑水就意味着整个关东。如今的长白山，不仅吸引了关东人，也让关内人、海外人心驰神往，在它的面前竞折腰肢。

我受过林学高等教育，自然视长白山为学业根源和学术标志。1996年夏季，我随全国多所著名院校的林业学者一起，第一次走向长白山。伫立山下，我最初的兴奋也意味着永恒的虔诚。听专家们以生态以文化的方式阅读长白山，无疑是一种极为难得的精神享受。长白山容纳了所有林业人的梦想与现实，也让我身临其中，谛听到它的古远和辽阔，触摸到了它真实的表情和心跳。天池水沿乘槎河奔到悬崖边一泻而下，激流荡漾，成为三江之源，更让我看到了关东这块土地厚重的积蕴和喷涌的激情。

下山时放弃了乘车，听到师兄沈海楼博士的一声招呼："走！"就随他一头扎进了原始森林的深处。他太爱长白山了，有着闲庭信步般的熟稔与自信。我相信跟他穿越原始森林后，我也成半个林学博士了。

万籁俱寂的原始森林，穿云过雾的林海雄风，仙境大美的自然风光，无不让我为之久久震撼。越过无数历史典籍，越过无数仰望和走向长白山的身影，我细数着自己执着的脚步，我期待我的足音能够轻轻地和着长白山的血脉和先人生命的搏动。

时至今日，我已有过三次长白山之行：在北坡赏瀑布温泉，观岳桦幽谷寂寥在天地之间；在西坡品草甸野花，身着夏装与厚积的雪壁合影；在南坡拾火山浮石，陶醉于一望无际的峰峦起伏和边境风情。我感受到五岳也无法比拟的长白山包容万物的胸怀和淡看云卷云舒的旷达。

康乾时代的吉林乡土诗人马长海从长白山走出后，仍是个隐者。易水河畔的雷溪是他闲云野鹤的修学之地，也是他忧国忧民的终老之所。他没有回到长白山，却是"关东三老"（马长海、李锴、戴亨）中唯一的大山之子。故土山河，始终让他梦绕魂牵。

长白山，我们一生的期待和瞻望，我们永恒的物质和精神家园。我期望一生中，能有更多的机会走进这座大山，走近世世代代与这座大山亲近的人。我愿意用一生的时光，来解读长白山的峰峦流瀑、唯美自然和千古历史，与历代先贤的身影一起仰望长白山博大精深的文化内涵。

原载《江城日报》2012 年 3 月 15 日

绿色的光影 李广义

　　刚迈进腊月的门槛，长白山林区就飘散起浓郁的年味儿。岁末的粉蝶还在树杪间徘徊，新时代的春风便和着雪花一溜烟地跑遍千山万壑。老辣的西北风卷着林涛一路小跑儿，给我缄默的生命平添些许大海的壮阔与奔马的豪放。这让我又一次领略到长白山林区巨大的变迁与转型所带来的那份惊喜。

　　近几年来，特别是到了后采伐时代，林业工人从单纯靠大木头吃饭的狭隘观念中解脱出来，闯出了一片更加广阔的天地。每逢除夕，林山树海处处张灯结彩，呈现出一派热烈、祥和的节日氛围。室外，大森林披一身洁白的婚纱，高挂的红灯与白雪交相辉映，把整个林区都打扮得分外妖娆。室内，一家人围坐在电视机旁，一边儿包着饺子，一边儿品头论足地看着春晚，那种温馨的场景，会叫每个身临其境的人都血脉偾张。

　　遥想当初，那些飘逝的伐木丁丁的日子。有多少激情就有多少汗水，有多少骄傲就有多少辛酸。20世纪50年代初期，襁褓中的共和国处处嗷嗷待哺。工厂急需梁柱，农村亟待仓廪，医院求购床板，学校企盼门窗，矿山静候坑木……还有交通、水利、铁路、国防，各行各业，无不叫人忧心如焚。森林工业作为国家的长子，必然是责无旁贷。于是，一群群硬朗的关东汉子走进了深山老林，在冰天雪地里为新中国积累下第一笔汗水淋漓的原始财富。

必须指出，不能以当下的认识去抹杀昨天。那种杀鸡取卵式的经营方式不仅是历史的短见，更是时代必然的付出与无奈。

我想以大森林和树木的名义保证，那些忙碌的日子真的令人无法忘怀。还记得那些奖勤罚懒的岁月吧，拼搏苦干的意志已然渗入伐木人的骨髓。就连那个万家团圆吃年夜饭的夜晚，伐木人仍是围靠在毕剥作响的木柈火熊熊的炉前讨论着下一轮生产指标的进展与突破。有首七律是这样写的："肩扛斧锯走山峦，卧雪餐冰不惧难。墙上箭头飘锐气，帐中柈火化浓寒。参天古木应声倒，隐迹棕熊隔岭看。索取自然心少愧，庆功宴席滥杯盘。"这正是建国初期森林工业的真实写照。

如今，粗犷的伐木号子已然被厚厚的落叶掩埋，畅通无阻的历史河道将我清晰的记忆凝固成亿万斯年也不会褪色的思念。

进入新时代，人们的认识也豁然开朗起来。懂得了绿水青山就是金山银山的辩证关系。生态文明，叫林业工人的腰包鼓了，眼界宽了，气韵爽了，干劲足了，因此，自信心也就更强了！

几经磨砺，几番枯荣，多少苦涩和辛酸，才酿成今日的幸福与甘甜？当年的伐木人已变成了育林人。为了填补采伐造成的"天窗"，人们走遍了长白山的山山水水沟沟岔岔。栽下树苗，栽下期冀；收获浓荫，收获金色的梦想。

哦，关东林海！沧桑世事。日月衰老了，可长白山却一如妙龄女子飘逸的秀发，永远还是那么的年轻、那么的靓丽。

我知道，共和国没有忘记初始的伐木人。为了改善林区艰苦的生活条件，由国家出资，进行了一系列的棚户区改造。人心暖了，一种亘古如一的情怀也如期而至。什么也别说，林区职工从低矮简陋的马架子搬进明亮宽敞的楼房，总会百感交集。况且，那些随日历撕去的旧居：地窖子、马架子、工棚子，到如今只剩下"树皮瓦，百叶窗"的诗人浪漫了。所有消逝的斑驳的生命光影，都会让人们的幸福感瞬间陡增。

阳光的手臂透过窗户，成为我灵魂的外延。我一直在想，是不是只有到了后采伐时代，人们才有机会重新审视内心深处埋藏了几千年的傲慢。我也曾一度自认是"大山的主人"，把大森林当成人类唯一的私产去为所欲为地经营，现在想来，实在是有些幼稚可笑。

停止了商品材的采伐，让大森林得以休养生息。这一果敢的决策，既是科学的胜利，亦是半个世纪以来惨痛教训的精辟总结。

我以为：全面性的停伐，应是对生命本源的一种宿慕和敬仰。且看今日之长白山，松涛起伏，浓荫蔽日，无疑是个天然的氧吧。沿着鸟声指引的方向纵目望去，没有了旧日油锯的喧嚣，平息了先前板斧的肆虐。野猪、山兔、狍子、雉鸡，又恢复了往昔的生机与活力。进入林区的人们，偶尔还会听到翠谷中的鹿鸣，看到青溪间的鱼跃。甚至，连东北虎和金钱豹这类罕见的兽王，也会在红外相机的镜头前露出它威猛的真容。

全面停伐以后，一些传统的痼疾也随之消亡。没有谁还在开山时节拎个黑毛猪头，在树桩上去祭祀山神爷老把头了，因为没有谁再担心"顺山倒"的轰鸣会给自身带来什么危害，长白山已然是一座祥瑞的坐标。

那么失去了木材，林业的出路在哪里？职工的生计又该如何去保障？长白山的伐木人给出了一个相对完美的答案：以林业为基础，守住绿水青山。以林业工人为根本，保障和改善民生，从而加快森林采伐工业向山水产业的转变、资源规模向税源规模的转变、产业产值向绿色价值转变的步伐，努力走出一条具有长白山特点的全新之路，把明媚的春光描绘在大森林的心坎上。

如今，当年的伐木人依托锦山秀水，一大批新兴产业应运而生。生态旅游则是产业转型中的一支主打曲调。著名的老白山雪村、汪清兰家大峡谷、白河局的大戏台河等景区，更是闻名遐迩。在不采伐一根原木的前提下，竟然悄无声息地生长出令人咋舌的美金、欧元、英镑和一沓沓笑逐颜开的人民币。

特别值得一提的还有红色旅游。在当年抗日联军战斗过地方，缅怀先烈，重温初心，感悟和倾听血与火的呐喊，长白山林区无疑是人们的第一选项。昨日的荒山秃岭，如今已然开放成一种美丽的姿势，温暖着远方的笑靥。

以胸怀的灵犀喂养山水，放下斧锯的伐木人，做起了多种经营。有的养猪、养牛、养蚕、养狐、养貂；有的办农场，种木耳、育香菇、盖大棚；有的还开起了丰富多彩的林家乐。这些举措，不但吸引了城市人眼球，还拓展和壮阔了伐木人的思维。如今的长白山大森林，早已告别了旧日的孤寂与荒凉。高铁和机场就建在延边的大门口，三小时经济圈足以让伐木人慨叹与自豪。我敢说：森林风情和山珍野味，足以同任何一个繁华的都市相媲美。

当下的长白山林区，是崭新的林区。如今的森林，是物种兄弟的天堂。可我还是有卸不尽的牵挂在青枝绿叶间缠绕。每当夜阑人静，过去的影、现时的光就会蒙太奇般在我眼前跃动。我想到那些已经受到保护和亟待保护的森林资源，想到了一些贪婪的滥垦者、盗伐者和偷猎者；想到了枝枝丫丫草草木木……尤其是想到了我们的后代子孙，一种责任感便油然而生。

我以为，中国梦的实现，离不开中国人的创新。高尚的头颅穿越风雨，将民族复兴的梦想敲击得铿锵有力。一种中国精神，在岁月的边缘显现。人们在这里吸吮政治营养，学习文化知识，拓展生活理念，升华经营品味。林业职工的精神风貌焕然一新。各种歌咏、书法、绘画、体育、广场舞等协会雨后春笋般涌现出来，是为长白山大森林呈献一抹赤诚的挚爱。

如今林区人的生活，已经完全超出了人们的想象。每当逢年过节，人们都会通过互联网互致祝福。哪怕是远隔重洋，也能面对面交谈。如果你有兴致，还可以发个微信红包，表一表深情厚谊。

此刻，还有许多光影围绕着我——流失的季节，冲不走缱绻的情愫。那些散落的影像和现实光辉，构筑成我绿色的眷恋。其中有苦、有辣、有酸，当然也有甜。我只想把这些滋味风干成一片殷红的叶子，夹入历史的诗集中，以昭示勇敢的后来者。

原载《延边日报·山泉副刊》2018 年 2 月 1 日

长白秋行　张吉萍

秋阳高照，秋风送爽，漫山遍野的秋意染红了长白山的十月。陡峭的山路，茂密的森林，色彩斑斓的浓艳，就像一种难以抵挡的诱惑，在我心里渐渐温暖起来。

"魔界风景区"，充满了神秘的色彩。"魔界"的水系是长白山天池流泻而下的温泉水，常年不结冰。当气温达到零下二十摄氏度时，这里雾气蒸腾，银色的雾凇和树挂氤氲缭绕、天人一体，旖旎景色如仙境。摄影人称这里为"魔界"。

一条悠长的栈道充满神奇与惊险，好在路旁的播放器里一直循环播放着的清脆的鸟鸣声，缓解了内心的紧张和不安。穿行在林间，第一次感受到原始森林秋天里多彩的信息。曲径通幽处，常有一棵棵高大红艳的树木扑面而来，它们有的红得热烈，有的红得深沉，还有的树冠染尽一片胭脂色。最有趣的当属低处的小树丛，火红火红的，红得热热闹闹，仿佛轻轻一碰，就会渗出汁水来。

沿着木板小路前行，偶尔还会有一个个粉面含羞的叶子扑入眼帘，粉得含蓄，粉得细嫩、羞涩，像一个个含情脉脉的少女，不需雕饰，却掩饰不住生命的风情。这些红色和粉色在黄绿相间的林子里若隐若现，一次次惊艳游人的双眼，让人目不暇接。

　　行进间，十几棵炭黑色的枯树豁然现于眼前，它们笔直地立于一片沼泽中。令人不解的是，在偌大的森林里，为什么只有这十几棵树如此的与众不同？黑色的树干，仿佛烧焦了似的直挺挺地伸向天际，短短的树枝稀疏地旁逸于树干的上端，就像一截截残缺的臂膀依傍于树身。尽管沼泽里有清凌凌的水，有绿油油的草，可是那一片炭黑的古树，逼涩、晦暗，让人脊背后面直冒凉风，狰狞与恐怖的气息瞬间在周围弥漫开来。紧张与不安同在，兴奋与压抑并存，也许这就是"魔界"的神秘所在吧。

　　浮石林，一个谜一样的名字。浮石全身都是蜂窝眼儿，能漂浮在水上，也叫江沫石。带着一份好奇，走进浮石林。沿木栈道走入谷底，映入眼帘的是一片灰色的山峰。因为是谷底，所以这些火山喷发后的火山灰始终保持着原始的色彩。清冽的泉水，千百年来始终以一种母性的关爱滋养着这里的每一个生命。站在玻璃栈道上，下面是深不可测的谷底，上面是一望无际的森林。眼前的森林，黄得优雅，黄得有层次。有的叶子叶柄处是黄的，叶尖是绿的；有的叶尖黄了，而叶柄处依然绿着；针叶松黄得明艳，阔叶杨黄得凝重，水曲柳黄得深沉。高处黄得明媚，低处荡漾着橙黄，远远近近，高低起伏，黄得层次分明，黄得错落有致。所有的黄色都是那么赏心悦目，没有一丝荒凉、萧瑟之感，即使偶有几棵挑着疏枝的古树寂然地立于那里，也没有丝毫的孤单和乏味。

　　白桦树或三五而居，或大片林立。纤细的身材，曼妙的姿态，宛如亭亭玉立的少女，身旁总有许多高大粗壮棕黑的壮汉相依相伴，就像一对对经风历雨的恋人，淡了耳鬓厮磨，坚定着岁月里的相守。风过山林，白桦树轻轻摇曳着，就像一簇簇轻柔的线条，在这块巨大的画布上或是简单几笔，或是细细描摹，均匀也好，重叠也罢，单就那一抹抹如丝如缕的白色就足以让这片原始的风景无比瑰丽、神奇。

峰回路转，总有几株挂满了珊瑚珠似的小红豆的树木迎面而来。树叶已经落尽，那些小红豆在微风中轻轻摇动，就像一串串风铃，传递着秋的信息，仿佛在和你捉迷藏。

大戏台河古木参天，荫翳蔽日。大戏台河，是满语"细塔赫"的转音。据说这条河曾盛产过一种叫"细塔赫"的冷水鱼，鱼体型很大，故称"大戏台河"。河两岸林木葱郁，根相连，枝相攀，相拥相依，耸入天际。夜幕降临了，穿行于幽深静谧的大戏台河森林里，波光盈盈，水声潺潺。"杨家八兄弟""神女七妹瀑""松树母亲""抗联兄弟树""百年松桦恋""孕子神树"，给大戏台河增添了无限的神秘色彩、无尽的传奇韵味。流光溢彩的大森林，霓虹迷离，如梦如幻，美若人间仙境。林中有红松、紫椴、红豆杉、花楸树、水曲柳等珍贵树种，生长着各种菌类、野果和草本植物。是长白山最完好的原始森林。

地下森林依然是一片葱茏的绿。地下森林也称谷底森林，位于长白山北坡景区内，是长白山海拔最低的景点。谷底古松参天，苍翠诱人，巨石错落，千姿百态。置身于谷底深处，仿佛在绿色海洋中畅游。

那些不知名的针叶树密密麻麻无边无际；几搂粗的大树干粗壮挺拔，直插云霄。枯木横卧，古藤缠绕，一条悠长的木栈延伸至谷底。林间栈道绿得静，曲径通幽，可以听见风在远处的呼唤，听见叶子跌落的声响，听见年轮成长的脚步，甚至可以听见自己的呼吸。在苍然古木的四周不乏枝干纤纤的幼树，但无论长幼，都呈现出一派不修边幅的自然美和血脉偾张的野性美。阳光经过茂树繁枝的过滤照在密林里，仿佛一幅没有保存完好的陈年古画，看上去是那样的斑斑驳驳，那样的幽幽暗暗。百年古木绿得幽，古树斜阳，枝叶的罅隙间筛下几缕阳光，斑斑点点地照射在林间空地，一股润湿的气息游走在鼻间，幽深、净暖，令人心旷神怡。新生的植物绿得野，木栈回环，嫩绿的青苔，刚展开的新叶，在放纵地生长着，肆无忌惮地绿着。目之所及的是原始森林里那些数不清的植物肆意张扬的绿、悄悄柔柔的绿，这些绿色从历史的深处走来，穿过千年的风雨，依然痴心不改。满地松针，满地苔藓。横七竖八的枯树随处可见，或枝秃如爪，或站立如初，或斜倚他树……一切都锈迹斑斑，一切又生机盎然。

谷底，哗哗的流水声震耳欲聋。俯视裂谷深处，隐隐可见水汽飞溅，白浪滔天。真是入林听鸟语，谷底闻泉声。寻幽探秘几千里，一步跨过松花江。

曲径通幽处，十里别洞天。长白山的森林千百年来始终保持着原始原貌原生的自然状态，不论是森林还是峡谷，不论是高山还是泉水，每一处都给人以神秘神奇神圣之感。长白山有千般宝，多少都在森林中。仰视长白山尽染的层林，不禁让人想到了千山一碧，想到了广厦良材。

醉赏一池三江水，长白归来不看林。

原载《吉林日报·东北风》2021 年 10 月 23 日

临江：好山好水好情怀

迟建边

对临江，发自内心地说，还是情有独钟的。这些年，常有朋友从外地来，除了吃好喝好尽足地主之谊外，剩下的，不外乎就是带着朋友看看风景。再说，若讲吃喝，在哪不能吃呢？着实没必要非得跑到这么偏远的地方来。但要说到看风景，那就不同了。背靠长白大山，走到哪里，都有好山好水尽收眼底。但在我这里，看风景首选的地方，非临江莫属。

知道临江这个地名，还在我很小的时候。当时，我家住在长白山下一个名叫五道江的小镇子上，正在读小学的我，常常在学校里听老师讲革命英烈故事，耳熟能详的一个故事，就是临江有个战士王大彪，是个顶天立地的大英雄，为了救一个小孩儿，他临危不惧，勇拦惊马，最后，小孩儿得救了，他却壮烈牺牲了。但临江在哪里？不知道。临江有多大？也不知道。临江有多远？还是不知道。

后来，大学毕业后，我分到了浑江师范学校（现为长白山职业技术学院），做了一名"文选与写作"教师。也许是自己太年轻，也许是太想标新立异，平时在给学生上课时，总是给学生灌输一些"多走走、多看看"的思想，觉得只有"读万卷书，行万里路"才是人生好境。结果，就有投我所好的学生给我建议，周末时，不妨让我带着他们去珍珠门看看风景。记得听完学生建议后，不经意地问了一句：珍珠门在什么地方啊？这个学生惊愕地瞅着我，说，"老师，在临江啊！"

瞬间，思绪一下子就被拉回到遥远的记忆中，心思也开始活泛起来。用今天一句时髦的话说，当即就拍板决定：来一场说走就走的旅行。

临江有多远？还是不知道。知道的，是乘上列车后，一路向东南，咣当咣当地走了近一个半小时后，在一个小得不能再小的小站下了车。学生告诉我，列车再往前开上不到一个小时，就到临江了。不过，这样也挺好，至少留下了一份对临江的念想。站在站台上，看着四周高高的山，再看看眼前的四根铁轨，觉得自己就如置身在盆地一样，那感觉还真是挺独特的。

接下来，就跟着学生们，沿着乡间小路，一直往前走，而且边走边想，这地方怎么会有这么富有诗意的名字，难道这里真有珍珠吗？那么，珍珠门又该是怎样的一个门？当然，只是想想而已，也绝对不会想出什么有意义的答案。到达目的地后，眼前的景色却是令人赞叹不已。一条小溪蜿蜿蜒蜒从山脚淌过。沿小溪上行，不远处，就见两山半腰之间有个高高的平台，平台的右侧，是一条小道，小道的左边稍低处，从山上流下来的溪水，在这里垂直跌落，就似一块幕布挂在了上面。当时，想得最多的，就是李白的那首"飞流直下三千尺"的绝妙诗句，但眼前的这飞流，又真没有"三千尺"那种气派，而且无论怎么想，也无法把庐山瀑布与眼前这小瀑布有机地联系起来。后来，就索性不再联系了。美景在此，想那么多做什么？不过，当看到小瀑布落地溅起的水珠后，突发奇想，这一颗又一颗晶莹的水珠，多像那价值连城的珍珠啊，莫非珍珠门这么诗意的名字由此而来？显然，当地人对珍珠门的注释肯定不是这样的，但"一千个读者就有一千个哈姆雷特"，至少在我这里，就是这么想着珍珠门，谁又奈我何啊？更何况在心底里，已对这处山水留下了美好的印象，甚至在想，初识临江，虽未见真容，好在有山水可赏，养眼养心，也算是不虚此行。

后来，我就离开了教师队伍，来到电视台做了记者。职业带来的便利，也让我在日后的日子里，去了无数次临江，见识了更多的临江山水，了解了更多这方土地上的沧桑巨变。

说来，我也是自幼在长白山区长大，见惯了长白山中的山山水水，没觉得有什么稀奇，不过就是山和水而已。后来，在去外地出差时，借机游了好多的名山大川，心里也没有太多的激动和惊喜，反而觉得眼前看到的这山和水，甚至还不如家乡的山水好看。但来到临江，看了临江的山水之后，才真切地感受到，若想看山看水，何必东奔西走？临江的风景，这边独好。

没错，独好。只要是你想看的风景，在临江就都能看到。想看大山的险峻，那就沿着从前的老路，走一遭长尾巴岗，人在车上，车在崎岖的路中，往左看去，是倒抽一口冷气的悬崖，往右瞅来，是陡峭的山体，一眼望不到山顶。行走在这样的路上，提心吊胆是常态；想看大山的乖巧，那就站在江心岛上，遥望一下猫耳山吧，那形象逼真的猫耳朵，会让多少人浮想联翩啊；若想看大山的安逸，不用走太远的路，只要走到猫儿山的半山腰中，向东望去，卧虎山的神韵就会活灵活现。老虎本是凶猛的大物，吃饱喝足了卧在那里，歇息也好，养性也好，无论如何遐想，心中都会祥和与温馨；若想看大山的另类与别致，那就去溪谷吧，在高高的山顶，忽然就闪出一块偌大的平地，绿草茵茵，犹如一块巨大的绿毯均匀地铺在那儿，何况还有悠闲的老牛在蓝天白云下慢条斯理地嚼着嫩草，真就仿佛置入世外桃源一般，觉得此景只应草原有，不该躲在长白大山中。那么，如果想看水的话，在临江，暂且不说那从沟沟岔岔流淌的小溪小河，只说那绿波荡漾的鸭绿江，无论你站在哪个角度看，都是风情万种，妙不可言。站在江边，聆听着水声，望着对岸的异国，偶见水中的木排顺流而下，念天地之悠悠，思绪会伸展得很远，很远……

临江人是自豪的。在临江，你会听到好多人在说，曾经风靡全国的电影《五朵金花》《神秘的旅伴》《林海雪原》《景颇姑娘》《智取华山》里的好多镜头都是在他们这里拍的。事实也的确如此。细细数来，有据可查的，真的有多达二十多部电影是在临江这里取的景，如果不说，没人能想象得到，影片中那美轮美奂的南国秀丽的风光，竟然是在临江拍摄的，而且到了以假乱真的地步，但从中至少可以说明，临江的山水之美，不仅名副其实，而且已被世人所知。也正应了那句"家有梧桐树，自有凤来栖"的老话，一直以来，好多外来的游客纷至沓来，游山玩水间，喜爱上了临江。前些年，几个喜欢摄影的人随便走到一个小村，错落有致的山峦，白雪皑皑的原野，整洁干净的村落，善良淳朴的村民，让他们流连忘返，最后，在这里建起了摄影基地，拍摄出了一幅幅带有浓郁东北乡土气息的摄影作品，尤其是用镜头呈现出来的冬季景色，不仅一展千里冰封、万里雪飘的北国风光，而且不经意间就打造出了一个旅游胜地——松岭雪村！事实上，在临江，类似松岭雪村这样的地方，实在是多得不胜枚举。想说的是，只要想看风景，就到临江来，因为这里，处处都是风景。

然而，真正来到临江后，好山好水让你赏心悦目的同时，让你感受更深的，却已不是这里的风光独好，而是这好山好水背后蕴含的至真至善的美好情怀。一方水土一方人。得益于好山好水的滋润，生活在临江这方水土的人们，淳朴善良，明大义，有担当。当年拒日设领，是临江人的家国情怀。"四保临江"时的送子参军、勇于支前，是临江人的奉献与担当。改革开放四十年，临江人砥砺前行，与时俱进，乘势而上，奋发有为，在解放思想中按下快捷键，竭力跑出高质量发展"加速度"，让临江旧貌换新颜，成为长白山下一颗最为璀璨的亮丽明珠，彰显的是临江人的气魄与豪迈。

临江人是有情怀的。这情怀，往大里说，是先天下之忧而忧，后天下之乐而乐。往小里说，就是寻常日子中的那种人心向善、大爱无疆。好多年前，在临江听过这样一件事，一辆满载乘客的大客车在开往长白山时，行驶到长尾巴岗处，客车突然在路上来来回回摇摆起来，吓得车内乘客连连失声惊叫。眼瞅着客车就要驶出路面掉进悬崖时，长长的一声刹车，让客车稳稳地停在了悬崖边上。后来，有人说，当时，车轱辘只要再往前多行驶一点儿，整个客车就得车毁人亡，万劫不复。惊魂未定的乘客跑下车后，看到此情此景，无不深感后怕。待到稍微安定下来后，转过头来再看司机，只见司机头搭在胸前，两手死死地把着方向盘，脚踩着刹车，身子一动不动。乘客们赶紧跑过去，有懂点医的人还上前看了看，然后对大家说，"没气了。"原来，这个司机在驾驶客车中，心脏病突发，在生命的最后一刻，他死死地踩住了刹车，即使自己的心脏已经停止了跳动，踩在刹车上的脚也没有松开，这才使全车乘客转危为安。这个司机姓胡，土生土长的临江人。过后想一想，胡师傅在心脏病突发时，能那么坚定地死死踩住刹车，只能说明在生命垂危时，他想得更多的不是自己，而是一车的乘客。无疑，这样的人，一定是有情怀的人。

有情怀的人，在临江可谓比比皆是。这些年，光我在临江采访到的这些有情怀的人，就不在少数。在他们之中，有勇拦列车避免重大事故发生的"最美农妇"，有倾力助学的"最美好人"，还有在鸭绿江发大水时，不顾个人安危、冒险登上孤岛奋力救助异国百姓的见义勇为的英雄……因了他们，因了他们的情怀，让临江的好山好水才有了诗意，有了让人向往而回味的境界。

前些日子，山东老家的表妹来了，对我说，要看看长白山中的好风景。我说，那就去临江吧！表妹问，临江的风景好吗？顿时，我竟有点哑口无言。

是啊，临江的风景好吗？在我心里，临江的风景何止是好，简直是百看不厌。试想一下，像临江这样拥有好山好水好情怀的地方，多吗？

原载《吉林日报》2019 年 3 月 9 日

小　　说

大栀 朱春雨

——长白山纪事

一

在长白山里，过了清明，依旧是北风撼树，大雪纷飞。大自然给林业生产造成了重重困难。可是，长白山里的人们有的是志气，有的是革命精神，为了迎接生产建设新高潮，为了迎接第三个五年计划，哪怕地冻天寒，伐木工人爬冰卧雪，艰苦奋战。

为了给五月份林管局群英会搞一个先进队的材料，就在这个时候，我来到了松岭林业局。

松岭林业局今年的生产任务，一下子从往常的三十几万立方米，增长到四十八万立方米，同时又陆续外调不少林业干部和工人，支援大兴安岭和西北林区。每个月的计划卡得很紧很严，从数字上看，没有半点儿机动余地。谁知我到的当天，局里突然又接到一份文件，说要临时支拨七千立方米渔船大栀。按照常规，林业局可以根据自己的情况不受理这项任务，或是上报，把这七千立方米纳入今年的四十八万计划数字之内。然而局长接到文件之后，什么也没说，当晚就召开了全局广播电话会议。他把任务对全局职工说明了，便问：

"大伙看咋办？"

于是，调度室的对讲电话里传来七嘴八舌的议论："咱长白山的木把不是孬货，这任务咱接了！"

"要是把这七千立方米顶在计划里，那不是把原来的国家计划挤去七千吗？"

"可说的是啊！那么一弄，里外里，还是原来那个码儿！"

突然，一个洪钟般的声音响起来："喂，局长，我说几句！"

"好！"局长答应着。那人咳了一声，清清嗓门，大声道："咱队的同志们叫我作代表，说说心里话。咱局今年的任务是挺重！前前后后，满打满算，咱局才是个建立七年光景的新局，再说，咱今年又支援兄弟林区一伙子人……可话又说回来，这么重的任务说明个什么意思？这说明咱长白山木把有本事！国家信得过咱，人民信得过咱，这是咱的光荣，咱能给社会主义大厦多献出一根柞木檩架，才不辜负国家和人民对我们的信任！四十八万能拿得下来，就差七千大桄吗！"

他的话不知说没说完，一片响应的声音，像滚滚春潮掀了起来。他又高声补充了一句："咱工人是干啥的？咱是领导阶级，在这些事儿上不能含糊！"

当然，这些话，我在长白山密林里几乎天天听得见，也天天看得到长白山里的人们在这崇高的思想支配下，创造着各种各样的奇迹。只是今晚这说话人的语声，听来好生耳熟，便问局长："刚才说话的是谁？"局长笑笑告诉我："就是你明天要去的那队的队长。"会后我又问起局长，知道了他是双峰作业区三一五综合采伐小工队长潘景龙。从林业局筹建的时候，他就从临江调来了。因为他领导的工队经常创造新纪录，年年高产，而他这个队长大号上又占了"龙"字，大家便给他那工队送了个带有尊重意思的绰号——"飞龙队"。

"我到这局时间短，"局长说，"他的情况，就知道这点儿，全端给你啦！"

此刻，我真想马上见到这位长白山里的老把式。

二

第二天，我起了个大早，顶着星星上路。为了早点赶到双峰，我抄了近道。走了不到十几里，天忽然变了，又是风，又是雪，老林子里刮得昏天黑地。我壮着胆子往前闯。好在头几年我因工作关系，到松岭一带跑过两趟，穿过林子，心想只要豁上力气，早晚能摸到。谁知越走心里越没有底，最后连东南西北都辨不出来了，我才知道，我已经"迷山"了，索性靠到一株老松树下避避风，歇一歇，也好清醒清醒脑筋。

这时正当中午，一个膀大腰粗高身量的人，深一脚浅一脚地蹚着雪瓮，顺着蜿蜒的蝲蛄河身，半截塔似的移动过来。

"同志！"我像见了救星似的激动着。他听见我的喊声，随即用手里的"挽杠"劈开碍路的蒺藜藤蔓，跨过倒木沟膛，向我走来。

近前一看，他身穿深蓝半打子工作服，满是油渍，钉着一块块掌子的胶皮乌拉已经湿透，宽大的紫膛脸上暴起了一层皮，两道花白的剑眉差不多连在一起，一条条深深的鱼纹集中在两只炯炯有神的眼睛旁，獾皮帽下露出圈硬扎扎的络腮胡髭，围绕着两片又阔又厚的黑唇——这是一位道道地地的长白山里最常见的老木把的相貌。

我赶忙上前，说道："老大爷，问个路！""你到哪儿去？"他边说边从腰里摸出烟口袋。

"双峰！"

"哦哈哈！——双峰在东北，眼下你是奔东南下去了！"

"噢！那我该顺蝲蛄河往上走喽？"我问。

他思谋一下："这么的，我送你一段路！"

风，越刮越大，雪，越下越猛，看看天色，没有一点儿转晴的意思。我们两个人一前一后，顶风冒雪地走着。

"大爷，这样的天，你到哪儿去呀？"我问。

"看看过伐地。开春了，要造林啦！"他说。

"那你是营林部门的？"

"不，我在采伐工段。"

"怎么？采伐工段还管更新林地的事？"

"咋？伐完了，一拍屁股就走，那像话？"

"营林部门自己分内有这个责任啊！"

"别人就没有这责任，更新造林是为子孙后代造福，是给共产主义打根基，人人有份儿！哦哈哈！"他越说越来劲儿，"咱木把就得把一颗心放在林子上！营林就是为共产主义建设备料啊！"

"为共产主义建设备料……"这句话，我像是在哪儿听过。

"噢，就送你到这儿吧，你顺这条拖拉机道一直朝前赶吧！一根烟的工夫就到。"

我不知该怎么谢他，连说"好好"。这时，我浑身大汗如雨，伸手摘下皮帽子来。

"小心冻着！"他一把又给我把帽子扣上，怔了一下，"哦？我在哪儿见过你！"

"也许……"我顺口应着。

"不，是见过。"他肯定地说，"你先去办事，等我抽个空找你攀谈攀谈。"

他车转身子，在大风雪里走了。我一路走，一路搜索我的记忆，猛然间，我想起来了！

三年前，冰消雪化林子绿的时候，松岭林业局在牤牛沟搞了一次春季更新造林大会战。那时，我因工作关系来到这里，也"参战"了。开头我跟大家上山，学习着植苗要领，什么"三锹两脚一提苗""防止'马蹄窝'消灭'吊死鬼'"，紧接着就操起植苗铲，抡着苗木罐亲自干起来。我自己觉得按着规程"趁章守法"地工作着，技术上已经过了关，便和同志们赛起速度来。那天从太阳冒红到日上林梢，我已经栽下了一百五十棵红松苗，心里好不欢欣！正在我得意地赞赏自己的成绩的时候，突然身后不远的地方有人喊起来："这是谁干的活？"我连忙回过头，见一个老头拔出了一棵树苗举在手里。旁边的一个小伙子凑过去说："是外来客人栽的……"老头反而放开了嗓子："咋，客人就不兴批评啦？这么栽，跟不栽一样，还不是'一年青，两年黄，三年见阎王'！糊弄谁呀！""人家也不是故意的！"旁边的人在替我辩护。

"不是故意的就算理？"他显然是想让我把话听清楚，声更大了，"一棵苗子有咱林业工人多少心血多少汗！再说，这苗子长大了，说不定是根大桅。有了这根大桅，船就能支篷撑帆在大风大浪里闯，这事儿能含糊吗？"

我像闯祸的孩子一样，喃喃地说："大爷，这块儿是我栽的！"他语气和缓多了："栽得不合格！来，咱再一块检查检查！"结果，在我栽的一百五十棵苗子里面，有十棵栽得不合乎质量要求。

"你再栽一棵我看看。"他说。我又一锹一铲地干起来。他乐了："这么干才行，既不卷根又不窝苗。"

"大爷，刚才我有点图快了！"

"干活是要麻利，可你不能刚学会踏步就想跑啊！得一步一步来！他语重心长地说，"别把这更新造林的事儿小看了……我这个人说话气粗，你可别往心里去！"

他抱歉地笑了笑："好，你干吧！我还有事儿，可别再含糊了，这是为共产主义建设备料的大事！"

不久，我匆匆离开牤牛沟。一晃三年多没到这一带来了，可是"为共产主义建设备料"这句话我倒是记得。没想到今天风雪迷山，倒使我和这位老人重逢。

三

到了双峰作业区，和党总支书记谈了谈，问清飞龙队的作业地点，我就马上出发了。

沿着蝲蛄河森铁岔线的装车场上，绞盘机把一束束巨大的红松原条拖上架杆，倒树声、油锯声和风雪声混在一起，集材拖拉机在布满树植的沟壑之间忙碌着……保证日产夺大橇的鏖战已经开始。

"你们是飞龙队吗？"我在装车场上向一个手拿尺杆的年轻业务员问道。

"啥？"业务员先是一怔，继而笑道，"啥飞龙队，咱是三一五队。""那对了。三一五队不就是飞龙队吗？"我说。

"那是大伙那么说。"业务员道，"咱队长可不让咱们叫这个名号！"

"怎么？"

"队长说咱们干得还欠火候！"

"噢。你们队长在哪儿？"

"同志，你的事儿急不急？要是不急……"他把要说的话变了，"咱们现在正为渔民兄弟生产大橇啊！"

"那我去找找他吧。"我说。

"等等!"业务员拦住我,问,"同志,你是报社记者吧?"我说不是,他宽慰地说:"这还差不多。"

"又是怎么回事儿?"我有些莫名其妙。

"咱队长怕记者。记者一来,回去就在报上来一大篇……队长说,工作干得比咱强的有的是,咱这点成绩是马尾丝串豆腐——提不起来啊!嘿嘿!"业务员一努嘴,"这不,在那儿!"

"小张,你把备用锯链拿来!"大树下一个人喊着。

"小张,检尺!"绞盘机司机把原条高高地吊起来。

小业务员不知顾哪头好了。我说:"锯链我捎过去,你忙你的!""好,谢谢你!快点!"

我拿着锯链向那人走去,吃惊地站住了。

"你——"我们两个人几乎一齐说出这个字来。

"给你锯链!你怎么这么快就回来了?"

他把锯链接过去,"山里人拿走道不当回事儿,大伙吃晌饭的时候,我趁空转悠了一圈。"

"潘队长,我们早就认识啊!"我兴奋地说。

"我也想起来了!哦哈哈!"

是啊,这种相识,回味起来,常常是令人好笑的。接着,我向他说明了来意,他说:"有啥好总结的?我说不出什么来,你就看看实在的吧!"

"好哇!我就跟你们一块儿干半个月。"

"那敢情好!"他放下油锯,紧紧握住我的手。

飞龙队现在的行动口号是:鼓干劲保证月计划,战严寒拿下大桅来!他们还和四十九号林班的三一三工队展开了对手赛。飞龙队队员一个个都拿出了看家本事,在山林里进行着激烈的鏖战。每天五更出动，直到风息雪停，夜晚来临的时候才下山。可是同志们身上像有使不完的力气，回到宿舍还是打呀，闹呀，说呀，笑呀，简直要把房子都给掀起来！工舍里，炉火暖烘烘的，小伙子们脱光了膀子又洗又擦，坐在那儿，简直觉不出外面还是个酷寒施威的季节哩！

业务员小张和我咬着耳朵说："老祝，咱队这个月又没跑啊！"

"什么啊？"我问。

"红旗！"

"你有把握？"

他抹了一把挂满肥皂沫的腰杆，精神抖擞地说："大伙这个劲儿你还看不出来？咱队分担的大桅任务，等不到你走哇，就赶出来啦！剩下的半个月就专赶超额。到月底，那红旗还不是十拿九稳地往咱队部跑啊！"

"我看，说不定三一三工队干到你们前边去了！"

"三一三倒是不含糊，眼下就和咱摽着膀哩！要不，咱队能使这么大的劲吗？这个月的红旗可不平常啊！"

"怎么不平常？"我又问。

"咳，你真是！"他看我不理解他的意思，挺着急地说，"你想想，这个月是保月产献大桅；大桅是支援渔民生产新高潮的，所以，这里头有一层大桅的意思咧……"

"又嘞嘞什么？"飞龙队长走进来。业务员小张向我挤挤眼睛，调皮地做了个怪相。

"快洗快洗，要开会了！"

我把最近几天的材料记录了一下，赶到会场时作业区的食堂已黑压压地坐满了人，大伙正在你一言我一语地议论着。我瞅见业务员小张，便打听了一下。小张说："咱们正搞竞赛，抢大桅，突然要从咱作业区调一名油锯手支援云南，你说这事儿赶得巧不巧！"我在小张身旁坐下来。

这时，有的人说："领导决定，调个人就行了。咱长白山的锯手，哪个不是当当响的！"有的主张调出徒的助手："咱局今年任务大，再说，年轻人没有家小，利手利脚的，方便！"

"啪啪啪！"作业区党总支书记拍拍巴掌站起来，"咱们一个一个地说，谁先说说？"

立刻鸦雀无声了。停了一瞬，有人说了一句："我说说！"我一看，是飞龙队老队长。他慢言悄语地开腔道："我说，咱们长白山是个老林区，哪年还不支援新林区一些人，大伙想想，咱们哪回还不是拔着尖子送出去？"

"那是往年啊！"有人说。

"要是往年，咱就用不着开今晚这个会啦！"老队长道。

"今年咱局任务是个'大炮头'咧！"又有人说。

"照么说，今年咱得顾自个儿啦？"老队长顿了一下，"咱局又是谁的？咱是工人阶级，我看革命的大业就是咱的，社会主义是咱的！咱们的任务是什么？还不是在白纸上画一张好看的画儿！还不是干社会主义革命和建设！我倒不是说大话，咱长白山的人，向来就是站在山尖顶，胸怀全中国，眼望全世界的！大伙品味品味我这话对不对？要支援别人，就拿最大力气来！我这个人就是这个脾气！大伙再讨论讨论！"

又是一阵议论。意见一致了：把全作业区最好的油锯手调给云南。

散会的时候，业务员小张告诉我："这下砸了！"

"为什么？"

"你不知道哇，全作业区数来数去，油锯手里就数咱队的老董师傅，那是要实践有实践，要理论有理论，剩下那些全是他教出的徒弟咧！"

"那就调他去云南呗！"

"说得简单！小张有些发急，"眼下咱跟三一三赛得火热，他要一走，那红旗还不得飞！再说，还有大桅……

"那也得具体情况具体对待！咱队长今晚一张嘴说话，我就知道要坏菜！"

"你怎么知道？"

小张的眼睛狡猾地一转，露出几分骄傲的神色，竖着大拇指："咱队长的群众威信数得着这个！"

从小张嘴里，我了解到老木把潘景龙素常在工人当中的威信就极高。这倒并非因为他在林业上资格老，经验多，在"作木头"上头有两手，也不单因为他为人忠厚、耿直，最要紧的是他那颗跟党贴在一起的红心。早年间，他为抗联跑过交通，杀过把头；解放战争时，他献出自己的独生儿子；抗美援朝时，他领人下到严寒浸骨的鸭绿江里，架起了被美国飞机炸塌了的桥墩；1958 年，他主动要求到罕无人迹的松岭，和同志们一起架起了松岭林业局的第一架帐篷，开发了长白山新的林业基地……冬去春来，夏雨秋霜，他吃过多少苦，挨过多少饿，付出了多少心血，建立了多少功勋！可是他对于这些，从来守口如瓶，一字不提，他认为这些都是一个长白山人应当做的。他饱尝旧社会的苦，深知今天的甜！"革命"两个字牢牢地刻在他的心尖尖上。有人开玩笑，说他是孤老头子，他说："我跟党在一起，家大业大！"有人说他不知劳累，他说："这是咱领导阶级的能耐！"有人说他不肯服老，他说："我硬是越活越年轻！"对于这样一位前辈，谁不尊重，谁不爱戴。所以，他一说应当把最好的油锯手支援云南，大伙一致从心眼里赞同。

　　果然，事情没出小张所料，隔天，飞龙队的油锯手董师傅就要到局里集中去了。临走，老队长对他说："你去吧，拿出本事来！家小我给你照看了！"

　　董师傅道："老伙计，你不说，我心里头有数，早放心啦！就是眼下咱赶的那大桅……"

　　老队长说："你别牵肠挂肚的！大桅的事，你也就一块儿放心吧！"

四

　　林子密密层层，大树一棵挨着一棵，不歪不斜，直苗苗地向着蔚蓝的天顶伸去，颇有一股你追我赶的气魄！可是在这原始丛林里选船桅，却要百里挑一。大桅的规格要求高，长要在十八米以上，小端径心口级最少要有二十厘米，粗细变化有限制，材质、材种有规定。因此，松岭局要在这个月里既保证正常生产，又夺下七千立方米大桅，确是一件非同小可的事！飞龙队的队员们，这几天干的更是较劲了。下工回来，大家洗吧洗吧就甜甜地睡过去了。我因为怕早上误了上工时间，总是睡不踏实，看看表，才两点多，可再也合不上眼睛，就索性穿好衣裳走出来。夜幕还没有退去，星星眨着眼睛，天上没有云，蓝瓦瓦的，像一潭湖水，偏西的月亮把雪白的光辉洒向大森林，林子里静悄悄，肃穆，庄严。我在雪地上一步一步往前走，思索着近来的印象。突然，家属房那边传来清脆的斧声。随着斧声寻去，看见老队长扬臂挥斧，正在支援云南的董师傅家院里劈烧柴桦子。

　　"老祝，起得这么早？"他没停手。

"睡够了！"

"我说你们这些人，就是不知疼身子，眨个眼儿，就算睡觉了！"

"那你呢？"

"我？哦哈哈！"这回他停下手里的活计，"我摔打惯了。往年跑林子打小宿的遭数多，也不觉得困呀、乏呀的！"

"来，让我干一会儿！"我想要他手中的大斧。

他推开我："咱谁也不干了，坐下歇会儿！"

我们抽着烟，唠着嗑。

月光下，我见老队长有些消瘦了，不过眼睛还是那么亮，动作还是那么有力。自从董师傅走之后，老队长就暂时代替了锯手的工作，上工一人顶两人，下工后又替董师傅料理家务，着实累得很，然而这铁打般的老头仍一如往常地硬朗。

山场上一堆篝火升起来，蓝袅袅的烟雾向四处散去，驱赶着密林里的寒气。集材拖拉机发动起来，油锯嘟嘟响起来，装车绞盘转起来，一天的"战斗"又开始了。老队长布摆了一下活计，随后各就岗位。霎时间，树倒横山，溅起弥漫的雪雾，集材道上，原条构成一线长龙。装车场里，大桄原条神速地顺着架杆滚落到岔线里的台车上；高高的回空树摇动一下，回空锤咻的一声又坠向地面，在朝阳初露的清晨，山谷发出震撼天地的巨大回响。

什么酷寒，什么冰冻，一切外界施出的辛辣手段所造成的困难，在这里都消踪匿迹，因为在这里，在人们的身上有着一种任何势力也抗拒不了的热能！间休的时候，老队长拉住我："在咱们这儿，你是'秀才'，趁空给讲讲毛主席的书！"

"咱们正学到《愚公移山》，就讲愚公移山！"

"好！"

大伙刚刚围火坐定，电话突然响起，业务员小张忙跑过去接，转回来时，着急地叫道："糟糕，这可真是赶在节骨眼上！""什么事儿？"老队长问。

"三一三工队锯手病了。小助手伐树'搭挂'了，叫咱队去帮忙……可咱们自己还忙不过来哩……"

老队长严肃地看了小张一眼，毫不犹豫地说："走，五个人跟我给三一三'解挂'去！"老队长提起根木挽杠，威风凛凛地走在前头。

起风了，雪花飘舞，山林间茫茫一片……

我们赶到三一三工队作业的四十九号林班时，那里的小伙子们已经是鞋底长草——慌了脚！老队长问了问情况。原来是油锯助手代班伐树时，为了保护林下幼树，把一棵红松大桅材的'倒向'稍稍变化了一下。谁知这一变不打紧，红松卡在近旁一棵老柞树上。他就近又伐了一棵冷杉，想叫这棵冷杉打下红松来"解挂"，可树倒之后，又搭在红松上头，这么一整，心越慌越出岔，一连溜子把六棵大树搭在一起。三一三工队的小伙子们没辙了，才打了电话。老队长不声不响地观察了一下阵势：在高高的崖坎上，那六棵耸天大树，斜刺里"粘"在一起，在风里颤动，随时都有可能砸下来，顺着山坡滚下，直跌入崖下的万丈深渊。这是"罗圈挂"，大树搭挂有十来样，唯有这"罗圈挂"是最难解的。俗话说"十指连心"，森林里每一棵树都连着木把的心哪！一棵大桅材要长几十年，再说，这"挂"要是不"解"，随时都有危险，三一三工队就得干脆停止在这儿的作业。

几十颗心都揪了起来，几十双眼睛望着老队长……

老队长低声说了一句："拿一根油丝绳来！"他把油丝绳接到手里，大喝一声："都闪开！"啊，老队长打算怎么办？

　　风刮得更厉害，那六棵大树像六条盘踞的毒蛟在风里蠕动。老队长一步一步地向着高高的悬崖上走去。他每迈一步，这边人们的心就紧缩一下。近了，一步一步地接近了。他随着"搭"的劲儿走了一圈，用大挽杠挨棵地敲了敲，然后细心地把倒树一棵一棵用油丝绳绑牢，串缚到一起，固定到不远的两根"老钻杆"上头。然后，他到崖坎下，操起一台油锯，拉转起动绳，锯子嘟嘟地响。他在"罗圈挂"前镇定地站了一下，就大踏步地向着"罗圈"的里面走去。

　　风像嘶吼的猛兽，撞得老柞树摇摇摆摆，那六棵倒树扭成的"罗圈"也在抖动，像是吞噬一切的蟒口。大家一句话也不说，眼睛却一眨不眨地盯着雪片飞舞的崖坎上。

　　一步、两步、三步……老队长进到"罗圈"里了。油锯不再是嘟嘟地响，而是揪心地吱吱吼叫，一堆碎石被老队长蹬下深涧……

　　时间一秒一秒地过去了，老柞树在风雪中开始倾斜了。

　　"快躲开！快躲开！"我们大声地向他喊着，可是老队长像是没听见似的，弓着身子向伐子里猛煞锯子。

　　老柞树已经发出咯吱吱的断裂声，那六棵搭在上头的大树就要同时砸下来了。

　　老队长这才不慌不忙地往"罗圈"外走，哎呀！老队长的身后溅起一片弥天的雪雾，紧接着在他身后轰然一声，整个山巅颤动了一下，七棵大树顺着山坡，一顺水儿倒在雪地里。

　　老队长微笑着手提油锯，从崖坎上头走下来。大家舒了一口气，一下子拥了上去。

五

一车皮一车皮大桅从山上集中到贮木场，又运往遥远的渔业社。渔船将在大桅上挂起篷帆，在惊涛骇浪里前进！

半个月后的一天，我从双峰回到局里，正向局长谈着自己的感受，忽然，老队长从外面闯进来。他是来局里开生产平衡会议的。

我们站起来迎接他，可是他二话没说，从怀里掏出一面红旗来，放在桌子上："局长，这红旗我不能接！"

"为什么？"局长问。

"这个月咱队产量是不少，可是三一三工队要不是锯手病了，也和咱队差不多哩。"

局长道："这是大家评议的！"

"咳！我说不接就不接。"他坐下来激动地说，"我还得检讨检讨哩。"

局长笑了："哎呀，老把式，你这葫芦里卖的什么药哇？"老队长严肃地说："这两年，咱得了不少红旗，这你也知道。可我的思想工作还没做好……等咱干得名副其实的时候再说！"

我明白他要往下说什么了。刹那间，我觉得我面前的这位老人就像一株挺直兀立的大桅，一株革命的大桅！不正是无数这样的大桅，撑篷扬帆，推动着我们革命的船队，在大风大浪里前进吗？"老祝，你看这面红旗怎么办？"局长问我。

没等我想出办法来，老队长竟像年轻人一样欢跃起来："把红旗和大桅一块送给渔民兄弟，也给他们在生产建设新高潮里鼓鼓劲儿！""好办法！"局长叫道。

我可为难了："看来，我写的这些总结材料又得改动了！"局长说："不用改，从后头接着往上添一笔就行了！"我想，这何止是添一笔……

原载《人民文学》1996 年第 2 期

参园　　夏鲁平

一

　　山雾像一头张牙舞爪的野兽，时急时缓地伸展起腰肢，劈头盖脸向这边扑来。草窠里三只山鸡见势不好，不合时宜地从脚尖突然飞起，嘎啦啦……惊得兰子禁不住将大胜往怀里一拉。

　　"我家出什么事了？"大胜上气不接下气儿地问兰子。"没多大事。"兰子只想赶路。

　　"我爸妈怎么不跟我说一声就走了？"

　　"他们走得急，过几天就回来。"

　　"我家到底出什么事了？"

　　"他们回来，你就知道了，信姨的话，好好走路。"兰子显出不耐烦。

　　比起山腰的雾，大胜心里的雾更大，他想不明白兰子为什么领他上山来。

　　兰子说："这几天你住在山上，等你爹妈回来，再下山。"兰子还说："这几天正好学校放假，你和我家小刚采参花。"

二

昨天早晨也是个大雾天，雾里还夹杂着细碎的雨丝，黏黏腻腻，整个山不知是泡在雨水里还是雾水里。水芬使劲儿拍打窗框喊："兰子起来了吗？"

兰子打了个哈欠，似在睡梦里，懒洋洋地说："水芬啊，还没呢！"

水芬就有些急，啪啪啪，更加使劲儿地拍打窗框，震得潮乎乎早就裂了缝的黄泥墙皮叭嗒一下脱落墙体，稀松地砸在地上。这房子是建参园时盖的，孤零零地立在高坡上，窗口上两块玻璃，像总也合不上的黑洞洞的大眼睛，没日没夜警惕地注视着参园里的一切。上个月水芬跟她的男人玉成还住在这房子里，她熟悉这里的每一处砖头瓦块儿，每一个蚂蚁爬过的地方和狗屎尿窝，可转眼之间，这里好像又不属于她了。

水芬裤腿湿到了膝盖，泥水泡儿咕叽咕叽响着从鞋缝里挤出来，丝丝缕缕冒着热气。她又伸手拍打窗框喊："兰子起来了吗？"

没有一点儿回声。四周静得有些奇怪。眼前窗玻璃上粉红色碎花布窗帘，也是水芬从山下地摊上买来的，挂在窗户上，那窗帘只挡住下半截玻璃，上半截留了空当，让屋里的人每天晚上躺在炕上都能数天上的星星。

水芬手扒窗台，向上蹿腾了几下，想通过上半截空当往屋里看。屋里太黑，她什么也看不见。

兰子说："有啥事，你就说吧，我不给你开门了。"

"玉成昨晚肚子又疼了，我想领他到县里看看。"

"你的意思是，你们这几天不来了呗？"

"要是他得了不好的病，恐怕十天八天也过不来。"

"我明白了，你就去吧，缺钱不？缺钱我给你拿点儿。"

"不用，不用，这就够麻烦你们两口子了。"

"哟，话说到哪儿去了，都是乡里乡亲的，麻烦啥！"停顿了好半天，水芬又说："我还想跟你说件事。"兰子说："你就痛快说吧，别像放屁似的零星地往出挤。"

"我家大胜，我就不带他去了，托你照顾一下，他跟你家小刚能玩儿到一块去，让两个孩子做个伴儿！"

"这事我巴不得呢。"

"那说定了？"

"你快走吧，我不留你。"

水芬没走。她坐在房门口湿漉漉的木凳上，心里酸溜溜的，不托底，还没有着落。这辈子自从嫁给玉成，她几乎没过上一天好日子，没过上好日子也罢，玉成跟她说话也从没有过好气儿，这么多年，水芬已经习惯了，不跟他一般见识。可麻烦就出在不跟他一般见识上。七年前，玉成头一次跟她正经说的一句话，就是要从家里拿钱，去林场申请一块参地。玉成老爹得了白内障，大白天的，走路还要摸墙根儿。他姐姐是个傻子，虽然不跟他们在一起住，他总得搭钱供养。玉成想种参翻身，可他没想过，人参生长期长，没个十年八年的，卖不出价钱，要想翻身要等到猴年马月？种参是靠老天吃饭，老天叫你发财，躲都躲不过去，老天叫你赔本，就赔个血本无回。玉成种参带点儿赌的意思。自从种上参，县里在他们镇上搞了一次人参节，本来平静的小镇突然人满为患，那些花花绿绿奇形怪状的男女从广州、上海、香港、台湾那边跑过来，走在街上，看得参农们一惊一乍的，满眼都是新鲜，没谁想起卖参赚钱！那次人参节，也真叫人大开眼界，县里把所有参农的人参集中在一起，一串串挂满了展会会场，还摆满了大街小巷。本来稀缺昂贵的东西，像水萝卜似的堆积成山，再想挣钱，竟卖出个水萝卜价。那次展览会，水芬还从电视上看到，韩国餐馆里将种植的二三年人参起出来，端到饭桌上随便吃，见不到一点儿药性不说，好端端的东西一下子被糟蹋完了。也就是从这时开始，人参的价格一年不如一年，而且，玉成十几万元的贷款眼看还不上，他偷偷背着水芬又从银行里搞贷款，拆东墙补西墙，东挪西凑，只等着人参长到十年八年，价格升上来，起参，卖掉，偿还银行贷款。可谁曾想，玉成将所有银行贷款都用完，再没有哪家银行肯给他贷款了。那些日子，水芬不知道玉成在银行贷了多少钱，她要是知道，非吓死不可。玉成没让水芬知道，自己嘴角却偷偷起了厚厚一层水泡，水泡破了，冒出黄水，水芬让他去医院看看，他硬是不去。参园资金链儿断了，玉成无力投入资金将参园维持下去了。想当初，玉成还野心勃勃，要将生长三年的参苗移栽到山林里去，移到树林里的人参，就像野参一样自然生长，虽然个头不大，却跟野山参一样，能卖出好价钱。水芬不同意，说移植到林子的人参，没个二三十年长不成个数，二三十年我们都老了，还想发财不成吗？再说了，移植人参，可能叫人偷走，也可能生病，到头来还有多少赚头呢？要是当年玉成贷款也跟她商量商量，何苦如今赔个老底儿朝天？

　　生了一嘴水泡的玉成两天两宿没有睡觉，找到强子。强子和兰子两口子正帮他们看参园，两家算走得比较近便的。玉成说了自己的难处，向他们借钱。强子苦着脸说，我不是信不过你，两年后人参价格要是跌了怎么办？强子手里有一些积蓄，不但手里有积蓄，他的亲戚都有钱，强子借给他们钱肯定不困难。这时强子说出了折中方案，说我肯定能搞到钱的，当然我也是从银行贷款，你把参园兑给我，我用贷款还你那贷款。玉成当场就翻脸了，说，亏得你能想出来啊，那样，这几年我就白忙活了。

太阳羞羞答答慢慢悠悠出来，参园里的雾气散去，水芬从木凳上疲惫地抬起身，准备悄声地下山，迈步的当口，屁股后圆圆的深色湿印子，完全显露出来，她自己却浑然不觉。

<h2 style="text-align:center">三</h2>

夏天的长白山，湿气大，起雾就像天要下雨天要刮风那么平常，甚至比下雨刮风还要来得勤快。每天早晨和傍晚，那缥缥缈缈绵绵不绝的山雾，总是缠绕在山顶，成条儿成絮地慢慢地打滚，游走，铺天盖地又无可遮拦地将天上的云扯下来，跟自己连在了一起，混混沌沌，茫茫然然。

大胜和小刚爬进参园，太阳就出来了，遮盖了一夜参园的雾，伸个懒腰，贴着参园蓝色的塑料棚一波一波地缠绕、散去，搞得头顶太阳的光线晦暗不明。

露水湿了大胜两只鞋，鞋底沾了泥，泥上是折断了的草叶，草叶挂在裤腿上，皱皱巴巴裤腿裹在腿上，腿就像刚从泥水里蹚出来。

小刚跟在大胜的身后，踩着大胜的脚印，在参园的垄沟里一步步往前走，尽量避免碰到那些带露水的草叶，但鞋和裤子也还是跟着湿了。

不知什么时候，太阳彻底透过亮儿来，光彩熠熠照临过来，他们的鞋和裤腿很快风干，发出生硬的脆响。

七八月，正是草木葳蕤时节，各种植物的叶子翠绿绿，油汪汪，凭借黑土的劲力，飞一样地疯长，遮挡住整座山体。这时有谁还会想到，秋天或是冬天的另一番景象呢，没了叶子的树干，像人头皮上剃了板寸的直发，齐刷刷直立在冷峻的山上，让你万万想不出夏天枝叶还有这般的奢华与铺张。

大胜和小刚耐心地采着参花。

人参是喜阴怕光的植物，雾气中的浓密丛林是它们的最好庇护。早年种参也是要伐掉那一棵棵树木，将腐土刨出一条条垄沟，打上一米多高的木桩，搭上架子，草帘子铺在上面，阳光出来的时候，也晒不到草帘子里的人参。如今那草帘子改成了蓝色塑料布，那蓝，就像一汪水浮在山体上。

大胜和小刚蹲在同一条垄沟里，一左一右，摇摆的身子不停地向前移动。刚才兰子说，什么时候参园里的参花采完了，大胜的妈妈水芬就会来接他。他要是很快采完参花，妈妈就会很快回来。凭着这句话，大胜采参花格外卖力。可这么大参园，他什么时候能采完？大胜抬头看看明晃晃的太阳，太阳的光线立马把他的眼皮合住，怎么也睁不开，他只好低下头，认真地采撷。参花茎秆的断裂声，清晰地在耳边响起。身旁那筐，大口，圆底儿，大人拎着正好，放在孩子手里就显大了，磕磕绊绊，但也没关系，移动脚步的时候，就在地里拖拉一下，头都不用转过来。

早上，兰子递给大胜和小刚一人一只筐的时候，还给他们下了任务，筐里的参花不装满，谁都不能回来啊。到中午，大胜和小刚必须把两只装满参花的大筐交给兰子，兰子再把参花铺在窗台底下柳条帘子上，晒干，收起来，背到山下，卖给商店。

四

兰子从村里领大胜来到山上，还有一个想法，那就是，由参园去山岗村上学，要比从村子里去山岗村省一半路程。他们村的小学早黄了，孩子想上学，得翻过这座山去山岗村，每天路上要走一个半小时。现在，村里很多孩子都不上学了，只有大胜和小刚坚持去山岗村。本来小刚不想念书，兰子看大胜每天去山岗村上学，就鼓动小刚也去，说他能去，咱们为啥不能去。于是就去了。两个孩子正好在路上做伴，互相有个照应，何乐而不为？兰子有很多事都要跟水芬学的，只要水芬做的事，肯定都是好事，要不然当初兰子也不会为了每月八百块钱，来为水芬打工。

有谁会想到，那么有正事的两口子，却在种参这事上栽了个大跟头，现在可好，两户人家调过来了，参园换了主人，水芬和玉成两口子竟为兰子和强子打工了！

参园里很静，静得能听到树林各种稀奇古怪的声响，那是空气摩擦的声音，是枝叶抖动的力量，是昆虫们的窃窃私语。太阳出来，雾气散去，支棱巴翘的头发丝挂满了毛茸茸水珠，用手一抹，发丝倒了，打成绺，水珠顺着头发淌到脖颈里，浸湿了衣领，又印出一条条不规则的碱线和波澜不惊的图案。

大胜人实，干活也实，眼见筐里的参花形成一小堆儿，他手指肚、指甲都被白浆浆染黑，黑里还隐约透出暗红，粘着零星的泥水，一时半会褪不掉的。大胜的手还快呢，那一朵朵参花被他一个个掐下来，飞进筐里，砸在先前落在筐里的参花上，颤微地弹动了一下，混入其中，也就在这时，他不自觉地站起身，抬头望向远处的山坳，恍惚觉得妈妈水芬正在盘山路上行走……

　　小刚没有大胜这番心思，他的劳动就变得单调和乏味！他总觉得这些都是兰子没事给他们找事，好好的日子，采什么参花呢！既然大胜没怨言，他也不好公开跟妈妈兰子作对。兰子和强子就像山里的两棵老人参，霸道得很。人参在土地里生长几年，会把土地里的养分吸得二三十年缓不过来，在小刚眼里，爸妈做事，也在吸人家的养分，叫人二三十年缓不过气儿。

　　两个孩子在参园垄沟里已经移动了二十多米，一前一后，互不妨碍，眼看着大胜随手扔进筐里的参花快要填满了半筐，小刚筐里的参花连一筐底儿还不到。

　　小刚问："你爹啥时从县城回来？"

　　大胜说："不知道。"

　　小刚说："你爹的病是愁出来的。"

　　大胜说："不一定。"

　　小刚说："听我妈说，你爹得的可能不是什么好病。"大胜汗水出得更多，聚集在鼻尖上，坚持不住，叭地掉在地上，摔得叫人心碎。

　　眼前，人参细碎的白花正一团团开放得绚烂，有一只蜻蜓忍不住诱惑，站立在花顶上，撩拨的羽翅瑟瑟抖动，小刚蹑手蹑脚，伸手猛地一搂，蜻蜓弹起，撞到了塑料棚顶，又将身体降落一下，冲向棚下一侧空当，悠地飞走了。

五

　　马车走了一个小时，还在山沟里绕着弯儿。长白山的山并不白，只是天池主峰白皑皑的积雪，让人误以为其他所有的山都是白色的。每到春天，山上有那么多植物都会冒出新绿，鲜鲜嫩嫩地养眼，夏天呢，那绿就像每片枝叶都擦了油似的鲜亮，还膨膨胀胀。

水芬赶着马车拉玉成走在去县医院的土路上，她抬头看见自家的参园，不，现在应该归兰子家管理的参园，心里涌起海水一样的波浪，微微的苦，微微的咸。那蓝色的塑料棚，波光潋滟地贴敷在山腰，让她的心更加的苦，更加的咸。从远处移回目光，回头看着像虾一样在车里佝偻成一团的玉成，她狠甩了一下鞭子，鞭梢在马屁股上抽出一道长长的印子，车就加快地向前冲去。女人赶马车，在乡下也算是一件不体面的事，牲口不听女人吆喝的，可它看见窝在车里病得不像样子的玉成，也就百般顺从了水芬。水芬怎么吆喝，它就怎么走，没有一点儿欺负水芬的意思。水芬回头问："你能坚持住不？"玉成手捂着肚子，脑门子全是蒸汽腾腾的汗水，不搭理水芬。水芬说："这病是你自己找的，这叫自作自受。"玉成说："你能不能把你那臭嘴闭严实了！"

水芬又狠抽了马一鞭，马车颠儿颠儿飞快起来。

那次玉成从强子那儿生气地回来，又上别的人家借钱去了，他走了一家又一家，钱还没借着，鞋底却磨裂了口子，正发愁的当口，强子追过来说："你别到处跑了，没人肯借你钱的，还是咱俩商量商量吧。"

就开始商量了。

玉成说："你不要太狠了吧！"

强子说："我怎么叫狠呢，这不是跟你商量吗？"

玉成问："怎么商量法？"强子说："我知道你头几年没少在参园上下功夫，我不能让你吃亏，但你总得让我挣钱吧。"

玉成说："说吧，你有啥想法？"强子说："你那贷款窟窿，我拿钱帮你填上，过两年起参的时候，咱们俩二八分成，你八我二，怎么样？"

玉成说:"亏你想得出来,做梦去吧!"强子说:"你不干是吧?"玉成说:"这事儿打死我也不干。"玉成领着水芬到大舅哥那儿借钱去了。按本村的规矩,去大舅哥家,手里不能空着,玉成特意到水果摊买了两箱苹果,他肩上扛一箱,水芬怀里抱着一箱,俩人心里七上八下地进了大舅哥家,把两箱苹果往门口一放,大舅哥说:"你们缺钱是吧?我这多了没有,只有一千块,你们拿去吧,也不用着急还。"

在大舅哥那儿碰了一鼻子灰,玉成又领着水芬去小姨子家,同样买了两箱苹果,两人一个扛一个抱,到了小姨子那儿,两箱苹果刚放在屋里,小姨子开始数落玉成了,说:"姐夫你真是异想天开,要是种参能发财,家家什么都不用干了,都去种参,这回可好,欠了一屁股债不说,我姐也跟你活受罪,不是我埋怨你,你瞒上欺下,想没想到会有今天这样结果?"

结果是,他跟水芬从小姨子家出来,不但白搭了两箱苹果,还惹了一肚子气。

那时,水芬还说,看能不能找你家那几个亲戚想点儿办法?玉成身底下有个弟弟,在县里做瓦工,爹和那傻姐姐都在他那住,能糊住嘴吃上饭就不错了,家里不可能有什么积蓄,比弟弟小的,是个妹妹,因妹夫赌博成性,把家搞得乌烟瘴气,两人头十年就离婚了,妹妹领着十几岁的孩子,也没什么正经工作可干,更不能从她那借出钱来。

该想的办法全想了,该找的人也全找了,玉成不出门了,他在参园小屋炕上一会儿倒下去睡觉,一会儿坐起来看窗口发起呆来。随着窗外天空游走的浮云,玉成的魂儿不知飞到哪去了。晚上倒是出门了,在参园子里走了一圈又一圈,烟也不知抽了多少根儿,那明明灭灭的亮光,如同地上跳动的鬼火,发出摄人心魄的贼光,将人的身体抽空了。

这一天，玉成做出了重大决定，说重大，是他把怀里那颗撕碎了的心又重新组装在一起，黏合在了一起，心平气和地来找强子，说："二八分成我同意。"

强子说："你同意，我还不干呢！"玉成说："好兄弟，我这不是求你嘛！"强子吧嗒吧嗒嘴寻思了好半天说："既然这样，我还有个要求。"玉成心咯噔一响，问："什么要求？"强子说："这参园什么时候起参，什么时候卖，我说了算。"玉成说："行！"强子说："从今往后，你两口子给我打工。"玉成说："行！"

强子说："我可不给你们开工资！"

六

人参是个很挑剔的东西，离开山里的树叶腐土，就无法生长。

腐土清澈的气息总是给参园生成一种难以名状的神秘。

这么长时间了，大胜采下的参花始终停留在半筐那个位置。这就有些奇怪，大胜的想法只停留在奇怪上，没有往下深入。倒是小刚筐里的参花长得飞快，已经有大半筐了。

还有，大胜左垄参花只剩下零星几个，他摘得很小心，生怕摘掉了参叶，伤了地下的人参。小刚右垄那边参花摘得七零八落，很不用心，散散漫漫拖泥带水，大胜向前移动几步，他也跟着挪动几步，两人筐挨着筐，寸步不离。

摘掉的参花茎秆，突兀地立在六片参叶上，渗出白浆，慢慢地涌出个浆包包，堆积不住，顺茎秆往下淌，那是人参身上的血，是眼泪，是疼痛的人参生长过程中必须经受的过程。谁都知道，如果在这个季节里不掐掉参花，参果就会结出来，浪费参体里的养分，地底的人参就长不大，卖相不好。

大胜的手开始累了，他想，要是照这样的速度，每天摘五垄，十天妈妈就回来了，妈妈回来，爸爸的病也就好了！要是每天摘十垄呢？大胜不敢想了，他万万做不到每天摘十垄参花的。他的指甲缝有点疼，蜇啦啦的。偷懒的工夫，不自觉回头向筐里看了一眼，这一看不要紧，他的心猛地缩了一下，筐里白花花的参花中居然有一只圆嘟嘟胖乎乎的手。那手撞见大胜的眼睛，哆嗦了一下，木了一样不知所措。

那手缩回去的当口，四周的风仿佛静止了。

大胜连忙回避开视线，抬头看看远处起起伏伏的参棚，看天空慢悠悠的飞禽，耳边响起久远的童谣：

> 人参人参是个宝
> 圈在参棚跑不了
> 不像山参成了精
> 眨眼工夫没了影

小刚整个人都在木，一句话也不吭。他在等待大胜的指责，等待大胜回手抢夺他筐里的参花。可大胜的眼睛躲过小刚的手，怎么也不肯再转回来了，黑黑的指甲更加飞快地掐向一棵棵参花的茎秆，一会儿工夫，参花在手心里攒成了一小把，支棱巴翘，实在攒不住了，才转过手，头也不回一下，将那一把参花放在筐里。

太阳在头顶上火辣辣的，快要把头皮晒出油来，俩人在不声不响坚持蹲在参园里。

这一刻，小刚多么害怕大胜把这件事戳穿了，又多么希望把这事戳穿。

大胜呢，始终无动于衷。

天忽然暗了一下，太阳羞涩地躲在云朵后面。参园里又出现一缕细风，打着旋儿吹过来，清清爽爽，各种蒿草野花的香气夹杂着腐土的气息，直钻人的鼻孔。

小刚的筐里参花已经满了，他不再想若有若无的心事，而是快速地掐起参花，几近疯狂地掐起参花。朵朵参花大把大把落入手中，呻吟着，哭泣着，又实实在在落入大胜的筐里。小刚不知往大胜筐里放进多少把参花，反正大胜筐里的参花已满满登登的，装不下了。

七

别看远远望去，参园就像巴掌大的那么一块地，其实走进参园才知道这里面有多大。就这么说吧，要想围绕参园走一圈，没有半个多小时是走不出来的。有了参园，就必须有看管参园的屋子，人住在屋里，十天半个月下不了山，看不到一个人影儿，就像一个人十天半个月不见荤腥，心里空得很，也慌得很。所以在山上住上一个月，必须下山回到村子里，接接人气。水芬和玉成雇兰子和强子看参园也就是这个意思，他两口子在山上住一个月，就下山，强子领他媳妇兰子再上山住一个月，有吃有喝的，另外多拿八百块钱，日子神仙一样呢。现在反过来了，兰子和强子成了雇主，他什么时候住腻了，想下山接接人气儿，就换水芬和玉成上山，那俩人更神仙了。想起这些，水芬心里有一股掉进冰窟窿般的寒冷，还有一种万箭穿心的疼痛。

昨晚玉成彻底病倒了。水芬说，自从村子里有了造纸厂，玉成就开始有病，山上还起雾。造纸厂在水芬家房后，房后原本清清的水沟，现在已变了颜色，让水芬很是心烦，见人总爱唠叨，这话长了腿儿一样跑到村主任耳朵里，村主任说："不建造纸厂人就不得病了？山就不起雾了？谁不知道玉成的病是自己窝囊出来的，简直是无稽之谈！"从此，水芬什么都不谈了。

马车在山沟里走了一个半小时了。马也会偷懒呢，水芬手里鞭子甩一下，这马便使劲儿跑几步，水芬手里鞭子停止了，马车的速度又慢下来，水芬不得不再次甩起鞭子。

玉成蹲在马车里正在难受，后面有辆夏利小车驶过来，还按了两声喇叭，水芬挥动鞭子让马车向右靠拢。小车与马车并排了，车窗摇开，水芬看见是包子开着他那辆出租车。包子探头跟她说着什么，水芬没听清，她不愿意搭理包子，索性不听了。包子是强子的弟弟，在村子开了五六年出租车，手里有俩钱，也算有头有脸儿人物，连主任出外办事，也要提前跟他预约。包子的车超过水芬的马车，在前面不远处停住，打开车门，人从车里钻出来，站在路中间不住摇摆手臂，让水芬把马车停下来。

水芬勒住马缰，坐在马车上没有动。

包子说："今早听我大哥说，你领玉成哥去县医院，怎么没叫我一声？"

水芬说："我们没钱坐出租车。"包子说："那也不能赶着马车去县城。"水芬说："我就赶着马车进县城，又怎么了？"包子说："别犟了嫂子，赶快下车，我开车拉你们去，车放在路边沟里，马拴在树上，没人牵走的，今天天黑前，我肯定帮你们牵回去。"

水芬说："我没钱给你车费。"

包子说："别谈钱，谈钱多伤感情。玉成大哥对我们家还是有恩的，前年我老爹走出村子走丢了，还是玉成哥把我老爹领回来，那事儿我不会忘的。"

听包子这么一说，水芬的心松软了下来，柔柔的，挺不住了，她放下鞭子，扶着玉成磕磕绊绊下了马车，坐进包子的出租车里。其实水芬早就想着租一辆车去县城，包子主动追上来了，说明他的心还没被狗叼去。

包子专门为玉成的事跑了一趟县城，不知要丢掉多少活，要少挣多少钱。水芬不能亏欠包子，等手里有了钱，一定把包子这趟车费还上。

到了县城已经是中午，包子请水芬和玉成在县城医院门口吃了两碗面，要开车回去。临走时，从兜里掏出一张纸片，告诉水芬，什么时候回村，打个电话，他会赶过来接他们。

这时的水芬，心里对包子有一种说不出来的感激。在一个村里住了这么多年，她好像从来没有发现包子的好，在这之前，水芬看不上包子，觉得他整天油嘴滑舌不干正经事，还有点像他哥强子，就知道占便宜。现在水芬对包子的印象有所改变，觉得包子比强子强多了，虽然都是一个爹妈生的，人还是不一样的。水芬冰冷的心一点点回暖，一点点热起来，在心口窝变得滚烫了。

一碗面，玉成吃了两口，不想吃了。水芬把玉成这碗面也吃了，吃饱了再吃，有些撑着，晚上不用吃饭了。

说来也怪，进了县医院大门，玉成的胃不那么疼了。他捂着肚子蹲在医院墙根，想回家。水芬听了就生气，她手捏着挂号本扯起玉成去看医生。医生问玉成的病情，在病历本上比比画画写了十多分钟，又抬头问了好半天，让玉成明天早晨空腹做钡餐透视，就唤站立在门口的下一个病人。

水芬说："能不能今天把病看完，我们还着急回去。"医生说："看这病，没那么快。"

　　水芬扶着玉成走出医院，玉成说："我这一病，说不定强子怎么算计我们呢，恐怕'八成'也保不住了。"水芬说："管他呢，他想要，全拿去，现在是看病要紧！"玉成说："你这个败家娘们，我死了都闭不上眼睛啊！"他们花了二十元，在医院旁边小旅馆住下来。旅馆房间很小，除了一张床，连转身的地方都没有，而且屋里没有窗户，打着灯，光线昏暗得看不清人的脸。床是木板的，上面有一个席梦思垫子，垫子上面直接铺了床单，潮乎乎的，人爬上去，吱吱嘎嘎响。水芬转念一想，花二十元钱有个地方住就不错了，讲究不了那么多，不像家里一铺大炕，从炕头到炕梢，要打好几个滚儿。水芬从床底拽出只盆，竟看见半尺多长的大耗子睁着两只贼溜溜的小眼睛与她对视，一点害怕的意思都没有。倒是水芬害怕了，浑身毛发奓起，妈呀一声扔下手中的盆，站在那儿半天不会动。水芬说："咱不能住了，找老板换房间。"老板听到水芬的叫声，很不高兴，说："别的房间没有了，你只能住这个房间。"水芬蹑手蹑脚走回来，忍不住泪水一个劲儿地往出流，若不是种参赔了本，她何苦受这份罪呢！受罪也罢，老板对她也没有好脸色，真是气死人了。玉成的胃疼又发作了，比来时路上还严重，满脑门子都是汗，脸色煞白，瞪着直勾勾的眼睛躬身在床上。水芬问："用不用再去医院？"玉成没作答。刚从医院出来，再去恐怕也解决不了啥问题，水芬要做的，就是不住地给玉成擦汗，给玉成搓背，玉成胸前后背衣裳全湿透了。

　　这一宿两人挤在小床上，谁都没有睡。第二天早晨早早去了医院，玉成喝了一大碗白糊糊的东西，就上了机器。

　　下午再见到医生，医生让玉成到走廊里坐坐，关上门对水芬说："你男人这胃里好像长了不太好的东西，到省城去看看吧。"水芬心里咯噔一下，猜出是怎么回事了。

八

天黑的时候，山上又起雾了，雾大，夜晚更黑了，那么大的参园就被夜晚吃掉了，不见一点儿踪影儿。小刚这一天从参园里出来，多了心事，可没人注意他想什么，干什么。他领大胜吃了饭，大胜住在外屋，他进了里屋，什么话也没说，静静躺在被窝里，静静看着兰子在灯下把两筐参花倒在帘子上，分散开，准备明天阳光出来，晾到外面去。

小刚说："妈，我跟你商量件事。"兰子说："不好好睡觉有什么事可商量的！"小刚说："我想到外屋跟大胜睡一起。"兰子说："我不管。"小刚说："你不应该要人家参园子。"兰子说："大人的事你别管。"小刚说："你让人家打工，就得给人家打工钱。"兰子说："大人的事，小孩子别跟着掺和，快睡觉。"小刚说："你不答应，我就不睡。"兰子说："你看大胜都睡了，别吵醒人家，听话。"小刚说："你不答应，我就不睡。"猛然，小刚后脑壳遭到一记脖溜子，愣神的工夫，强子拎起小刚光溜儿的身子，放倒在炕上，强行把他塞进被窝，将被角死死按下。

强子说："你再不睡，我把你扔进狗窝里。"第二天，太阳照进了参园，兰子端着两帘子参花，放在屋窗台下面木凳上，喊："小刚，今儿天好，你跟大胜每人采两筐参花回来啊。"

九

水芬领着玉成回到了村子，进了自己家门，将院子打扫一遍，将屋里天棚墙壁灰尘也打扫了。早在养参的时候，她家就不养鸡鸭，只养了一匹马，帮她上山下山拉东西。现在那马还在包子那寄存，院子没有这些活物，显得冷清了不少，也失掉了活气，看着心里就不舒服。打扫完屋子，水芬把该叠的东西叠得整整齐齐，锅碗瓢盆也摆放得井井有条。屋子里整洁了，再往灶坑塞了一把柴草，点着火，烧热了炕，扯来炕柜里的枕头，让玉成躺下。也许这是玉成最后一次躺在自家炕上，躺过了这天，玉成还能不能回到这个村子还不好说。

水芬推开屋门，急匆匆上山，去参园。

兰子见到眼泪汪汪的水芬，估计水芬红肿的眼睛肯定没少流泪水。

两个女人脸对脸地坐一起，好像都明白彼此的心思，谁也不想第一个张嘴。不知等了多长时间，还是兰子咽了咽口里的唾沫，试探着问："玉成的病看得咋样了？"

这话好像把装得胀满的泪水袋子捅破了，水芬的泪水哗啦一声倾泻出来，四处纷飞，哭得一塌糊涂了。

水芬说："我命怎么这么苦！"

兰子说："你也别这么想，玉成活不成，这是他的命。"水芬说："可男人终归是一个家里的顶梁柱，顶梁柱没了，这日子可怎么过！"

兰子眼圈也跟着红起来，停顿了一会儿，想了想，起身回屋，说："也不知怎么搞的，这几天我整天看着大胜，就像看见了你们的心！"搬开地柜上面的电视机，从灰尘暴土中掀开柜门，拎出个布包包，拍打掉一抹灰尘，来到水芬跟前，用牙咬开布包的死扣结儿，拿出钱来，也不数一下，重重地放在水芬的手上，说："你就死马当作活马治，玉成的病治不好，你心里也静了，不后悔。"

　　看到钱，水芬更加哭得不行，像嗅到玉成死亡的气息，还有一种人财两空的味道。

　　水芬说："这钱，将来我一定还你，我砸锅卖铁也要还你。"兰子说："行了行了，抓紧时间看病吧！"因为手里死死攥着兰子的那笔钱，虽然是哭，却与刚才有着不同的心情。水芬说："我们去省城，参园里的事，你就多操心。"

　　兰子说："行，这会儿大胜跟我们家小刚去了参园里，我就不喊他们了，这孩子懂事呢，你就领玉成安心看病吧！"

　　水芬走了。

　　兰子送她到大门口，看着水芬下山的背影，不自觉地扶住门框说："人心都是肉长的，如果玉成真有那一天，你一定吱一声！"

十

　　天放凉的时候，山上不再起雾了。天空也总像水洗过似的透明，还瓦蓝瓦蓝的。水芬领着玉成从省城回来，她做的第一件事，就是赶紧去参园。

　　兰子坐在参园房屋门口吃秋黄瓜，腮帮子一鼓鼓的，把黄瓜嘎巴嘎巴嚼得生脆，见到了水芬，她嘴里含着一口黄瓜呜呜咽咽地说："你急什么还钱，啥时有啥时再说呗，玉成的病看得怎样啊？"

　　水芬伸手拽下兰子剩下的半根黄瓜，接着她的牙口，狠狠咬了一大块儿，也跟着嘎巴嘎巴嚼得生脆说："谢天谢地，没什么大毛病，死不了人。"

　　兰子眼睛瞪得老大，渐渐缓过神儿来，说："你说这是咋的了呢？前几天我叫强子到省城医院去看你们，到了医院，顺便给自己做了检查，结果出来，他没心思见你们了，人立马吓瘫了，你说他得罪了哪个老天爷！"

水芬问："强子又怎么了？"

兰子说："不说这些了，反正强子说，他万一有个三长两短，参园里的事交给包子。昨天包子又捎过话来，说这里的事，他不懂，还得是你们说了算。"

水芬说："强子肯定没事的。"

兰子说："但愿什么事都没有！"

远山处蹦出两个小人影儿，水芬心里热乎乎的，波浪翻滚。大胜和小刚放学回来了，今天是星期一，是放假后的第一天上学。看着又黑又瘦的大胜，水芬心说："孩子又长高了一截儿！"她有些日子没看见儿子大胜了。

原载《民族文学》2015 年 6 期，《中华文学选刊》
2015 年 7 期转载，收入《中国短篇小说年度佳作 2015》

青杨消息 宗玉柱

1988 年冬月，我所在的二工队放倒了一棵大青杨树。这是一棵根部直径超过两米半，树高超过三十米，材积在十八立方米左右的"霸王树"。在长白山林区，个头最大的树顶数大青杨，即便是长年生活在林区的人，这样一棵庞壮威猛的青杨也极少见到。因为这棵"霸王树"的体积和重量巨大，一台拖拉机根本无法拽动，当时我们楞场缆索的最大起重量是八九立方米，更是无法将它吊起，于是造材工王大脑袋受命，将这棵树截成了两段，前头一段由一台集材 J50 拖拉机从山上拽下来，后头比前头大出许多，由两台集材 J50 拖拉机合力将它拖进了楞场。

王大脑袋大概因为脑袋太大，故此比较愚钝。他的工作是根据需要，将倒在地上的整棵大树，按照一定的尺寸断成原木。但截开这棵大青杨并不是为了造材，原本应该按照大小头重量的比例均衡着分开，王大脑袋造惯了原木，满脑子一根筋，他沿着大青杨褪完枝丫的小头一步一步走到大头，然后将步数除以二开始下锯，足足用了小半个上午的时间，总算是完成了任务。

一分为二的大青杨成了集材司机的难题，大头的一半比小头的一半要重出很多，一台拖拉机还是背不动，这让工队长老曹暴跳了一个下午。那时候我们的工队长还算是个车轴汉子，暴跳归暴跳，但事已至此，只好与拖拉机司机们一起想尽办法才把它们弄下山来。

作为这棵大青杨的杀手之一，伐木工马老四听了这事儿后，不怀好意地笑。他曾经建议过，这棵老树伐不伐的没啥用处，前年冬采期间，一工队曾经伐倒过一棵比这个小不少的大青杨，最后也是截成两段运下山，好悬弄折了缆索架杆才弄上原条车，装车时缆索和架杆都发出要多凄惨有多凄惨的声响，比较起来，这一棵根本没法运出去。

那一天，休息房里，马老四的建议遭到所有人的反对。大家认为，一定是马老四看到那么老大一棵树心里没底儿，不好意思说不敢放，有意给自己找借口。前年的那棵青杨虽然给人们出了很多难题儿，却也积累了不少经验，都觉得对付"霸王树"除了很耗费时间外，实在算不上什么问题。

检验员三彪子问："老四你行不行啊？不行就让别人上！"

打枝工杜迷糊说："老四你油锯可是这个冬采期新领的，比你老婆还亲，不舍得使唤吧？"

马老四的哥马老二也说："不就是棵青杨吗，哪年不放倒三棵五棵这样的大家伙，我也到跟前儿溜达过啦，大倒是真叫大，也没啥了不起的，咋地？人家一工队能干的活儿到你们这儿就不行啦？"

马老二是林场采运技术员，嗓音尖细沙哑有些刺耳，这天他是跟班领导，虽然是在和他弟弟说话，还是让曹队长感到脸上有些挂不住。

曹队长把烟头往炉子里一扔，说："谁说不行？老四，给你一天时间。放了那棵大青杨就让你提前下班。"

马老四是个很识相的人，见曹队长有些急眼，便立刻拿了棉手套子扶膝站起，又感到有些没面子，鼓起勇气道："好好，既然你们不听我的，我就去把它放了，到时候运不出去，看你们怎么办。"

马老二不耐烦了："你放你的树得了，以后的事用得着你操心？"

马老四对曹队长说："我一个人没法儿干活，天天给我找替班的，都只会背着油壶在后面晃，杂碎活儿全得我自己干，你得给我派个徒弟。"

曹队长说："哪有人愿意跟你？也不知道咋混的！"用手一指我，说："这两天你们楞场活儿不紧，你跟着老四吧。"

楞场的任务是把拖拉机拖下山来的原条用绞盘机码成木楞，最后全部装到原条车上运出去。一个楞场里有四个人，我们组都是干这工种的老手，就算其中有谁没来上班，其他三个人照样会把活儿干得利利索索。我本来对山场上的活儿就无所谓，反正是混日子，叫干啥就干，见我们组长老李也没什么意见，就点点头。

马老四带着我离开了休息房，他把油锯加满油背上，让我只带一把斧头。

我问："老四，不带油壶吗？"

马老四说："带不带都行啊，老曹瞎指挥，弄不好非砸锅不可，咱先去琢磨琢磨，一箱油足够了。"

我说："要砸也是你自己砸，我又没准备给你当徒弟，别把我扯上！"

马老四嘿嘿一笑，说："没事儿，你和我又不是一条绳上的蚂蚱，你在山上能待几天，老马我可是得干一辈子。"

我们两个人沿着一条沟趟子走了七八百米，翻过了两个杠鼻子后来到大青杨下。树下的雪很薄，稀疏的碎草和十几根刺五加棒露在雪面，藤条灌木一律不见。

　　大青杨一般都生长在山梁下方稍平坦的地方，更多地生长在河边，但要采伐的这一棵却是长在一个慢坡上，四周有三棵百龄红松、一棵大柞树和两棵二碗粗细的巴拉子——巴拉子是不成材的树种，但它却最适合用来种黑木耳。

　　稍作休息，我把棉帽子的耳朵卷起来，系好，问："先放哪棵？"

　　马老四揣着两只手，仰起头细细看了看大青杨，初步判断了树倒的方向，说："先放北边那棵最粗的红松。"

　　树倒方向与树身高度相等的距离内，如果还有其他树时，这棵树叫作"迎门树"，必须首先伐掉，否则两棵树会架在一起，很难处理。这棵大红松就是大青杨的"迎门树"。那时的红松还不是禁伐树种，那时还是松木家具比较流行的时期。

　　我拎起板斧来到红松树下，咔嚓咔嚓砍倒树根前的两棵茶杯口粗的青秸子灌木。马老四把油锯拽着火，顺着大青杨和红松之间的一棵二碗粗细的巴拉子的根部一掏一抹，那棵巴拉子就略吱一声趴倒在地。然后，马老四将那巴拉子从中间一锯两半。

　　我把那两段巴拉子树干拖到稍远一点儿的地方，然后在树倒方向相反的那一面清理出一条小路。这是伐木作业时必须严格遵守的程序，伐木工助手要在师傅放树之前清理出一条进可攻退可守的安全通道。

　　马老四打量着大红松，瞅准红松的倒向内再没有其他的树，就在树倒方向的一面，用油锯并排掏了两道距离十几厘米的锯口，退到一边。我过来，用板斧在锯口的会合处一边各砍一斧，然后掉转斧刃，用斧背用力猛砸，一段半圆的木片被砸了下来。这也是伐木作业的操作规程之一，叫作打下闸。木片的直径面必须是有一定厚度的，如果切成西瓜片那种形状，树倒下的时候最容易沿锯口从中间劈开，十分危险。作业区里要是被领导或安全生产部门的人发现了"西瓜片"，伐木工一定会受到严厉处罚。

马老四掉过油锯，在下闸对面略靠上的位置，卡稳锯身加大油门，不一会儿，嘎吱吱一阵响，那棵大红松先慢后快，哗啦啦摔下，砸倒了好几棵镐把粗细的小曲柳和黄波椤树。一只受到突然惊吓的猫头鹰，扑啦啦从大青杨树冠上的树洞里抢出来，在一根树丫上重重一点，嘀嘀咕咕地掠过我们头顶飞掉。

这时我已经把大青杨周围清理干净，凡是挡害的杂枝乱树全部砍了个精光，四周的雪踢散开，蹚出鲜明的小路。马老四放下油锯，又围着大青杨转了转，摇摇头一言不发。

我疑惑地问："老四，我怎么看不出它往哪个方向倒呢？"马老四抽了抽鼻子，说："顺山倒呗。"我听马老四这样说，知道他心里也没谱儿。我们把家什儿放在树下，退出去老远，回头再看这棵树。这大青杨的树龄一定在百年以上，老皮凸起沟壑纵横，连带树冠三十余米高，顶枝上长了七八簇绿莹莹的冬青。它挺拔粗壮，厚重巍峨，似建筑，似罗汉，树枝丫丫叉叉蓬散在空中，阳光透过来，温暖而慈祥。

我们又退出好远，再端详了一阵子。"顺山倒吧。"马老四嘟囔着。回到树下，他将油锯拽着火，用力吐了口浓痰，毫不犹豫地向凸出隆起的树根部按过去。

油锯的链条是新锉的，顷刻间，油锯的刀板就没入大青杨的体内。我蹲在一边儿，盯着油锯链条带出的似涓涓流水般的锯末出神。随着锯板的深入，油锯高昂的马达声也变得沉闷许多。这时，一只松鸦从远处过来，在大青杨树冠上点了一下，立刻飞走。一只大嘴乌鸦不知什么时候飞过来，它落在大青杨上站定，歪过身子用一只眼睛瞄着树下的两个人，然后大叫一声：哇！

我和马老四吓了一跳，马老四轰了轰油门，抽出油锯，抬头冲乌鸦呸了一声，乌鸦立刻兴奋起来，用力扑打翅膀大笑着飞掉了。

一箱油很快用光，这时也不过掏了两个锯口，这两个锯口对大青杨来说只能算是伤害到了表皮。我过来用斧头噼噼啪啪一顿狂砍，好容易把这块闸片弄下来。马老四把油锯拎到一堆树枝丫旁，说："走吧，下班。"

我俩一起用力把枝丫堆掀开，把油锯塞进去遮盖好。我埋怨他："我说带上油壶吧，你不听。"

马老四说："你懂什么，这样的树搁谁也得放两天，我们明早上下车就过来，争取早点儿。"

我问："争取早下班吗？"

马老四说："屁！争取早把它放倒。"

第二天一清早，上通勤车前，曹队长问马老四："那棵大青杨咋样了？"

马老四说："昨天锯链不行了，没完活儿，你得给我领条新链子。"

曹队长说："凭啥我就给你领新链子，你那不行的链子拿来我看看。"

马老四说："油锯藏山上了，我这个林班都放快一千米（立方米）了，硬杂木（质地坚硬的树种）太多，还有石头塘子……"

曹队长气哼哼地说："就你那个林班硬杂木多？哪个林班没有石头塘子？你就说你今天能不能把那棵青杨放倒吧？"

马老四借着通勤车的灯光，瞅了瞅曹队长，见他脸上隐约有两条挠伤的血痕，知道他今早肯定气儿不顺，就毫无底气地说："倒是没问题，就怕锯链子吃不住劲。"

曹队长恶狠狠地说："链子不行你就用牙咬吧。"

　　我们在一旁偷着笑，马老四抹了抹胡子上的霜碴儿，嘟囔了一句。大伙儿吵吵嚷嚷挤挤嚓嚓上了通勤车。

　　昨夜一场小雪，运材公路在车灯的照射下像一条玉带。车启动后不久，不管是坐着的还是站着的人，大都闭着眼进入半睡半醒的状态。突然，坐在最前面的人喊起来：狍子狍子！大家登时来了精神，只见四五头狍子傻乎乎地站在灯光里，它们很好奇，直愣愣地看着驶近的汽车一动不动。司机吴大客的老婆信佛，平时对吴大客"教育"得比较到位。吴大客用力按了按喇叭，就有人在喇叭声里大喊："冲过去，冲，冲啊！"

　　狍子们及时醒悟过来，分散到公路的两旁，它们越过浅沟，蹿进树林，隐现在山冈，转眼没了踪迹。吴大客在众人的埋怨声里再次用力将喇叭按了几个长调，算是做了一个交代。这时天渐放亮，山里动物们的各种蹄印足迹斑斑点点，印在雪路中似朵朵绽放的小花。林中无风，公路两旁的树冠上托着一层薄薄的积雪。晨雪的静谧是大自然信手拈来的清新小品，日出前的温度虽然很低，但在原始森林里，这种无声的冷，让人心情十分舒畅，让人感到格外踏实。

　　下了车，我先去材料库那边打了满满一壶汽油，又往汽油里兑入一定比例的机油，马老四和我也没进休息房，我们披挂整齐直接奔大青杨而去。一路上，马老四把我的板斧夹在腋下，一边走一边将曹队长十八代祖宗骂了个臭够，干的破事儿翻了个底朝天。我就有些瞧不起他。要新锯链本来就名不正言不顺，要不来还背地里骂人，马老四的人品实在差劲。

　　来到大青杨前，我放下油壶，把昨天藏好的油锯拎出来。马老四蹲在树根下，倚着树身问我："你说这大青杨现在咋想的？"

　　在山场，听到这样问话可是头一次。马老四这家伙平时邋邋遢遢，办事儿没准儿，说话没谱儿，喝点儿小酒就云山雾罩，今天突然这样说，有出师不利的征兆。我说："能咋想啊，欲哭无泪呗，咱又说了不算，长这么棵大树得好几辈子人，挺可惜的。"

马老四说："你信不信，我昨晚做梦梦到我爹啦，他不让我放这棵树。"

我浑身一激灵，四下瞅了瞅。林子里冷清清的，没有一丝风，视野在这里变得很短促，远处的山坡被树木遮挡住，乳白色的森林边缘，缀着三两颗忽隐忽现的星星，森林中的一切变得空寂而神秘。我不由得暗想，马老四的爹死好几年了，不会是要显什么灵吧？马老四看着我恐惧的样子哈哈大笑，说："骗你的，瞧你那胆儿，你还别说，没准儿咱这长白山还真没人放倒过这么大的一棵树，老子闹个第一也不错。"

我说："认命吧你！不放行吗？你要敢耍熊，场长肯定调一工队的宋师傅，人家可是老劳模。"

马老四说："宋大肚子就会听领导的话，就他那水平比老子差远了。"

我给油锯加满油，拎到马老四跟前。马老四从腰里摘下启动器，扣在油锯的屁股上用力一拽，哒哒哒哒一阵响亮，油锯的马达声骤然蹿上了树梢。

油锯的锯头在大青杨的根部进进出出，马老四锯一阵，停下来，我用板斧砍砸一阵，将木片抽出，然后马老四再锯。用了一箱多油的时候，一圈闸片抽下来，大青杨纹丝不动。油锯刀板的长度大概四十五厘米左右，转一圈后也不过锯去树根直径的九十厘米，对这棵根部直径达二百四五十厘米粗的大青杨来说，并不能影响它站立的姿态。

马老四稍作休息，对树倒方向的一面进行再次抽片，这次抽片的目的是为了使锯身，甚至整个油锯可以进入到大青杨的体内。

中午时分，大青杨叫了一声：咯！这一声粗犷响亮。马老四立刻把油锯抽出来，退后十几步看了看大青杨的树冠。但这一声过后，大青杨又无声无息陷入沉默。

自始至终，大青杨以高高在上的姿态，看着脚下忙忙碌碌的两个叫作人类的生物，它应该感觉到疼痛，甚至麻木。它或许在疼痛和麻木中想起许多事情，比方说发情的马鹿自高自大横冲直撞，孤僻的野猪蛮横粗野傲视一切，迅捷的紫貂悄然逼近放松警惕的星鸦，最后一次在树根下撒下尿迹的东北虎数十年不见踪迹……生命的尽头终归是死亡，面对这死亡有大欢喜的不失为王者，大青杨即便不是长白山原始森林中的王者也一定是重臣，或许，当它轰然倒下的时候，这座森林也将开始倾覆。

除了偶尔过去抽抽闸片儿，我大多数时间无事可干，便把饭盒从大衣里取出来，准备招呼马老四吃饭。这时只听"咯嘣"一声，油锯的马达声也随之消失。

马老四端着锯转过来，锯链条软塌塌垂挂在刀板上。我问："断了吗？"

马老四啐了口唾沫说："这国产链儿，总共放了不到七百米（立方米）木头就废了，要是西德链儿，至少得放一千米。"

我说："你先吃饭，我下山去领一道西德的链子。"

马老四说："你能行？西德链儿材料库可没进多少，材料刘那小子老抠门了。"

我说："试试吧，你忘了，材料刘是我同学，这点面子还能没有？"

马老四有些欣喜，说道："还真别说，把这茬儿忘了，你快去快回，不耽误早下班。"

我下了山，并没有直接去找材料刘，而是找了曹队长。有一天晚上，曹队长喝醉了酒，跳障子的时候，衣服挂在一根高丽明子上，上不去下不来，是我把他弄下来的，当然，这事儿只有我俩知道。果然，曹队长听完我的汇报晃了下脑袋，二话没说唰唰写了个条子。我拿着条子找到材料刘，本来这家伙还要端端架子，看过条子后架子就端不起来了。

回到山上，马老四正好吃完饭，见我真的领来了西德链儿，脸上立刻堆满了谄媚的笑容。他拿着油汪汪的链条左看右看，腻腻的眼神让我胃里直泛酸。我说："行不行啊，我可饿坏了。""行行，太行了，你吃你吃！"马老四贱兮兮地说。

我从保温饭盒里拿出馒头。说是保温饭盒，其实温度坚持不到中午，但总比过去拿着冻得梆硬的干粮，要强好几个档次。马老四很兴奋，一边锉锯链，一边哼着小调。等我吃过饭，再看马老四，果然不一样。只见他孬开两膀，叉开双腿，似乎全身都扑在油锯上。这时油锯的声音也不一样，清亮的轰鸣声里有一种旋律，这旋律悠扬稳健，变幻无穷，非一般油锯师傅能够驾驭，大概也只有触动了天时，唯在此时此刻才会出现这样恢宏哀婉的绝响。

这两天，一只蓝大胆始终若即若离地围着大青杨打转儿，有时也落在大青杨的树干上啄两下，但立刻飞开。这棵大青杨的外表虽然看起来十分粗糙，但它的树皮里面隐藏着许多冬眠着的生命，同时还藏有大量鸟儿过冬的口粮。树冠上更有一个别样的世界，冬青吸吮着它的养分，猫头鹰的家就在冬青下面那个黑黑的树洞里。猫头鹰昨天就逃走了，酣睡中的虫子或许早已被惊醒，它们瑟缩在树皮内默不作声。贮藏食物的鸟儿被油锯声吓得不敢靠前，它们一定在遥远处无奈地观望。只有这只蓝大胆很快习惯了嘈杂的声音，先是小心试探，继而近似疯狂地在树干上搜寻记忆中的草籽和树种，它在与我们争分夺秒。

马老四转到树倒方向的反面，再次扩大锯口的宽度，然后开始进行最后的作业。油锯的锯身深入大青杨的体内，也许是过于疲惫的原因，马老四的手在不停地颤抖。我倚在很远处一棵紫椴树上，看着他狰狞的样子十分好笑，但我也知道，此刻到了关键时刻，这棵大青杨马上就要轰然倒地了。

突然，噗噗几声，油锯拉出一个高音，骤然熄火，林子里立刻鸦雀无声，马老四空着两手缓缓退离了树根。

"反闸！"我忍不住惊叫一声。

反闸是树倒方向判断失误最易出现的结果，由于原本向前倒的树身突然改变方向向后倾坐，树的重量将油锯刀板紧紧夹住无法抽出。虽然林中风大时也会出现这种现象，但大风天是不允许采伐作业的，所以大风引起的反闸现象并不多见。

我直起身想过去看看，马老四大叫："别过来！"

这时大青杨又发出了一声长啸：吱嘎嘎——咯——。我喊道："跑啊跑啊！还不快跑！"这时候，马老四冷静了下来，他冲我摆了摆手，定了定神，深吸一口气，高喝一声："顺山倒了！"

大青杨的树冠随着这喊抖动了一下，稳住了身形，不再作声。马老四慢慢退到我跟前，一屁股坐到雪里，马老四蜡黄的脸开始渐渐有了血色。

我问："咋办？"马老四搋了搋鼻涕说："能咋办，我明明看准树身子是往下面倒的。"

我说："你没见它这面的树枝又粗又密？"马老四说："怎么没有！老子放了半辈子树，这事儿我还能不注意？"

我说："注意了还反闸，就这两下子？"

马老四缓过神儿来后立刻满不在乎起来，慢悠悠地说："咋地，怕了？多大点儿事儿！不过得赶紧把锯弄出来，锯弄出来就好办了。"

这工夫，曹队长从山杠子后面踢踢踏踏地晃过来，大概是这家伙神游到附近，听不到油锯响声赶过来督查。曹队长大声吆喝道：还不快点放，又磨蹭啥呢？下边的原条都拽得差不多了，想让车豁子（集材拖拉机司机谑称）踢你们屁股吗？"

马老四白了他一眼说："反闸了，锯给夹住了。"曹队长骂道："就这点儿能耐还整天觉着自己不错，树往哪边倒都瞅不明白当什么师傅，跟我过去看看！"

我说："你俩等会儿，还是我先过去吧。"

曹队长说："一边儿待着去，你会看个屁，显着你了？"

马老四拿过板斧，砍了几个木楔子夹在胳肢窝底下，对我说："离远点儿，总得留个人报信儿，和队长家嫂子说，队长以后再也不跳障子了。"

曹队长摘下安全帽，反手在马老四的头上狠狠砸了一下，两个安全帽撞在一起，砰的一声，震得马老四眼冒金星。马老四摘下帽子摸了摸头，看了看曹队长两只牛一样的大眼珠子没敢吱声，蔫了吧唧地把帽子重新戴好。

两个人小心翼翼地来到大青杨下，曹队长拽了拽油锯，纹丝不动。马老四用板斧在锯口处轻轻敲了敲，大青杨并无反应。他们抬头沿着树身往上看，蓝天上几朵白云不紧不慢地游过，两个人都一阵晕眩。马老四上来了虎劲儿，抢起板斧，咔的一声砍在锯口上，一块木屑挂着风声从曹队长的耳边飞过去。曹队长吓了一跳，照马老四屁股上踢了一脚。马老四也不回头，咔咔几斧砍出一个切口，把木楔子一插就要往里砸。

曹队长抢过板斧说："虎啊！你去把住油锯，瞅准机会就往外抽，抽出来就跑，看老子的！"

马老四说："那我可不管你了，这把锯是我命根子，你千万瞅准了再往上削。"

曹队长也不答话，轻轻砸了几下木楔子。

大青杨没有任何表示，它庄重地站在那里不知在思考什么。或许它清楚，眼前这两个土生土长的山里人，都是大树的职业杀手，时至今日算是在劫难逃了。或许它还能依稀记起这两个杀手小时候的样子，他们背着空的或装满蘑菇的背筐，无数次从它的身边往来走过。它还能记起这森林的变迁，日渐稀少的珍奇动物，日渐退缩的森林边缘，不由得一阵颤抖。

风起瞬间，这时，曹队长的第二个木楔也砸了进去。马老四正全身较劲，锯口处猛然松开，马老四抱着油锯连退两步，"扑通"坐到地上。

接着，马老四"妈呀"一声，一个懒驴打滚跳起来，拎起比老婆还亲的油锯拼命朝我这边蹿。我紧盯着大青杨，竟感觉它正在向我们扑过来，不由得狂喊："快跑！快跑！"

马老四一口气儿蹿到我跟前，蹲在雪里拼命喘，听着没啥动静，这才回头。只见曹队长把斧子戳在雪里，倚着大青杨冲我俩招招手，我们悄声蹑足地走过去，曹队长一脸不屑地说："不用怕，是坐殿啦。"

所谓老树坐殿，就是经过伐采，本应倒下的树，因为树的根部直径过大，加上地势、风向、判断失误等因素，稳稳地站立不倒。

在早些年，因技术设备落后，大树较多，坐殿的事也时有发生。坐殿树和挂架树的危险程度还不一样，挂架后的树存在的危险性要比坐殿树小些。挂架的树也好处理，只要在根部捆上油丝钢绳，用集材拖拉机拖倒就行了。坐殿的树却不能这样拖，因为它的倒向已经无法判断，最好的办法是等它自然倒下。即便对于一位老伐木工来说，采伐时赶上大树坐殿，也是十分危险的事情。坐殿树虽然这时不倒，但将来遇到大风或其他原因，总有一天会倒下，这样就存在着严重的安全隐患，所以必须进行处理。

"咋办？"马老四问。

"还能咋办，老办法呗，我这就下山去领几管炸药。"曹队长说。

"几管？"我没头没脑地问。

曹队长乐了，说："我哪知道得用几管，我又没放过那玩意儿。"

马老四说："让我家老二放，他放过，他还有可以放炮的证儿。"

曹队长下山请示了场长，场长给林业局打了个电话，说好放炮的手续后补。曹队长跟着材料刘分别到炸药库和雷管库把需要的东西领齐，喊上马老二再次来到山上。这时天已经开始放暗，老林子里阴森森的。马老二说："你们都远点儿，看我给你们弄个炮轰老树王。"

曹队长骂道："瞎放什么屁，赶紧整吧，马上就看不着了。"

马老二说："没事儿，我炮捻子弄长点儿，点着火儿咱就撤。"果然，马老二很麻溜，把炸药雷管捆好放进锯口内，又划拉了些闸片碎木掖紧，转过头大声问："好了吗？我可点啦！"

曹队长说："点吧！"一股白烟儿从大青杨的根部冒了起来，马老二一摇一晃地往回走，马老四到底和他是亲兄弟，大声喊："老二，你不能快点啊！""走你的吧，响还早着呢！"马老二不紧不慢地来到我们跟前。

我们一边顺着沟趟子往山下走，一边竖着耳朵等那声巨响。快到山下了，曹队长有些着急，问："怎么还不响？老二，炸药是不是受潮了？"

马老二也有些没底儿，心虚地说："可能炮捻子太长了，马上就响，马上就响了！"

我说:"要不回去看看?"曹队长斜了我一眼,说:"谁去?你去?"这时山上"乓"的一声,很短暂,很沉闷,有些像大雨天的低空雷。那种雷我就遇见过,就在身边不远处,一团火球爆出,声音不大,但震得人心惊肉跳。

我们全都停下来,向大青杨的方向望过去,只见黑魆魆的山影遮蔽了落日的余晖,整座森林沉寂而肃穆,一阵劲风从我们背后袭来,它急匆匆掠过我们直奔林中而去,让我们禁不住同时打了个寒战。

第二天,曹队长没有上班,这车轴汉子躺在被窝里发烧,像个娘儿一样呻吟。于是王大脑袋理所当然地把那棵大青杨一分为二。

那一炮果然很有威力,大青杨终于没有干过我们,悻然倒下了,没有人亲眼看到它倒下的过程究竟是轰轰烈烈还是凄凄切切。在现场,马家兄弟、我、两个好信儿的检验员和三个拖拉机司机一起,围着大青杨,大家首先感叹了它的粗壮,然后估算着它的胸径和材积。马老四在树根处和大伙儿比画了半天,大概是在总结经验,不外乎是自己上下闸做得好,马老二才能放出那高水平的一炮。那一炮对倒地后的大青杨根部并没有造成多大的伤害,但树墩子却被崩得很惨,撕裂的残根、四处散落的花白木屑分明可见,足以证明了炸药的威力,马老二这一炮放得确实有两把刷子。

我试图沿树根部爬到树干上面去,但没能成功,就顺着树身往树冠方向走去。我发现一根较细的树枝下挷着一个蓝色的东西,仔细一看,原来是那只蓝大胆,它微睁着眼已经死去,身体冻成小坨儿,散乱的细羽随风抖动。树梢处,冬青散落了一地,据说用这东西泡水可以治冻伤。记得树上有个破破烂烂的老鸹窝,这时也不知道摔到哪里去了。我找了根树枝,捅了捅属于猫头鹰的那个树洞,洞不深,空空的什么也没有。

马老二自己也对昨天的那一炮很有成就感，在大家面前十分得意，身为采运技术员，这时自然要拿出领导的样子，高声吆喝道："别看了，有什么好看的，没见过世面咋的？赶紧让王大脑袋把这棵大青杨处理了！都去干活儿吧！"

我看着马老二扬长而去的背影，对马老四说："看见了吧，二哥比你牛！"

马老四说："你也比我牛，你和我说说，你那天是咋把老曹从障子上弄下来的？"

曹队长上班的那天，第一件事儿是把王大脑袋骂了个狗血喷头，第二件事儿把我又调回了楞场，第三件事儿把拖拉机司机都留下开了两个小时的会，研究的还是那棵大青杨。

其实曹队长根本不会开会，这两个小时，基本上就是几个人在讨价还价。一台 J50 拖拉机在作业条件好的情况下，每车次集材二十立方米左右是常有的事，但那是十数根原条加在一起的量。虽然那段大青杨的大头最多不过十几立方米，但因为无法将它背到拖拉机的搭载板上面，只有放到地上硬拖，这就不是一台拖拉机能够拖动的了。拖拉机司机们个个比猴儿奸猾，最后达成什么协议我不清楚，在付出很多履带板、锁带环和钢丝绳之后，两段大青杨终于被拽进了楞场。

下一个难题就是如何往车上装了，原条车司机也不愿意运这样的木头。直到冬采结束，我们这个楞场存下了两千余立方米的原条，那两段大青杨被牢牢地压在木楞下面。

转眼到了夏季，发运这个木楞时，曹队长来过几次，再三叮嘱，那两段大青杨一定要留到最后装车。最后这天，他又来了。这天的天气十分清爽，山峦叠翠，四野花香，湛蓝的天空万里无云。曹队长骑着破摩托疾速冲到我们跟前，猛地来了个急刹车，破摩托立刻横了过来。他跨下车，摆出一副耀武扬威的样子，车轮带起的尘土扑了一脸也满不在乎。

我们先是说服原条车司机陈胖子，把那段小一些的大青杨装上车。陈胖子很不满意，因为是收尾，我们这个楞场只派了他这一班车。楞场里剩下的全是歪瓜裂枣，车载量达不到，赚钱就少。陈胖子和汽运处调度员的关系弄得不好，今天的班次恰好轮到他，不能说这不是阴谋。陈胖子惹不起调度员，更惹不起我们，尤其惹不起曹队长，我们连唬带蒙使他就范，然后开始装车。

对付这种大青杨，我们楞场多少有些经验，在曹队长的督战下，楞场组长兼绞盘机司机老李指挥我们，用钢丝绳捆住小段大青杨的三分之一处，然后将高挂在大主绳上的天车滑到一定角度，用牵引的办法慢慢将它一步步拽到路边。我将钢丝绳解开，重新捆在这段大青杨的大头，老李在陈胖子助手武二毛的配合下，将这一头慢慢吊起，挪到车上，放稳。

看车工秋林把钢丝绳解开，天车滑到跟前，我、另一个捆木工春生和曹队长一起用力将钢丝绳拉开，把这段大青杨的小头捆好，然后大家躲到绞盘机跟前。老李胸有成竹，轰了轰油门，挂上挡位，楞场两边的架杆、主绳、绷绳、起重绳立刻紧绷起来，稳固绞盘机的后揪树也咯咯发出响声，只有牵引绳还柔软地垂在那里。

"起，起，起……"曹队长命令道，他的大嗓门在绞盘机呼啦啦的马达声里依然很洪亮。

老李半眯着眼，将油门缓缓踩下。我攥着拳，眼见着那段大青杨的小头一点点抬离地面，并且逐渐高出了搭在原条车上的那一端。老李锁上起重手柄，挂上了牵引挡，只见柔软的牵引绳蓦地拉直。老李稳住油门，那段大青杨的小头一端，就像是电影上的慢镜头那样，四平八稳地移到原条车的上方，然后轻轻放下。

我们又往车上装了些弯的、细的、拧劲子的杂七杂八的剩货凑成一车。陈胖子一边给原条车捆腰绳,一边对我们说:"下趟不来了,剩下的那些也不够一车装的,造成原木算了。"

曹队长大声道:"啥?你说不来就不来了?剩下的怎么不够一车?你看到那个大青杨没有,这一块木头不够你装一车的啊!"

陈胖子哭笑不得地说:"拉倒吧,就算我能拉动,你们也得能装上啊。"

曹队长说:"谁说不能装上?别说我没提醒你,你要是敢不来,我找你们主任说道说道。"

陈胖子走后,老李问曹队长:"真装啊?我可没装过这么大的家伙。"

曹队长:"不装咋整,总得试试吧,反正是收尾了,顶多折了架杆。"

老李说:"太冒险了,抽了绳子伤着人咋办?"

曹队长说:"你不会照量着点儿,把人都撤远远的不就行了?"老李说:"这可是你说的,出了事儿你兜着。"曹队长说:"不是我兜谁兜,想兜也轮不到你们。"其实我们全都心里痒痒的,憋着劲儿想试试,见曹队长这么一说,立刻摩拳擦掌起来。过了中午,陈胖子来了,他也多了个心眼儿,带来了汽运处的安全员孙大壮。孙大壮是个有背景的家伙,平时喜欢吃吃喝喝,下了车就和曹队长吹吹乎乎拍拍打打到一起。

我们把原条车的拖车从车上吊下来,与主车挂好,陈胖子把武二毛撵下车亲自驾驶。孙大壮大惊小怪地围着那段大青杨转,问曹队长:"这么大的家伙,怎么弄下山的?有四五米(立方米)吧?"曹队长鄙视地瞥他一眼,说:"你们家四五米算大家伙?老子这儿的沙松随便一棵都有六七米。这家伙多少米,娟子你告诉他。"检验员娟子岁数小，赶上今天当班，见有外人，有些不知所措，支支吾吾地说："曹叔，这个大青杨的米数，材积表上查不到，材积表上原条的胸径最大一百二十厘米，这个太大，卡尺也卡不过来，只能估算了。"

曹队长眼珠子转了转说："哈，估算哪能行，你刚干检验这活儿，不知道算法。我给个数，就算九米吧。"

娟子偷偷撇了撇嘴，显然对这个数字不予认同。老李哼了一声，二话没说，给绞盘机打着火坐了进去。我们原打算照旧采用牵引的方式，没想到居然没有吊起来。曹队长命令："别往里绑，绑到头上一点点挪！"

我们就绑上一头，一起一悠，挪了大约半米，大青杨落地的时候，大小滑轮、天车、各种型号的钢丝绳喧哗成一片。

曹队长咧开大嘴叫："就这么弄，就这么弄，早晚把它整车上去！"

我粗略算了一下，楞场之间的跨度大约是七八十米，这段大青杨进到楞场后就再也没有挪动，它距离原条车至少要有四十米，这样搬来搬去，只怕是要干到天黑。果然，挪了十几米之后，孙大壮有些不耐烦了，孙大壮说："这也太费劲了，啥时候是个头，你们不能想点儿别的办法？"

曹队长说："啥办法？你有好办法说来听听？"孙大壮说："依我看，干脆两头一捆，吊起来算了。"曹队长说："你以为我不敢吗，不过这样很危险，折架杆、抽绳子都有可能，出了事可是大事儿。"

孙大壮说："能出啥事儿，老子是安全员，有权指挥是不？就这么办，反正你们也得转移作业，平时干活就没遇上折架杆、抽绳子吗？我在现场，我就能负全责。"

果然，正如我们所料，曹队长要的就是这句话，所有的人都兴奋起来，连老李也不例外。其实最担心的应该就是老李，我们可以想躲多远就躲多远，老李却要坐在绞盘机上操作，如果出了事，老李最危险。

我们捆好了钢丝绳后全都躲到安全距离以外，这时如果现场有人安装个仪器，记录个数据啥的，就和进行一次破坏性试验差不许多了。孙大壮和曹队长检查完绞盘机的后楸树和架杆的绷绳，隐蔽在一棵大榆树后面，孙大壮举起右手，一根手指指向天空，也不管老李能不能看见，一圈一圈地摇动，大喊："起起起！起起起！"

绞盘机发出高昂而尖锐的吼叫，所有的绳索都在慢慢收紧，收紧。那段大青杨也在努力地晃动，挣扎着试图摆脱大地的束缚。眼见着它慢慢离开了地面，突然，咔嚓嚓一阵响声，山坡那边的架杆像是被一双巨手从中间一掰两段。老李飞快跳出绞盘机，兔子一样迅速跑向我们。

我、曹队长、孙大壮、陈胖子、老李、秋林、春生、武二毛、娟子，我们现场九个人，加上远处几个放山归来的老乡，见证了这一非同凡响的场面。折断的架杆落地，弹起，再落地，再弹起的声音，蛇一样毒辣的钢丝绳抽动，扭曲，弹跳，回旋的声音，空旷的山谷将一切声源吃进肚里，不经消化再吐出来的声音，交织成一片，在寂寞的群山中回荡了很久，很久。

以后的许多年，我们到这边的伐区内进行造林、抚育、透光等作业，这段没有运出去的大青杨成了我们休息的地方。最初，它的下面被山洪冲出了一片沙滩，很干净，也有些情趣。后来，森林里的水渐渐少了，沙滩上长出了蒿子、灰菜、苣荬菜、婆婆丁、老牛铧等植物。这些年里，大青杨也在变化，先是厚厚的皮逐年脱落，奇异的菌丝盘桓在树皮下构思着精美的纹络，各种昆虫上下左右往来穿梭，树皮脱落处的树身在太阳的照耀下变得光滑坚硬。后来，树干的下面和两侧长出了许多黑灰色品种不一的蘑菇，蘑菇的大小种类也经常发生着变化。再后来，大青杨的两端也开始出现了由小到大，由浅到深的洞，大胆的鸟儿在里面产蛋抱窝，哺育幼鸟。

在此之后，我换了工作，到林业局的机关地当上了小干部，再到林场去时，上山的机会几乎没有。我始终惦念着那半棵大青杨树，总想找个时间再去看看，但始终没有去成。如今，曹队长患了脑血栓，走起路来一颠一拐，再也不能跳障子了。马老二、马老四也已退休。马老二回了山东老家，马老四哪儿也不爱去，整天和一帮老头儿坐在路边晒太阳。有时候和秋林、春生他们通电话，想起大青杨，问它现在啥样了，秋林、春生他们都说，那一片儿早就没大树可采，也有年头儿没去了。转眼近二十年过去，我再也没有得到那大青杨的消息，想来早已经化作一堆朽土，上面长满了新的生命。

原载《作家》2011 年第 5 期

诗　歌

长白山之恋 （组诗）　卢萍

——忆三十年前《诗刊》访问团

长白山之恋

天池，你是天上的圣水
十六座山峰围恋着你，天外有天
是不是《诗刊》采访团来到这里
天外天把你映得蔚蓝蔚蓝
特殊的照顾使诗人留下精美的诗情
清泉水一样的清纯
原始森林般的梦境

邹荻帆的《原始森林，白天的云》
刘祖慈的《大森林，无边的大森林》
还有丁力、胡昭、朱雷、曲有源、常荣

周良沛的《酒》诗把长白山人说成"火的性格"
"有客进山，不酒怎能走"
听长白瀑布的神韵
看油锯迎着大山的黎明
一部《森林抒情》诗集从此诞生了
容纳着长白温泉的热情
带着白云之家的温馨
"脚印儿含着万木的青茵"（蓝曼）

三十一年的烟云已经过去了
有几位诗友已成了亡灵
可长白上的天池依然风情万种
早已拥有旅游地的圣名
黑风口狂抒风韵
天池水映着七彩的云霓
美人松依然亭亭玉立
山顶上还有片片倔强的岳桦林
游人们饱尝着三江源的圣水
沐浴着原始森林神秘的灵性

悠悠岁月有遗馨，留墨痕
杜鹃花年年开打它的衣襟

长白燕

长白燕从天池水面，瞬间
像子弹头一样射向十六个山峰
又俯冲下来拍打你的羽翼
在山峰的石缝间有你的巢居

五十二年前我曾出版第二本诗集《长白燕》
那时我对白山林海的爱恋、激情横溢
走遍了多少个伐木场，坐过无数次森铁运材车
又在瀑布下，天池水淋透了布衣

那个年代上天池艰难而又崎岖
步履中伴随着原生态的絮语
岳桦林扭曲着坚强向我敬意
林场的火炕上解除了疲劳，释放了欢愉

后来有几次去了天池，却很少见你的踪影了
你本是天池传递风云变幻的信使
敏捷、轻盈、灵巧、刚毅
坚硬的翅膀驾驭着三江源的晨旭

我心中怀念足有半个世纪
你目光从不回迁，羽语有形无声

"大森林举起了手臂，欢迎你"①
《长白燕》虽很瘦弱，但它依然烨煜

长白山温泉

既然有从地壳中敢于涌上的胆略
也就敢于挣脱郁闷抒发北方的豪情
哪怕白雪皑皑地覆盖板结的土地
内蕴使它永远保持向上的衡云

北方是个巨大的热库
蕴藏着开发不尽的旷达与严峻
假如谁对它以礼相待
就像温泉群一样喷发出彩虹似的信任

谁还想再去数原始森林的年轮呢
超越是历史进化的属性
闭守的峭壁早已被岁月风化
开放的温泉群献出了珍珠似的感情

---

① 史蹟评卢萍森林诗集题目

我是原始森林的哨所

火山口像一位三百岁休眠的老伯，
浆沫石早已散去了古老的灼热。
一座座山峰集聚在天池旁
镇守着火山口，像守着岁月的颠簸。
历史赋予这里的遗产——
天池、瀑布、原始林、山谷沟壑……
梦一般的仙境，诗一样的琼阁，
等待着边陲儿女的护卫与开拓。
啊，我是北方原始林中的哨所！

这哨所仿佛是绿海中的船舶，
航行在祖国的边塞角落。
浓绿的波峰与浪谷，
从没有过岁月的蹉跎，
纯真与古朴从匆匆的年华空隙中走来，
没有路径，没有足迹，没有烟火，
和耿直的山山水水结成亲友，
孕育着遥远的寄托。
啊，我是大森林的眼睛，闪闪烁烁……

清晨，我第一个接来了万缕霞光，
在树木枝丫间，花草叶梗上做客。
万物都本能地和阳光相恋，

用光丝编织着嫩绿色的经络。
可边陲呀，一年大半时光都身披寒雪，
给予我们更多的是困厄。
冻结的世界里，我却醒着，醒着……
等待着祖国进行真善美的传播。
啊，我是不知疲倦的北方星座！

鹿鸣峰

十六座山峰群围着天池湖水，
严寒，各自都披戴雪巾，
唯独你，鹿鸣峰，袒露胸怀，
在白山中显示出你的骄矜。

岁月的沉浮不减你的热度，
隆冬时节吸引着鹿群。
难道你对自然保护区充满期待，
泉眼里脉脉含情？

你具有不受践踏的个性，
像伐木者一样在边塞耕耘。
不管是阴云霭霭，寒风凛凛，
总是用灵芝草招待不畏艰险的嘉宾。

别看你几万年，已秃了头顶，

可满身是开不败的花茵。
对于祖国，有你燃烧的爱情，
白云生处，发出声声鹿鸣。

长白山茶

长白山上的老木把，
浑厚如红松，纯朴如白桦。
假如你来到这里做客，
他会给你泡一海碗长白山茶。

长白山茶性格宛如北方的老木把，
在云中放叶，在山上开花。
当你品尝了它的芳香美味，
你是否知道它是在风雪高原上长大？

苍鹰的爱情

苍鹰从天边飞来了，
惊走了蓝天上点点群星；
汽车从远山驰来了，
林场还沉睡未醒。

一节节空车上山多么轻啊，

司机的心，蹦跳而深沉，
是不是他的车开早了啊，
把姑娘的晨梦惊醒？

空车装满了原木悄悄地下山了，
司机的心，甜蜜而轻盈。
今晨他又多拉七吨原木啊，
没有去会见他的情人。

苍鹰从高山飞走了，
引来蓝天下片片红云；
汽车从林场驶走了，
尘埃间却露出一双深情的眼睛……

流

多熟悉啊，每一朵浪花，每一道急流，
我们刚刚分别又相逢的朋友，
在天池瀑布旁我听你磅礴的节奏，
在白河边看你向伐木者深切地问候。

你是北方大地的母亲，
穿林绕岭有时累得很清瘦，
每年都用奶汁喂绿了春，喂饱了秋，
鲜花硕果缀满了我的心头。

豪爽的性格很少娇柔，
像北方人一样的纯朴深厚。
大自然赋予你光荣的使命，
为祖国的富饶不停地奔走。

今天，相逢在松花湖，作了短暂的逗留，
莫非丰满大坝让你等候，
为祖国演一场电的四重奏，
再告别江城，告别相识的朋友。

我知道前边还有重任在等待，
历史的脚步，从来就很急骤。
不要恋桥头的灯光，岸边的翠柳，
前边还有现代化的渡口。

长白流筏

剪一朵浪花作鞋底，
取一束白云作腰带，
鸭绿江是我们的梳妆台，
"小招"作金钗。

我们是年轻的放排手，
几千吨红松我们运，
几万米曲柳勿忘怀。

清幽幽，
急湍湍，
五万里水路我们开。

闯险滩，
渡暗礁，
踩波踏浪送木排。
力在波涛里，情在浪花外。

转瞬间
木筏已过桃花寨。
九十度弯要来了，
水更急，浪更猛，
前进的路程谁主宰？
老排夫推着"舵棒"，
说一声，拐！
木筏擦过岩石崖……

"大姑娘汀"里歇一歇脚，
杜鹃花顺手摘；
"鸡冠砬子"松一松手，
拿出几瓶好酒来。
别猜疑，
我们长白山下的排夫，
是什么流派。
剪裁祖国四化的新衣，

具有北方木把的气魄，
倾吐心中的思情，
早有山中姑娘对我们的钟爱。

啊，白河

在蜿蜒的山间奔走，
在狭窄的河谷里放歌。
再没有比你更喜爱白色，
经受了岁月的颠簸。

是感情的幽深，征途的曲折，
喝了天池水养成暴跳的性格，
还是酷爱参天林木的千姿百态，
容不得你身心有半点龌龊。

是你富有理想，富有寄托，
不怕两岸崖壁交错，
还是在寻找民族英雄的足迹，
绕高山，穿峡谷，不畏陡坡。

在祖国的江河名簿里，
很少提及你，白河。
你总是谦让着说："勿提我。"
白河在伐木者的心中流过。

当两岸还残存着严寒和积雪，
你就快乐地送来了春波。
春，在你的浪尖上打漩儿，
迎来了岸边满树开着银白的花朵。

大森林里的唢呐

白河啊，你怎么在大森林里吹起了唢呐，
嘀嘀嗒嗒，从长白山瀑布底下就吹起，
绕山穿岭，向莽林深处进发，
好像一位豪爽的北方游侠。

那爱过你的天池女送上八条白纱，
你的严肃，化为冰冷的浪花。
生活中埋怨的气氛是不是太多了，
你急剧地走过去，像伐木者的步伐。

山里人爱你性格的旷达，
大山堵不住，高岭挤不垮。
嘀嘀嗒嗒，你来到了伐木场不停地吹，
欢送着原条木上车出嫁……

长白村

在一片白雪中逢春
——风姿婷婷的白桦林
在冻结的深处流淌着夙愿
——火红的炉旁舒展着羽翎
天池水赋予北方古老的使命
伐木者解开了衣襟

我们富有红松、青杨、紫椴木……
也富有开拓生活的激情
满山满谷再生的落叶松啊
长久地做着神奇的梦
几缕炊烟在鹰嘴峰下
涂写着长白村的骄矜

岁月本来给塞北更多的蹉跎
再没有比高寒区更珍惜光阴
我们的豪气与酒同在
杯杯斟满了憨厚与温馨
那一长串用脚步踩成的雪路
正通往春的浓荫

难舍呀，又分开

这里的层峦与叠峰并存，
长虹是它们交往的纽带。
这里的岳桦林与罂粟花互为亲友，
把最深沉的感情又献给了高山藓苔。

这里的天池向高山攀登，
扫除了多少大自然的障碍，
把自己镶在高山之中，
才成了我们心中最深的湖泊。

这里的蜡嘴、黄鹂……
都邀请远方的客人到北方来，
不要忘戴彩色的羽冠，
去和大森林至诚相爱。

这里的抗联与山河同在，
感情的湖在伐木者心中澎湃。
黄花与绿叶相互依偎，
点缀着长白山壮丽的年代。

这里的稀星与淡月相晖，
高山与大河都酷爱林海。
谁最懂得这无边的针、阔林带，

护林人和伐木者是生活的主宰。

只有天池与瀑布依恋后分别了，
去送给人间真挚的爱；
只有木材车鸣笛与森林告别了，
挥泪听从着祖国的安排……

我追寻树的年轮

我追寻树的年轮，
用油锯打开古老的岁月之门，
清醒的锯齿伴随着纷飞的木屑，
把大森林的历史追寻……

追寻，追寻，在莽林深处
那里是一片五彩缤纷。
是急流冲走了苦涩的记忆，
是木质的缝隙间闪动光与影，
年轮与年轮间的浓缩，
浓缩成一把古老的"树琴"。

琴弦上传来了至诚的音韵，
呼唤着新一代树族的浓荫。

松塔投在腐殖土的怀里依恋，

椴花借风媒解开了爱的衣襟。

我看见蜜蜂翅膀的勤奋，
树族正伸延着绚丽的青春。

年轮啊，启迪着追寻者的心灵
更加壮阔地步履人生。

我在深山小站等车

刚刚参观了林中仙阁，
在白云生处等车。
我拿着沉甸甸的松塔，
还想伸手摘下星星几颗。

肩上背满了画板，
美的分量，心中自有秤砣。
要不是伐木者朋友热情相送，
我还会拿走清亮亮的白河。

婀娜多姿的美人松，
送给我多少难忘的秋波。
要不是我的青春年华已过，
也一定会步入这爱情的旋涡。

我采撷人生最美的花朵，
从不怕生活的颠簸。
伐木人帮我寻找美的钥匙，
我打开了大山这把金锁……

我在深山小站等车，
心，仿佛还在原始森林中观测。
一列长车在这儿出发了，
拉走了满车的湖光山色。

我是瀑布下的深潭

不要说这是夏日堆雪戏天
为大自然的恩怨杜撰
我是瀑布下的深潭
容纳着山山岭岭的生态平衡
容纳着人世间悠悠的梦幻
旷达与妒忌常常跌撞
慈祥与暴戾常常纠缠
深沉与肤浅常常并肩
千变万化的世态
霎时间变成了过眼云烟
记忆顺着岁月的急流俯瞰

我并没有留下思绪的悬念

飞溅的浪花虽有心头的凤愿

我有过感情枯瘦的季节

也有过爱情成熟的芳年

悲欢离合都跌落在我的深潭

红霓是人间的瞳眸

深潭深重的使命

具有深邃的内涵

再偏僻也不会乔迁

哪怕打断了我的思索

哪怕击痛了折叠起来的情感

哪怕大自然馈赠我

湿漉漉的帷幔

也不会移动我的诺言

我愿永远是瀑布下的深潭

在祖国的边陲

旋转着我对北方的爱恋

我的后边有九十九条河湾

流淌着牡丹的盛意

洗涤着大石佛的端庄

远方，飘动着一群突起的诗帆

将军办公室

靖宇将军办公室，

设在长白山岭，

日寇为了寻找它，
葬送了多少关东军。

将军在这所房里，
燃烧起抗日战火风云。
几百次抗联游击战，
从这里发出了军令。

说将军的房子是钢铁铸成，
但谁都不见踪影，
知道房子的只有抗联人，
新中国成立后才告诉了我们真情——

森林是围墙，
白云是棚顶，
高山是板凳，
月光是明灯，
岩石当餐桌，
大江当脸盆，
枫叶当被褥，
峡谷当角门……

就在这所房子里，
将军战斗了一生；
就在这所房子里，
迎接着祖国的黎明。

春上天池（组诗）　　丁耶

天池

在你的头上
风云变幻无常，
时而暴雨，
时而烈风，
而你却无所畏惧；
岸然不动。
因为你是风云雷电之子，
在火山喷发中诞生。

美人松

画家为之倾倒，

诗人见你钟情，
你却把伐木者当作知已，
因为你需要做良材，
而不希求赞颂。

岳桦林

手牵着手，臂挽着臂，
沿山岩攀登而上，
先于众生闯入生命的禁区，
用自己的青春把雪峰染绿。

温泉

来自被压抑的心脏，
来自久被困锁的地狱，
你能使麻木的神经恢复知觉，
沸腾起冷却了的血液，
我投足在水中，
增添了攀登的无限勇气。

原载《人民日报》副刊 1980 年 9 月

观棋峰

天池瀑布北侧有一组峰峦，貌似三位老人，两人对棋，一人在旁边观看。观棋峰得名于此。山峰年久风化，有一峰已被山洪冲失。旅游者说："这位老人被战败，下山去请援兵。胜利者正不耐烦地期待他新的对手……"

岳桦林伸出它强壮的手臂，
牵我登上观棋峰的赤壁，
但我也是一个伤痕累累的屡败者，
怎敢同长白老人对棋？
我此来是凭吊这古老的战场，
考察棋盘上遗下的斑斑战迹；
捡起那风化了的石子，
一颗颗好似败卒残车。

我发现这盘棋并不是输给长白老人，
而是失利于时代的风雨。
那山脚下的流沙就是明证，
半残的赤壁上还留有浪潮的足迹……
新的攀登者已接踵而至，
将同长白老人一比高低，
他们投进那么多的科学兵马，
试看怎样扭转这盘危局？

1979 年 8 月

长白山少年（外一首）　中申

绵延的长白山啊，
胸怀多么宽，
像一只巨大的摇篮，
养育多少好儿女在身边。

起伏的长白山啊，
岩石多么坚，
像一只有力的铁拳，
不怕暴风雨不怕刀剑。

那通红的枫叶，
是不是抗联战士鲜血染？
那林海的涛声，
是不是抗联战士在呼唤？
那山间的白雾，
是不是当年战斗的硝烟？

我要讲的故事，
说的是一个少年；
这样的人物，
像山中树木何止万千；
这样的故事，
像林中树叶难以数完。

我们把书本翻过一页：
时间是四十多年前……

少年丁立华

四十年前，
那时候正是旧社会；
那时候啊，
长白山里来了日本鬼子。

那时候，
山上的松树不再青翠，
默默地站着，
愤怒地皱紧了双眉；
那时候，
山里的江河满是浊水，
静静地走着，
悲伤地流淌着眼泪。

长白山里的"木把"们，
恨得牙都要咬碎。
在鬼子的刺刀下，
他们从清早干到天黑。
锯着笔直的树木，
像锯着自己的手指。
放倒一棵大树，
流出两行泪水。
他们盼望着，
天上能炸个响雷；
他们盼望着，
太阳能射出光辉。

"木把"们中间，
有一个少年，
刚刚十三岁。
他心里已经懂得，
应该爱谁，
应该恨谁。
他看看日寇——
端着枪耀武扬威，
他看看叔叔们——
一双又一双
仇恨的眼睛；
一双又一双
紧皱的浓眉……

叔叔们上山下山，
小立华时刻跟随。
他看到：
敌人的皮鞭，
在叔叔头上挥；
敌人的拳头，
在叔叔身上捶。
小立华心里想：
他要有一把刀，
就能把敌人剁零碎；
他要有一把火，
就能把敌人烧成灰！

小立华啊，
他的家在哪儿？
爸爸、妈妈又是谁？……

丁立华的家

小立华啊，
在哪儿呢，他的亲人？
在哪儿呢，他的父母？

……那一天，

敌人正"并屯归户"①，
病着的妈妈离不开屋，
病着的妈妈走不动路；
日本鬼子多么狠毒，
放火烧了他家的木屋。
小立华啊，
疯了一样地哭；
爸爸啊，
急忙向火里扑。
放火的石井中队长，
挡着他俩不许进屋。
爸爸夺过石井的步枪，
刺刀插进他的腿肚。
他狼一样嗥叫着，
逃回警备大队部。

爸爸领着立华，
忙着去见赵叔叔：
"带着这孩子吧，
这是我的托付。"

"立华啊，
要记住：
仇要刻心上，

---

① 1936年后，日本侵略者在东北各地实行"并屯"，以断绝群众与抗联队伍的
联系。

泪要咽下肚。"

爸爸擦干他的泪，
爸爸背枪上山了，
上山去找抗联的队伍。

从此，小立华没有了家，
他的家啊
只剩了烧焦的梁柱；
从此，小立华没有了妈妈，
他的妈妈
埋进了村边的坟墓。

赵叔叔的木屋

赵叔叔的房子，
是一个木板棚，
夏天漏雨，
冬天透风。

晚间立华睡下，
眼睛望着"松明"①，
赵叔叔坐在身边，
讲故事给他听，

---

① 有油脂的松木，可点燃照明。

讲的是抗联队伍
到处狠揍日本兵。

常常，小立华半夜醒来，
看见屋里有几个人影。
是谁呀？
看得清，
又看不清；
谈什么？
听得懂，
又听不懂。

是谁呀？
周大爷、杨叔、大程……
谈什么？
共产党、解放、斗争……

"共产党是谁呀？"
小立华要明白究竟。
"共产党啊，
是白天的红太阳，
是夜晚的北斗星，
是斗争的带头人，
是革命的指路灯……"

他给立华讲了

红军的长征；
他让立华听到
延河的流水声。
那儿云最白，
月最明，
水最清；
那儿天最蓝，
草最绿，
花最红；
那儿没有大把头，
那儿没有日本兵，
那儿青年勇敢，
老人年轻，
儿童团员站岗，
个个是哨兵……

小立华听着，
瞪大了眼睛。
他问赵叔叔：
像他那样的少年，
该怎样革命，
怎样斗争？……
他下定决心，
要当一个不带枪的小兵。

夜晚，他常常坐在门外，

背靠着木板棚，

吹着口哨，

学着鸟鸣。

他看着叔叔们走来，

黑暗包围着身影。

他们进了木屋，

他睁大了眼睛。

夏天，不怕蚊叮，

冬天，不怕寒冷。

他提防着"黄狗"①，

提防着"山林警"②，

注视茫茫的黑夜，

倾听可疑的脚步声。

有点不平常的动静，

"啾啾！"他学一声黄莺；

没有可疑的人影，

"咕咕！"他学着布谷的叫声。

板缝中的亮光，

吸引着他的眼睛。

他看见赵叔叔讲话，

人们围着他静听；

他看见大家在争论，

---

① 指日军。

② 指"山林警察大队"的警察。

人们是那么激动；
他看见墙上一面红旗，
人们是那么崇敬；
"起来，饥寒交迫的奴隶……"
他听见一阵轻轻的歌声。

他们离开了木屋，
都向他露出笑容：
"好孩子！"
"真有种！"
向东的，向西的，
身影消失在夜色中。

青石板

有一次赵叔叔进山，
带上小立华和他一道。
"要是能看见爸爸，
那该有多好！"

少年有志不怕山高，
像一只飞鸟林中绕，
像一只小鹰山中飘。
赵叔叔看他走在前，
夸一句：

"这孩子，真不孬！"

一片白桦树，
云里遮，雾里绕；
一座小木屋，
白桦林，遮盖着；
屋里不见人，
灶里柴在烧。

回身看见一个人，
白胡子，白眉毛，
手端一杆老洋炮：
"怕是汉奸来蹚道，
忙到屋外去看着；
打猎的不光打野兽，
人间的豺狼更不饶。
我这个交通站，
给亲人预备着——
干粮、热炕；
给敌人预备着——
子弹、大刀！
……这个孩子是立华？
你爹来过，常念叨……"

赵叔叔拉过小立华，
撕开他一个衣服角，

摸出一个小纸片，
交给老爷爷收藏好：
"快些交给部队首长，
鬼子动向在上面写着……"

斗争

工人们好像约好，
干活儿慢慢来：
每天上工，
步子慢慢迈；
每天放木，
大锯慢慢拽。

放倒一棵树，
树心已烂坏。
韩大把头气汹汹：

"你们放的什么材！"
叔叔们眼皮也没抬：
"看外边，还像样，
谁知它心里已经坏！"

放倒一棵树，
疗痞、结子一排排，

韩大把头心里恼：
"你们放的树可真怪！"
"你说怪，
也不怪，
有的是栋梁，
有的就不成材！"

放倒一棵树，
树干长得歪；
韩大把头咬牙切齿：
"这棵树咋这么歪？"
"树又不像人，
长得正，长得歪，
它心里可不明白！"

韩大把头叫嚷，
挥起手里皮带：
"大东亚战争，
正需要木材；
给皇军干活，
决不许懈怠！"
"没法子呀！
吃不饱，干不快……"

"守备队"房子揭了盖；
"山林警"大院变火海；

流送的木阀，
到江心就"打排"①；
汉奸进了山，
再也没回来；
抗联的布告，
在墙上放光彩：
"谁再为非作歹，
小心自己脑袋！"

小立华跟着赵叔叔，
前半夜走出木屋外，
后半夜走回木屋来。
早晨他站在人群里，
心里可真痛快！
看他昨夜贴的标语，
象一颗颗炸弹炸开：
"打倒鬼子！"
"日寇必败！"

"讨伐队"来了

雪落着，
压弯了树枝，
盖满了山丘……

---

① 木排散开。

县城里开来两辆汽车，
一辆装着弹药，
一辆装着"黄狗"。
像两只野兽，
从大路上
爬到了村口。
石井下了汽车，
韩大把头领着日寇，
走过一个个门口：
"皇军的'讨伐队'来了，
大伙都去听训话，
屋里一个也不准留！"

雪落着，
叔叔们站着，
紧握着拳头。
石井双手拄着战刀：
"不交出红胡子，
谁的也别想走！"
韩大把头
站在赵叔叔面前，
老鼠眼贼溜溜：
"老赵啊，
你们那个'会'①，
到底谁是头？"

————————
① 指"木业工人抗日救国会"。

"不知道！"
赵叔叔说完，
再也不开口。
"谁跟抗联有来往？"
"不知道！"
赵叔叔握紧了拳头。
一棍子打在
赵叔叔胸口，
血顺他的嘴角流。
赵叔叔迎上去，
吓得韩大把头
跌在雪地上发抖。
一群日本兵
端着枪跑过来，
把赵叔叔带走。
小立华要上前，
有人拉住了他，
是周大爷在身后：
"乡亲受损失，
要上山报告，
我又不能脱身走……"
小立华，点点头，
挤到了叔叔们身后，
看准机会往外溜。

他躲到木楞①后，
钻过栅栏，
溜到村口。

雪落着，
压弯了树枝，
盖满了山丘。
一个孩子的身影，
飞快地
在雪地上行走……

雪夜上山

大地上，
飘着雪，
好大的雪啊，
盖满了原野。

小立华啊大步跑，
一歇也不歇。
不走大路走小路，
——小路近一些；
不走小路抄近路，
——时间快一些。

① 堆放原木的大垛。

山路上，
深深的雪，
深深的雪啊，
灌进他的树皮鞋。

老北风，多猛烈，
刮起了冒烟雪；
吹在他的手上
像刀切；
碰在他的脸上
像刀削。
树木冻得直颤抖，
远处近处，
啪啪地响着
树身都冻裂……
小立华盼着
早点看见老爷爷。

满山的榛柴棵，
像伸出无数只手，
拉扯着小立华啊，
让他歇一歇。
放开手吧，让他走，
不能停啊，不能歇。
亲人们在受难，
赵叔叔在流血。

这山上就要踏着
"黄狗"们的大皮靴。

……这么快啊，
就来了黑夜。
漆黑的山路啊，
手里没有火把，
头上没有明月。
他望望山下，
远处的村子里，
是一片暗黑的田野。
赵叔叔怎么样了？
亲人们怎么样了？
鬼子还在逞凶？
汉奸还在作孽？
他知道赵叔叔
顽强得像岩石，
坚硬得像钢铁；
他知道亲人们
对抗联最爱护，
对敌人不妥协。
可是，如果晚了，
还能看见亲人吗？
一个个的面影，
在他眼前重重叠叠：
赵叔叔沉着冷静，

周大爷态度亲切，
杨权直爽勇敢，
程哥发言激烈……
如果晚了，
就会和他们永远分别。

小立华啊，以前都是
跟着赵叔叔上大山，
都是在白天，
不是这样漆黑的夜。
那时候，他一路上
吃软枣，打核桃，
捉松鼠，捕蝴蝶……
小立华啊，以前没有
自己一个人上大山，
又都是在夏天，
不像这样遍地的雪。
那时候，他一路上
喝口水，洗洗脸，
撅树枝，摘枫叶……

如今他渴了，
口里吞一捧雪；
如今他热了，
脸上擦一捧雪。

他的脚上
已经没有了树皮鞋，
他每走一步路
都要往地上跌。
他走到青石板，
想坐下歇一歇。

他记起在这里，
赵叔叔讲过故事——
那抗联小通信员，
对敌斗争多么坚决！
赵叔叔还讲过，
红军长征，
敌人前堵后截；
克服困难，
战胜敌人，
故事有好些好些。
他说过：
对敌人，
要像钢，要像铁；
对困难，
脚下踩，手中捏……
小立华跨过青石板，
又踏着深深的雪……

他来到木屋前，

手冻得发青，
脚冻得流血；
身上的棉衣剐破，
像一片片的树叶。
他高喊一声：
"老爷爷！……"
大地上，
飘着雪；
小立华脚上的血，
染红白色的世界。

黎明

小立华醒来，
"松明"照得他眼花。
他这时记起，
他睡在老爷爷家。
他看看屋里，
老爷爷不见啦；
他看看四周，
枪不在墙上挂。
他出门喊了一声，
没有人回答。
只见风还在刮，
雪还在下；

哪里能找到脚印？
地上盖满了雪花。

他跑进林里，
奔向山下。
矮树丛，
迈步跨；
陡坡路，
坐下滑。
东边天上灰白色，
时间过去多少啦？

他听见山下
响声噼噼啪啪。
日本鬼子
尝着了"阎王罐头"①，
还是啃上了"铁西瓜"②？
灰色的夜里，
手榴弹爆炸，
像开一朵彩花，
又一朵彩花。

小立华啊，
飞到了山下，

① 用空罐头盒制造的炸弹。
② 即地雷。

飞进了村里，
飞奔回家。
他看见一条"黄狗"，
正向村外爬。
一只短枪，
在他身上挎；
一柄战刀，
在他手中拿。
小立华啊没有武器，
搬起块石头
向他砸。

那"黄狗"，
看见了小立华；
他站起来，
恶狠狠地笑着："哈哈！"
双手把战刀
握在胸前，
一步步走来，
就要砍下。

小立华啊，
不害怕。
他看清那"黄狗"，
正是石井。
就是他，

就是他！
他杀了乡亲，
他杀了妈妈！
小立华从路旁
拾起一根斧把，
向石井奔去，
咬紧了牙。
小立华啊，
不害怕。
打鬼子，
分什么大人、娃娃。
就是一草一木
都饶不了他！
雄伟的长白山，
像一只钢铁的拳头，
要把鬼子砸；
笔直的红松树，
像无数挺立的钢枪，
要把鬼子杀；
洁净的小白桦，
像支支闪光的长矛，
要把鬼子扎！

小立华啊，
不害怕。
他要用拳头打，

他要用指甲抓，
他要把仇人的眼睛挖，
他要把石井撕开花！

近处一声枪响，
石井扔下战刀，
像狗一样
倒在地下。

是谁在附近
喊着"立华，立华"？
小立华啊飞过去，
喊着："爸爸！爸爸……"

他依在爸爸怀里，
半天说不出一句话。
爸爸亲他的头发，
暖他的脚丫。
他在爸爸怀里，
看见赵叔叔走来，
头上有绷带扎；
他看见别的叔叔走来，
和爸爸把手拉；
他看见老爷爷走来，
老洋炮在肩上挎；
他看见韩大把头过来，

在地上连滚带爬。
他看见抗联战士们，
走过来围住他，
一个个看着他的脸，
说一声"好小嘎①！"
他看见东天边，
一片红色的朝霞！

当你翻过上面的一页，
时间飞过了四十多年；
刚才还是烟雾弥漫，
现在却是亮瓦晴天。

那通红的枫叶，
是革命的火把
在长白山点燃；
那松林的涛声，
叮嘱我们牢记
烽火的昨天；
那山谷的白雾，
却是开山筑路
爆破的轻烟……

经过那次战斗，
丁立华跟着爸爸上了大山；

① 小嘎：小孩。

"少年铁血队"里，
又增加了一名新队员。

革命的道路
山高水远，
丁立华的心里
永远不忘战斗的昨天。

选自《雪花·海风·篝火》

长白山速写

声音

鸟飞了，人走了，
伐完了树运下了山；
作业区越来越远，
山疲倦了，默默无言；
伐过树的树墩，
静静地躺在地面。

洁净的横断面，

年轮一圈一圈；
每一圈，记载着
林业工人辛勤的一年。

树墩仿佛在旋转，
像一张白色的唱片；
每一圈年轮都发出声响，
生活又在我的眼前出现：
伐木工的歌声、笑声，
和献身祖国的誓言……

倾谈

绿的树，
绿的山，
绿色的雾气
弥漫在林间。

这里，
那里，
升起了一股股
油锯的蓝烟。

伐木工和大树
肩靠肩，

油锯的响声里
交织着他们的倾谈——

树说：
为了四化，加油干！
他说：
是啊，我送你快下山！

山中

长白山下
摇曳着稀疏的岳桦；
冷风中
颤抖着杜鹃花。
吸引我的
不是鲜花和树木，
长白十八峰
令我仰望、惊诧：
白云缠绕
显得多么潇洒，
傲然矗立
迎着风雪交加……
人该像它——
坚实、挺拔。
我问自己：

你能吗？能吗？

十八峰
重复着我的问话：
能吗？能吗？……
等着我回答。

居民点

山区居民点是森林的儿子，
一血一肉啊都是母亲给他。
木板的墙身木板的瓦，
木头的院墙木头篱笆。

那结实的筐子是柞树皮编的，
那白净的草帽用的是刨花……

这些东西多像山区的居民，
结结实实，没有半点浮华。

山区的居民是一株柳树，
一降生就在这里生根发芽；

山区的青年是一株红松，
冬夏不变色，腰板儿多么挺拔。

山区的姑娘是一株白桦，
灵巧而活泼，身姿那么潇洒。

青年在家乡结果、开花，
居民点将在这一代日渐繁华。

他们的品质会有所变化？
不，仍然山样坚实、树样高大。

因为，他们是大森林的儿女，
一血一肉都是母亲给的精华！

选自《灵犀集》

长白之春（组诗）　曲有源

春上天池

有一种春
不喜欢参与春
在大地上的喧闹
便悄悄地溜走了
谁知经过什么样的历程
才爬上白山之巅
能够经得住如此折磨的
毕竟是少数
看天池的岸边
花儿
只有这么一排
绿
只有几抹

小天池

在天池沐浴之后
想必那个最小的仙女
在幽秘之处
还藏有这小小的天池
作为妆镜
那娟秀的白桦侍儿
居然没有防备快门的窃取
让山外人
得以窥视这
春闺之梦

云遮雾锁

有云在高处
便证明
雾所在的地方
是尚未得道者的居所
如此弥漫
也许是为了遮蔽
或者净化
总之是隔绝
不想让凡俗污秽之物

涉足
长白仙境

长白之春

那瀑布从悬崖上
跳下之后
便从岩缝的深处
潜出山外
作为内线把暖风引来
春才如此漫山遍野地侵占冬的营地
更有甚者
那先遣的绿色
竟爬上峭壁
逼得残雪步步后退
幸好有远来白云的接应
才不至于
永远消亡

虹桥溪涧

比仙女还寂寞的
是天池
有了机遇

便怎么也按捺不住往低处流的激情

于是

便蹈空而下

成为滚珠溅玉的溪涧

以虹为桥

说明前程美丽

而虚幻

看来纯洁也难免要

自我表现

哪怕后果是

不可避免的污染

长白山远眺

远眺长白山

更能体会出

她的圣洁

而镜头采取的角度和距离

更恰如其分

因为要表达我们的敬仰

正好

有这最美的花树

作为花束

长白瀑布

秋叶红了的时候
才能看出这位名山
鹤发童颜
那山口的瀑布
像飘然的银须
如神如仙
那些古老的传说比古还古
向后来人诉说
总是滔滔不绝

长白山大峡谷

关于地质远古的秘密
长白山
怎能
没有完整的档案
看这一格一格的峡谷
即便有
梯子那样的河
如此幽深
也真不知
该怎么探寻

霞色天光

还是远远地眺望吧
不要惊扰
看长白山正用仙池的明镜
窃取天光
让不肯匍匐
一直攀登的岳桦
有比桃花枫叶甚至圣火
还美的颜色
令人惊叹不已的　往往
是美的虚幻和虚幻的美

气迫霄汉

山
尤其长白山
它亿万年孕育的豪情
只有化为云
才能有那么大的时空
接受过来
如此广阔的逼迫
才
对深不可测的霄汉

构成了
威胁

长白山雪像

大雪
堆上天的时候
打开封门的天门
才能看到长白山的
头像

以雪为须发
以雪为征袍
好一员
威逼时空的
天将

天池春色

想必这天下报春之花
不会是一种
那蜡梅被贬到江南之后
在人间
已出尽了风头

而仙女们在沐浴的天池之畔
只留下这
高山的杜鹃
其苦寒之情
以及傲雪斗霜之姿
甚至厌恶凡俗的赞颂
不然怎么会
躲到这轻易践踏不了的
白山之巅

二道白河（外一首） 钱万成

看来，我是真的
爱上了这座森林中的小镇了
不然绝不会有
把终生托付给它的想法
还要在近河的地方买栋房子
安定我一生漂泊的灵魂

我一生中去过很多地方
那些地方也有蓝天 也有绿树
也有江河和甜甜的空气
还有如云的美女和花朵
可这些都不曾让我心动

这块土地
却真的让我流连忘返
早晨看太阳在河面上散步

晚上看星星叼着烟斗
在水下的餐厅里聊天

更神奇的
是这里居住的人们
像山上的树木一样
一茬茬被运走
可森林依旧，小镇依旧
而且变得
更加年轻

我不知道
前生是这林中的鸟还是野兽
来到这儿就像回到了家
那就把我永远地留在这吧
做一株草一棵树抑或一只虫子
都无所谓
只要天天和美人松为伴
和树上的松鼠一起觅食游乐即可

北方的记忆

刺玫果和白桦林
一直走到山的那边
那本没有页码的诗集飘得很远很远
六月的北方
涌动着疯狂的绿
棕色的人熊在多情的
枯树旁睡得正酣

记忆是一片片忠实的叶子
总是在雪融化的季节里回归
炭火盆烤沸的酒壶
醉倒过多少值得纪念的日子

坐上轻快的爬犁
人生从风雪的爱抚中开始
跌倒在野猪
和狼狐的山径上
我认识了双筒枪和猎人

作为男儿

我不曾吝惜过血
樟子松顶起蓝色的穹顶
我曾是北方
明亮的眼睛
我曾用爱暖过石头
石缝长出嫩嫩的野草
我曾骑在鹰的背上
去慰问偏依在天边的星星

我没有忘记我走来的方向
没有忘记怎样撕破了那张网
常春藤缠着金色的诱惑
我曾攀缘在临渊的绝壁

那头小鹿并没有死
望断天涯　感动了太阳
我们一同回到母亲的怀抱
只是都长出了胡子

银色的流光
为我刻下北方的记忆
回过头去
竟是一面
打也打不破的镜子啊

选自《钱万成诗选》

长白山 宗仁发

林海深处的一座孤岛
道路连接着天空
无人区 金雕盘旋
展开的双翼掠过广阔的领地

视野中的云雾或者晴朗
都可能是假象
岩浆会给记忆矗立成
模糊的纪念碑

岳桦林弯曲的脊梁
诠释出另一种耿直
低眉顺眼的高山杜鹃
破坏了简单的赞美

高冷的天池水

是美人的一副面孔
而怀抱鸡蛋的温泉
代表着某种真心

歌唱吧，无数条瀑布
不舍昼夜
当然也会混入
功利主义者的蛙鸣

小天池是一个镜像
为那些恐高症患者提供补偿
寺庙的钟声伴随着
另一个道场

废弃的石屎便道
作为博物学的展览
给早期的设计者
留下一道长长的疤痕

雨燕把家安在危险的里面
语言的蕴含借此得到一次拓展
这些平常之举
被我们收入新的鸟类志

写给这座山的那些夸张的话
只能交给黑风口用方言朗读

而长白山之巅不需要任何装饰
除了终年积雪

原载《长白诗世界》

到长白山去 (外一首)　张洪波

到长白山去
去看看长白山
看看看看
那个
总是翻穿着白羊皮袄的关东壮汉

长白山曾是愤怒的山
因为历史的一次不公
它大口地吐过滚烫的血浆
长白山又是温柔的山
因为大森林的无限深情
它总有道不完的情感

长白山
多情又倔强的山
甩一头岳桦林

野牛样迎风显示着伟岸

可胸前又常戴上几朵
小小的小小的牛皮杜鹃
长白山捧着一泓天池
捧着一大碗酒
酒溢出来了
三条醉人的水系
被三个地方的少女
撩起来了
撩上洗衣石
撩上搓衣板

无数个小水珠无数个小世界
串起了三江生活的和弦

平平仄仄的岁月
是长白山伸开的手臂
肌肉里凝进去了大片的雪花
骨子里还有未取出的风寒
它风湿过　但不肯倒下去
真是一条东北硬汉啊
站着
一座真正的山
从没有过半点悲哀的低叹
到长白山去

去认识所有的树木
去认识所有的动物
去站在枝丫上
学学松鼠的机敏
去钻进丛林中
体会野鹿的速度
去小木屋的墙上
读一片片兽皮上传奇的故事
去守林人的泉边
听一听林涛与林涛的
大声争辩

钻进那白羊皮袄里去
扯住圣洁的衣角
聆听
关于怎样做一个男子汉的
教导

原载《儿童文学》1986 年第 8 期

边地森林

一

最后的阳光将要沉入森林

叶子的脸色很不好

没有风

甚至没有声响

空中飞过一条褐色的弧线

附近的鸟儿

默默地归巢

贴近树木

凝视叶子的神情

期待今夜不再失眠

蛇优美地从枝丫上飘下来

那种蜿蜒的飘

正如一支歌

灌入草丛深处

消失之后

仍有许多余音萦绕

而青藤正有力地上升

也是很优美的蜿蜒

边地的森林

在度过一个夜晚之前

倒木身躯上所有的伤口

在我的抚摩中分散出种种颜色

那些颜色在林子里愈合成荡漾的山岚

二

你静静地躺着吧

我的倒木

在腐朽之后

关于你的传说

还会四处飘摇

深山深处寂寞的死亡

难道不正是往日的巍峨所指的方向？

躺下了

你百感交集

也许还会有更强烈的苦难

将你紧逼！

当年的呼唤

至今也没有传播出来

太远了！这个遥远的边地

遥远成无声的绝望

遥远成纯粹的葬礼
大雪开始纷飞
还有那脱落的自由的叶子
与大雪一起纷飞……

三

落难的孩子走进来
一个被工业杀害的灵魂
要在这里寻觅新鲜的空气
这里仍然是远方
很远很远的地方
须有耐心才能靠近
须有爱心才能走入
之后
会在那柔情的树上
摘下诗句
世界呀，也可以完美
世界呀，不能再有更多的逃离

四

所以，春天必须回归
苍茫的林海

应该结束所有的潜伏

透出光

流出水

长出叶

扎下根……

穿过灌木丛

我找到了自己的血统

我要质问

谁曾经分裂了我们？

四面是树

四面是完完全全的树

我不是带斧头闯入森林的人

我带来的是泪水与爱情

多年以后的大树

多年以后的父亲

我该把向阳的叶子献给您

而今天，偶然说起您的姓名

就是山外的山外

那谁也追赶不上的声音

五

当我也被你排列成绿色

啊，浓荫福佑的大森林

你有没有真实的背后？

你有没有隐秘的深处？
你的深处是普遍的泥土
你的背后是不改的性情
在这边远的高山上
你用林涛呼唤
你用枝条招手
来呀，我的亲人！
我去拾捡所有可以用来砍伐的工具
我发现了斧子和油锯那刃上如血的木粉
我一下子就想起了早逝的兄弟
想起他倒下的那一瞬间
群山旋转，天空倾陷……
把那些工具火化成往日的云烟
大森林啊
让我带着泥土和水
站在你的面前

六

最后的阳光已经沉入森林
叶子的脸色正在好转
为了明天又一个成长的日子
让亲切的风吹来吧
边地的森林
在度过一个夜晚之前

把一首木制的歌谣

唱得很远很远……

原载《诗刊》1997 年第 11 期

说吧！长白山（长诗节选）　金城辉

序诗

巍巍峰峦插云空，
层层巉岩披彩虹，
说吧，长白山！
你，祖国东北的险峰。
传说武将磨利剑，
崇山峻岭任驰骋，
说吧，长白山！
你，革命历史的见证。
你奇峰高耸刺青天，
巍峨挺拔冲云中，
是不是象征着各族人民，
不屈不挠的壮志豪情？
你松涛滚滚四季青，
千层碧浪连天涌，

是不是在讴歌万千抗日英雄，
血染山峰的不朽奇功？
今天，我也要放声唱！
借长白山白虎的勇猛，
展开长白山雄鹰的双翼，
用震撼长白山峡谷的回声。
我要谱写长白山战歌，
青青松柏作笔锋，
碧绿天池当浓墨，
像飞瀑般抒发我的激情。
如穿云破雾的山鹰，
翱翔在长白山顶，
我要撑竿放木排，
看满山金达莱簇簇红。
密密森林深峡谷，
到处是历史足迹血染成，
我要冲破烽火硝烟，
吹出嘹亮的军号声。
巍巍长白山！告诉我：
在你的泉边和高山顶，
我们的父母兄妹，
抒发了多少革命豪情？
巍巍长白山！告诉我：
在你的万壑千峰，
他们怎样嚼草充饥，
笑迎旭日天下红？

望着你啊，长白山！
海涛般的情思胸中涌，
耳边如闻号角响，
英雄们高唱战歌去冲锋！
挥手舞动漫天云锦，
昂首傲视万里苍穹，
今天，我唱先烈们的歌，
声声似春雷在轰鸣。
我的歌儿虽然笨拙，
但这是我献给祖国的赤诚，
长白山啊，放开你的喉咙，
传遍我这火热的歌声！

一

青山沟，长白的心脏，
红松、白松插云天；
革命摇篮，战斗的密营，
松林中升起缕缕炊烟。
飞瀑直下如雷吼，
惊天动地震山川，
火红的年代，战斗的风云，
祖国的东北烽火连天。
抗日战歌入云霄，
刀丛剑林寒光闪，

青松来了，完成杨司令的命令，
英兰来了，护送伤病员。
富饶的山，山连山，
地下宝藏连成片；
肥沃的地，地连地，
春种秋收佃农汗。
惨遭蹂躏的田野啊，
苍苍茫茫的长白山，
鸿雁衔来繁华万朵，
紫燕引来春光无限。
前山后坡布谷叫，
声声催种不消闲，
布谷鸟呀，你真傻，
地被日寇占，怎样种庄田？
可你的歌声是一团火，
燃烧在抗日军民的心间；
你的歌声是嘹亮的号角，
催人收复好家园！
"我们的父母都挨饿，
难道是地少或偷懒？"
——这是本周讨论题，
战士们沉思想联翩：
是谁播种又施肥？
是谁锄地流大汗？
是谁秋收挥镰忙？
——是我们的父母腰累弯！

可为什么颗颗金谷粒，
却装满地主的收租院？
为什么老财不下地，
却肉山酒海穿着绫罗缎？
"因为地主、日寇黑心肠，
一到秋收就抢红了眼！"
英兰发言泼辣辣，
众人点头齐称赞。
"咱们的木牌要钉上，
实行耕者有其田。"
青松向往游击区，
心儿飞向美好的明天。
师部人员去采野菜，
和煦的阳光洒春山，
山花红啊岭添绿，
山间清泉流潺潺。
如茵似锦山坡下，
青松、英兰坐岩边，
口嚼干粮谈未来，
知心的话语暖胸间。

二

一轮明月挂天边，
春风阵阵拂心弦，

英兰辗转难入睡，
思绪纷纭心潮翻。
眼望明月倍思亲，
故乡茅屋浮眼前；
月下爹爹打麻鞋，
炕上妈妈搓麻线。
思恋青松脸滚烫，
音容笑貌映眼前；
姑娘心跳扑通通，
两颊酒窝笑意满。
辗转反侧心忐忑，
夜静更深难合眼，
想起爹娘双眉皱，
想起青松双眉展。
那天上山挖野菜，
欢语欢歌飞满天，
青松笑脸望英兰，
悄声细语声儿甜：
"有一次部队上北满，
越过老爷岭直向前，
白天露宿高粱地，
戴月行军不畏难。"
"奇袭敌人警察署，
滚滚烈焰冲云天，
劈死顽敌缴枪支，
唤醒人民齐抗战……"

倾听青松谈往事，
英兰凝视目不转。
生气勃勃小老虎，
战火锻造好青年。
望着青松想自己，
离家进山多少年，
昔日村姑成战士，
肩抗钢枪把敌歼。
绷带、纱布、橡皮膏——
"抗联医院"挑在肩，
红心解除千人痛，
巧手救死扶伤残……
夜空繁星泻银光，
青松问话响耳边：
"有话要给妈捎吗？"
英兰激情翻波澜。
是否他要去故乡？
还是有人要下山？
革命征程多风云，
难测明日在哪边。
一轮明月西山落，
姑娘彻夜未成眠，
深情如同图们水，
祝愿青松早凯旋！

三

紫燕飞来传音讯，
春风吹来带尘烟，
听说故乡遭劫难，
青松心里似油煎。
杨司令有天问青松：
"你的家乡在哪边？"
"图们江畔柳树村。"
"想不想回乡探家园？"
青松听罢抬头望，
司令知我思乡愿，
"是！"说完又改口，
"不！我还不想回家转。"
面带笑容杨司令，
拿出烟纸卷旱烟，
望着青松嘻嘻笑，
往前坐在他身边。
"故乡可有好姑娘？"
"有，姑娘像鲜花满春山。"
"有个姑娘等着你？"
"不！没有姑娘把我盼。"
杨司令狠吸一口烟，
走到窗口往外看，
林中弥漫春浓雾，

一只苍鹰飞蓝天。
苍鹰盘绕树梢上，
抖开翅膀到天边，
杨司令抬头望苍鹰，
浓眉大眼光闪闪：
"青松，你看那只鹰，
革命者要像它一样勇敢，
雷击电闪往前冲，
叱咤风云冲霄汉！"
生在山村长林中，
南征北战闯险关，
青松眼望蓝天鹰，
胸中激情如火燃。
"可有任务交给我，
派去故乡走一番？"
青松心中暗自语，
微微含笑双眉展。
"身体如何？会游泳？
会不会驾筏撑长竿？"
杨司令一一问清楚，
然后把任务对他谈……
重要任务压双肩，
青松紧紧攥铁拳，
誓言一句出心底：
"完成任务再来见。"
杨司令深情把话讲，

双手搭在青松肩：
"有啥困难和要求，
尽管提吧尽管谈。"
青松踌躇低下头，
拿出张纸片羞红了脸，
郑重交给杨司令：
"我要做个共产党员！
我今年已经二十一，
入党是我平生愿，
我誓死奋斗为革命，
愿意接受党考验。"
杨司令手拿申请书，
无限欣慰涌心间，
革命熔炉炼真金，
青松心红斗志坚！

四

图们江畔雾弥漫，
水鸟啼鸣山雀唤，
田野新绿山色美，
金达莱花红艳艳。
日出长白山云雾开，
筏工豪情似浪翻，
手撑篙竿放木筏，

搏风击浪快如箭。
绕过东山到西麓，
绕过暗礁排万难，
长长木筏坡上跃，
乘风来到西口岸。
五个青年上木筏，
脚踏风浪挺铁肩，
龙腾虎跃声威壮，
恶风险浪只等闲。
不乘汽车和火车，
偏上木筏浪里钻，
心照不宣筏木知，
挥篙驾筏绕险滩。
劈波斩浪放木筏，
筏工心潮起波澜，
哦呀啦喳，得嘿啦，
歌声随波江上传：
——滔滔西江水，
随风波浪翻，
汇入图们江，
要转几道弯？
山上鹿鸣春，
江边柳如烟，
山水虽有情，
人间暗无天。

青松五人坐筏上，
乘风破浪快如箭，
眼观山野察动静，
筏工歌声响耳边：
——自在小水泡，
随波漂天边，
我愿伴你去，
寻找好家园。
一生斗风浪，
日夜不消闲，
背上一身债，
命苦恨人间。
木筏顺流过山麓，
山花笑迎水鸟欢，
筏工放歌又一曲，
歌声袅袅飞蓝天：
——哎咳木筏流
离乡知多远，
父母和妻儿，
让人真挂牵！
听说杨司令，
来到长白山，
我愿向密林，
鞠躬问早安！
金达莱花一簇簇，

白鹤双双舞翩跹，
长长木筏顺流下，
筏歌飘向白云端。

节选自《说吧，长白山》

长白山行（组诗）　朱雷

总是云
——写在登山时节

总是云。总是
望不尽的匆忙的云
一朵，一朵，一朵，一朵
从早晨到黄昏
总是从东，从西，从南，从北
从含笑的沙漠，从喧腾的海岸
从开花的草原，从郁青的森林
从一切有路与无路的地方

悄悄涌来，涌来
贴着长白山的脊背

汇成涛涛的云阵

总是云。总是
如山，如石，如浪
如马，如狮，如虎
如风流少年，如垂髫老翁
如山野村夫，如远方嘉宾
如织女依着牛郎
如婴儿召唤母亲
总是从不相同的地方
纷呈不相同的姿态
向这同一座高峰涌来，涌来
坚定而又平静
疲惫而不停顿

总是云。是云
就该有闪，有劈开雨夜的长铗吧
就该有雨，有泼绿荒原的甘霖吧
就该有雷，有擂醒千山的鼓槌吧
就该有虹，有搭向天庭的拱桥吧
总是云。总是
一朵挽着一朵的云
同路又不相识
陌生而又亲近

总是云。总是

望不尽的匆忙的云
是不是为了同一心愿
来赴一个约会
一朵，一朵，一朵，一朵
从早晨到黄昏
总是云
总是云

鸟的国度

长白山自然保护区
是一个鸟的国度……

轻轻地走，别，别碰响一片叶子，
也许，也许斑鸠正在那哺育儿女；
别，别踏皱一池碧水，轻轻地，
也许鸳鸯正在那谈情说爱，也许……

也许，就在你小憩的山路旁，
一只杜丽鸟正在那梳理翎羽；
也许，就在你濯足的翠湖边，
一对秋沙鸭正在那寻虾觅鱼。

林深处，谁唱歌？这么动听！
是怕见人的三色鸫？还是胆小的黄鹂？

头顶上，谁叫喊？这么大胆！
是大咧咧的灰色鹞？还是莽撞的山鸡？

或早春、或盛夏、或黎明，或星夜……
有一片叶子就会有一双鸟翼！
也许，你会听到琴鸡怎样在林中弹琴。
也许，你会看到雨燕怎样在云端播雨。

你想看它们筑巢吗？那才有趣！
三宝鸟在深深的树洞，小河乌在潺潺的春溪，
巧柳莺，球形的吊篮总是编织得十分考究，
白腹鸫，坚持为墙壁抹一层防风的胶泥。

不，还是看一看它们的劳作吧，
无论是大山雀，长耳鸮，环颈雉……
荼腹鸭，终年倒悬在树枝之上，
旋木雀，整日绕着树干——沿着螺旋形的楼梯。

当然，这个国度也并不总是充满春光，
有过严寒的季节，有过辛酸的故事；

夜幕中，黑乌鸦曾飞来飞去散布着不祥的消息，
冰雪下，小麻雀曾跳来跳去找不到一粒粮食。

听，鸟儿们叽叽喳喳在议论着什么？
是不是在讨论制定一条严明的法律？

要防止交嘴鸟为积累家私窃走别人的果实，
要打击大杜鹃为抢占房屋摔死同类的孩子。

呵！今夜，沿着树影，我轻轻地走，
在鸟的国度里，似乎也添了双翼！
我愿意，我愿意我是一只无名的小鸟，
总是躲在叶子后面唱歌，轻轻地……

采参人

看到了采参人
使我想起探索者……

他不是落叶
不会追逐于飘忽的风
不会攀缘粗壮的枝柯
他不是藤
他是采参人
他的路在没有路的地方
没有人踩过的苍苔
才配印他的脚踪

关东大地的路是流向沙漠的河
一弯进老白山便沉没了波影
只有采参人

蹒跚的脚步晃动了森林
晃动了千百年凝固的等待
晃动了等待千百年的不死的心

索拨棍
他延长的手臂
他探索的神经
陪伴着他
在永远也走不出的神秘的绿夜中
拨亮一颗颗晨星
一颗颗昏睡的眼睛
挑飞一朵朵沉霞
一朵朵无翅的梦境

够了，他还会需求什么呢
按照祖先的习惯
小米饭，蛰麻子汤
是鼓胀他血管的唯一热能

嘲讽般袭来的冷雨啊
吹旋起大山的热风啊
总也摆脱不清的葛藤啊
叮人吮血的蚊虫啊
什么也不能把他阻挡
两条腿
大森林唯有的两根钟摆

摇去了他的时间与生命
摇短了他通向目标的路程

那融在花雾中的极小极小的
淡淡的小花
溅起了他白色的梦
那躲在碧叶后的红宝石一样
晶亮的果实
点燃了他希望的灯
飞来吧，人参鸟
那缭绕在你喙边的古老的谣曲
是怎样在他孤寂的寻觅中
颤响一片灿烂的憧憬

当然，像他的前辈人一样
他走过的路
不论成功或失败
都会给后来人一个断然的决定
——不能再走那条路了
有脚印的地方
不会有收成

林中的雪

在长白山茫茫林海中，有一座抗联战士的无名墓

林中的雪，又大，又轻捷，
飘忽着，像一万只白蝴蝶，
簇拥着，嬉笑着，厮闹着，
落满了山谷、小径和每一片红叶……

莫不是春天就躲在这林海深处？
若不它们怎能这样兴高采烈，
甚至在行人的脸上扇动翅膀，
沙沙地，奏出动人的音乐……

我迎着飞雪在林中巡逻，
任它们沾上枪刺，坠上眉睫，
一片雪花顽皮地扑上我的唇角，
凉丝丝，却掀起我胸中浪千叠……

我想起了过去严峻的日子，
一队抗联战士曾在这里停歇，
一蓬火，煮沸了漫天飞雪，
喝一口，顿觉腹中似炉膛般炽热！

我想起了他们曾乘雪夜出去，
脚步，也像雪花一般轻捷，
归来时飞雪欢快地掩上脚踪，
留下的只有枝头那一弯新月……

我也想起了一个年轻战士，

胜利后，可他的胸脯却和这雪地紧贴，
身后镌一行深深的脚印，
每个脚印啊，都缀满点点鲜血！

啊，这点点鲜血像朵朵春花，
在皎洁的雪地上开得热烈！
雪，狂舞着，回旋着，低吟着，
扑向他，像一万只翩翩的白蝴蝶……

今天，我又持枪在这林中搜索，
雪满胸前，我壮怀激烈，
因为我的脚步正踏着前辈的脚印；
因为我的血管正流着先烈的血液！

不许一个野熊骚扰我沸腾的白天，
不许半条阴影玷污我银色的雪夜，
为了守护这山谷、小径和每一片红叶，
我甘心，甘心献出自己的一切！

是啊，春天就躲在这林海深处，
这茫茫雪原岂止是风雪的世界，
啊，我看见在白雪铺成的巡逻线上，
一万朵春花正在迎风摇曳……

鸟类学家的眼睛

早晨，眼睛是两滴晶莹的露珠
夜晚，眼睛是两颗明亮的星星

春天，眼睛是两泓清澈的潭水
秋天，眼睛是两片明净的晴空

天空，地上，一千种色彩在这里交映
山泽，水畔，一千种琴音在这里颤动

枝头，树下，一千种舞姿在这里纷呈
风里，雨中，一千种响箭在这里冲腾

天鹅在眼睛里追逐云影
黄莺在眼睛里梳理羽翎

季节在眼睛里黄黄绿绿
鸟翅在眼睛里扑扑腾腾

啊，树叶凋零的日子，紫鹃远去
眼睛里掠过一阵苍凉的寒风

啊，山花吐火的时刻，大雁归来
眼睛里映出两道雨后的彩虹

眼睛，永在工作的摄像机的镜头
从一座山到一座山沿着鸟的行踪

眼睛，永不停歇的鸟之国的行星
负载着庄严的使命日夜运行

叶子
——登天池望林海

好一片叶子哟，硕大无朋，
从天边绿到天边，望不见叶柄！
不知道风的长腿跑遍它要几天，
彩云落在上面，像落只蜜蜂！

一座座火山湖，是大滴的露珠。
林村、小镇，是不动的甲虫。
来往的汽车蠕动在公路上，
条条公路，是叶脉纵横！

呵，看不见伐木人的影子在哪了，
是不是太小了？已被吸收！消融！
森林小火车像一缕缕游丝，
远去了，飘向祖国的南北西东……
好一片叶子哟，硕大无朋，
洒下了万顷绿荫如酒——

又香又醉！
愿我的祖国之树的叶子多些！再多些！
不止这么几片，永远郁郁葱葱！

以上选自《朱雷诗集》

从盛夏走到深秋

八月。盛夏。遍野山花……
沿着蜂的翅膀，蜜的河溢出山垭。
绿树撑着巨伞，草叶缀满阳光，
大团的蝶群蹁跹，似七彩云霞！

凉荫下，笑声摇响了阔大的蒲扇，
猫儿伸着舌头舔着桌上的西瓜；
山坡上，闪亮的犁铧耕着望不断的碧绿，
汗珠也像火，烫红脸颊！

从山下到山上，四十五公里，
早晨，整好行装，向山顶出发。
汽车轮刚一打转便碾过了一个季节，
前轮擦进深秋！后轮沾着盛夏！

眼前，大叶子的乔木连湿漉漉的影子也不肯投向这里，
爱出风头的圆枣藤也不愿在枝头高挂，

瘦小的松针再也遮不住太平鸟的歌声，
再往前，只有牛皮杜鹃用厚厚的牛掌捧一朵小花！

是不是瀑布也怕冷？拦不到满身霜雪？
急不可待，跳下岩头，奔向温暖的山下！
蓦地，一片云泼下几瓢冷雨，
不等落到地面，又凝成白砂……

不，不能说山上已是树的禁地，
在那里居住的，还有岳桦。
它们弯着腰，一株紧挨着一株，
顽强地生存着，枝丫挽着枝丫！

从山下到山上，四十五公里，
相同的季节，不同的变化；
四十五公里，从山上到山下，
一个是漠河，一个是琼崖。

但我愿意，愿意来此攀山，因为，
这使我忆起了那些年……我生命的嫩芽，
哦，朋友，让我们下山吧，下山吧，
我们的祖国一起，从深秋走回盛夏……

选自《绿色风》

长白山诗笺（组诗）　梁谢成

长白山瀑布

仿佛有着无穷无尽的生命活力，
日日夜夜，迸珠溅玉，奔腾不息！
没有片刻贪恋那天池上的高位，
一腔心血完全倾注在北国的大地！

三江是你嵌在地面上的三个投影①，
难怪它们都有着同你一样的脾气——
不论前后左右，也不论南北东西，
只要存在障碍，就永远奋力搏击！

---

① 三江，指鸭绿江、图们江、松花江。

高山温泉

一天冷风漠漠，
满山冰雪茫茫。
你，怀着满腔热情——
投入奔涌的大江。

不管白天黑夜，
哪怕山高路长。
你，像北方人一样——
时刻都在奔忙。

靠不竭的真诚，
和温柔的情肠，
你，永远不知疲倦——
为理想纵情高唱！

哦，高山温泉——
你日夜流在我的心上，
给我以热，给我以力，
给我以画意，给我以诗行……

长白山

熟知沧桑变化，

阅尽了日月光华。
看你满头白发，
多像沉思的哲学家！
告诉我——
长白山，
此刻，
你又在思考着啥？
是思考往日的辛酸苦辣？
——不！那些内容
早已在历史学家的著作里
酿成了陈年古话！
是思考未来的美满甘甜？
——不！这类问题
应该由诗人们在诗篇中
做出浪漫的回答……

啊——
长白山，我明白啦！
原来你是个
清醒的现实主义者，
此刻，你是在思考——
当祖国开始奔向现代化，
自己应该怎样
迈出新的、坚实的步伐！

天池

你是长白山手中
高高擎着的酒杯——
波光在天上闪耀，
云霞在身畔生辉……

我劝长白山，
切莫如此而为——
免得一时冲动，
喝得酩酊大醉……

长白山笑而不答，
只将酒杯轻轻一推——
于是，你溢出万丈瀑布
沿着云端下垂……

它驱赶着三江的波涛，
纷纷涌向东、西、南、北——
匆匆去为电站做工，
急急去为稻谷绣穗……

啊，天池，天池！
原来你盛着的是——
大自然斟给长白山的

无穷的力量、奇妙的智慧……

瀑布

仿佛十万只车轮，
滚过云中的山径；
仿佛十万匹骏马，
穿过山顶的云层；
当你从天池泻入峡谷，
又仿佛爆响了十万个雷霆！
啊，瀑布！你是长白山
跃动的身影、粗犷的喉咙！

仿佛高扬的手臂，
把群峰的门环叩动；
仿佛飘动的玉带，
把天上和人间接通，
当你用心血哺育江河，
向大地倾出了多少赤诚！
啊，瀑布！你是长白山
广阔的襟怀、无私的心灵！

水尘在峭石上弥漫，
织着迷离的雾景，
雾霭在湍流中旋升，

映出绮丽的彩虹。
当你迈开脚步冲出峡谷，
挟裹着多少浪涛呼啸奔腾！
啊，瀑布！你是长白山
不朽的画卷、不老的诗情！

温泉

告别岩浆的故乡，
把热情贮满心窝；
冲破地壳的封锁，
落脚在长白山坡……

透明的眸子中，
闪着爱的光波；
清亮的喉管里，
流着热的欢歌——

寒冬里歌唱温暖，
苦闷时歌唱欢乐；
静止后歌唱跃动，
严肃中歌唱活泼……

于是你吸引来了，
天下四方的游客；

人们投入你的怀抱，
洗涤着满身的污浊……

当你们回归的时刻，
带走了巨大的收获——
长白山坚强的性格，
加上你贞洁的魂魄……

山区的云

你与大山靠得多么近——
彼此的臂膀挽得紧紧；
你对大山的感情多么亲——
互相间嘴唇挨着嘴唇。

你是大山手中的一方丝帕，
你是大山顶上的一条纱巾；
大山因你更显得绰约多姿，
你因大山更增添万般情韵！

在那个寒流凝聚的日子里，
无情的风儿欲将你们离分；
你扑在大山的肩头上哭了，
泪珠儿打湿了大山的衣襟！

而当艳阳在高空挂起彩虹，
多情的鸟儿开始为你们歌吟，
你又重新投入了大山的怀抱，
默默享受着它的体贴与温存……

你的诗思，
此刻
禁不住张开
贪婪无边的巨网——

它要把这一切
统统捕获，
装进我心中那间
永久记忆的船舱……

山中黄昏

大山的云鬓上，
一朵朵不知负担的野花，
在淡淡的微风中
轻轻地摇摆……

山间小路旁，
鸟儿的啁啾
吐出来一阵阵

花与露的幽香。

炊烟袅袅，探头
钻出林莽，
轻柔的手臂
搭着白云的肩膀。

树叶儿，拍起巴掌
嬉闹，喧嚷，并且
大口吮吸着
甜丝丝的月光……

我的诗思，此刻
禁不住张开
贪婪无边的巨网——

它要把这一切
统统捕获，
装进我心中那间
永久记忆的船舱……

大山与泉水

在坚硬的岩石中，
大山

孕育了一缕柔情。

泉水清清亮亮，
好似
吟唱甜美透明的歌声。

它在唱什么呢？
大山
正侧着耳朵在听。

叮咚，叮咚……
大山的心弦
被它不停地拨动。

泉水，一路奔跑
牵引着
大山美好的憧憬。

大山，实实在在
对泉水
献出了满腔赤诚！

边陲风景线

阳光的声音无所不在　绿风中

流动着一种神秘的笑容　大森林
轻舒臂膀自由呼吸　梅花鹿
在睡梦中又长出一截茸角
小溪清澈得令人咋舌
瀑布跃下悬崖而迸珠溅玉
只有大山很沉稳　很沉稳的大山
仿佛是一位哲人在默立深思

野百合开放着馨重的企盼
山谷里有彩蝶翻飞　上下翩翩
守林人的小木屋容纳着漫长的岁月
山崖的断屋　依然在展览着
历史遗留下来的战火烽烟
这里没有荒凉　没有沉寂
每块石头　都有人的情感与语言

走在伐木者辟出的小路上
心　陶然亦悠然
足迹踏出心灵的旋律
枝条摇曳带韵的诗篇
晚霞描绘彩色的画卷
山泉弹响和谐的琴弦
哦　这里是祖国东北的边陲
每一条风景线　都令我流连忘返

长白山诗会（组诗）　蓝雨

大森林情思

伐木者的路
生活在大森林里
年轻的伐木者找不到地平线
这不像平展的沃野
也不像广阔的草原
只有苍穹透视着群山
才能找到一条弯弯的曲线

这条线是伐木者的路
咫尺而又遥远
上面铺着云雾、泥沙、草叶
上面铺着寂寞、酒味、梦幻
从此，开始了艰难的跋涉

追求的旅途是绿色的信念

这条路像长长的流水
滋润着你干涸已久的心田
这条路似柔软的细藤
拉着你爬上陡峭的峰峦
这条路是挣不断的琴弦
为你寻找爱情尽力地拨弹

哦！大森林弯弯的曲线
伐木者的路开辟于天地之间
背着灵巧的油锯，哼着粗犷的小调
与大树结下不解之缘
眼前的路，恰似一道彩虹
从流汗的脚下向着未来伸延

屋顶上彩色的蜻蜓

一只两只，无数只蜻蜓
哪来的？这些陌生的精灵
在晨光里展翅，在夕阳下飞行

落脚在大森林朦胧的绿色里
落脚在伐木者酣睡的梦中
落脚在鳞次栉比的屋顶

于是，在顺山倒的呼喊中带来问候
在拖拉机冬采线上带来歌声
在围火喝酒时带来深情

蜻蜓，载着大森林的情思
牵动幸福时刻来临
执着地捕捉美好的憧憬

森林的探索

寻找着将军
啊，长白，茫茫的云海，密密的山林，
你为什么重掩门户，不轻易地接待来人？
而却故意布下电闪、雷鸣、暴雨，
进山的探索者啊，不知花费了多少心神？
攀上巉岩，挽着葛藤，"麻达"在你的怀抱，
多亏了知情的流水、龙钟的老树、指路的飞禽！
于是，我在人海沉浮、树木更新的大森林里，
寻找着将军的身影、将军的脚印、将军的声音……

啊，我听到了，听到了雄壮的一路军歌，
震响耳鼓，"山河欲裂……"卷起冲锋陷阵的征尘。
从此，唤醒了多少沉睡的山民、游散的猎户，
踏着进行曲，挥舞刀枪，融进与敌周旋的烟云……

啊，我看到了，看到了画着美女的"招降书"……
而你偏偏在这里风餐露宿，留下半锅树皮、草根！
从此，你披着大风雪呀，率领着游击健儿，
留下一串串脚印，像扣结的绳索紧勒着敌人！

长白山草木篇

不老草

是啊，我爱长白的瑞雪，
也爱这长白的飞鸟；
是啊，我爱长白的古树，
更爱长白的绿草！
啊，不老草，不老草——
越老，你越灿如朝霞，红似玛瑙。
只因你承受了充沛的雨露，和煦的阳光，
才把根须深深地系在大地的怀抱。
啊，不老草，不老草——
越老，你越腾起烈焰，呼呼燃烧。
只因你几经寒流冲击，与风雷角斗，
才换得蓬勃的生命不朽的称号！

岳桦
——给登山之树

喊你不作声，问你不回答，

岳——桦——，岳——桦——，

只见你呀，手攀岩石，脚踩峭壁，

昂首挺胸，一步一步朝向峰顶跨！

跨呀，跨！你告辞了热闹的山脚，

鼓满绿色的征帆，向着峰顶进发！

跨呀，跨！你踏进了生命的禁区，

扯着春天的衣襟，冲向云霞！

一岁，两岁……你像个战士，迎着风雨

进军途中从不把脚步停下；

三步，四步……你像位英雄，冒着飞雪

登山路上从不畏惧雪崩山塌！

跨——

甩掉青藤的纠缠、蜂蝶的引诱，

跨——

何惧冷风的嘲笑、寒流的欺压，

跌倒了再爬起！哪管旧伤痕又添新伤疤。

跨啊，跨！终于你挺立在云头大放光华！

啊，岳桦——

喊你不作声，

啊，岳桦——

问你不回答，

我知道！新长征要迎接新的雪山"云崖"……

跨——
才是我们这一代新人的铿锵步伐。

猕猴桃
　　——一个老植物学家的话

　　　长白山自然保护区的标本馆内，刚摆出从林中采撷的
猕猴桃。娇小碧绿，惹人注目。书明有治癌的效能。

猕猴桃，我的好宝宝，
好宝宝，我的猕猴桃。
快告诉我，你失踪了多少年，
哭啊，笑啊，像是从梦里把你找到了！
《本草纲目》中翻不出你的出生地址，
科研所没留下你的学术报告！
西双版纳密林也没发现你的身影，
青藏高原的山坳你也没有落脚！
我，叩问密林深处——花、草、树、木……
贪玩的幼鹿、爱跳的松鼠、唱歌的小鸟……
谁曾想啊，富饶的长白山林把你保护起来，
多像调皮的猕猴啊，瞅你长相比蟠桃还俏！
啊，我的好宝宝——猕猴桃，
难道你没听见，林外已吹响了新的号角？
据说你有抗癌的功能，这是真的呀！
相逢见识……谈何容易……泪光里含着笑！

啊，猕猴桃——长白山的又一珍宝，
赶快投进人民温暖的怀抱!
不要怄气，不要委屈，不要乱跑……
赶快到祖国植物志里登记报到!

天河的故事

传说长白山曾三次火山喷发，
最后一次轰开了银河的神闸，
轰鸣如鼓，飞瀑倒泻，滔滔奔下，
天池，竟成了人间最高的水塔。
于是，诞生了这条神奇的天河，
滋润着肥沃的土地，灌溉着碧绿的庄稼。
乍出山，涓涓细流，迸出浪花，
千里外，烟波浩渺，白浪淘沙。

当我走进森林的禁区
　　——老科学家考察无线电话

冲开这野藤绊脚的禁区，
撞碎这峡谷里弥漫的氤氲。
我怀着山外人对森林的神思妙想，
攀云崖、钻林莽、甩下来一串探险的脚印!
你好呀，粗犷的紫椴、挺拔的红松树，

你好呀，俊俏的青杨、多情的白桦林……
请接受我这第一次热情的访问吧，
见一面：倾吐情思，话一席：置腹推心。
采来杜鹃，浸入温泉，端上了飘香的山茶，
小鸟飞来，衔着干果，用山珍招待着客人……
我仿佛被带进了另一个喧腾的世界，
品一品：味道甘美，尝一口：爽心怡神。
我听到了：森林里蕴藏着无尽的欢乐，
弹着生活，奏出理想，回荡着动听的歌声；
我看到了：美妙的林间飘洒和煦的阳光，
松鼠跳跃，小路漫步，充满着迷人的清新。
说吧，龙钟的老树——百年的居民，
说吧，年轻的树木——大山的子孙！
你们怎样同风雪搏斗，横扫了笼罩的云雾，
又是怎样与野兽周旋，挽救了枯干的树根……
啊，我爱这森林，爱这风光明媚的禁区！
青山常在，是靠辛勤播种，不断耕耘。
恍惚，我心灵中的禁区，已萌生了绿色的生命，
顿觉，僵化了的身躯又恢复了自由和青春！

美丽的长白山 (组诗)　　蔡春山

天池

经过高压与喷发，
你变得沉静而深邃。
日日仰望十六峰，
夜夜盼望亲人归。

声声呼唤可听见，
为何不见把信回？
莫非大海风浪急，
天高不便任鸟飞？

阿里山啊日月潭，
你听天池儿女歌声多清脆。

飞瀑溅起滔天浪，
满山红花紧相随。

穿峭岩、越山洞，
满怀激情笑微微。
母亲的嘱托耳边响，
一路喜迎亲人归！

1982 年 9 月

温泉群

无数水的银柱，涌向地面——
不管阴晴，总是喷涌不断；
不管冬夏，总是那样温暖。

不羡三江的气势，
不慕四海的波澜。
你来自火山喷发之源，
深知高压的痛苦——
才慷慨地用大地的温暖，
浇灌人们心头的春天！

1984 年 8 月

美人松

高高地站在万树之中，
多少游人把你赞颂，
外宾争相与你合影，
画师倾心于你的姿容。

修长而不单薄，
飘逸而不轻动，
素朴而不做作，
健美而非腹空……

朝夕与众树为伴，
时时珍视友谊之情，
众树对你才更加尊重，
托出你出水芙蓉！

你深知高大不是资本，
美丽源于心灵。
因此恋着群山、绿涛，
生命也才永远年轻！

1982 年 9 日

紫罗兰

你是山中的素娟，
高高挺立在绿荫、花草之间，
叶子并不美丽，
色彩并不鲜艳。

开着紫蓝色的小花，
组成一束束花的长掸。
掸去山野的灰尘，
打扮长白的春天。

你爱素雅而争妍，
你爱静美而有火热情感；
你把赤诚献给山野，
才赢得异国美名"紫罗兰"。

长白岳桦

在长白山北坡海拔 1800 米至 2000 米处，是一个
神话般的却又十分威严的岳桦林带……

我常常地思索着，
你与众树相比到底有何特点？
老态龙钟又扭成一道道弯，

短小粗壮而无高大的枝干。

你深深地弯着腰，却牢牢地站在那里，
为着生命的理想，不畏强风把头吹断。
头被吹断，竟能再伸出一个头来，
仍然傲视风暴和严寒！

强风把你吹倒，你像战士匍匐前进，
伸着躯干和枝叶——向前，向前！
浑身结下一块又一块疙瘩，
可是象征你往日的辛酸？

不！你说那盘踞着的游龙图案，
已为历史长廊画上曲折的一点；
匍匐在地，是为了与自然抗衡，
是为着充满阳光的明天！

绿色的生命为何如此顽强？
你谢绝人们对你"劲桦"的称赞。
一层层皮包着你的幼芽，
发达的根系又深扎在大地中间！

偃松

　　长白山的上部，岩石裸露，气候严寒，植物很难生长。在红松和云、冷杉不能生长的地方，假松林却依然旺盛。

不畏环境的险恶与危机，
一年到头披着绿色的外衣。
与红松本是同一家庭，
却从不与兄长争高低。

红松高二三十米，
你却只有十分之一；
兄长喜欢高傲地俯视，
你呢，却以灌木美化大地。

严寒无法把你冻死，
冰雪压不垮你的身躯。
外貌虽不雄伟、迷人，
你可贵之处却美在心里！

1982 年 9 月

山菊花

当群山被浓绿掩起，
红叶刚刚披上盛装，
一簇簇紫蓝色的山菊花，
准时映现在红绿相间的山冈。

带着原野的豪放，
凝着大自然的风霜，
不在百花争妍的春天吐蕊，
单在金色的秋天开放。

淡雅而不火爆，
美丽而不风张，
沉静而不呆板，
热烈而不轻狂……

把全部的爱投给群山，
把内在的美献给山乡；
群山才有丰富的色彩，
山乡更有迷人的力量。

1982 年 9 月

白桦

如果把群树比作云海，
你则像少女翩翩而来。
质地是那样坚韧，
内心是那样洁白！

洁白是你的特点，
绿意才更加浓重、富于色彩；
坚韧是你的内涵，
青春才永不凋谢、倍加可爱！

老鸹眼

满山绿叶虽然可观，
一树玛瑙更加耀眼；
翠得欲滴一簇簇，
红得如火一团团。

引来多少蜜蜂飞转，
招得多少蝴蝶翩翩；
可惜不是花吐蕊，
无法酿蜜留人间。

药用是你的本能，
苦涩是你的特点。
你牢记自己的宗旨：
良药苦口，逆耳忠言！

选自《春风》《作家》《爱的花絮》等

青山岭的回声　　姚绿野

一层白云一重天，
白云的顶上还有多少？
脚下的雾啊眼前的云，
有多少思念缠住我的心。
是儿女的心是故土的情，
山风推着我上青山岭。
登上岭啊心如箭，
一眼望见了长白山！
望见你，我的眼睛湿了，
望见你，我的心都醉了……
磨漏了鞋子走峰峦，
为的是看一眼长白山。
你那白色的雪呀蓝色的烟，
红太阳为你披了一身金光环。
光环里藏着多少幻想的美，
光环里三条大水云天上飞，

你这清澄澄的水呀碧蓝蓝的江，
汩汩流荡在北方人的心坎上。
高粱大豆喜欢这辽远的关山外，
这山这水有我格外的深情格外的爱！
山巅上我唱了一支颂扬祖国的歌，
百鸟都来舞啊万山都来和……
哦，光环里腾起一群金翅鸟，
是不是天池仙女也来了？
"哪里来的仙哟，哪里来的神，
你我都是祖国的儿女故乡的人，
对祖国我的心头藏着炽热的火，
流淌的温泉都有九十九度热！"
呼啸的山风卷起波澜浪排排，
天池啊，让我把喉咙再放开。
你这高峻的山你这威武的山，
你孕育着民族的气魄英雄的胆。
你这检视抗联将士的阅兵台，
兵戈铮铮响啊，万马千军山下来。
我听得见靖宇将军威声天下颤：
同胞啊，斩尽日寇还我锦绣江山！
江山哟，你终于回到了人民的手，
可是啊每块石头都记着一笔血泪仇，
哪里有志士鲜血染，
哪里就怒放了密丛丛的杜鹃花，
花朵那么殷红枝叶那么翠，
年年月月开哟，忘不了老一辈……

我血管里跳荡着先辈人的血，
决不许贼寇重演那年月！
青山岭上远眺长白山，
怎道尽儿女的语言万万千？
祖国呀，立在你面前的新一代，
抒不尽我无限的豪情无限的爱……

1961 年 10 月于青山岭下

北方的山　　雷恩奇

不冻烂一次脚板不能认识你
不被风雪围困深山一次不能认识你
不追赶一次獐狍野鹿不能认识你
不尝一次五味子不能认识你
北方的山北方的山北方的山

北方的山哟
你这鲁鲁莽莽的北方汉子
经历过多少岁月的霜寒
经历过多少历史的风烟
倒春寒的年月
你竟没有一粒刺莓果子度日
驰骋白毛风的冬天
你竟没有一根松木干柴取暖
划亮一根火柴，照见你的是岩石的塌陷啊
陪你的是狗尾草的荒芜

伴你的是鹅毛雪的贫寒

候鸟飞走了

不再在你的枝头做窝

山鸡飞去了

不再在你的草丛生蛋

留给你的只是凄苦只有贫寒啊

没有人再叫你的名字

没有人再喊你的名字

甚至，竟都没有一个牛娃走近你

微笑着，折一节柳条的牧鞭

吁一声苦涩叹一声羞惭吧

只有这样，只能这样了

葱翠的常青藤早已枯干

剩下的，只有立在荒原上

一个硕大而虚空的惊叹

然而，你却从未想到过搬迁啊

从未祈求过返籍的大雁

轻摇翅膀，把你疼爱地衔到江南

乐悠悠，依旧每天穿着皮乌拉跋涉

欣欣然，依旧抽着蛤蟆烟进出门槛

依旧顽强而倔强地

弹拨起伏、辽远、遒劲的地平线

许是你太简单了

简单成一串人参鸟的鸣啭

简单成一抹三月的雨烟
然而，你却自有不渝的信念——
北方，不会没有春天

啊，多少年过去了
你依然是你
啊，多少代过去了
山依然是山
春露依旧在你叶片上打闪
云雾依旧在你臂弯里生烟
艰辛、困苦不是都风化了吗
不朽的，只有信念

北方的山，你过来了
过来了，北方鲁鲁莽莽的汉子
欢喜，已经将圆枣藤爬满了
希望，也已经开始在山丁子枝头繁衍
望着你的今天谁不叹服
叹服你的坚硬、你的威严
你这真正有刚性的男子汉

当我疲惫地放下犁耙
尝到躺在潮湿土地上的舒坦
当我嚼完了苦苦菜后
感到了一碗凉水的甘甜
北方的山，请你也讲给我吧——

没经过霜寒的，不叫北方的山
没经过烈日冶炼的，不叫北方的山

鹰神　刘德昌

你在哪里
在鹰屯袅袅的炊烟上
在老额姆讲述的传说中
在鹰达北上请鹰的梦里
都能见到英武的身影
松花江上那绚丽的彩虹
是你扯起的吗
万里长天那滚滚的雷鸣
是你掀动的吗
穿过历史的层峦叠嶂
你冒烟突火
呼啸而来
越过岁月的风风雨雨
你抖擞精神
长歌而去
江水悠悠　白云悠悠

老萨满的腰铃

晃出你的神韵

穆昆达的响鼓

擂出你的威风

神女格格的舞袖里

飘起你的情怀

英雄巴图鲁的壮歌中

闪耀你的神采

你在白山黑水盘旋

你在九天之上俯视

你在每只鹰的心中做巢

扇动着不老的翅膀

鹰神

你在哪里

长白雪　程远

——献给为中华民族而牺牲的抗联英雄

唱吧，面对长白山这银装素裹的群峰，
唱吧，面对长白山这峥嵘险峻的山岭，
唱吧，站在这纷纷扬扬的大雪里，
唱吧，站在这比白玉还美的国土中。

此刻啊，我的心潮卷起雪浪千层，
此刻啊，我的诗情像大江奔涌，
平湖秋色，黄山奇云，长江帆影……
可有什么能像这长白雪峰使我如此激动！

这雪，在我心中比白玉还要美丽纯净，
这雪，在我心中比白银还要珍贵万分，
这雪啊，在战士心中曾是漫天飞舞的捷报，
这雪啊，在战士心中曾变幻出美好的远景。

请理解我吧，一个抗联战士对这大雪的深情，这里的每座雪峰、每朵雪花都会令我肃然起敬；
请理解我吧，一个抗联战士的情愫，
这来在春天之前的大雪就像烈士的生命。

啊，我听见，茫茫大雪里，传来军号声，
多么激昂，多么嘹亮，声切切呀唤我的出征；
啊，我看见，茫茫大雪里，走来了杨司令，
头上顶着雪，胡子上结着冰，带领着战士们冲锋！

我看见战士们闪闪的刺刀、喷火的眼睛，
我看见战士们高扬的手臂、起伏的前胸。
"不准侵略者玷污这圣洁的国土"，
雪亮的战刀杀出了中华民族的八面威风。

这里的每一条山谷都屹立于中华民族，
战士们站起来就是一条不可逾越的雪峰；
这里的每朵雪花都属于中国人民，
战士们倒下去了就埋在这茫茫的大雪之中。

我山南的战友啊，我海北的弟兄，
此刻你是否想起了这长白山的雪峰，
就是在那次战斗后我们匆匆地转移了，
是漫天飞舞的大雪帮助我们隐藏了行踪。

还记得吧？那次篝火边的爽朗谈笑，
烤的是山鸡，喝的是东洋酒，敲的是罐头瓶；
还记得吧？那次用松枝在雪地上画的画：

整齐的楼房，飞奔的汽车，现代化的远景。

叭叭叭，杨司令敲敲烟袋锅也加入了我们的争论，
沙沙沙，谁也不说话了，只闻大雪轻轻的飘落声。
是我把松枝递给了我们敬爱的杨司令，
杨司令啊轻轻地推开，话题却转到这飞舞的大雪中。

"同志们，你们想想这白雪下面藏的是什么？"
杨司令，我们明白了，杨司令！
这白雪的下面是无数的种子在萌生，
将来的祖国一定像百花园一样美丽繁荣。

从此啊，我们对雪花爱得更深了，有如生命，
从此啊，我们看见了大雪就像看到祖国未来的面容，
饿了吃一捧白雪，就会感到力大无穷，
困了睡在大雪里，也会感到暖气腾腾。

一个战友倒下去了，他的最后一句话就是：
把我埋在这里，头枕大山，面部朝东；
一个战友跟着来了，他没说一句话，
只听得那坚实的脚步踩着积雪嘎嘎有声。

有多少战友啊这样离开了我们，
又有多少战友啊这样迈步踏上征程；
有多少次像今天这样大雪纷飞啊，
又有多少次春草萌生，冰雪消融。

乡亲们说，多大的雪就会有多好的收成，
年复一年的大雪啊，终于换来了新中国的金秋美景，
然而，雪，洁白如玉的雪却已消融，
然而，我们的杨司令和那些战友却永远离开了我们。

不啊不，虽然洁白的冰雪已经消融，
可她又变成了滔滔的春水去灌溉村镇的田垄；
不啊不，谁说先烈已经离开了我们，
祖国大地的百花园啊，到处都闪耀着他们的生命。

你们想想，今天我伫立在这长白山的大雪中，
心中怎能不又一次风起云涌，雪浪千层；
你们听听，这纷纷扬扬的大雪里，
真的，真真的传来了嘀嘀嗒嗒的军号声……

我怎能不唱啊，在长白山这纷纷扬扬的大雪里，
我怎能不唱啊，面对长白山这银装素裹的群峰，
我怎能不唱啊，长白山就要展现现代化的远景，
我怎能不唱啊，当年雪地上的图画我们要把它亲手绘成。

我的歌献给长白山中这每一朵飞舞的雪花，
我的歌献给长白山中这每一座巍然耸立的雪峰，
我的歌献给这比白玉还美的国土，
我的歌献给那些永远不息的生命。

原载《前进报》2005 年 9 月 2 日

生命如歌（组诗）　　王国治

长白云燕

云燕啊云燕，
穿着黑亮亮的羽衫。
从天池上掠过，
洒下亲昵的歌儿一串。

飞行在悬崖峭壁间，
安家在陡壁岩端。
给寂寞的高山带来欢乐，
迎击风云变幻。

张开双翼的剪，
剪风雨，剪云天。

剪开老白山壮丽的史册，
歌唱天池顶上的气象站。

气象员与云燕为伴，
侦查风雨雷电。
云燕一样勇敢的气象员，
长年在高山上管天。

1984 年 5 月

二道白河

你是长白飞瀑的赤子，
生来就有奔放的性格。
胸中滚着堆堆雪浪，
怀里落满洁白的花朵。

雪的激浪汇成花的白河，
你勇往直前气势磅礴。
一路冲刷着腐枝败叶，
装点着长白春色。

你流着古松的脂香，
你淌着伐木人的歌，
日日夜夜奔腾不息，

多像新征途上腾跃的祖国。

1984 年 5 月

木耳

是哗哗细雨的呼唤，
你跳动出倒木的胸膛。
水灵灵，顶着水珠长大，
支生生，一个个耳孔朝上——

听穿红裤的啄木鸟敲木鼓，
听七嘴的黄鹂滴溜溜地唱，
听雨里树叶沙沙的细语，
听山泉弹琴叮叮咚咚响。

倒木的生命没有枯萎，
你在把希望的信息收藏。
一只耳朵就是一台录音机，
录下了大森林的欢乐乐章。

1987 年 7 月

温泉（外四首）　南永前

被压于一千座山拥挤之下
被压于一千座山岩层之下
被压于一千座山暗流之下
肉压成血
筋压成血
骨压成血
血压成河

千年万年
血之火
火之血
烧成千度烈火万度烈焰
烧裂了一千座山之拥挤
烧沸了一千座山之暗流
穿透了一千座山之岩层
汩汩流淌

不管春夏秋冬
成一首呜咽之歌
成一首血之魂灵之歌

1988 年 8 月长白山

瀑布

自埋进深潭的爱情里流出
自焚燃烈火的心底里流出
自残酷堆积的冰雪里流出
自崩裂的山之伤口里流出
自太阳皱眉的眼角里流出
自白云垂泪的长翼下流出
流啊流
日日夜夜
流成大大的感叹
流成长长的思索

1991 年 10 月长白山

岳桦

被风鞭抽弯了脊梁
被雪齿咬碎了衣裳

青筋暴凸成石骨
皮肤皲裂成沧桑

上帝对你最不公平
你却没有为此而倒下

一片扎根顽石的部落
一群高昂头颅的山民

岳桦 岳桦
一个不屈不灭的种族

1991 年 10 月长白山

美人松

呼唤那夜出走的影子

呼唤青梅竹马的眷恋

呼唤相依为命的姻缘

呼唤缠绵不绝的温馨

呼唤亲人

呼唤团圆

呼唤

呼唤

呼唤

日日月月年年

向着莽林之外的莽林

向着山峦之外的山峦

即使

唤声被大风吞没了

唤声被大雪覆盖了

挺立的身躯修长的手臂仍在

召唤着

召唤着

召唤着
如此急切的企盼
如此虔诚的等待
终于凝固成美丽的悲痛
悲痛的美丽

1988 年 8 月二道白河

密林里淡淡的花

在茫茫的长白山密林里处处都掩埋着抗联战士的遗骨。

击穿耳鼓的暴雷已幻化为山雀子
彩喙上婉转的鸣唱了
焚燃的血滴也被硕大的绿叶
吸进粗壮的树干里了
那一夜之后生者与死者什么也没有留下
只留下了一簇簇淡淡的花

也许历史与肉体同时腐烂了
也许石头下的名字也被风雨漂白了
然而，一年年母亲执着的眺望

依然穿透松针的迷雾
妻子遥远的呼唤
依然颤裂坚硬的岩石
村头一盏盏灯笼似哭红的眼
于是不死的灵魂挣扎的灵魂
潜入根潜入茎
潜入枝潜入蕾
于悬崖于绝壁于石缝于沟壑于路边
绽放出一朵朵灿烂的思念

淡淡的花
淡淡的花
密林里淡淡的花
有人见你不屑一顾
有人为你默默哭泣

1988 年 8 月长白山
选自《布谷鸟》

从寂静的雪中取出积雪

（组诗） 葛筱强

访梦境于长白山脚下的一个无名小镇

在长白山脚下，在一座不知名的小镇上
我遇见一个美人松般的中年妇人
走着走着，就变成了一只夺人眼目的火狐
这并不是什么诗情画意，只是一个喜欢
白日做梦的书生，在青天白日之下
遇见了梦寐以求的鬼魂。

在长白山脚下，在一座不知名的小镇上
一条同样不知名的小溪，为了揣摩并模仿
云朵的形态和火山灰的心思
淌着淌着，就成了一条大江的源头

这有如我早晨遇到的大雪，和黄昏时分
遇到的大雪同样不可推翻的，史书可查的
定论，仍然让我和我肩头积攒的雪花
大吃一惊。

是的，在长白山脚下，在一座不知名的小镇上
我趁着黄昏翻开落叶，但落叶的下面依然是落叶
我趁着夜不能寐，连夜又翻开了星辰，但星辰的背后
依然是茫茫无涯的星辰
而据说这小镇上的落叶与星辰，可以在
某个无人察觉的时辰进行对话
据说他们之间的秘密对话，只有
藏身于石头与云朵之间的鬼魂才能够聆听。

而我依旧执着地在这不知名的小镇上
寻访遗失多年的梦境。我一个人，是的
我一个人走在明晃晃的大街上
就像一座有名的大山走失了无名的头颅，却
在寂静中听到了落叶与星辰的尖叫，当然
也听到了他们不为人知的叹息。

而我并不知道，这些尖叫与叹息，早已被那些敞开的
和没有敞开的时间摧毁，就像无数个无名的事物
或事件，一次又一次，在我的身体里构成了
他者无法挽救的雪崩。

在二道白河

长白山的夜
长白山的夜怀抱着三月的落雪
和月光下颤动的松针。
长白山的夜也怀抱着天上的石头
和石头内部的火焰与梦境。

沉默中，我只有杯酒在手。
沉默中，我只有今世与往生在途中相遇。

而我需要一碗深不见底的天池将自己罩住。
我还需要泥土的、石头的、落叶的阴影
为身体里一场秘不示人的对话加持。

哦，石头，今夜我将在一块
巨大的石头的内部呼吸。
亲爱的石头，也请把另一个我抱在怀中。

除了山谷里和我一样呼吸的山雀与黑熊，
除了近在咫尺的，雪花纷披的夜色，
除了滚入梦境中的词语的石头，
我已不想谈论更多。

谒天池有寄

我所看到的，并不仅仅是
低矮的岳桦和老虎背一千四百级
石阶与木梯构成的起伏琴键
当瓦蓝的天空与浓墨写意的乌云
压得越来越低，直至低如
池畔暗棕色的苔原土与次第
盛开的牛皮杜鹃，甚至低如
山脚下春榆的摇晃，与虎斑蝶
献给黄昏的谦卑与振翅
哦，如果说还有别的
就是在折返途中的圆叶柳
与赤杨之间，在小花木兰
与跳跃的黑琴鸡之间
有那么多的斑驳阴影，需要
用更加柔软的目光擦去
有那么多的缓缓深情，需要
用更为长久的一生弯下腰身

夜宿望天鹅

一场小雨过后，我只想
和五味子荡漾的黄昏

一起怀抱鸭绿江右岸的星光了
或者，在一卷天书之下
将自己徐徐展开，如飞瀑
亦如落泉，将长白的款款柔情
化为桥畔鸟鸣的葱茏
只有如此，才能领会望天鹅
更加丰沛的神意与夜色，只有如此
才能将十五道沟无尽的
清凉，一一翻阅心间

白河镇

这是春天。
这是春天的另一个笔名。
我爱这崖畔上的火山石，也爱这沟谷里
迎着朝霞追逐梦境的一对野鸭。

我能感知这山间的松子，
正以欢乐抵抗黑暗的泥土，
也以初绽的啼鸣唤醒更多的鸟群。

我为她写下积雪经年的永恒与静谧，
也写下对自己的赞美与孤独。

我想我还可以为她写下在斜坡路上

歇脚的黎明，以及生活的巨浪在这里止息。

直到最后，我要写下清冽空气的盛宴
和拐角处铭记预言的苍苔的眼睛。

雪落长白

三月，长白山下雪了
长白山的春雪试图以沉默
翻读一个过客的表情和心思
长白山的春雪，也让一个
忽然停下脚步的过客
度过了一个茫然无绪的
早晨

但有飞鸟掠过天池的
一角，它们从容不迫的羽毛
仿佛天池只是自己的
后花园
但有波澜不惊的人烟
在山脚深陷于清晨的曙光
仿佛过客幻想的天堂
一直停靠于人间
但有不能回避的空旷
与高远，在石头

与过客的心间徐徐展开
仿佛自生自灭的
只有不知所措的星斗
以及由众多星斗构成的
一座座虚幻之城

而山上山下的春雪
早已断了奔赴天空的
念想。它们不屑于
拦截时间的明镜
也不屑于一座空山
不停变换的称谓
不咸也罢，太白也罢
只要山的上面仍有
山峰奔涌，只要山的
下面仍有江水继续拍打
来自白垩纪的玄武
与石英，春雪就会从
时光的山谷里吹过
犹如一阵阵浅蓝色的风

而长白山也见惯了
春雪和春雪带来的一切
白云峰以金雕和黑鹳
为兄弟，梯云峰以马鹿
和青羊为血亲

在鹰嘴峰与玉柱峰之间
与我一样的过客
必将在春雪的引领下
遇见可能的小棕熊
和不可能的稀土
遇见松针上的猞猁
和石膏岩上的花尾榛鸡
……

而当我俯下身来
在春雪中遇见一小朵
冰凌花微微的颤动
我终于明白，在三月
在长白山，我遇见的一切
都有如被幸福的闪电
击中，我承认自己
对造物主的无知，并愿意
用群星的词语
将它们全部收藏

原载《长白诗世界》

雾里天池 (外一首) 赵培光

应着一个怦然心动的邀约
啊，天池，我来探寻你

老去的是岁月吗
不老的是情怀吗

你却宁肯隐形雾里
独守爱恨情仇的所有秘密

我却执意现身雾外
聆听桃红柳绿的全部消息

抑或七分痴妄
抑或七分迷离

——深深浅浅的故事

——酸酸甜甜的回忆

为了一个意犹未尽的惦念
啊，天池，我在呼唤你

绿渊潭

那么，哪一个名字
比你更清洁
那么，哪一个名字
比你更圣贤

渊，似乎无底
绿，似乎无边
绿渊潭，绿渊潭
一半是无悔
一半是无怨

殉情的飞瀑
期冀中多了份期许
兴奋的山林

梦想里多了份梦幻

风歇了，雨歇了
你莹莹的玉镜
倒映出淡远的色彩
水雾弥漫时
传说中的仙女
恍然间，翩然下凡

花朵——格外绚丽
蝴蝶——格外缠绵

原载《诗歌月刊》2014 年第 1 期

对一座大山心怀敬畏 (组诗)

秀枝

对一座大山心怀敬畏

对一座大山心怀敬畏，促使我
这么多年保持沉默
促使我站在原地
对于生活，我还不能够说出
更多的渴望，河流向内
一再蓄满生命的盆地
起伏的波涛冲击着，让我的血脉
一度不再平静

区区不足二百公里
却成为半生漫长的路程

长白山，我每一次叫出这个名字
都不禁心头温热，柔肠百转
我眺望，凝视，思绪陷入苍茫
是否有一片云，盘旋于我的天空
也飘荡在他的头顶，一阵风
将我微弱的呼吸带去吧
融入他亿万年的气息，让我成为
他脚下的一粒小小尘埃

他的褶皱、玄武岩、大峡谷
那是远古的语言，命运的居所
人类仰视的版图
他的温泉、美人松、野杜鹃
那是美好生活的馈赠
拥有一颗纯净之心即可抵达
他的森林、湖泊与瀑布
那是庄重生命里的部分，每一个水珠和枝干
都有着明晰或深邃的走向，有我
深深迷恋的光明音调……

而长白山，这座高高的大山啊
他更像是一位老父亲
身藏大爱，面容冷峻
我一直心怀敬畏，不能轻易地走近……

遥望长白山

我需要站得远一些
更远一些，是的
我本与之相距甚远
好似与苍穹的距离，好似
与莽莽大地的距离
大地！我们置身其中
却往往不能够触摸
我们心怀辽阔，却往往难以驰骋
对于一座大山，他铮铮的硬骨
呼啸于风中的毛发
他幽深的眼眸和强劲的心脏
我如何能够知晓
亿万年前，太阳升起的时辰
照耀大地一隅，在于他的额头
向神宣告世界的存在
他吐出体内的火焰
将冰冷的石头唤醒
哦，那璀璨四溢的岩浆
堪为大地绝美之花
人类繁衍，人类涌向高峰或跳下深渊
长白山，他始终静默，巍峨
将人类的一切尽收眼底
长白山，他也将我狭窄的生活尽收眼底

将我的悲欣忧惧尽收眼底……
我常常俯下头去
羞愧，焦虑，嗅到四周
一些腐败的气味
只有当我穿越黑夜，只有
当我抚摸一颗自由的心灵
方能与他举目对视……

长白山遇雨

出发之时，有雾
高耸的白桦林树梢被吞入天空
幽深的原始森林里，那些
狍子、狐狸、野獾和棕熊都在做着什么？
山雨欲来，没有预兆
雨好似仅属于长白山的
像一顶帽子要覆盖下来
大地就接受了它
古老的植物拥抱这特殊的甘霖
铁皮杜鹃、月见草、广布鳞毛蕨、美人松……
它们要保持饱满的汁液
它们的根还要扎得更深
哦，它们自我地活着
怀揣生命的秘密，不被惊扰
而我转身的刹那，雨就停了下来

艳阳跃动，倾洒一地喜悦

湖水更加澄澈、碧绿

苔藓像完成了一次新生

我们的周围湿润而生动……

整整一天，在长白山

我们数次在雾里，在雨中，在阳光下穿梭

一颗饱受惊诧之心

从未止息过渴望，即使是阴郁之地

也转向柳暗花明

驱使着我们向前，向前……

仿佛这阴晴不定的生活

仿佛这起伏跌宕的人生

谷底森林

我对于一座大山的爱

甚于大漠、沼泽、海洋、盆地

对于一片森林的爱

甚于岩石、沟壑、流水、田畴

对于一棵大树的爱，也甚于

修剪的灌木、绚烂的花朵和光滑的鹅卵石

我对于幽秘的浓荫和细碎光影的爱

甚于高高在上的日月和星辰……

而林中一株老死的千年古树

斑驳的年轮和躯体透出的气息

比人类一个文明的器物更吸引我

一片绿意汹涌的原始森林

鱼鳞云杉和长白松直冲云霄

所有的树木，庄重与高大都是整齐的

苗壮和修直都是可见的

彼此庇护，相互携持

不必担心木秀于林而风必摧之

那自由的、开放的天地

万物皆可生，万物皆可长

林子里长满寓言和迷人的沧桑

除此以外，似乎没有冲突、暗箭和杀戮

也没有堕落、叛逆和离散

漫长的时光所赋予它们的

是生生不息的蓬勃与奥秘

而此时，踟蹰于谷底森林的

是我，俗世中顺势而生的中年

磨损了棘刺，让一颗朴素的灵魂疼痛……

原载《长白诗世界》

长白交响 (组诗) 龚保华

山有魂兮石有灵

北方有山兮大美长白，
五花叠翠兮林海茫茫。
诸峰揽月兮星移斗转，
高峡平湖兮仙女梳妆。
山泉有魂兮山石有灵，
涛声和鸣兮情满松江。
飞鸟红果兮慰我情怀，
不咸之山兮是我家乡。

长白一世情

我有一世情，

冰雪般晶莹。
青松伴白桦，
脉脉恋无声。
我有一世情，
春水般灵动。
岳桦挽杜鹃，
高寒笑山风。

爱之永恒，地老天荒……

春日长白，万物生长，
一叶初发，百花飞扬。
夏季锦江，金钿花黄，
舞我广袖，抒我霓裳。
秋色尽染，云纱为帐，
天池高台，斑斓天堂。
冬雪润玉，日月齐光，
江山如画，万千气象。
皎皎雪白头，相思勿相忘，
听君歌一曲，林海和交响。
长白，我的大长白！
爱之永恒，地老天荒……

原载《闻莺如是》

致长白山　刘鸿鸣

在松嫩平原上，面朝东南
需要抬头仰望——
长白山，你无私的奉献滋养着我
你逶迤的巍峨，让我敬仰
敬仰的，还有一个男人高大的身影
那个高大的身影
常常被你明镜般的天池照亮

沿着松花江逆行，我走近你
两岸的大豆高粱向我点头
满山的森林煤矿为我鼓掌
盘山道上，那个高大身影带血的足迹
几次把我引向密林深处
可是走着走着，足迹消失了
接着，阵阵松涛好似冲锋的号角
在耳边吹响

这是一支什么样的队伍
还要在自己的大山里隐藏
这是一群什么样的人
宁愿流血牺牲
也要挺起大山一样的脊梁
长白山，我多次问过你
你沉默着
霜雪变成了白发，一脸的沧桑

一天，在通化的浑江岸边
我终于见到了那个高大的身影
戴着狗皮帽子，身穿大氅
一手拿着望远镜，一手握枪
——很遗憾，那是一尊他的雕像
他永远地倒在了濛江
一个叫作三道崴子的山冈
——虽然，肢体和头颅被侵略者割断
割不断的，是同胞们对他血脉相连的怀念
还有，世界上
那些正义者心心相印的目光
长白山，我看见你也流泪了——
那条二道白河
无声地流淌在你的脸庞

后来，在五女峰的一条深谷
他带血的足迹

再次踩在我的心上
此时，邯郸坡的密营人去屋空
不空的是房前还有用过的碾盘
几棵松柏，还在屋后忠诚地站岗
长白山，我是一名后继者吗
你还是沉默着，瞬间红了的枫叶
似乎是你给我的奖赏

敬个礼，我离开邯郸坡密营
走下去——
脚步，竟然比上山时还要踉跄
长白山，是你的五个女儿
扶我走上仙人台
让我看到了很远很远的地方

无心再看十一角枫叶了——
长白山，我听到有人在唱
那首《义勇军进行曲》
好像正从邯郸坡的密营里传出
接着，开始在五女峰山谷间回荡

原载《人民日报》2015年7月1日

意象长白（组诗）　何金

望天鹅

长白山的神秘是美的神秘
征服她却倒在了她的征服之下
轰鸣的瀑布是我因美而大哭
静流的山溪是我为美而暗自神伤

疲惫不堪的神往者为她流连忘返
我是美的孩子栖睡于她的膝下
香风在山间摆动
母亲的手拍打我。我在梦中看见了
一群天鹅飞过

白色的影群远遁于苍蓝的远方
一只灰色的孤影掉转翅膀
由远及近

由银到白
鹅黄的美蹼落在岩上
隐约而轻盈的落声被我听到

天鹅收拢起硕大的飞翼
颤动的扇风在我脸庞拂拭而去
向天歌唤醒了我梦的晨曦
我目睹了天鹅在长白山岩
终结了一生的苦旅
石化成千年后的望天鹅

金童泉

我在玉女泉闻到了乳香
幻似依偎年轻的母亲身旁
不远处还有金童泉
童子尿弧线划过的晨阳
金灿灿照在我童年的怀想

在金童泉掬一口金童神尿
滋润暮年的衰老和昨日的悲伤
这轮回酒,还元汤
是长白大地的山珍野果纯酿
不求返老还童
只望重获一场生命的清丽与沧桑

空中花园

在长白山西坡的高地上
开满盛夏的奇异花卉
这里人迹难至
如何开得争奇斗艳
是天庭派下的园丁
还是仙女散花的家园

天堂里的花园
神仙在这里赏花
天使在这里散步
原始高山植被的宝库
铺了厚厚的一层花毯
花与积雪相伴
还如早春一般

也许我已经望眼欲穿
高山苔原愈发翠绿
一朵野罂粟随风飘来
扎入我敞开的手里
一滴泪滑落，她动了一下
又一阵风刮来
她从我的手心飞走
落入另一片高山花海

长白山大峡谷

看过岩林中的灵光洞和仙人台
抚摸神秘的照情石和铸缘石
我相信有八仙在岩林中居住
仙女们把这里谈成了爱情谷

大峡谷的谷底典藏着古老的传说
谷壁上离奇的印迹是先人石化的旅迹
你会看清每一个脚印都有一米大小
是外星人留给地球人的印痕？
还是长白野人和毛人远古的遗存？

古夏大陆的神奇山脉
六亿年前你是一片汪洋大海
如今你已休眠了三百年
休眠成巨大的石化波涛

我愿融化于六亿年前的波涛里
我愿石化成深爱你的痴情汉
我愿随你漂泊，随你凝固
即使退化做你的一粒尘埃
也终将归宿于大美长白

原载《长白诗世界》

回眸长白山（外二首）　纪永亮

不止一次，不止一次地想着想着
望着望着就来到了长白山
有一种腾云驾雾的感觉
不止一次地透过风、透过雾、透过雨
能和天池见上一面
每一次都觉得有神灵佑护
每一次向天池俯下身时
都满怀敬意的心惊胆战

不止一次从不同的角度、不同的方向
远的、近的距离望向长白山
每一次都无法找到那个咬合式的基点
直到有一天我回眸长白山的时候看到了流星雨
看到了长白山与天池在星雨中对饮风月
仿佛是神的启示，长白山的桀骜与桀骜下的沉默
那一刻我终于明白——

长白山是用火来思考
一百年、一千年、一万年的沉思
方能激起一次思想的波涛
以不可阻挡的雷霆万钧之势
把冷峻的岩石、飞鸟化为红色的烈焰

当长白山再次沉默的时候
翻滚的岩浆也沉默成了一条峡谷
两股泉水，冷与热，从长白山的深处流淌出来
仿佛是神，在暗示人间的冷暖
一条江，从眼睛入口，无数条根，从火山灰上穿过
在火的元素上——
美人松的卓越风姿和岳桦林独有的风骨
当然还有人参姑娘还有山把头和猎人的传说
当然还有守望着长白山，爱喝酒，爱抽烟
倒下后也不肯瞑目的我的那个兄弟

2020 年 8 月 19 日

士兵

长白山的初春
百里无人区的清晨

我听到有人在我的耳边高喊
我是士兵
我回头一看，身后是一排身披铠甲的雾凇
像身披白色斗篷夜伏的哨兵
那么美，那么肃穆，那么威严
一阵山风吹来
所有的雾凇抖落了身上的霜雪
我听到漫山坡的长白松在对着白山高喊
我是士兵

那个清晨
美人松下的那些士兵出发了
那些士兵对着长白山
用最后的军礼写下了我是士兵
从此，长白山初春的每一个清晨
从此，每一阵山风吹来
都会响起大山的呼应——我是士兵
有一点我敢可定，那声音是湿的

2020 年 8 月 21 日

一棵树的传奇

那是一棵见了就不能再忘记的树
树的身上被人扎满了红布条
树的整个身子几乎是空的
可它依然生长得枝繁叶茂
我知道每一片树叶都是一个沉重的日子
我从不怀疑冰雪推敲出的绿叶
每一片充满艰辛的脉络里
都有一种不可抗拒的力量蛰伏着
而这种缘自泥土的努力毫不夸张
我仰望着它像读一本历史大书
我到它的内部去拜访去寻找它的履历
可我看到的只有火烧过的痕迹
看到的是它依然顽强向上地活着

原载《长白诗世界》

风过长白（组诗）　杨树

风过长白

风过长白，我过林海
我生命中的山啊，你翻翻滚滚
一路相随，把我送到你的额头
天池，你深邃的大眼睛
是蔚蓝的故乡

我踩着你的秀发逶迤而下
踩疼了一个个童话，和
历史里无名的碑文。在风中
你摇响了发辫，摇响了此起彼伏的
涛声。我时常站在海底仰望
仰望你变大了的波浪

长白林海，是海的化石
是绿的源头。时隐时现的人群
与风会晤、交流，盘山公路
在视野中出没，像白色的发卡
我无法倾听你的力量，只好
把心贴在你的胸上

红枫山

我是在叶枫红了的时候
走进你走进你的怀抱
看那已打上霜记的叶子
红得那么沉重那么彻底
像反复地涂抹厚重的
颜色要淌下树来
站在树下我感觉
我已彻底地红了
就像去年相约的一样

渴望做一片枫叶
是为了自己燃烧
虽然这满山的红
不缺我这瘦瘦的一笔
但正是这点点的红
才能燃起秋天的火焰

把早来的冬霜
变成白色的灰烬

我感觉浑身都红了
包括心灵思想
都红过我的血液想做一只
浴火凤凰在红色中涅槃
这红色的波涛
引领着滚滚的大海
我在海中沉陷沉陷成
一只时隐时现的船

三江源

你一踏进东北的黑土地
你就走进了长白山的怀里
如果长白山是一顶王冠
那么，天池就是王冠上的一颗明珠

不知是哪年哪月，你的头发白了
白得似雪。我感觉不到你的
苍老，只是感觉你腹中的
岩浆正旺，像你沸腾的热血

以前，你曾发过脾气

把带眼的石头散落在你周围的
土地上，那经历了煅烧的土壤
更加肥沃，长出一片新气象

长白山，是三江的源头
你撒出三条蓝带子，随风飞舞
这三条江水无论流出多远
都会向圣洁的源头虔诚地皈依

山林和溪水

这弯曲的小溪
有如女人的手臂
弯在你的腰间
你经常让溪水给邻居捎去
红色的祝福绿色的希望
还有黄黄的几瓣清香

这条溪水是你的镜子
它总在镜中观照春色和秋容
或披了彩衫或戴了白帽
总让溪水看一看
即便是皎洁的月夜
它也会用黝黑的身体
去簇拥那枚清亮的光芒

山林和溪水
就这样相依偎了一个晚上
不管是风来吹风
还是雨来泼水
等到朝霞染红天空
那一层羞红就漫过这
紧紧的依靠和密实的心跳

原载《飞天》2012 年 4 月

长白母亲（组诗）　冯冯

长白辞

喧嚣和云雾一块飘走，你的静美
使我听到婴儿的心跳
我去抵达你的完美。那些飘荡的白雾
替我遮掩慌张的心绪
我不躲避你，不忽视你。我是你怀抱的一部分
我说出的任何话语都是亵渎你
人间所有的慌乱都归顺于你
天池，三江之源的母亲唤着我们
把白发上的雪扫净
把你赋予我们的乳名还给你
大白花地榆不是拐杖
坡上的美人松都是你的好姑娘

我这样柔弱地站在你面前
曾经坚硬的泪水不知流向何方
妈妈，你看，每一棵树木像诗人一样生长
对你的深情淡不下来
对你的颂赞无法停息

山神

老参把头闻到山雨的味道。

山坳的供桌上摆放着香烛，供品
远看长白山和连绵的马鞍型火山
老把头跪伏在地，拜过四方山神
是给将要举行的捐资助学活动拜的
是替那些将来能够走出大山的孩子们拜的
孩子们是家乡望云桥上飞舞的蝴蝶
老把头祈求雨下得晚一点
他信奉自己的母亲，信奉这条山脉
他拜栈道边的洋铁叶子、益母草、接骨草
这些山神的化身，离他这么近
山神把山雨藏在山后，忍着不下
直到美丽的绿小豹、佛红珍线，这些蛱蝶们各自飞回家

默语的倒木

山风是长白山的常客
是岳桦树、臭松，还是长白山大青杨
山风剥去它皲裂的树皮
它倒伏在薄弱的土层上
没有人记得它的名字
也没有人知道它倒伏了多少年
青苔爬上它长长的躯干，长出新鲜木耳
替它倾听原始森林的述说
小鸟运来新的种子。树木幼苗指仗阳光
指仗倒伏的长白瀑布的供养
巨鲸沉睡海底，倒木在林海中默语

山风吹走日照纸记录，吹走挂在林冠的云朵
一个叫隋金堂的人滑下深谷
雷鸣不能惊扰他，闪电也不会叫醒他
巨鲸沉睡海底，倒木在林海中默语
山风从古老的远方吹来，在白头峰顶停下
把对一个人的致敬托付给漫坡的青草

华盖峰赋

谁赐我朝朝，饮尽我掌纹里的天池水

谁赏我暮暮，辞别乘槎河源头的月光
谁引我回眸，摘走雪域峰顶的白云
谁给我双脚，赎回我遗失的故乡路

手搭五色云做成山岩的华盖
替我遮挡额头雪，帮我迎接季候风
坐驾长白十八盘云中路
我是美的臣民，也是美的君主

原载《长白诗世界》

在长白山给你写信（外一首）

尘轩

我在长白山给你写信
用水分子写一封团状的信
用风寄给你绵密的耳语
拆开，定会有一场雨润湿你的屋顶
我用一首诗和你打招呼
用每滴雨传送我的气息

我在长白山给你写信
用漫山树写一封茂密的信
从柔枝吐绿写至深秋霜抵
所有叶子都是我的词句
我需要把一封信写成一本书的样子
直至深秋，把枝头的语句都吐露干净

我在长白山给你写信

用山头雪写一封圣洁的信
让相近的两座，成为我们年迈的样子
岁月盖在雪的上面，雪盖掩住山的额头
我努力积攒半山的温度
给一封信以遥远，捎去暖意

我在长白山给你写信
用天池水给你写一封清澈的信
池上云是我的信封，待风撕去
我的信，将倒映天空和鸟翼
我写给远方的你，让思念延伸千里
展信的你，也将与一座大山相遇

站在火山口处我想到了什么

车盘旋而上，一口气升高海拔
登顶，在火山口上
我看见自己的心映在天池，蓝得深邃
池水寒凉，水面吹来的风很是醒目
池面呈圆，像口水井
水井，少时家中菜园便有

像一根大地的气管，垂直向下
带着呼吸，使静水不腐
井口敞开，一眼明镜
摇动辘轳，从地深处把水叫起
装满，一口干渴的缸
全家人的水源，就站在那
母亲不允许我靠近，即便将打水作为初衷
某日趁其不在，我与伙伴集结
向井中喊话、掷物，回声让人欢喜
母亲回来，我被鞭笞
一因，打上的水，变得浑浊
二因，念我年幼，恐遭坠井
是时，母亲泪是家中唯一清澈的水源
站在火山口上，望着那池碧落
我比任何人都先想到那口水井
井壁光滑，一些时光无法从中爬出
让我哽咽的部分，在井中无法消化

原载《长白诗世界》

长白大写意　李国胜

远处

长白山的脊梁

隆起一股桀骜不驯的霸气

近处

三江源的面庞

闪现一抹晶莹剔透的泪滴

天空

一方血剑舞成旗语

风雨中

雷电燃起高亢的韵律

长白山

岁月的额角暴出青筋

蓊郁的老林中

飞翔的阳光折翅为羽

多少年的关东路

倔强中带着弯曲

你为何如此温情
又为何如此激奋

没有现成的答案
字典里的语言也很贫瘠
我只好把十指插入发际
苦苦地低吟一首无名诗

有一天
看滴血的太阳满眼泪痕
激活了我心中久有的愧意
长白山
你承载了太多的负荷
你忍受了太多的痛苦
你洁白的冰雪镀亮了白山松水
你沉重的臂膀托起了日月星辰
如今
看你的血脉
洋溢不变的情感
我充血的指尖
都流淌着快慰……

原载《参花》2012 年 11 期

大美长白山　　贾志坚

从遥远的神话中来
从无尽的渴望中来
云的翅膀托起我林海间沉浮的心
沿着如缕的山路
在长白腹地
在神圣的大山面前
狂跳悸动慌乱……

美人松的柔臂
挽不住我疾行的脚步
湍急的山涧
冲不淡我浓浓的渴盼
多少次在向往的梦里啊
月是弯弓
我便是那射向山巅的飞箭

揣着一颗忐忑期盼的心
带着一万张彩叶儿相邀的请柬
沿着龙须藤编织的谜语
穿过杜鹃花人参果香透的山岚
岳桦林弓下了迎宾的身姿
飞瀑的雷阵敲响了声声鼓点

啊！在一览众山小的诗境里
天上之池
一片神奇的碧蓝奇迹般出现！
这是群山之魂啊
这是大地之眼
这是神山灵地
这是横亘在传说中亿万年的"大荒山"

《山海经》中肃慎国名曰不咸
那是神仙的居所
后汉书记
东沃沮在高句丽盖马大山之东
临大海之滨
山色绝白，终年积雪
远望之若珠宫玉阙
近视之如琪树瑶林
奇山圣水气象万千……

"峰起双尖中劈一线"

那是女娲补天的彩石
用去三万六千五百块
剩下一枚留给《石头记》
让曹氏笔下的
贾府红楼通灵宝玉流传千年
啊这红褐色的顽石
就在天池之畔
用它日月所出的高度
和霞光七彩的绚烂
用瀑声讲述着无稽崖青梗峰的传说
用山河记录着华夏一族森林部落的彪悍

萨满教的诸神
山河树石虎蟒熊蛇今日犹在
"吉林岁贡"的獐狍麝鹿
野鸡熊掌榛松穰鲟鳇鱼诉说着昨天
巍巍长白啊
传承着北方白山黑土的文化
从狩猎打围男伐女织的蛮荒
走进今天东北亚大时代的前沿
精神图腾不灭
天地大美依然！

在千米飞流的云层之上
在神奇不朽的长白之巅
我激情如瀑

我情思万端

在天池深邃的目光中
我懂得了泱泱历史
在漫天飞舞的晚霞中
我理解了浩浩无限……

大美啊，我的巍巍长白
赞美你，我的圣地神山！

原载《长白诗世界》

九月，长白山行记（组诗）

孙玉平

在二道白河小镇

多想和这里的人们一起生活
这里空气清新，鸟声密集
所有相遇都是一种亲和的美好
让人忘却世间还有烦忧

在二道白河小镇
可以和一位守护山林的老者
谈及一只黑熊的习性，一只云雀的歌声
谈及一株白桦和一株美人松的爱恋
谈及一棵倒下去的老树在深山中慢慢腐烂
谈及冬天里的一场大雪，一座山的寂静无声

当然，还可以和几个顽童一起去追逐一溪泉水

在它流经的每一块石头上做下记号

无论最终奔波到了哪里也不会迷失

都可以原路返回找到它的源头

在二道白河小镇

即便是一个人，也会时不时被清冽的山风唤醒

四周的群山总会给予我们治愈的力量

让我们回馈她长久的赞美

九月，在长白山

我们在九月相遇

长白山已露出虎背一样的山脊

秋风穿过群山，穿过白桦林

穿过我们的身体，由此

近处的草木，远处的山峰层层尽染

望过去，无不让我们一愣一愣地出神

那些黄了的叶子、红了的果子、蓄势舒展的美人松——

借助秋风无尽的吹拂，发出久久不散的香气

又让我们沉醉其中……而我

把目光投向长白山更隐秘的地方

松林深处的村舍，女人背篓里的榛蘑

一块空地上叽叽喳喳觅食的小鸟

还有那只眼神诡异的小松鼠
我们尾随着它逃离的足迹
是不是可以遇到一根老山参
遇到黑熊肥硕掌印，遇到一条生生不息的活水
那是三江的源头……
遇到长白山这个秋天里所有的美
并被我们一一指认，且深深地爱上而不想离去

在天池

我看到的天池像一个容器
水压着火，或者早已水火相容
止住日日夜夜的喧哗，云雾散去
寂静显露得如此真实

那些黑色的石头都是恒定之物
山顶没有松柏和白桦，只有众草匍匐
像朝圣的人群，每一株都无比虔诚
让我相信，它们的愿望一定可以得到满足

都说能见到天池的全貌余生会有好运
这一日爬上山顶的人都兴奋不已
只有一个人静静地凝视着天池椭圆形的湖面
身子向前倾斜，像极了一根钓竿

原载《长白诗世界》

天池归来（外一首）　于小芙

翻箱倒柜，挑选合适的礼物
去见你

你不缺鲜花
无视珠宝
名称一一写在纸上
又一一擦去

于是
习惯两手空空，走向你
你偶赠细雨满坡
忽送一池云朵
这些年，舍不得的
都显得多余了
一直被冷落的，都已绝版

仙女湖

地上一湖，地下一海
泪流尽，身成岛

群鸟跟随季节的变化，南迁北徒
所爱所愿，不留片羽

波澜不惊，我的爱在天上
你驾七彩祥云，与我心心相印

建一座城，种一池荷
等待心中的等待

你来为王
你不来，我为王

清泉米粮，人间烟火
心中无可比，天下无情敌

凡夫之念，谓情长
古城门未锁，残破故人心

遥想虞姬刎颈霸王前
秋香巧笑对风流，千年不老

我的爱极轻，相逢一笑
我的爱极重，儿女成行

眼泪和伤痕，都是真的
人间走一遭，苦乐都倾情

仙女历劫的泽国，静水深流
迎面走来的，都是前世情种

非倾国倾城，非羽扇纶巾
非周瑜黄盖之盟，恰逢流水有意

我的爱在人间，万年桥下
我把羽衣深藏

从此，种菜种瓜种桑麻
种今生，种来世

历事修心
你寻我不到

原载《长白诗世界》

高高的长白雪 红雨

白钨矿、白云石、白垩纪
白杨树、白桦树、白皮松
长白山没有独占所有的白
长白山只把它的白
高高地举在头顶

它的白是那样的古老
天池激荡出《山海经》的风
它的白又总像婴儿临世
每个季节的每一天都在为它庆生

农业、大地、麦苗
日子、粮食、收成
北方的碧绿和金黄都记着白雪
白雪相伴着长白山的神明

或来得周天寒彻、森林呼啸
或来得夜入幽梦、寂静无声
面对怎样的渺小，长白雪
照样不会收到它的无边无际
让看它的人有了一双没有过的眼睛
让眼睛的后面醒来蛰伏太久的心灵

仿佛全世界的雪都到这里来了
长白雪叫出了所有雪的名字
即便如此，这里的每一片雪
都不是多余的，都有它自己的
脾气、秉性和高冷

四季流转大道轮回
长白雪在神奇的长白山
穿越它的前世和今生
天池的水，花海的雾
涌泉、瀑布、溪流、江河
以及花瓣上的晶莹
一滴和浩瀚
都在演绎生命的永恒
和一片雪独有的举重若轻

长白雪，长白山把雪
高高地举在头顶
用人类一直向往的洁白

映衬树之绿、草之青、花之红

原载《长白诗世界》

冬天的鸟群 (外一首)　　王芳宇

枝叶间跳跃着红的、蓝的、黄的
火星儿，但这火星不能燃烧
这是一组美好的景象，在长白山
在红松林在云杉林在岳桦林
这里有一群群，美丽并快乐的小鸟

一枚枚树叶，帮它们伪装身影
因为有无数双欲望的眼神
躲在暗处窥视，那些期待和渴望
垂涎三尺，这不是自然因果
所有生灵都该自由生长和选择

起风了，白雪覆盖的天际开始模糊
神秘而清晰的脚印，争先出没
没有了愉悦和戏闹，婉鸣
也隐匿起来，虽是冬天，但那

春天的色彩，又怎能被藏住

江水里游着中华秋沙鸭①

四月虽是春天，在长白山
依旧是冰雪世界，白得威严
高高在上。春风在山下
集结，步伐徜徉，步履轻盈
摆动腰身，拥抱清冽的江水

一条大江顺势而来，去向
温暖的地界，阳光在粗大的
红松林枝条间闪烁，发出光芒
照彻飘着松香的洞穴

一只，一只，还有一只
年轻的羽翅下现出鱼鳞一样的斑纹
它们收拢翅膀，在此着陆

---

① 中华秋沙鸭是第三纪冰川期后残存下来的物种，距今已有一千多万年，是中国特产稀有鸟类，属中国国家一级重点保护动物。其数量极其稀少，属于比扬子鳄还稀少的国际濒危动物。每年四月后，迁徙回长白山居住地。

这儿有磁场，有高挂千万年风月

可能是千万年前，这鱼鳞状
斑纹，就已形成这个家族的基因
在这方圆，一雄一雌为家
喝这里的水，吃水里的鱼儿和甲虫

很快，很快，六十天过去了
它们的孩子从洞穴中破壳，二日后
母亲带领孩子们跳出洞口
进入水中，一个新家族群出现
生长在长白山林区的江河与湖泊

原载《长白诗世界》

长白瀑布 (组诗)　　冯艳华

没有谁要求它：
必须跳下去
必须跳不尽

如果你听到一条河被折断时的轰隆声
你就知道：水命的硬

他们描述的万马奔腾那么像你
马踏尘烟像你，好马不吃回头草像你
站在观瀑石上，终能明白：
人到绝境是重生，才配
是你的下句

有人说把你放平了好看
有人说把你重新接到乘槎河上好看
隔着二道白河，幸好松花江没听见，否则

它能把整个松嫩平原领来
认祖归宗

六十八米，你尽管
横竖雪粒飞白焰，尽管
大珠小珠溅云霓

在瀑布面前
我们不能用美丽形容好看，因为她本身
就是对美丽的形容

长白山上

你要知道：
一座山里住着火，它翻一下身
山就矮了大半截，它醒一次
时间就老一回

而一团火，就那样睡着了
在一个叫长白山的怀里，火苗们一同做着
万物生万物的梦

这不比峰顶的雪，像跑过来的北极
刚刚退去了冰川期的步伐
没有什么相比的时候

就自己白自己的

苔原走到了山坡，小花们就都想开了
她们那么美，每一朵都开出了
来不及的样子

我们不去想
久远和样子的关系。一个地方
有白山、绿水、黑土，就好了

就像一座山
坐下来，是花香鸟语慢
站起来，是风怒马蹄急
也好了

长白山谷底森林

低到谷底也好，怎么走
都是往上了

年龄大一点儿的有万年松
小一点儿的，有刚刚冒出头的榛蘑
盘根错节，或节外生枝都是一棵树
憋坏了的表情

观景台不大，它是让你知道
茂密的森林，是怎样像海洋的

没有乌云提示我，一场雨就来了
来了，就迎着它。佛说：
无常就是正常

走在小路上，如果你也有和植物们一样
翠色欲滴的想法，天上的蓝
就不会打扰你

青苔安静，泥土芳香，天蓝地绿，风慢鸟语软
——我就告诉你到这吧。光还在
力透枝叶中努力。哦，这天然的氧吧
可有人告诉我说：
看到美时，要屏住呼吸……

原载《长白诗世界》

长白礼赞（组诗） 田秀芬

天池，天池

深入一片水域，我选择在秋天
不虚构百花的纷繁，不忍受汛期的潮热
从枝叶间流泻，阳光在水面翩翩起舞
一些《诗经》中的词句踏水而至，又随金风蜿蜒开去
谁，在水之湄吟咏，谁，又在水一方唱和
芦花欲语还休，露珠永远走在青草漫延的山坡上

在一汪碧水前，风儿缄默，任何语言都是苍白的赘述
放慢脚步，放下诗词歌赋，放弃闪光的瓷片
秋天演变成一册纸笺，等待一把镰逐层打开泛黄的心事
信手抖落一地贪婪的目光，传说也会水涨船高

悄悄地，不惊动一丝波纹，不扰乱所有的遐想
没有一只飞鸟质疑你的纯净
牧人从天边赶来九月的羊群，比棉花更白的云碎了一湖面
就让沿途成熟的五谷，纠正一厢情愿的猜想吧

不需诵读，脱掉疲惫，三十七度的爱，比红叶更耀眼
为你穿上那条缝制了一春一夏的长裙
你一伸手臂，将我与秋天一同揽入怀中

锦江大峡谷

我还没有到来，响水河的吆喝声就已传出老林子
踏上栈道，吸一口峡谷清新透明的空气，舒展重压的
肺叶
这只是一个欢迎仪式。我决定沿着一滴水开始寻觅
那像仙人珍藏亿万年的标本一般宝贵的神奇画面

在河水为我打开想象之前，我先虚拟一场雨
这想法并不浪漫，更可能是一场征战
古铜色的崖壁，横卧的枯树，所有沧桑隐藏在褶皱里
只留下鬼斧神工的造型，悬于老祖母的胸前

不说绝无，不提仅有，更不必揣测水的温度是否高过
季节
传说，在湖水里酝酿，民谣沿水而生，顺流而下

在火山灰上落地生根，催生神话的斑斓，万物的生长

在一滴水里，我们看到了海，看到自己的发源地
无论干旱、洪涝，智慧不削减，灾难不重生
只允许黑与白的交替，包罗万象，太阳与月亮形成潮汐

相约红叶谷

脚印和栈道，都睡在洁白的梦里
我来了，以一朵雪花的名义
偷偷吻你

我是该春天来的。就像香椿树头顶的一朵云
给饥渴的花草带来甘霖
汇聚露珠和汗水，为村庄打造聚宝盆

在五月的阳光里，陪伴每一株山楂树开花
记录每一棵五角枫的历史
搜集沟沟坎坎里生生不息的传奇

漫山枫叶承载沉甸甸的寄托
我们的脚步执着如初
追随，一座山岭不曾走远的
红

原载《长白诗世界》

读你，长白山的悠长（组诗）

宋雨薇

二道白河小镇的慢时光

时光的门
一直虚掩着
远处走来的那些人
一手烟火，一手文字
是谁，在时间的远处
把小镇的九月烤黄

在鸟儿欢快的叫早声里
醒来的是另一个自己
听说，在这里
可以放下，可以安静
是谁，在生动的章节里
将黑白分明的忧伤慢慢治愈

午后那段发黄的错位时光
单曲循环的老歌
在不曾遇见的慢节奏里
唯美着
秋光里摇曳的曾经
是谁，将久久凝望的渡口
足足丈量了一个光年的长度

长白山地下森林

关于一座森林
有很多打开的方式
穿过城市遇见你
我不敢说
那就是忧伤

读你，将岁月剥开
午后的时光
笔直挺拔的美人松
正淡定地守着
一个泾渭分明的句点
温柔地剥开细碎的时光

雨水洗过的地下森林
在岁月的眉眼之间

花木相安，一湄静好
而此时，在那条弯曲的木栈道上
你走过的余温，还在
唯美着人们曾来过的曾经

离开时
我还没有习惯道别
只好借一枚秋叶的淡泊
为你
写下关于你的一切细节
在一个光年的长度里
为你
植入一枚大写的词根

问路长白 （组诗） 吴耀辉

火山石

在长白，做一块火山石
血液都会汹涌
与生俱来的 不只有 豪迈
骨子里的悲壮，被写意成
连绵的火山锥体
剑指苍穹 笑傲群山

黑风口

路过黑风口，没有下车
是否 常有阵阵黑风
裹挟着飞沙走石

铺天盖地而来
把狂妄虚空 远远抛在脑后
不带走一丁点儿噩梦

岳桦林

我的呼吸，轻得不能再轻
生怕惊动岳桦林 难得的休憩
只有静默，静默地注视着
不敢去设想，昏天暗地
不敢去描摹，狂风暴雪
而你——
匍匐着，也努力前倾
虬曲着，也尽力抱团
单薄着，也竭力坚韧

我的岳桦林，一面擎起高山苔原
一面荫护芸芸众生

绿渊潭

飞流直下，万千朵水花
绽放，与嶙峋的石壁，还有
放牧的白云 遥相呼应

多想做条金鳟，畅游幽潭碧水
间或，探出头
呼吸负氧离子的纯净
哪怕做棵岳桦树也好
厮守，百转千回的妩媚　以及
再次回眸的深情

问路长白

八千里瀚海，我来了
每一块骨骼，都支撑起一列山脉
每一根毛孔，都呼吸着一片原始
我的血液啊，至今还汹涌着
三百年前的雄伟壮阔
天池，我转动的眼球啊
早已晶莹成莽莽林海的翡翠

巍巍长白，窒息了我的仰望
和思维一起停滞下来
此时，才感觉到，除了震撼
我的语言是何等的枯瘦贫血啊
问路长白，大路朝天，路在脚下
其实啊，路在起点处，就已注定了
生命的走向与高度

原载《诗歌月刊》2014 年第 1 期

长白山闲记（组诗） 林丽

天池解

不过是一滴仙人泪
如今情仇放下恩怨散去
安静地凝于天地间
长白山巅
听清风
看明月
不悲不喜
再没有什么可以抛离
再没有什么可以忘记

岳桦林

顽强地抓住

火山椎体的下方
于陡峭中生息
匍匐成一片倔强的谜
再多的苦寒又奈何
说好的不离不弃
阳光　月光　牛皮杜鹃
可是你
向死而生的秘密

原载《长白诗世界》